Par-delà les secrets

EMILY MCINTIRE

Par-delà les secrets

Traduit de l'anglais (États-Unis) par
TIPHAINE SCHEUER

ROMANCE CONTEMPORAINE

&H

Titre original :
BENEATH THE STANDS

HARPERCOLLINS FRANCE
83-85, boulevard Vincent-Auriol, 75646 PARIS CEDEX 13.

www.eth.helloromance.fr

ISBN 979-10-339-2337-4 — ISSN 2271-0256

À propos de l'autrice

Écrivaine passionnée et lectrice assidue, **Emily McIntire** met un point d'honneur à rendre ses récits émouvants et captivants. Ses romances mettent en scène des personnages profondément humains.

Avertissements

Veuillez noter que, si le couple principal trouve le bonheur à la fin de ce livre, certaines histoires secondaires ne sont pas immédiatement résolues et se poursuivront tout au long de la série.

Ordre de lecture suggéré :
Sous les étoiles
Par-delà les secrets
Au cœur de l'interdit
À travers l'orage

Par-delà les secrets est un roman indépendant interconnecté qui contient un langage cru, des scènes de sexe explicites et des situations adultes qui pourraient provoquer un traumatisme chez certains.

La liste complète des mises en garde peut être consultée sur EmilyMcIntire.com.

Le lecteur est invité à faire preuve de discernement.

Note de l'éditeur

Dans *Par-delà les secrets* d'Emily McIntire, l'un des personnages fait face à des problèmes d'alcoolisme. Nous souhaitons vous avertir que ce thème peut être sensible ou difficile à aborder pour certains.

Si vous ou quelqu'un de votre entourage êtes concerné par des problèmes liés à l'alcool, nous vous encourageons à chercher du soutien auprès de professionnels ou d'organismes spécialisés.

Prenez soin de vous et bonne lecture.

Playlist

Maybe Don't – Maisie Peters (Feat. JP Saxe)
Chasing Fire – Lauv
Rewrite the Stars – James Arthur & Anne-Marie
All of Me – John Legend
Someone You Loved – Lewis Capaldi
You Broke Me First – Tate McRae
Smile Again – blackbear
Empty Space – James Arthur
A Little Bit Yours – JP Saxe
Holy – Justin Bieber (Feat. Chance the Rapper)

Pour tous ceux qui se sont déjà sentis indignes.
Vous êtes parfaits tels que vous êtes.

Être aimé profondément vous donne de la force,
tandis qu'aimer profondément vous donne du courage.

Chapitre 1

BECCA

J'ai les mains moites.

Mais ce n'est pas à cause du temps, même s'il fait chaud et humide en Floride au mois d'août. C'est parce que je m'apprête à appeler mon père sur FaceTime pour lui dire que je ne rentrerai pas à la maison après ma dernière année de fac. Je ne sais pas trop quand j'ai pris cette décision, mais si on me forçait à y repenser, je dirais que c'était quelque temps avant d'être acceptée à la Florida Coast University et quelque temps après avoir surpris mon père en train de se taper la responsable du groupe des jeunes de notre église sur son grand bureau en chêne. Mais je m'éloigne du sujet. Le fait est que, même si ma ville natale, Sugarlake, dans le Tennessee, occupera toujours une place particulière dans mon cœur, je ne retournerai pas là-bas.

La Floride me convient parfaitement. Je suis tombée amoureuse des hivers inexistants et des palmiers. Et peut-être un peu du fait que je ne suis pas dans une ville où tout le monde me connaît comme la fille du pasteur Sanger.

La pomme qui est tombée trop loin de l'arbre.

Me voilà donc assise sur les marches de mon immeuble. Je viens d'emménager avec Sabrina, qui était ma colocataire de dortoir au cours de ces trois dernières années.

Après que papa a découvert que je passais plus de temps à faire la fête qu'à aller en cours, il a décidé de me louer un logement hors du campus. Un endroit où je peux « me concentrer » et obtenir mon diplôme « le plus rapidement possible ». Probablement pour pouvoir avoir une fille dont il puisse être fier. Maman, quant à elle, espère simplement que je rentrerai à la maison, que je retournerai dans cette église qui m'a oppressée toute ma vie, et que je retomberai sous son emprise pour qu'elle puisse me façonner selon son idée de la perfection. Peut-être que, si je cède, elle arrêtera de me harceler sans cesse au sujet de toutes les façons dont je lui fais honte.

Je laisse tomber les pointes de mes cheveux roux bouclés lorsque le nom de mon père apparaît sur l'écran de mon téléphone pour notre appel FaceTime préprogrammé. *J'aime peut-être la chaleur de la Floride, mais elle, elle n'aime pas mes boucles.* J'essuie mes paumes moites sur mes cuisses bronzées avant de répondre.

— Salut, papa.

Le sourire que je plaque sur mon visage me fait mal aux joues.

— Rebecca Jean. Tu t'es bien installée ?

Son visage est sévère et ses yeux vert jade, identiques aux miens, me transpercent.

— Oui, je réponds. Sabrina est arrivée avant moi et a choisi la meilleure chambre, mais je suis reconnaissante d'avoir autant de place. C'est un manoir comparé aux dortoirs.

— Parfait. Je vais dire à ta mère que tu es bien arrivée.

Ma poitrine se serre.

— Où est-elle ? Elle ne vient pas me dire bonjour ?

— Elle ne peut pas venir au téléphone. Elle prépare un rôti pour le dîner et nous attendons des invités.

Je résiste à l'envie de lever les yeux au plafond. *Bien sûr, maman est occupée à recevoir ses invités, il ne lui reste donc plus aucun neurone pour faire quoi que ce soit pour elle-même.*

— Ce n'est pas grave, je marmonne en entortillant mes pointes fourchues autour de mon doigt jusqu'à ce que ma circulation sanguine soit coupée. Au fait, papa... avant que tu partes, il y a quelque chose que je voudrais te dire.

Il hausse les sourcils, seule indication qu'il m'écoute. Il n'est pas du genre à manifester beaucoup d'émotion, mais au fil des ans, j'ai appris à déchiffrer les moindres changements dans son expression.

J'hésite, l'estomac noué. J'aimerais mieux raccrocher que poursuivre cette conversation.

— Crache le morceau, Rebecca Jean. Je suis un homme occupé.

J'ai envie de rire nerveusement, mais je me retiens.

— Je vais rester un peu ici après mon diplôme, du moins… c'est ce que je veux faire. Sabrina ne part pas non plus, donc ce ne sera pas un grand changement.

Il garde le silence.

Une partie de moi se réjouit à l'idée que sa tension artérielle augmente, comme toujours, à cause de mes paroles. Ça lui apprendra à penser qu'il peut tout contrôler.

— Je crois que ce sera bénéfique pour moi, tu comprends ? En plus, ça vous donnera une excuse pour passer des vacances en Floride avec maman. Je sais que tu adores venir ici pour profiter de l'air marin et du soleil.

Peut-être que le fait de lui montrer les avantages qu'il pourrait en tirer le rendra plus réceptif à l'idée ? J'aime provoquer mon père, mais en réalité, je suis forcée d'admettre que c'est lui qui tient les rênes de ma vie, et que je n'ai jamais trouvé comment couper la corde.

Il s'esclaffe et mon cœur se serre car je connais ce rire, et il n'est pas dû à un amusement sincère.

— La chaleur t'est montée à la tête, ma fille ? Je n'ai pas payé quatre années d'université dans cet endroit maudit pour que tu me craches au visage au moment de rentrer à la maison. Ta vie est ici, à Sugarlake, avec ta famille. Avec l'église.

L'église. Même à des milliers de kilomètres, elle s'insinue dans chaque recoin de mon être et m'étouffe jusqu'à me faire suffoquer.

J'inspire profondément avant de prononcer les mots suivants, de peur, si je ne les dis pas maintenant, de ne jamais pouvoir le faire.

— Papa, ma vie est là où je la construis, et je choisis de la construire ici.

Sa mâchoire se durcit, plus encore qu'au début de l'appel, et je sais que cela signifie que le combat ne fait que commencer. J'ai un pincement au cœur, nostalgique de la naïveté que j'avais quand j'étais petite, à l'époque où je pensais que mon papa était l'homme qui se rapprochait le plus de Dieu. Pour moi, il marchait sur l'eau. Mais c'est lui qui m'a réveillée de ce rêve, même s'il ne le sait pas. Il m'a montré à quel point les paroles qu'il prêche depuis sa chaire sont creuses et m'a bien fait comprendre que l'amour n'est qu'une illusion.

Il peut donc détester mes choix autant qu'il veut.

Je déteste les siens aussi.

— Rebecca Jean, je ne vais pas continuer de payer pour que tu commences une nouvelle vie. Tu en as déjà une. Tu rentres à la maison, un point c'est tout.

— Non.

J'essaye de prendre une voix ferme, mais je suis sûre qu'il me trouve faible. *Comme toujours.* Il reste silencieux un instant, avant de déclarer :

— Alors je suppose que tu vas devoir te débrouiller toute seule.

Je sursaute, et mes cheveux bouclés s'accrochent à ma bague, tirant sur mes racines et m'arrachant une grimace.

— Qu'est-ce que ça veut dire ?

— À ton avis, ma fille ? Tu ne rentres pas à la maison ? Très bien, dans ce cas je ne dépense plus un sou pour toi.

Il ne le pense pas. D'autant qu'il a déjà payé mes études, il ne peut pas reprendre tout ça. En plus, c'est lui qui rêve, plus que moi, de voir mon nom sur un diplôme. La seule différence entre nous, c'est que moi, j'aimerais en faire quelque chose, alors que lui, il veut simplement accrocher le bout de papier au mur pour faire joli. Un trophée de plus à ajouter à sa collection.

— Ouais, d'accord, papa. Comme tu veux.

Je m'efforce de rire, mais me sens rapidement embarrassée devant le manque de réaction de mon père.

— Tu crois que c'est une blague, Rebecca ? Tu verras où cette attitude te mènera quand tu ne pourras plus payer ton loyer. Appelle-moi quand tu auras retrouvé un peu de bon sens.

Clic.

Je ricane et jette mon téléphone sur le côté. *Il vient vraiment de me raccrocher au nez ?*

Mon père est un voleur de joie.

Ses derniers mots m'ont privée de la satisfaction que me procure habituellement le fait de l'énerver, me laissant avec une sorte d'angoisse à laquelle je ne suis pas habituée. Il n'est pas sérieux, si ? Mon genou tressaute tandis que je tape du pied sur les marches en béton. Je jette un coup d'œil à mon téléphone en enroulant une mèche de cheveux autour de mon doigt. Je n'avais pas envisagé la possibilité qu'il me coupe les vivres, et maintenant que c'est peut-être arrivé, je ne sais pas trop quoi ressentir. Une partie de moi se réjouit de cette opportunité de liberté, la seule chose dont j'ai toujours rêvé, mais mon esprit s'emballe à la pensée de tout ce que mon père contrôle, que ce soit avec son argent ou sa poigne de fer.

Le loyer. La nourriture. Les nécessités de base. Tout, en fait.

Mon souffle se fait plus court et je me creuse la tête pour trouver un moyen de me sortir de cette situation qui n'implique pas de rentrer la queue entre les jambes comme un chiot impuissant. Je n'ai pas de plan de secours, mais je ne peux pas céder. Retourner à Sugarlake serait un enfer, et je refuse de vivre piégée sous la volonté d'une fausse divinité et d'un homme qui pense que sa parole fait loi.

Je vois comment fonctionne cette vie chaque fois que je regarde ma mère dans les yeux. *Non merci.*

— Alors qu'est-ce que tu vas faire ? me demande Sabrina en passant ses doigts dans sa coupe au carré qui lui arrive au niveau du menton.

Ses mèches roses contrastent avec le noir de ses cheveux naturels. Elle est assise en tailleur sur le sol, en train de manger un morceau de pizza, penchée au-dessus de la table basse.

Je hausse les épaules, remets ma pizza à moitié entamée dans le carton et fronce les sourcils. Je sais que je devrais manger encore un peu, mais mon estomac se noue chaque fois que je pense à la façon dont mon père m'a coupé les vivres.

— Je ne sais pas trop. J'espère que je n'aurai rien à faire car mon père se rendra compte qu'il a réagi de manière excessive.

Mon autre ami, Jeremy, ricane depuis le bout opposé du canapé.

Je le fusille du regard.

— Quoi ?

Il hausse les épaules, faisant ressortir ses omoplates sous son débardeur orange de la FCU, tout en secouant la tête.

— Tu sais quoi.

Je sens mon agacement monter, car honnêtement, de quoi est-il au courant ? En dehors des rares choses que je leur ai dites, à Sabrina et à lui au cours de ces dernières années de fac, ils ignorent comment est ma famille. C'est appréciable de ne pas être jugée pour ce que j'ai fait - et pour la famille que j'ai -, alors j'ai veillé à bien séparer ma vie en Floride de mon passé à Sugarlake.

Il n'y a qu'une seule personne à qui je me confie, avec qui je laisse tout déborder, c'est ma sœur de cœur, ma meilleure amie, Alina May Carson, alias Lee. Je la connais depuis que je suis née et nous sommes inséparables. Je ramperais sur des charbons ardents pour cette fille.

Mais même elle ne suffit pas à me faire revenir là-bas.

J'ai pourtant essayé de la convaincre un million de fois de venir s'installer en Floride. Car tout ce qui la retient à Sugarlake, c'est un père dépressif et le souvenir de son frère qui les a abandonnés avant que leur mère ne soit enterrée.

Mais Lee est coincée dans son train-train et je pense qu'elle est condamnée à perpétuité à Sugarlake. Elle est née là-bas et y sera enterrée comme tant d'autres. Et l'idée que la même chose puisse m'arriver me donne l'impression d'avoir un nœud coulant autour du cou.

— Becca, tu dois élaborer un plan au cas où ton père serait sérieux, affirme Sabrina.

Mon cœur s'emballe et je suis prise de nausées. Elle a raison.

— Je ne sais pas, je réponds en basculant contre les coussins du canapé. Il faudrait que je trouve un travail, j'imagine.

— Tu auras du temps avec le planning de ce semestre ? intervient Jeremy.

Je fais la grimace en pensant au fait que je me suis inscrite à bon nombre de cours.

— Je peux y arriver.

— Tant mieux, déclare Sabrina en hochant la tête en signe d'approbation avant de lever le poing. Qu'il aille se faire mettre ! Tu n'as pas besoin de lui.

Je lui adresse un petit sourire, mais je ne me sens pas aussi confiante qu'elle en ce qui concerne ma potentielle nouvelle indépendance.

— Pourquoi tu ne trouverais pas un boulot à la FCU ? demande Jeremy, les sourcils froncés.

Je cligne des yeux en repensant à notre rencontre. J'étais en première année, et nous venions d'arriver à l'une des nombreuses fêtes où j'avais l'habitude d'entraîner Sabrina. Il a suffi que je croise ses yeux couleur ambre pour que je sois fichue. Honnêtement, c'est embarrassant de me rappeler comment j'ai passé la soirée à essayer de lui sauter dessus – d'autant qu'il mesure un mètre quatre-vingt-treize – parce que c'était la première fois qu'on me disait non à un coup d'un soir.

Le lundi qui a suivi, quand je suis entrée dans la salle pour assister à mon cours de psycho et que je l'ai vu assis au dernier rang, j'ai posé mes fesses à côté de lui et je lui ai demandé de s'excuser de m'avoir fait me masturber tout le week-end. Il a ri et m'a dit que je n'étais pas son type. Il s'avère qu'il avait passé la nuit à grimper sur un type qui mesurait lui aussi dans les un mètre quatre-vingt-dix. Je ne l'ai découvert que plus tard, bien sûr, une fois qu'il m'a fait suffisamment confiance pour se confier. Ou peut-être qu'il en a eu assez de mes tentatives de drague, car je ne suis pas du genre à accepter facilement le rejet. Quoi qu'il en soit, il m'a fait jurer de garder le secret. En tant que membre boursier de l'équipe de basket, il est terrifié par les éventuelles retombées si les gens apprennent qu'il est gay. Je sais ce que c'est de se sentir piégé par les attentes des autres, alors je lui ai promis ma loyauté et depuis, nous sommes amis.

Mais cela ne m'empêche pas d'être triste de voir qu'il se sent incapable de vivre sa vie comme il l'entend.

— Un boulot à la FCU ?

Je fronce le nez.

— Pourquoi pas ? réplique-t-il.

— Quel genre de boulot je pourrais trouver à la fac avant même d'avoir un diplôme ?

Jeremy se frotte le menton.

— Je ne sais pas... c'est toujours des étudiants qui dirigent les équipes de basket, et je sais qu'ils sont payés.

— Est-ce qu'il ne faut pas au moins aimer le basket pour faire ça ?

Il rit.

— Sûrement.

— Ce n'est pas une mauvaise idée, cela dit, intervient Sabrina. De trouver un job sur le campus. Cela te permettrait de faire d'une pierre deux coups.

— Elle ne me semble pas si bonne que ça, à moi, cette idée, je murmure. Je ne connais rien au basket.

— Tu as une meilleure solution ? dit-elle en écarquillant ses petits yeux. Si ça se trouve, ce ne sera peut-être même pas du basket. Mais au moins, si tu décroches un boulot sur le campus, tu n'auras pas à t'en faire pour l'essence. Le salaire ne sera probablement pas mirobolant, mais il pourrait te suffire pour vivre. Et ça fera bien les pieds à ton père, ce qui vaut vraiment son pesant d'or, tu ne crois pas ?

Elle fronce les sourcils et pose ses coudes sur la table basse.

— Oui… je suppose que vous avez raison.

Je soupire, réalisant que je n'ai pas vraiment le choix. C'est soit ça, soit trouver quelque chose en dehors du campus et espérer que mon employeur soit flexible sur les horaires.

— C'est souvent le cas, plaisante Jeremy en souriant à Sabrina.

Je me penche en avant, repousse ma pizza à peine entamée et attrape mon ordinateur portable pour récupérer l'adresse mail de mon conseiller afin d'organiser un rendez-vous.

Je continue d'espérer que mon père ne pensait pas ce qu'il disait, mais je ne suis pas du genre à ne pas avoir de plan de secours au cas où il ne changerait pas d'avis. Avoir à jongler entre le travail et l'école, c'est peut-être un sacré défi, mais c'est toujours mieux que de rentrer à la maison.

Chapitre 2

ELI

Je me réveille en sueur.

C'est encore ce satané rêve, celui dont je suis convaincu qu'il vient de mon subconscient pour me hanter. Je ne me souviens jamais des détails, seulement du murmure de la voix de maman et du regard de ma petite sœur la dernière fois que je l'ai vue. C'était aux funérailles de ma mère, après sa mort dans un accident de voiture, il y a trois ans.

Je me ressaisis et je jette un coup d'œil à mon réveil.

Trois heures et demie du matin.

Pas vraiment l'idée que je me faisais d'une « bonne nuit de sommeil » avant mon premier jour à mon nouveau poste.

Je sais que je peux oublier l'idée de me rendormir, alors je récupère mon téléphone sur ma table de nuit et je longe les murs blancs de ma maison en traînant des pieds pour aller prendre un verre d'eau dans la cuisine, tout en lisant les messages que j'ai manqués plus tôt dans la soirée.

Connor : Tu es déjà en Floride ? J'ai besoin de mon pote ! Ce week-end, on sort. Ramène ton plus beau sourire, que je puisse utiliser tes yeux bleus et tes cheveux blonds pour m'envoyer en l'air.

Je souris en sentant une étincelle d'amusement filtrer à travers le malaise que m'a laissé mon cauchemar. Les messages de Connor me donnent toujours le sourire. Nous avons joué ensemble au basket lorsque nous étions à l'université dans l'Ohio, et il a été le seul à être là pour moi après la mort de ma mère, puis quand mon rêve de devenir joueur professionnel s'est envolé. J'ai de la chance que mon nouveau travail d'entraîneur adjoint des Florida Coast Stingrays coïncide avec son contrat avec les Florida Suns, même si ça me fait mal de savoir qu'il est le meilleur arrière de la NBA et que moi, je suis ici à vivre de mon plan de secours.

Si le destin n'avait pas été aussi cruel, je serais le meilleur meneur de ma génération.

Je chasse cette pensée avant qu'elle ne prenne racine et qu'elle me submerge. J'essaye de ne pas songer aux choses difficiles de la vie. J'ai appris très jeune qu'il est plus facile de les repousser et de se concentrer sur le présent.

Je quitte la conversation avec Connor pour consulter le message de ma petite sœur, Lee.

Frangine : Tu seras à la maison pour l'anniversaire de papa cette année ?

Je fais une grimace, éteins mon téléphone et le jette sur le côté. Un sentiment d'amertume s'empare de moi.

J'aimerais qu'elle arrête de m'envoyer des messages comme celui-ci alors qu'elle connaît déjà la réponse. De toute façon, ils n'ont pas vraiment besoin de moi, là-bas. Et puis, je doute que papa soit d'humeur à faire la fête. Il ne l'est plus depuis longtemps et, pour être honnête, je ne sais pas quoi faire de cette nouvelle version de lui. Toute ma vie, il a été celui qui me poussait à me dépasser, à réussir mieux que les autres. Bon sang, c'est en partie à cause de lui que j'ai voulu quitter Sugarlake en premier lieu. J'aime mon père, mais la pression qu'il exerçait sur moi m'étouffait chaque jour.

Malgré tout, je préférais son comportement de l'époque plutôt que l'homme qu'il est devenu aujourd'hui. Il n'est plus que l'ombre de lui-même.

Après avoir perdu maman, il a changé.

Je ne vais pas mentir ; au début, j'ai pensé que c'était une bonne chose. Toute ma vie, j'avais cherché à échapper à l'emprise de son éducation autoritaire, à son coaching, pour être plus précis. Mais après la tragédie qui a frappé notre vie, il est devenu absent, il ne me restait plus que la solitude, et je n'ai jamais vraiment réussi à m'adapter à ce changement.

Quand j'ai été propulsé en première position lors de la draft de la NBA, il n'y avait personne pour fêter ça.

Quand je me suis déchiré le ligament croisé antérieur deux mois après avoir signé mon contrat avec New York, personne n'est venu à mon chevet.

Ni mon père.

Ni ma sœur.

Personne.

Alors pardonnez-moi de ne pas vouloir retourner dans une maison qui n'abrite que des souvenirs de ma mère – avec qui je n'ai pas passé assez de temps – et une famille qui a oublié de m'inclure dans le deuil. Mais c'est du Lee tout craché de me faire culpabiliser. En grandissant, elle n'appréciait pas de voir à quel point nos parents étaient différents avec elle. Elle n'a pas été poussée à fond. Jamais été forcée à renoncer à un semblant de vie normale pour être la meilleure. Elle n'a aucune idée de ce que l'on ressent quand toute une ville vous proclame comme étant sa superstar avant même que vous ayez terminé le lycée. Aucune idée de la façon dont la honte menace de m'engloutir chaque fois que je pense à retourner à Sugarlake maintenant que je ne peux plus jouer. La blessure dans mon cœur est à peine cicatrisée et je ne suis pas sûr que je survivrais à trois mille personnes qui verseraient du sel sur ma plaie.

En revanche, je me ferai une place ici en Floride. Je ne serai peut-être plus sur le terrain, mais je gravirai les échelons, je me constituerai un nom d'un genre différent. Et peut-être qu'alors, quand je serai tout en haut, l'idée d'affronter ma ville natale ne me donnera plus l'impression de me noyer.

Je me dirige vers le canapé et j'allume la télévision en espérant pouvoir me rendormir tout en essayant d'ignorer le silence de ma maison vide.

Quelques heures et un litre de café plus tard, je vais prendre une douche. Je doute qu'il existe assez de caféine sur terre pour me motiver à commencer la journée, mais heureusement, les crampes dans mon ventre compensent le manque d'enthousiasme de mon cerveau. De plus, je doute que la journée soit très intense. La présaison ne commence que dans un mois, et la NCAA[1] est stricte sur le nombre d'entraînements autorisés avant le début de la saison. Ce n'est pas le moment de rencontrer les joueurs, et je connais déjà l'entraîneur Andrews. C'est grâce à lui que j'ai obtenu le poste. Pour être honnête, ce n'était même pas vraiment un entretien. Andrews a chanté mes louanges. Il m'a dit combien il se sentait chanceux de m'avoir dans son équipe après avoir suivi ma carrière universitaire.

Je suis flatté, bien sûr, mais je ne me sens pas aussi compétent qu'il semble le penser. J'ai juste l'impression d'être une occasion manquée. Une graine qui a été arrosée jusqu'à devenir un bourgeon, puis laissée au soleil sans rien pour l'aider à éclore.

Mais même si je n'étais pas fait pour être sous les projecteurs, certains des joueurs que je vais entraîner le seront, et je ferai tout ce qui est en mon pouvoir pour les aider à devenir les meilleurs éléments possibles.

Si je ne peux pas réaliser mon rêve, le moins que je puisse faire est de contribuer à réaliser le leur.

1. National Collegiate Athletic Association.

Chapitre 3

BECCA

Il s'avère que mon père était sérieux.

Pire encore, le rendez-vous avec mon conseiller ne s'est pas déroulé aussi bien que je l'espérais, même si j'ai passé toute la matinée à visualiser le résultat que je voulais.

Sabrina me dit que, quand on s'adresse à l'univers, il écoute. Alors j'ai fermé les yeux et j'ai imaginé le Dr Tooley m'annoncer qu'il y avait un poste vacant au bureau des admissions. Mais au lieu de cela, il m'a dit que je n'avais vraiment pas de chance et que ce serait un véritable coup de poker si je trouvais quoi que ce soit, car le semestre avait déjà commencé. Mon estomac s'est contracté à chaque mot qu'il a prononcé. Puis, je me suis souvenue de ce que Jeremy avait dit à propos des managers de basket, et c'est pourquoi je me retrouve à présent à la Waycor Arena, prête à supplier à genoux pour pouvoir travailler avec l'équipe féminine, même si l'idée ne m'enthousiasme pas plus que ça. Mes connaissances en basket sont quasi nulles. La seule expérience que j'ai eue me vient du frère aîné de Lee, Eli. Il était connu comme le prochain grand joueur de Sugarlake – et il avait aussi pris la grosse tête à cause de ça – et avait toujours un ballon à la main… sauf quand il me le jetait dessus. *Connard.*

Mais ensuite, il est parti à l'université et n'est jamais revenu. Pas même quand Lee a pleuré et l'a supplié de rentrer à la maison après la mort de leur mère. Je ne suis pas sûre de pouvoir lui pardonner un jour pour la façon dont il l'a abandonnée.

Dans le couloir, une grande femme passe devant moi. Elle porte un survêtement vert et blanc qui fait ressortir le rose de ses pommettes, ses cheveux blonds sont attachés en queue-de-cheval bien serrée, et elle porte un sifflet pendu autour du cou. *S'agit-il de l'entraîneuse ?* Elle s'arrête net et se retourne vers moi.

— C'est toi la fille que Tooley m'a envoyée ? demande-t-elle en plissant les yeux.

— Tout à fait. Je m'appelle Becca. Enchantée.

Étant assise sur le sol, je me lève et lisse mon débardeur avant de lui serrer la main.

Elle agite le bras.

— Allez, voyons ce qu'on peut trouver pour vous.

Je la suis dans son bureau et m'assois. Il y a des montagnes de papiers sur sa petite table en formica, et je me demande comment elle parvient à trouver quelque chose dans ce fouillis. *J'espère qu'elle ne va pas me demander de trier tout ça.*

Elle soupire, et son fauteuil grince quand elle se penche en arrière. Elle joint ses longs doigts avant de déclarer :

— Je vais être honnête, Becca. Je sais que tu es ici pour un poste de gestion d'équipe, mais ils ont tous déjà été pourvus.

Mon sourire s'efface.

— Peut-être que vous pouvez en créer un nouveau ?

Ses lèvres se retroussent et elle me dévisage, son regard passant de mes cheveux bouclés à mes talons hauts.

— Tu t'y connais en basket ?

Je me recroqueville.

— Pas vraiment.

— Pourquoi veux-tu travailler avec l'équipe, alors ?

— Honnêtement, je cherche un emploi sur le campus pour ne pas avoir à dépenser tout mon salaire en essence et supplier quelqu'un de s'adapter à mon emploi du temps. J'ai juste besoin... qu'on me donne ma chance.

Elle penche la tête.

— Pourquoi je devrais te prendre toi plutôt que tous les autres étudiants de ce campus ?

Je baisse les yeux sur mes mains avant de la regarder à nouveau.

— Parce que je serai celle qui viendra tous les jours dans votre bureau pour essayer de vous faire changer d'avis jusqu'à ce que vous acceptiez.

J'ai l'impression d'avoir commis une erreur avec cet aveu, mais, après quelques instants d'un silence tendu, elle me surprend :

— Tu sais quoi ? Laisse-moi passer un coup de fil à l'entraîneur Andrews. Il attend généralement le début de la saison pour faire entrer des étudiants dans son équipe, alors il a peut-être quelque chose pour toi.

Je me redresse.

— Ça ne pose pas de problème ? Que je fasse partie de l'équipe masculine, je veux dire ?

Elle hausse les épaules et décroche son téléphone.

— C'est un peu inhabituel parce que tu es une femme, mais il n'y a pas de règle contre ça.

Mon genou tressaute pendant qu'elle compose un numéro et commence à parler à quelqu'un à l'autre bout du fil. Pendant qu'elle est occupée, mon esprit vagabonde, et je me fais la réflexion que j'ignorais qu'il y avait une saison au basket, et encore plus qu'elle n'avait pas encore commencé.

Dans quoi diable est-ce que je me fourre ?

Elle raccroche, un léger sourire aux lèvres.

— Tu as peut-être de la chance. Il a dit que tu pouvais passer le voir.

Ma poitrine se gonfle d'espoir.

— Vraiment ?

— Ne t'emballe pas trop. Je ne peux rien promettre, mais j'espère que ça t'aidera.

Je hoche la tête et je me lève d'un bond pour lui serrer la main par-dessus son bureau.

— Merci beaucoup. Je ne saurais vous dire à quel point j'apprécie votre aide.

Elle sourit en agitant la main.

— Oui, oui. Tant que tu n'es pas dans mon bureau à m'embêter tous les jours pour une place que je n'ai pas, tout ira bien.

Après avoir demandé mon chemin pour me rendre au bureau de l'entraîneur Andrews, je me mets en route, mes talons claquant sur le sol et le bruit de mes pas résonnant entre les murs. Le bâtiment est gigantesque, mais il est impossible de se tromper en entrant dans la partie masculine de l'arène. Là où la zone féminine était petite et modeste, nichée dans un coin à l'arrière, la partie masculine est sacrément ostentatoire. Des rangées de vitrines remplies de trophées bordent les couloirs, surmontées de maillots fièrement suspendus, et quelques bureaux sont ouverts, laissant apparaître les baies vitrées donnant sur l'extérieur.

Il est clair que c'est le basket masculin qui rapporte le plus.

Je trouve le bureau de l'entraîneur Andrews et je frappe.

— Entrez, lance une voix bourrue.

J'ouvre la porte, dont les gonds grincent légèrement, et je jette un coup d'œil autour de moi.

La pièce, bien qu'extrêmement grande, n'est pas trop sophistiquée. Elle comporte une table de réunion avec un écran de projection d'un côté, et le bureau de l'entraîneur Andrews se trouve à l'autre bout. Il est assis derrière, ses lunettes posées sur le sommet de son crâne, sur ses cheveux bruns et ébouriffés, et il est penché sur une pile de papiers.

— Tu es Becca, c'est ça ?

— À votre service, je m'exclame en souriant. Enchantée.

Il se redresse et me regarde de ses yeux marron. Ils sont un peu petits pour son visage et, avec sa peau hâlée, il ressemble à une statue de bronze. J'imagine qu'il passe beaucoup de temps au soleil, comme tant de Floridiens. Peut-être qu'il possède un bateau.

Je soutiens son regard. S'il y a une chose que j'ai apprise de mon père, c'est que ne pas soutenir un regard est le premier signe de faiblesse.

— Luanne m'a dit que tu souhaiterais devenir *student manager* pour l'équipe.

Il me fait signe de m'asseoir sur la chaise en face de son bureau, et je m'installe au bord du siège.

— En effet.

Ses lèvres tressaillent et il laisse tomber son stylo sur le bureau.

— Une fille du Sud, hein ?

— Je suis née et j'ai grandi dans le Tennessee, monsieur.

Il soupire et passe sa paume sur son visage.

— Nous n'avons jamais eu de manager d'équipe femme auparavant. Ce n'est tout simplement pas courant, marmonne-t-il en se grattant la mâchoire. Tu t'y connais en basket ?

J'écarquille les yeux, je me redresse et je décroise les jambes.

— Oui, monsieur. Je sais que la saison n'a pas encore commencé. Et je sais qu'il y a un panier... et un filet. Je suppose qu'il y a aussi un ballon quelque part.

Il renverse la tête en arrière en éclatant d'un rire bruyant.

— J'imagine que ça veut dire non.

Je souris en rougissant.

— Effectivement, c'est non, je l'admets. Mais j'ai grandi en travaillant pour mon père dans son église. Je sais rester concentrée et j'apprends vite.

— Bon, c'est déjà ça. Sais-tu seulement ce que fait un *student manager* ?

— Je suppose que je le découvrirai quand vous m'en donnerez l'occasion, monsieur.

Il rit.

— Tu es sûre de toi, hein ?

— J'espère juste vous convaincre de prendre la bonne décision.

Mon sourire s'élargit.

— Ça n'est pas très bien rémunéré.

Je hausse les épaules.

— Si ça suffit pour payer le loyer et les ramen, je survivrai.

Il se penche en arrière et m'évalue ostensiblement avant de déclarer :

— D'accord, voilà le marché. J'ai généralement trois *student managers* dans mon équipe. Tu ne peux pas être dans les vestiaires avec les gars, sauf avant les matchs, car franchement, tu serais une source de distraction pour eux. Mais tu peux m'aider pour l'entraînement et pour tout ce dont le staff d'entraîneurs pourrait avoir besoin.

Je suis soulagée et reconnaissante de cette opportunité que je n'ai pas l'intention de gâcher.

Il pianote sur le clavier de son ordinateur et son imprimante s'anime dans un vrombissement. Faisant pivoter sa chaise, il attrape les feuilles qui viennent d'en sortir et les pose devant moi.

— Tu dois remplir les papiers et me les retourner pour que ce soit officiel, dit-il en tapotant les formulaires du bout du doigt. L'entraînement ne commence que dans un mois. En attendant, je veux que tu sois ici tous les jours pour apprendre les bases. Je refuse d'avoir quelqu'un dans mon équipe qui ne respecte pas le jeu. Penses-tu pouvoir gérer ça ?

— Oui, monsieur, je réponds en hochant la tête. Merci.

— Et arrête de m'appeler monsieur. « Coach » fera très bien l'affaire.

— D'accord, coach.

Je me lève, j'attrape les papiers et je lui fais une sorte de salut militaire comme une idiote. Mais je m'en fiche. *J'ai réussi.* Et qu'est-ce que ça fait du bien d'accomplir quelque chose sans que mon père ne tire les ficelles !

— Oh et... Becca ?

Je me retourne, la main posée sur le montant de la porte.

— Trouve-toi de meilleures chaussures, d'accord ?

Il avise mes talons en levant les sourcils avant d'ajouter :

— La dernière chose dont j'aie besoin, c'est que tu me colles un procès parce que tu auras glissé sur le terrain et que tu te seras brisé le cou.

Un sourire fend mon visage.

— Comptez sur moi, coach.

Je me retourne vers la porte, impatiente de rentrer chez moi et d'appeler Lee pour lui annoncer la bonne nouvelle, lorsque mon visage heurte un mur de muscles.

Putain de merde.

Je recule en plaquant mes mains sur mon nez douloureux.

— Waouh, ça va ? demande une voix grave.

Un souffle chaud effleure mes cheveux.

J'ai les yeux qui me brûlent, parce que je me suis sérieusement fait mal, alors je ne les lève pas pour répondre.

— En dehors de mon nez cassé et de mon ego blessé, ça va. Désolée. Marcher en regardant devant moi, c'est une compétence que je ne maîtrise pas, visiblement.

Je lève la tête en tentant de sourire.

Mais mon sourire s'efface rapidement quand je vois à qui appartient la poitrine que je viens de percuter avec mon visage.

Elliot Carson.

Pour tout le monde, c'est l'homme, le mythe, la légende.

Mais pour moi… c'est juste le connard qui a pris la grosse tête et abandonné ma meilleure amie.

Chapitre 4

BECCA

— Toi ! je hoquette.

Eli écarquille les yeux et recule d'un pas.

— Becca. Comment... Que...

Il passe sa main dans ses cheveux blond miel, si semblables à ceux de sa sœur.

J'espère qu'il pense à elle chaque fois qu'il regarde sa foutue tronche dans un miroir.

— Qu'est-ce que tu fais ici ? demande-t-il. En Floride ? Je veux dire... dans le bureau du coach Andrews ?

Je ricane, à la fois de l'audace de ses questions et de son accent snob et résolument non sudiste.

— Qu'est-ce que je fais ici ? Et toi, qu'est-ce que tu fais là ?

— Je travaille ici.

Je me sens soudainement nauséeuse. Le coach Andrews apparaît derrière moi et pose sa main sur l'épaule d'Eli avec un immense sourire. Mon malaise s'intensifie au point que j'ai l'impression d'être sur le point de vomir.

Bordel.

— Becca, tu connais Eli ? Notre équipe a besoin de quelqu'un comme lui, ajoute le coach Andrews.

Je lève les yeux juste à temps pour voir Eli grimacer à ces mots.

Avant que je puisse l'arrêter, ma langue acérée se délie.

— Oh, vraiment ? Vous devriez vous accrocher, coach. Eli a la mauvaise habitude de fuir les gens qui ont le plus besoin de lui.

Le concerné se crispe et ses yeux se rétrécissent pour prendre une teinte bleue orageuse.

Le coach s'éclaircit la gorge et change de pied d'appui.

— D'accord. Eh bien... comment se fait-il que vous vous connaissiez ?

— C'est la meilleure amie de ma petite sœur, répond Eli.

Je ricane en croisant les bras.

— Je suis surprise que tu te souviennes d'elle.

Le coach hausse les sourcils.

— Vous venez de la même ville ? Je ne l'aurais jamais deviné.

En plein dans le mille, coach. Je penche la tête en tapotant ma hanche.

— Oui, Eli. Qu'est-il arrivé à ce joli accent du Sud avec lequel tu me tapais sur le système ?

Il hausse les épaules, et affiche un sourire douloureux en parlant entre ses dents serrées.

— J'imagine que le temps passé loin de chez soi atténue l'accent. Je n'y ai pas vraiment pensé.

Je pince les lèvres en le regardant mentir comme un arracheur de dents. Il n'y a aucune chance que son accent ait simplement disparu. Je suis sûre qu'il est enfoui sous les milliers d'autres mensonges qu'il se raconte pour pouvoir dormir la nuit.

L'entraîneur frappe dans ses mains et les frotte l'une contre l'autre.

— Parfait, ça se goupille bien. Puisque vous vous connaissez déjà, je vais te la confier pour sa formation de base.

Eli, un sillon entre les sourcils, tourne son attention vers lui.

— Sa formation de base ?

— Becca est notre nouvelle *student manager*, et si elle veut garder ce titre, dit le coach en plissant les yeux à mon attention, elle va devoir apprendre à aimer le basket.

Je m'efforce de sourire, essayant de masquer le dégoût qui monte en moi à l'idée de devoir rester des heures avec Eli.

— Je l'aime un peu plus à chaque seconde qui passe, coach.

Eli glousse et je le fusille du regard.

— Qu'est-ce qu'il y a de drôle ?

Il se frotte la bouche et secoue la tête.

— Vous devriez peut-être trouver une autre fille, coach. Becca a une sacrée réputation. Elle est peut-être trop aimante, si vous voyez ce que je veux dire.

Mes joues s'enflamment. Je m'imagine le frapper puis le regarder se tordre de douleur devant moi, et cette pensée me fait sourire.

L'entraîneur glousse.

— Allez Eli, reste poli. Je me fiche de la vie personnelle des gens tant qu'ils la laissent en dehors du terrain et des vestiaires.

Puis le coach se tourne vers moi et me pointe du doigt avant de demander :

— Tu as cours le lundi matin ?

— Pas avant dix heures et demie.

— Sois là lundi à huit heures, alors.

J'acquiesce en me mordant l'intérieur de la joue, et m'avance en direction de la sortie.

Eli se retourne pour me regarder passer et, quand je suis sûre que l'entraîneur ne me voit plus, je lui fais deux doigts d'honneur en agitant les mains.

Il ne répond pas et se contente de me regarder fixement.

Sur le trajet du retour, mes pensées s'emballent. Je ne sais pas comment gérer ce qui vient de se passer. Cependant, une chose est sûre : je compte bien avoir une discussion sérieuse avec Sabrina à propos de ses conneries sur « l'univers » parce que ce n'est pas ce que j'avais demandé. Je n'arrive pas à croire qu'Eli soit à la FCU, en tant qu'entraîneur qui plus est.

Oh mon Dieu, est-ce que ça fait de lui mon patron ?

Je me sens mal et j'éprouve une pointe d'énervement contre Lee. Qu'est-ce qui lui a pris de me cacher ce genre de chose ?

Je n'en reviens pas qu'elle n'ait pas pensé à me prévenir que son frère, que j'ai détesté pendant la majeure partie de ma vie, est dans la même fichue fac que moi ! Mais peut-être qu'elle ne le savait pas ?

Lorsque j'arrive devant mon immeuble, mes cheveux sont collés à mon cou et l'humidité les a fait doubler de volume. Je m'assois sur les marches de l'entrée, prends le temps de les attacher en chignon désordonné, puis je sors mon téléphone de ma poche et appuie sur le contact de Lee.

Elle ne répond pas. Typique. Je lui envoie un message.

Moi : Tu me dois quelques explications !

Lee a la mauvaise habitude d'éviter la confrontation, donc je ne m'attends pas à une réponse. Je reste assise quelques secondes supplémentaires pour réfléchir à la matinée que je viens de passer. Le point positif ? J'ai trouvé du travail. Et pour chaque once de méchanceté qui habite le cœur froid et mort d'Eli, il y a deux fois plus de bons gènes. Il faut avouer qu'Eli est bel homme.

J'aimerais juste ne pas être obligée de le regarder.

C'est vendredi soir et je suis en chasse. Après une première semaine de cours épuisante, Sabrina et moi retrouvons des amis pour gratifier les bars du centre-ville de notre présence. J'aurais vraiment besoin d'un mec sympa avec qui passer la nuit pour oublier le stress de la semaine passée, alors je prends un shot de tequila et je me mets en quête de ma cible pour la soirée.

Notre groupe est installé à une table dans un coin du bar et tout le monde participe à la conversation, sauf moi.

Je me lève et je lisse ma robe noire moulante. Avec son décolleté plongeant, elle met merveilleusement mes seins en valeur. Je fais signe à Sabrina que je vais au bar, mais, plongée dans une conversation philosophique sur les droits des femmes, elle me remarque à peine.

Heureusement, l'endroit n'est pas trop bondé. Malheureusement, le barman m'ignore. Je me glisse sur un tabouret et je pose le menton dans mes mains en attendant d'être servie.

— C'est bizarre d'être assise dans un bar sans boisson, tu ne trouves pas ?

Je me tourne vers la voix et mes yeux se posent sur un large torse avant de se lever vers le visage d'un petit diable aux yeux verts. J'évalue l'homme qui se trouve devant moi. Il est grand et musclé, ses cheveux noirs sont ébouriffés et il porte une chemise noire qui dévoile ses muscles et met en valeur sa peau bronzée. Un frisson me traverse et je souris.

Bordel, il est beau.

— C'est bizarre que tu puisses t'imaginer que c'est une bonne technique de drague.

J'enroule une mèche de cheveux autour de mon doigt.

L'homme esquisse un sourire en coin, révélant une fossette parfaite.

— Ouais, bon... Mon pote était censé être là pour m'aider à séduire, mais je pense qu'il m'a posé un lapin.

— C'est affreux, je réponds, impassible.

— Ouais. C'est dommage.

— Pour toi.

— Pour nous deux, rectifie-t-il.

— Ah oui ?

— Tu vois, c'est un con, en fait. Un con séduisant, mais un con quand même. S'il était là, tu réaliserais à quel point je suis charmant, en comparaison.

Je m'humecte les lèvres et me penche vers lui.

— Peut-être que j'aime les cons.

Il s'approche et pose un bras sur le comptoir.

— Oh, je compte bien là-dessus.

Le barman s'approche enfin, nous interrompant. Je commande un shot de tequila et un verre d'eau, et mon homme mystérieux pose un billet de vingt dollars sur le bar avant que j'aie eu le temps de payer.

Je souris en faisant courir mon doigt sur le bord du verre.

— Comment tu t'appelles, beau parleur ?

— Connor. Et toi, ma douce beauté du Sud ?

Je fais claquer ma langue.

— Je suis peut-être du Sud, chéri, mais je ne suis pas douce.

Ses yeux s'illuminent.

— J'en serai seul juge.

Je serre les cuisses en m'imaginant sa tête entre elles, sa langue plonger dans mon intimité pour trouver le seul endroit doux chez moi.

— Salut mec. Désolé, je suis en retard.

Une main saisit l'épaule de Connor et mon cœur s'arrête. Elliot Carson.

Si Dieu existe, il me déteste.

Connor sourit et se tourne vers Eli.

— Hé, je parlais justement de toi.

Les yeux bleus perçants d'Eli plongent dans les miens, avant de s'écarquiller légèrement puis de glisser sur mon corps.

— Becca.

— Connard.

Je lève mon verre pour le saluer, avant de le vider d'un coup. La brûlure de l'alcool me distrait de la chaleur de son regard.

— Vous vous connaissez ? demande Connor en nous pointant du doigt tour à tour.

Je lève les yeux au plafond, m'essuie la bouche et me lève.

— J'en ai marre de répondre à cette question. Je suppose que c'est ton fameux pote de séduction ?

Connor fronce les sourcils.

— Ça dépend. Est-ce que j'ai encore besoin de lui ?

— Je doute qu'il améliore tes chances.

Appuyé contre le bar, Eli ne perd pas une miette de notre échange.

— Je te confirme que je n'améliorerai pas tes chances, Connor. Tu ne te taperas pas Rebecca.

— Mec, grogne Connor en se tournant vers lui.

— Excuse-moi ? je m'exclame en poussant Connor pour m'approcher d'Eli.

Ce dernier se redresse et je dois tendre le cou pour maintenir le contact visuel.

— Il me sautera toute la nuit si je le veux, et tu ne pourras rien y faire. Bon sang, quand est-ce que tu es devenu un tel connard ?

La mâchoire parfaite d'Eli tique.

— Sûrement à peu près au même moment où tu es devenue une grosse salope.

— Mec, siffle à nouveau Connor.

La colère bouillonne dans mes veines alors que je laisse échapper un rire.

— Oh, c'est hilarant. Je ne vois qu'une seule salope, ici, Eli, et ce n'est pas moi.

Il se redresse et se rapproche pour se coller presque contre mon corps. Une odeur de linge propre et de cannelle assaille mes sens.

— Tu me cherches, Becca ? Continue comme ça.

Le revoilà, cet accent.

Mon cœur bat si fort dans ma poitrine qu'il fait vibrer tout mon corps.

Ce n'est que lorsque Connor me saisit par les épaules et me tire en arrière que je me rends compte à quel point Eli et moi étions proches, à quel point ma respiration est devenue saccadée.

— OK, la furie. Calmons-nous, dit Connor en me frottant les épaules. Et pour info, Eli, tu es le pire pote de drague.

S'il essaye de détendre l'atmosphère, ça ne fonctionne pas. Je ne peux même plus le regarder maintenant sans penser à Eli.

Je me dégage des mains de Connor et je retourne à ma table. D'un geste sec, je tire une chaise puis me jette dessus en croisant les bras sur ma poitrine. Je suis contrariée qu'Eli soit là et je suis énervée qu'il vienne de ruiner mon coup.

Quel connard briseur d'ambiance.

Sabrina penche la tête en arrière et plisse les yeux.

— Je n'ai pas envie d'en parler, je marmonne.

Pas avec elle, en tout cas. Mais si Lee pouvait me rappeler au lieu de jouer à m'esquiver, ce serait super. Je sors mon téléphone de mon sac et je lui envoie un autre message.

> Moi : Je jure sur tout ce que j'ai, Lee, que si tu ne m'appelles pas d'ici demain, je rentre à la maison et je raconte à toute la ville la fois où tu as pissé dans ton pantalon en cinquième parce que Mme Johnson ne voulait pas te laisser aller aux toilettes. À TOUTE LA VILLE.

Je range mon téléphone et jette un coup d'œil vers le bar. Connor est déjà parti vers des horizons plus verts, et j'aperçois une fille coincée entre Eli et lui.

Mais Eli ne lui prête aucune attention.

Non, ses yeux sont trop occupés à essayer de me transpercer. Je lui renvoie un coup d'œil furibond et, maintenant, nous sommes pris au piège de cet étrange duel de regards que je refuse de perdre. Juste au moment où je suis sur le point de hurler d'exaspération du fait de sa seule existence, il sourit et détourne les yeux.

Connard.

Chapitre 5

ELI

— Tu veux bien m'expliquer ce qui vient de se passer, là ?

J'entends la voix de Connor, mais mes yeux sont retournés se poser sur la rousse insupportable à la table du fond. *C'est quoi son problème ?* Becca a toujours été un peu trop bruyante et un peu trop sale gosse, mais je ne me souviens pas qu'elle ait été aussi odieuse. Vraiment, Connor devrait me remercier de lui avoir épargné ce casse-tête. Cela dit, je ne lui en veux pas d'avoir essayé de se la faire, c'est sans aucun doute la femme la plus sexy du bar. Dommage que sa personnalité de merde gâche tout.

— Allô. La terre à l'abruti !

Je tourne la tête. Le temps a manifestement rendu Becca amère, mais elle se trompe si elle pense que je vais déposer les armes et la laisser m'écraser. Sa langue acérée ne fait qu'attiser en moi le désir de la remettre à sa place. Si elle veut lancer ce petit jeu, je suis prêt. Mais elle semble avoir oublié que je ne joue que pour gagner.

À nouveau, je parcours ses longues jambes qui n'en finissent pas et sa taille fine avant de plonger mon regard dans son décolleté généreux que cette robe ridicule met en valeur. Je sens mon sexe se dresser alors qu'un sentiment d'irritation monte en moi.

Le culot de cette fille.

Elle ne sait rien de moi, ni de ce que j'ai vécu, et pourtant, elle a le jugement facile.

— Eli.

Connor me donne une petite tape sur le côté de la tête.

Je détourne à nouveau les yeux de Becca, esquissant un sourire nonchalant en croisant le regard de Connor.

— Quoi ?

— D'abord, dit-il en levant un doigt, tu m'as royalement foiré mon coup avec la rousse.

— Becca.

— C'est ça. Ce que j'aurais découvert par moi-même si tu n'étais pas arrivé en jouant ta plus belle interprétation du connard.

Je ris.

— Qu'est-ce que ça veut dire ?

— Peu importe. Ce qui compte, c'est que c'était dans la poche. J'étais à deux doigts d'avoir ses jambes interminables enroulées autour de moi.

La femme qui est soudainement apparue à côté de lui souffle de mécontentement, et mon pote lui sourit avant de lui dire :

— C'est comme ça, ma belle. Tu savais qui j'étais quand tu m'as approché.

Je bois une gorgée de ma bière pendant qu'il apaise son coup d'un soir.

— Vraiment, du fond du cœur, je te maudis d'avoir gâché ça, Eli, ajoute-t-il en jetant un coup d'œil vers la table de Becca. Elle est tellement, tellement sexy. Enfin quoi... tu l'as regardée ? Oui, visiblement, oui. Tu ne l'as pas quittée des yeux depuis que tu es entré dans le bar.

Je fronce les sourcils.

— Parce qu'elle m'énerve.

Connor lève le menton.

— Et la fixer comme ça, c'est censé... apaiser ta colère ?

Je ne dis rien car je n'ai pas de réponse à sa question. Du moins pas de réponse que je veuille prononcer à voix haute.

La vérité, c'est que Becca me donne l'impression de perdre la tête, et je n'aime pas particulièrement le fait de ne plus avoir le contrôle. Quand elle s'est pressée contre moi, perchée sur ces talons sexy à mort et son corps moulé dans cette robe indécente, mon sexe s'est tendu contre la fermeture éclair de mon pantalon et c'est inacceptable. La meilleure amie de la petite sœur, c'est définitivement inenvisageable. D'autant qu'elle est encore étudiante. Et si tout ça ne suffisait pas à lui coller un énorme panneau « interdit » sur le front, sa bouche belliqueuse s'en chargerait parfaitement.

Peu importe que ma bite ne soit pas d'accord.

Je la regarde une dernière fois avant de me forcer à détourner les yeux.

Contrôle-toi, bon sang, Eli.

Je me penche et je passe mon bras autour de la blonde qui s'est blottie contre Connor.

— Tu as des copines ?

Elle acquiesce et mon pote ricane en frappant le bar du plat de la main.

— Le revoilà ! Il était temps, mon frère.

Je souris, ignorant mon esprit qui me supplie de jeter un dernier regard à la rousse assise au fond du bar.

Le lendemain matin, je suis assis derrière le comptoir de ma cuisine et je fixe mon téléphone en souhaitant qu'il disparaisse. Ainsi, je n'aurais pas à passer l'appel que je veux désespérément éviter, mais que, je le sais, je ne manquerais pour rien au monde. Au moins cette fois, j'ai de bonnes nouvelles à partager. Peut-être que papa verra le prestige que c'est d'être entraîneur et que cela l'aidera à retrouver un peu de son entrain. Mais j'en doute.

Je soupire en me pinçant l'arête du nez, me préparant à être submergé par une vague de culpabilité pour ne pas être rentré chez moi. C'est rare que je laisse ce sentiment m'envahir, mais au cours de ces coups de fil, c'est inévitable. J'attrape mon téléphone et je compose le numéro.

— Salut, Eli, répond ma sœur.

C'était la plus heureuse des gamines, sinon la plus naïve. Mais quelque part en chemin, elle a changé et, maintenant, quand je discute avec elle, je perçois une mélancolie dans sa voix que je ne saurais pas comment réparer. À vrai dire, nous n'avons jamais été très proches, mais au moins, quand on était petits, je pouvais prétendre qu'on se comprenait. Maintenant, nous sommes deux étrangers.

— Salut, petite sœur. Comment ça va, papa et toi ?

— Comme la dernière fois que tu as appelé. Eli… il ne va pas bien, tu sais ? Il boit. Beaucoup. Je pense qu'il a besoin d'aide.

— Tu as reçu le chèque que je t'ai expédié ?

Elle soupire.

— Oui. D'ailleurs j'aimerais que tu arrêtes de les envoyer par la poste. Il ne faut pas laisser de l'argent traîner comme ça. On ne peut pas faire confiance à papa.

Je passe une main dans mes cheveux en grognant. C'est toujours la même fichue conversation.

— Allez, Lee. Papa est adulte. Il n'y a personne en qui on peut avoir plus confiance au monde. En plus, s'il ne travaille pas, vous avez besoin de toute l'aide possible. Laisse-moi m'occuper de toi.

Elle dramatise tellement quand il s'agit de lui. Elle ne cesse de se plaindre de son alcoolisme et d'essayer de me faire culpabiliser pour que je revienne à la maison. Mais je ne suis pas inquiet. L'une des premières choses que mon père m'a apprises, c'est que, lorsque quelqu'un vous montre qui il est, il faut le croire. Les gens ne changent pas, et notre père est l'homme le plus rigide de l'univers.

De qui croit-elle que je tiens ça ?

— Quoi de neuf, sinon ? Tu as toujours deux boulots ? Comment ça se passe avec la danse ?

— Arrête d'essayer de changer de sujet. Je te signale qu'on se débrouille très bien sans l'argent que tu nous donnes par culpabilité.

Je déglutis, la gorge soudain serrée. *L'argent que tu nous donnes par culpabilité.* Je ne sais pas ce qu'elle attend de moi. Elle me supplie de l'aider, puis elle me rembarre quand je le fais.

— C'est pour t'aider, pour que tu n'aies pas à travailler si dur. Pour que papa n'ait pas à retourner bosser dans le bâtiment, puisque tu dis qu'il n'est pas en forme.

Elle soupire à nouveau. Je me penche et me frappe la tête contre le comptoir en formant silencieusement un « va te faire foutre ».

— Je ne sais pas ce que tu veux que je fasse, Alina.

— Très bien, Eli, dit-elle avant de marquer une courte pause. Écoute, papa est réveillé. Tu veux lui parler ?

Le peu d'espoir que j'avais mis en cet appel s'envole. Mon estomac se noue et le nœud dans ma gorge se resserre quand je réalise qu'elle n'a pas l'intention de me demander comment je vais. Je ne suis même pas sûr qu'elle sache que je suis en Floride. La dernière fois qu'elle a pris de mes nouvelles, je n'avais encore eu qu'un entretien.

Peut-être qu'elle s'en fiche. Ça a toujours été un peu le cas. J'aimerais de tout mon cœur pouvoir m'en ficher, moi aussi.

— Bien sûr. Hé... ça va ? Tu as l'air fatigué.

Elle expire.

— Oui, Eli. Ça va. Voilà papa.

Mon père prend le téléphone, mais nous ne discutons jamais longtemps, à l'inverse de quand j'étais petit et qu'il me faisait la morale pendant des heures. Là, il me parle de pêche et de la manière dont il profite de sa vie de « retraité ». Je lui demande comment ça se passe avec Lee et il se plaint qu'elle le materne.

Il ne me demande pas de mes nouvelles.

Tel père, telle fille.

Je ne suis pas surpris. Tant que je ne suis pas sous les feux des projecteurs ou que je ne ressuscite pas ma mère, il ne s'intéresse pas à moi.

Après une interminable conversation futile, nous raccrochons et je jette un coup d'œil à l'horloge du four. *Cinq minutes.* C'est le temps que je vais m'accorder pour ressentir cette... douleur qui traverse mon estomac et me transperce la poitrine, oppressant douloureusement mon cœur.

Mais seulement cinq minutes.

Après, je reléguerai la souffrance dans un coin de mon esprit.

Là où elle doit rester.

Chapitre 6

ELI

Je suis debout au milieu du terrain de basket, en train d'observer mon installation. Ce n'est pas parfait, mais ça fera l'affaire. Ma mission aujourd'hui est d'enseigner les bases à Becca, de lui faire découvrir ma passion. Enfin, si elle se montre. Je suis presque sûr que l'entraîneur lui a dit de venir à huit heures du matin, mais il est moins dix et elle n'est toujours pas arrivée.

Ne sait-elle pas qu'être « à l'heure », c'est déjà être en retard ?

Je m'agenouille pour lisser le ruban de marquage que j'ai posé sur la ligne médiane du terrain. J'ai passé tout mon dimanche à élaborer mon plan de match, même si je ne suis pas sûr qu'il fonctionnera, mais je me suis dit que lui préparer une représentation visuelle et lui apprendre à jouer valaient mieux que de m'écouter parler pendant des heures.

Le crissement de baskets sur le parquet en érable poli me fait relever la tête. Becca arrive d'une démarche arrogante, son sac à dos hissé sur une épaule, portant un short quasi inexistant qui dévoile ses longues jambes et un T-shirt moulant où les lettres FCU s'étalent en travers de sa poitrine.

Bon sang.

Au moins, elle porte des chaussures plus adaptées, aujourd'hui.

— Un peu limite, non ? je lance en me relevant.

Elle me foudroie du regard et jette son sac par terre avant de s'approcher d'un pas lourd.

— Il n'est même pas huit heures. J'ai..., commence-t-elle avant d'attraper mon poignet pour regarder ma montre. Quatre minutes d'avance.

Je retire vivement mon bras. Ma peau me picote là où ses doigts m'ont touché.

— Ne prends pas tes grands airs, Rebecca. J'ai besoin que tu prennes ça au sérieux.

Elle noue ses cheveux en une queue-de-cheval, et mon regard est irrésistiblement attiré par son cou lisse et pâle.

— Ne m'appelle pas Rebecca. Juste quand je me disais que je ne pouvais pas te détester davantage, tu te mets à parler comme mon vieux.

— Je me fiche complètement que tu m'apprécies.

— Tu ne devrais pas.

— Et pourquoi ça ?

— Parce que tu es coincé avec moi pour les prochains mois. Ce serait dommage que je sois obligée de te rendre la vie infernale tant que je suis là.

Elle sourit comme si cette pensée lui plaisait.

— Je suis presque sûr qu'être avec toi est la définition même de l'enfer.

— Alors je vais m'assurer d'être à la hauteur de ma réputation, plaisante-t-elle. Est-ce qu'on peut en finir avec cette journée ?

Je me désigne du doigt en souriant.

— C'est moi qui mène la danse. Pas toi.

Elle pince les lèvres tout en me dévisageant.

— Est-ce que ça ne fait pas des années que tu ne peux même plus jouer ? Je suis surprise que tu te rappelles comment mener quoi que ce soit.

Mon sourire s'efface et je serre les dents en sentant mon sang bouillir.

Qu'elle aille se faire foutre.

Je me penche vers elle avec l'envie d'agripper sa petite gorge et de sentir son cœur s'accélérer sous mes doigts pendant que je lui explique comment ça va se passer. À la place, je serre les poings pour me contrôler.

— Mettons les choses au clair. Tout ce qui se produit sur ce terrain, c'est moi qui le contrôle. Tu peux tenter de te rebeller toute la journée, cela ne fera que rendre ta soumission d'autant plus douce, je déclare avant de baisser la voix. Tu veux ce job, Becca ? Tu ferais mieux d'apprendre à jouer selon mes règles, *chérie.*

Mon regard se pose sur ses lèvres qui s'entrouvrent.

— Je ne suis pas ta *chérie.*

— Ah non ? je m'exclame en ricanant. Très bien. Je me contenterai de te prendre comme ma salope.

Ses yeux s'enflamment et un doux sentiment de satisfaction se fraie un chemin jusque dans ma poitrine.

— Becca ! Bien, tu es là, nous interrompt le coach.

Je me racle la gorge, ma bouche à un centimètre de la sienne, réalisant à quel point nous sommes proches. Je recule de deux grands pas. Becca ferme les yeux, laissant la flamme de sa fougue s'éteindre doucement, avant de le regarder avec un sourire.

— Je suis là et prête à apprendre, coach, dit-elle en se tapotant la tête.

— Bien.

Il s'arrête à côté de moi et examine le terrain que j'ai délimité avec du ruban adhésif avant de déclarer :

— Inventif. On dirait que tu maîtrises la situation.

Puis il se tourne vers Becca pour lui dire :

— J'ai ton emploi du temps, alors quand tu auras terminé ici, passe à mon bureau et nous pourrons organiser tes horaires.

Becca hoche la tête. Le coach me tape dans le dos et s'éloigne. Je soupire et me tourne vers Becca.

— Combien de temps tu as à m'accorder ?

Elle attrape une mèche de cheveux et tire dessus.

— J'ai cours à dix heures et demie.

— D'accord. Commençons par ce que tu sais. Voyons si tu te souviens de ce que je vous ai appris, à Lee et à toi, à l'époque.

J'attrape un ballon près de la ligne de touche et souris en dribblant.

Elle éclate de rire.

— De toute évidence, tu ne te souviens pas de notre enfance. Les seules choses que tu m'aies jamais apprises, c'est à quel point tu prenais sans cesse la grosse tête, et quand j'ai compris que je devais éviter les joueurs de basket.

Elle se trompe ; je me souviens très bien. De tous les amis de ma sœur, c'était elle que j'aimais le plus taquiner. Même à l'époque, c'était une grande gueule et je prenais un malin plaisir à trouver les meilleurs moyens de la faire taire. En plus, il y a quelque chose de satisfaisant à regarder cette rougeur s'étendre de son cou à la racine de ses cheveux. Je ralentis mon dribble en réfléchissant à ce que je pourrais faire pour la provoquer.

— Si je me souviens bien, je t'ai souvent vue, en première année de lycée, à de nombreux matchs et fêtes d'après-match, accrochée au bras d'un ou deux joueurs.

Tandis que Lee n'était pas du genre à aller à des fêtes – du moins tant que j'étais encore en ville –, Becca n'en manquait aucune. J'y assistais rarement, de mon côté, trop effrayé à l'idée de fâcher mon père, et trop investi dans mon sport. Mais les rumeurs se sont répandues à l'école et les conversations dans les vestiaires n'étaient pas vraiment discrètes. Pendant la courte période où nous avons été ensemble au lycée de Sugarlake, Becca s'est fait un nom.

La fille du pasteur, facile, sauvage et indisciplinée.

« Ses parents doivent être si fiers. »

Cette pensée me fait réfléchir, et je m'arrête net dans mon jugement. Je n'ai jamais pensé à ce qu'elle a pu traverser à la maison à cause de sa réputation. Si c'est un peu comme ce que je ressens avec mon père, je ne le souhaite à personne. Ne pas être à la hauteur des attentes des autres peut laisser de sacrées marques.

Je dribble entre mes jambes en la voyant sous un nouveau jour.

Elle agite le bras.

— Ce n'est pas la question. Ces garçons étaient là pour servir un but et ils n'étaient bons qu'à ça. Un peu comme toi.

Je hausse les sourcils, un sourire taquin aux lèvres.

— Et quel est mon objectif ?

— M'apprendre « l'amour du jeu ». Après ça, je te jetterai comme les autres.

Je souris en entendant ses paroles. *Comme si j'allais lui donner le pouvoir de me jeter.*

— D'accord, bon, ça, je commence en levant le ballon, c'est un ba-llon-de-bas-ket.

Elle écarquille les yeux.

— Waouh. Incroyable.

— En effet. Et attends de voir comment on tire.

— Avec un pistolet ? hoquette-t-elle en posant la main sur son cœur.

— Bingo, petite dame.

Je mime un pistolet avec mes doigts et le pointe vers elle. Elle ricane.

— Tu es ridicule. Est-ce qu'on peut être sérieux ? J'ai besoin de ce boulot, Eli.

Je réprime un sourire.

— Je suis sérieux. C'est toi qui dois te tenir prête.

Elle hoche le menton en s'approchant.

— Je suis prête, Grosse Tête. J'ai entendu dire que tu étais le meilleur professeur. Et puis, tu sais ce qu'on dit…

Nos regards se rencontrent. Si elle peut rester courtoise comme elle l'a été ces dernières minutes, on s'en sortira très bien.

— Qu'est-ce qu'on dit ?

— Ceux qui ne peuvent pas pratiquer... enseignent.

Elle me fait un clin d'œil, me pique le ballon et se dirige vers le panier.

Salope.

Chapitre 7

BECCA

Suis-je vraiment en train de flirter avec Eli ?

Ce matin, je suis venue ici avec un seul objectif en tête : en finir avec cette « formation de base » le plus rapidement possible. Au lieu de ça, je tiens un ballon de basket sous un panier de trois mètres – ce que je sais uniquement grâce à l'énorme inscription manuscrite qui y est collée – en essayant de calmer mon estomac. Je ne sais pas pourquoi ma réaction à son égard est aussi forte. Ce n'est pas que j'aie envie de réagir. Mais bon sang, en le voyant manipuler ce ballon dans ses mains gigantesques, je me demande comment il pourrait me manipuler, moi. Ce qui est un problème en soi, car je n'aime pas être manipulée. Jamais.

Je jette un coup d'œil par-dessus mon épaule. Eli s'avance vers moi, les yeux plissés en deux petites fentes, et je frémis en voyant à quel point il a l'air énervé. Indépendamment de ce que je ressens pour lui, je devrais me contrôler pour qu'on puisse arriver au bout de cette leçon sans s'entre-tuer. Mais bon sang, il rend les choses difficiles !

Je me retourne et je serre le ballon contre ma poitrine.

— Alors, quelle est la leçon du jour, coach ?

Eli s'arrête net et le coin de sa bouche se soulève.

— Pas besoin de m'appeler coach. « Monsieur » ira très bien.

Je lève les yeux au plafond.

— Dans tes rêves. C'est soit coach, soit connard. Fais ton choix.

Il rit en secouant la tête.

— Bon, j'ai posé du ruban pour indiquer les zones importantes du terrain. On va commencer par les bases. Tu sais déjà que tu tiens un ballon de basket.

— Uniquement grâce à tes brillantes compétences pédagogiques.

Il sourit.

Un frisson me parcourt l'échine. *Merde.*

— Ça, c'est le panier, dit-il en désignant le filet. Le but est de mettre le ballon dans le panier.

— Fascinant, mais je le sais déjà. Je gagnais toujours face à Lee quand on jouait au HORSE dans votre allée.

— Le basket, ce n'est pas le HORSE, se moque-t-il. C'est un sport d'équipe.

Je lève les mains en l'air car, franchement, en quoi est-ce vraiment différent ?

— D'accord. Bon, combien de joueurs y a-t-il dans une équipe ?

Il s'accroupit devant moi, les avant-bras en appui sur les cuisses, son pantalon tendu autour de ses hanches.

Ne regarde pas sa bite. Ne regarde pas sa bite.

Je regarde. Je ne peux pas m'en empêcher, il est juste là. Et il a de grands pieds, alors on ne peut pas m'en vouloir de vouloir vérifier si le dicton dit vrai.

— Ça dépend de la ligue. Mais en général, il y a quinze joueurs. Treize s'habillent pour les matchs. Dix joueurs sont sur le terrain, cinq de chaque équipe. L'objectif principal est de marquer plus de points que son adversaire. Tu me suis jusque-là ?

Ma tête oscille au rythme de ses paroles, mais mon esprit n'intègre rien. C'est un vrai déluge d'informations.

Je devrais peut-être prendre des notes.

Je lève le doigt pour l'interrompre un instant avant de courir vers mon sac et d'attraper le premier carnet que je trouve. Je reviens en courant, je m'assois en tailleur et le dévisage. Ses narines se dilatent tandis qu'il me scrute. Je trépigne, son regard me rendant nerveuse. Vu la façon dont il me fixe, on pourrait croire que je viens de me mettre à genoux et de lui proposer de le sucer. Cette pensée fait apparaître une image très indésirable dans mon esprit et, même si j'essaye de la repousser, je sens l'excitation monter en moi.

L'air s'épaissit, semble crépiter entre nous, et je n'aime pas ce que je ressens. Je pointe mon stylo vers lui.

— Ne crois pas que, parce que tu me regardes de haut, tu es en position de force. Je veux juste être à l'aise pendant que je dois t'écouter blablater.

Il s'éclaircit la gorge et détourne les yeux.

— Compris.

— OK, donc cinq joueurs de chaque côté et le but est de marquer.

J'écris fiévreusement, essayant de cacher le rouge qui me monte aux joues.

— Combien de points s'ils mettent le ballon dans le panier ?

— Deux points s'ils marquent. À moins que..., dit-il en levant un doigt pour le diriger vers une zone délimitée par du ruban adhésif. À moins qu'ils ne soient en dehors de cette zone, juste ici. Tu vois cette courbe peinte ?

Il tend le bras et je m'efforce de ne pas prêter attention à chaque creux et chaque courbe de son biceps.

— Mmm, je marmonne finalement en détournant le regard.

— C'est l'arc des trois points. S'ils tirent depuis l'extérieur de cet arc, alors le panier vaut trois points, pas deux.

— Hmm-hmm.

Je fronce les sourcils en mâchant l'extrémité de mon stylo.

Il soupire et se passe les doigts dans les cheveux.

— Ouais, je ne voulais pas aborder tout ça aujourd'hui. Je pensais juste me concentrer sur le terrain lui-même. Une fois que tu auras ça en main, je t'apprendrai à maîtriser la raquette.

Je fais la grimace.

— Maîtriser la raquette ? Ça n'a aucun sens.

Il sourit.

— Ça en aura, tu verras.

Les cours sont terminés pour aujourd'hui. Il est dix-huit heures, et j'ai très envie d'un long bain et d'une soirée devant *The Real Housewives.* J'ai des crampes à la main à cause de toutes les notes que j'ai prises, la plupart pendant mon cours avec Eli. Mon cerveau est encore embrouillé par toutes les lignes dont il m'a parlé. Les lignes médianes, les lignes de lancer franc, les lignes de touche, les lignes de fond et les cercles centraux.

Qui aurait cru que ces formes sur le sol du gymnase du lycée avaient un sens ?

Je ne l'admettrais jamais à voix haute, mais Eli est un excellent professeur et j'ai le sentiment qu'il sera un entraîneur phénoménal. Les Florida Coast Stingrays ont de la chance de l'avoir. Honnêtement, je n'arrive pas à imaginer aimer quoi que ce soit avec l'intensité qu'il voue au jeu. Sa passion imprègne chacun de ses mots, chacune de ses actions, au point qu'il est impossible de ne pas la percevoir.

En plus, il fera une jolie décoration sur le bord du terrain pendant les matchs. C'est un spécimen réellement hors du commun. J'adresse un rapide remerciement à Mme Carson, qu'elle repose en paix, pour avoir créé un tel chef-d'œuvre. Si seulement sa personnalité pouvait être à la hauteur de son visage parfait...

Je suis tirée de mes pensées par mon téléphone qui vibre pour annoncer un message de Lee. *Il était temps.* Lee est capable de repousser mes appels pendant des semaines pour ne pas avoir à m'entendre râler sur ses choix.

Comme pour ne pas m'avoir dit que son frère est à la FCU.

Elle a grandi dans un cocon, menant une vie bien plus protégée que la mienne. Son innocence contrastait avec mon vécu, mais nous nous complétions parfaitement. Et c'est toujours le cas.

Le yin de mon yang. Elle était éclatante, un petit rayon de soleil, jusqu'à ce qu'un crétin nommé Chase s'installe en ville et ne lui vole sa lumière. La vie l'a frappée durement et elle ne s'en est toujours pas complètement remise.

Mais je préfère une Lee triste à une Lee catatonique.

Ma colère envers Eli refait surface quand je pense à tout ce que mon amie a dû endurer sans lui.

Lee : Ça fait plus d'une journée et je n'ai toujours pas aperçu ton gros cul en ville. J'imagine que ce n'était que du vent, hein ?

Moi : Oh, la menace tient toujours. J'ai juste été occupée avec TON MAUDIT FRÈRE à la fac. Qu'est-ce que c'est que ce bordel ?

Lee : Oh, alors il a eu le poste là-bas ? Aux dernières nouvelles, il passait juste un entretien. Désolée, je ne pensais pas que ça t'intéresserait…

Je fronce les sourcils en me demandant pourquoi elle n'était pas au courant pour son frère. Ça me semble pourtant être une information importante, et même si je sais qu'Eli n'est pas revenu depuis des années à Sugarlake, je sais aussi qu'ils se parlent au téléphone une fois par mois.

Je lève les yeux au ciel en me rappelant que je me fiche éperdument de ce qui arrive à Eli et je jette mon téléphone sur ma table de nuit. Des rires me parviennent du couloir et je décide d'aller voir ce qui se passe. Sabrina et Jeremy sont assis sur le canapé, en train de pouffer.

— Qu'est-ce qu'il y a de si drôle ? Et pourquoi je n'ai pas été invitée à la fête ?

Jeremy hausse les épaules.

— Tu as débarqué ici comme si le feu de l'enfer et la damnation te poursuivaient.

Je réprime un sourire devant sa piètre tentative d'imitation de l'accent du Sud.

— C'est mignon.

— Comment s'est passé ton premier jour ? me demande Sabrina.

Je m'approche et tente de pousser la jambe de Jeremy pour me faire de la place. Mon ami ne bougeant pas d'un poil, je m'assois sur ses genoux. Il passe les bras autour de ma taille et je soupire en me penchant vers lui.

— Tout compte fait, ça s'est étonnamment bien passé.

— Je n'arrive toujours pas à croire que tu connais Elliot Carson. C'est dingue.

Jeremy a hâte de le rencontrer. Il est même un peu intimidé, ce qui est agaçant.

— C'est un connard sexiste.

— C'est l'un des meilleurs meneurs que j'aie jamais vus jouer, réplique-t-il d'un air rêveur. C'est dommage, ce qui lui est arrivé.

Je repousse le bras de Jeremy, me lève et fronce le nez.

— Essaye de maîtriser ton adoration pour ce mec avant de le rencontrer. Je ne veux pas que les gens croient que je m'entoure de lèche-bottes.

Jeremy rit.

— Je suis juste content que ma meilleure copine assiste à mes matchs. J'ai besoin de ce joli petit cul sur la ligne de touche pour m'encourager, déclare-t-il en me donnant une petite tape sur la fesse, ce qui me fait sursauter. Tu vas porter mon numéro ? Ou c'est... contre les règles ?

— Les règles ne m'ont jamais arrêtée. Quand est-ce que les entraînements commencent pour vous ? Le coach n'a rien dit à ce sujet, il m'a juste donné mes horaires.

— En octobre. Mais tu verras sûrement certains d'entre nous avant ça pour la préparation physique.

Je cligne des yeux.

— Je n'ai aucune idée de ce que ça veut dire.

— Moi non plus, ajoute Sabrina.

— Heureusement pour toi, tu as un entraîneur super doué et super sexy pour t'aider à apprendre, lance Jeremy en haussant ses sourcils.

L'irritation me ronge de l'intérieur quand je me représente le visage arrogant d'Eli. Mais, sous l'agacement, une étincelle de désir crépite, faisant rougir mes joues et réchauffant le sang dans mes veines.

Chapitre 8

BECCA

Au fil des jours, les cours monotones et les leçons de basket épuisantes s'enchaînent. Quelque part au milieu de tout cela, Eli et moi sommes parvenus à une trêve tacite. Une trêve pendant laquelle je ne le pousse pas à bout et où, de son côté, il ne m'énerve pas juste en respirant. Je ne suis pas sûre que ça durera, mais je vais faire des efforts pour continuer tant que je le peux.

Dimanche, j'ai cédé à l'envie de prendre des nouvelles de ma mère, mais elle n'a pas répondu. Je n'ai pas parlé à mes parents depuis mon arrivée en Floride pour la rentrée, et plus précisément depuis que mon père m'a coupé les vivres, mais ce n'est pas faute d'avoir essayé de mon côté. Je devrais les rayer complètement de ma vie comme ils semblent l'avoir fait avec moi, mais j'ai un faible pour ma mère et je l'aurai toujours. Je ne peux pas la laisser dans la fosse aux serpents sans m'assurer qu'elle ne se fera pas mordre.

J'ai essayé de lui dire, une fois, que papa couchait avec la jeune assistante de vingt-deux ans. J'essayais juste de l'aider, et je pensais qu'elle méritait de savoir. Dans mon esprit, si mon père avait le culot de prétendre qu'il était un homme de Dieu qui respectait ses vœux, alors maman méritait de savoir qu'elle avait épousé une vipère. Je m'attendais à des larmes et peut-être de la compassion pour ce que mes pauvres yeux avaient vu, étant donné que je n'avais que treize ans, mais au lieu de ça, elle m'a dit qu'il était grand temps que j'apprenne que tous les hommes sont des menteurs, que l'amour était un conte de fées raconté aux enfants et que les contes de fées n'existaient pas. Puis elle m'a ordonné de ne plus jamais lui manquer de respect en soulevant le sujet. Ce jour-là, j'ai beaucoup perdu : le respect pour mes parents et ma foi en Dieu. Si je ne pouvais pas me fier à l'amour de mes propres parents, comment faire confiance à un homme, dans le ciel, qui était censé m'aimer encore plus ?

Jusqu'à ce jour-là, j'avais passé chaque instant de ma vie à aimer Dieu plus que tout. Je priais tous les soirs au dîner, puis à nouveau au moment d'aller me coucher. Je regardais le mariage de mes parents avec des yeux remplis de tendresse et j'absorbais les sermons de mon père comme une éponge. Alors, un jour, quand ma mère m'a envoyée à l'église, que je suis entrée et que j'ai vu Sally Sanderson allongée sur le bureau de mon père, lui au-dessus d'elle, j'ai eu un choc qui m'a glacé le cœur et m'a retourné l'estomac. Ils étaient tellement absorbés par le péché qu'ils étaient en train de commettre qu'ils ne m'ont même pas entendue.

Je pense toujours qu'il n'est pas au courant que je sais. Mais je sais. Et je n'oublierai jamais le chagrin que j'ai ressenti en apprenant que l'homme que je croyais connaître n'existait pas.

L'amour est un conte de fées.

Je suis assise dans les gradins de la Waycor Arena lorsque le mot « maman » s'affiche sur mon téléphone. Même si j'ai tenté de la joindre, une part de moi hésite à répondre. Principalement parce qu'elle n'a pas pris la peine de vérifier si j'allais bien après que papa a décidé de me couper les vivres. Mais l'autre part de moi, celle qui s'inquiète pour elle, finit par céder et décrocher.

— Salut, maman, dis-je juste au moment où Eli arrive sur le terrain.

Il porte une tenue de sport décontractée avec un short de basket noir et un maillot de corps blanc qui moule sa poitrine et ses abdos. *Bon sang.* Il pose son sac de sport et sourit en s'approchant. Je me contente d'un demi-sourire, trop agacée par l'effet qu'il me fait encore pour en esquisser un vrai.

— Rebecca Jean, lance ma mère - et sa voix me sort de mes pensées. J'ai attendu longtemps avant de te passer ce coup de fil, pensant que tu reviendrais peut-être à la raison et que tu arrangerais les choses avec ton père.

— Maman, c'est incroyable que tu le défendes. Pourquoi est-ce que ce serait à moi d'arranger les choses ? Je n'ai rien fait de mal.

Elle soupire.

— Il a dit que tu dirais ça.

— Tu réalises que la parole de papa n'est en fait pas l'évangile, je réplique d'un ton narquois.

— Surveille ton langage, jeune fille. Maintenant, je veux que tu arrêtes ces absurdités et que tu me dises que tu rentreras à la maison à la fin de l'année scolaire.

La colère bout dans mon ventre, monte dans ma gorge et imprègne mes paroles.

— J'aimerais le faire, maman, mais papa et toi m'avez toujours appris que mentir était un péché, et je ne veux pas finir brûlée dans les feux de l'enfer juste pour vous apaiser.

Eli écoute notre conversation ouvertement, sans même essayer de se cacher. Il passe la main sur sa bouche, certainement pour masquer son sourire. Incapable de m'en empêcher, je lui renvoie une expression espiègle, et mon cœur s'accélère tandis que ma mère hurle en arrière-plan.

— Un jour, tu devras grandir, Rebecca Jean. C'est honteux, la façon dont tu agis.

Ses mots transpercent ma petite bulle de bonheur.

Je déglutis et hoche la tête, avant de fermer brièvement les paupières pour ne pas pleurer.

— J'imagine qu'à ce stade, tu n'attends que ça. J'essaye simplement d'être à la hauteur.

Eli fronce les sourcils et ses yeux me transpercent. Je m'agite, vulnérable sous son regard. Je déteste ce que je ressens.

— Bref. Les cours se passent bien, au fait, merci de demander, mais en fait je suis au travail, alors je dois y aller.

Je raccroche avant que ma mère puisse répondre, et inspire un grand coup. Je ne sais pas pourquoi je laisse ses paroles m'affecter de cette façon. Je devrais y être habituée, je les entends depuis que j'ai treize ans.

Le temps a atténué la blessure, mais, au fond, je ne suis qu'une fille qui veut que ses parents l'acceptent telle qu'elle est. Pas comme celle qu'ils veulent qu'elle soit.

Je jette un coup d'œil à Eli. Les bras croisés, ses muscles bien en évidence, il me fixe sans dire un mot.

— Quoi ? je lui demande sèchement.

— Ça va ?

— Très bien.

Je lâche mes cheveux rebelles que je tiens de ma mère et refais ma queue-de-cheval.

Eli est toujours là, à tourner autour de moi comme un fichu moustique.

— On va rester plantés là ou on s'y met ? je demande en levant les bras au ciel.

Je vois ses yeux bleus me jauger. La douleur causée par la honte de ma mère à mon égard s'efface peu à peu, laissant place à une vague de chaleur provoquée par le regard pensif d'Eli. Je pensais que le fait d'être près de lui me blinderait, mais au contraire, c'est devenu pire.

Pour de nombreuses raisons, je ne peux pas penser à lui. Pour commencer, officiellement, c'est mon patron. Je suis presque sûre que nous aurions tous les deux de gros ennuis si je le laissais plonger dans mon pot de miel. Ensuite, plus important encore, je ne peux pas le supporter. Ce qui me pousse à croire que, si mon corps réagit, c'est uniquement parce que je n'ai jamais baisé quelqu'un par haine auparavant. En plus, ça fait trois semaines que je n'ai pas eu d'orgasme, ce qui est une putain de tragédie, alors autant dire que mes hormones sont en ébullition.

— Tu as faim ?

La voix d'Eli me fait sortir de mes pensées lubriques.

— Pardon ?

— Manger. Tu veux aller manger quelque chose ?

Je regarde autour de moi.

— Heu... on n'est pas censés s'entraîner ?

Il hausse les épaules.

— On dirait que tu as besoin d'un jour de congé.

Choquée par ce qu'il vient de dire, je me tais. Je ne suis pas sûre que quiconque se soit jamais soucié de ce dont j'avais besoin, et même si je déteste Eli, sa prévenance me réchauffe le cœur.

— D'accord, oui... Mais c'est toi qui invites.

Chapitre 9

ELI

Nous sommes dans mon restaurant préféré depuis trente minutes et Becca a à peine dit trois mots. Le silence est différent de ce à quoi je m'attendais et, étonnamment, je ne pense pas aimer cela.

L'étincelle qui brillait dans ses yeux s'est éteinte progressivement pendant sa conversation téléphonique, et je me suis senti oppressé en voyant cela, ce qui est drôle parce que je croyais détester cette flamme dans ses prunelles. C'est vraiment énervant. C'est une fille vraiment énervante, mais je me surprends à vouloir détendre ses traits et chasser la tristesse de ses yeux.

Je m'adosse à la chaise et je l'observe. Elle sirote son Coca, regarde autour d'elle, enroule l'extrémité de ses boucles rousses et indomptables autour de ses doigts. J'ai remarqué qu'elle jouait souvent avec ses cheveux.

— Alors, c'était ta mère au téléphone ? je demande pour rompre le silence.

— Oui. La seule et l'unique, répond-elle en hochant la tête.

— Tout va bien à la maison ?

Je ne sais pas pourquoi je prends la peine de poser la question, ce n'est pas comme si elle allait me répondre.

— Qu'est-ce que c'est, un team building ? L'entraîneur qui fait une sortie avec son joueur pour créer des liens et lui donner des leçons de vie ?

— Tu devrais apprendre à tirer dans le panier avant de te considérer comme une joueuse.

— Je sais tirer, marmonne-t-elle en croisant les bras. Ça fait des jours que je m'entraîne.

— Tu es nulle.

Sa mâchoire tombe et elle me regarde en clignant des yeux.

— Elliot Carson, retire ce que tu viens de dire. Je ne suis pas nulle.

Un sourire se dessine au coin de mes lèvres.

— Tu devrais peut-être faire plus d'efforts. Sinon tu ne feras jamais partie de l'équipe.

Son regard s'enflamme et mon cœur s'emballe.

— Peut-être que j'ai besoin d'un meilleur entraîneur, Grosse Tête, réplique-t-elle en mâchant une frite avant de pencher la tête. Tu veux vraiment parler de nos situations familiales ? De nous deux, c'est moi qui m'en sors le mieux.

Voilà qui me fait taire instantanément. Malgré tout le temps qu'on a passé ensemble, on n'a pas parlé une seule fois de ma sœur. C'est presque un sujet tabou, surtout avec les pensées qui occupent mon esprit au sujet de Becca quand je suis seul.

Elle me rend complètement fou.

D'ailleurs, songer à leur complicité ne fait que souligner le fait que, si Becca me déteste autant, c'est parce que Lee doit se sentir mille fois plus mal. Un voile de tristesse m'enveloppe, s'enroule autour de mon cou, et j'ai la désagréable sensation de m'étrangler. Je me frotte la gorge pour essayer d'atténuer la douleur.

— Tu as raison.

Elle laisse tomber sa frite à moitié mangée dans son assiette.

— Ah bon ?

— Oui, je murmure en soupirant avant de me pencher en arrière. En ce qui concerne ma famille, on est tous plutôt mal.

— Hmm.

Elle attrape la paille de sa boisson, bouche une extrémité avec son doigt et en aspire le liquide de l'autre. *Est-ce qu'elle le fait exprès ?* Je regarde ses lèvres serrées autour de la paille et mon début d'érection m'oblige à ajuster ma position sur mon siège.

— Tu es vraiment foutu, acquiesce-t-elle. Pourquoi tu ne rentres jamais à la maison, Eli ?

— Qu'est-ce que c'est, un team building ? Ça ne te regarde vraiment pas, Rebecca.

Elle plisse les yeux et rougit en pinçant les lèvres, et mon excitation redouble d'intensité face au retour de ma petite furie. Je craignais qu'elle ne revienne pas jouer.

— Ça ne me regarde pas ? Tu es vraiment un connard. Laisse-moi te dire un truc, trou du cul. C'est moi qui ai soutenu ta sœur jour après jour quand elle ne pouvait pas tenir le coup toute seule. Elle n'avait personne, Eli. Personne à part moi et Jax.

Je plisse le front.

— Jax, c'est le mec qui vivait derrière chez nous ?

— Mmm. C'est son meilleur ami, ils sont encore plus proches qu'elle et moi, même si je dois avouer que c'est dur à admettre.

— Je doute que ce soit vrai.

Je ne peux pas imaginer quelqu'un de plus loyal que Becca.

— Si, ça l'est, dit-elle en agitant la main. Mais il est fou amoureux d'elle, et même si j'adore ta sœur, je n'ai pas envie de passer ma vie à vivre dans son ombre.

Je viens de boire une gorgée de mon verre et ses paroles me font tout recracher. Je tousse en essayant de m'arrêter de rire.

Elle sourit en secouant la tête.

— Mais elle aurait pu avoir mille moi, et mille Jax, c'était de toi qu'elle avait besoin. Et c'est toujours le cas.

Je me frotte la nuque. Ses paroles remettent en cause ce que je pensais savoir et ma perception de ma petite sœur. Je ne suis pas pris en considération. Jamais. La seule chose dont me parle Lee, c'est de papa et de ce que je dois faire pour l'aider, mais chaque fois que j'essaye d'approfondir le sujet, papa m'assure que c'est juste Lee qui souffre de la disparition de maman. J'aime ma sœur et je peux comprendre qu'elle projette ses inquiétudes sur notre père, mais je suis plus enclin à le croire, lui.

— Je ne veux pas y retourner, Becca. Je ne pense pas en être capable, je murmure d'une voix rauque.

Le sillon entre les yeux de Becca s'approfondit alors qu'elle étudie mon visage. *J'aimerais qu'elle arrête de me regarder comme ça.*

Elle finit par soupirer.

— Je comprends… que tu n'aies pas envie de revenir à Sugarlake.

— Vraiment ?

— Ouais. C'est pour cette même raison que ma mère m'a crié dessus, tout à l'heure.

Je ne parviens pas à cacher ma surprise.

— Tu n'as pas envie de retourner à Sugarlake ?

Elle laisse échapper un rire.

— Absolument pas. Cette ville te juge plus vite qu'un aigle ne fond sur sa proie.

— Sans blague…

Quand nos regards se croisent, j'y perçois une douceur que je n'avais jamais remarquée – ou peut-être qu'elle ne m'avait jamais été adressée – mais, désormais, il m'est presque impossible de ne pas me laisser happer par cette chaleur. Je me racle la gorge en observant mon assiette.

— Merci de… comprendre. Je ne pense pas que quelqu'un m'ait déjà réellement compris avant.

Elle tire sur le bout de ses cheveux bouclés en les faisant tournoyer entre ses doigts. Mon cœur bat plus fort et ma jambe tressaute en rythme sous la table. L'air semble tourbillonner, mêlant ses mots apaisants à l'attirance que je ressens pour elle, au point que j'ai presque l'impression que ce mélange devient tangible.

Après quelques secondes, elle expire et baisse les yeux.

— Ouais… mais je pense toujours que tu es une couille molle de ne pas avoir eu le courage de revenir.

Je souris et j'étire mon bras sur le dossier de la banquette.
— Eh bien, ce n'est pas ce qu'on dit de moi.
Elle hausse les sourcils.
— Qu'est-ce qu'on dit, alors ?
— Va donc demander à mes ex.

Chapitre 10

BECCA

Je suis en retard pour retrouver Eli. Depuis qu'il m'a charriée pour avoir été prétendument en retard le premier jour, je me suis donné pour mission d'arriver avant lui, mais hier soir, j'ai veillé pour terminer un devoir que je n'arrêtais pas de repousser. Entre ça et le fait que mon cerveau ne cesse de me repasser en boucle le déjeuner d'hier, je n'ai pas beaucoup dormi.

J'ai vu une autre facette d'Eli au restaurant. Ma loyauté a toujours été et ira toujours envers Lee, mais je dois avouer que je n'avais jamais vraiment pensé à ce que lui pouvait vivre. Et maintenant que j'ai commencé à y réfléchir, je ne peux plus m'arrêter. Plus j'y songe, et plus la frustration monte en moi, et mon cœur se serre en réalisant que je ne me souviens pas que Lee ait jamais évoqué comment Eli avait vécu la mort de leur mère ou comment il avait géré l'arrêt du basket. Je me demande même si elle sait ce qu'a traversé son frère ou si elle était trop noyée dans son propre chagrin pour seulement lui poser la question.

Quoi qu'il en soit, quelqu'un devrait le faire.

J'ai vu l'ombre du fantôme qui le hante. Le fait de le savoir aussi perdu me provoque une drôle de sensation dans la poitrine, comme si le gouffre qui nous séparait était en train de se refermer, et je me surprends à avoir presque envie de plonger dans ses ténèbres pour y trouver les éclats de lumière. Mais je me force à me ressaisir, parce que je ne veux vraiment rien avoir à faire avec Elliot Carson.

Le manque de sommeil m'a visiblement joué des tours, et je dois me reprendre. Je dois renforcer ma carapace et me protéger de tout ce qui déconne dans ma tête, et dans mon corps, quand il s'agit de lui.

Peut-être que je devrais me trouver une bonne grosse bite à chevaucher ce week-end pour me le sortir de la tête.

J'entre dans l'arène d'un pas rapide, convaincue d'avoir pris la bonne décision, mais toutes mes bonnes résolutions partent en fumée lorsque j'aperçois la scène qui se joue devant moi.

Torse nu, Eli s'entraîne à tirer des paniers. Vraiment, il ne porte pas un seul vêtement à part son short et ses chaussures. Dans le gymnase, on n'entend que le bruit de ses baskets qui frappent le sol et le rebond du ballon.

Il y a juste lui, la ligne de lancer franc et son art.

Mon cerveau s'arrête de fonctionner l'espace d'un instant et mon cœur bat si vite que mon corps ne peut pas suivre. Je pose une main sur le mur en béton pour garder l'équilibre. Un léger voile de sueur scintille sur sa poitrine et ses abdos, lui donnant un air éthéré sous les lumières fluorescentes. Il s'entraîne manifestement depuis un certain temps.

Je reste immobile, dévorant des yeux chaque ligne de son corps, le contrôle de sa posture, la précision de ses mouvements. C'est un spectacle pour les yeux. Toute sa personne est un spectacle pour les yeux.

Mon sac glisse de mon épaule et tombe par terre. Le bruit résonne dans le silence du gymnase et se répercute dans les gradins. Eli se tourne brusquement vers moi et se détend en me voyant.

— Salut ! J'étais en train de m'échauffer en t'attendant.

Il se passe les doigts dans les cheveux, et ce simple mouvement fait se contracter ses abdos.

Je voudrais répondre, mais j'ai la bouche soudain sèche et je crains de ne produire aucun son.

Mon sourire s'efface lentement, tandis que je reste là, bouche bée. Son regard s'assombrit, et l'air semble crépiter entre nous.

Je me racle la gorge pour essayer de me ressaisir.

— Ouais. Salut. Désolée d'être en retard, je ne me suis pas réveillée.

Il esquisse un sourire, et je maudis les papillons dans mon ventre qui s'agitent à la simple vue de ses dents blanches.

— Qu'est-ce qu'on fait aujourd'hui ?

Il tend le bras vers le chariot de ballons et les quelques-uns qui traînent au sol.

— Devine.

— Hmm. Tu as décidé que tu me voulais dans ton équipe, finalement ?

Il sourit en faisant rebondir le ballon de basket entre ses jambes.

— Chérie, tu es dans mon équipe depuis que tu as foulé ce terrain.

Je plisse les yeux, mais ne peux empêcher ses mots de faire frissonner ma peau. J'étire les bras au-dessus de ma tête et fais craquer mon cou ; je ne manque pas de remarquer son regard suivant le bas de mon T-shirt qui remonte, et sa pomme d'Adam qui bouge lorsqu'il déglutit.

Je souris en posant les mains sur mes hanches.

— Faites-moi entrer, coach.

— Il me semble me souvenir que tu as parlé de HORSE. Voyons ce que tu as dans le ventre, Grande Gueule.

Il me lance le ballon, que je rattrape de justesse contre ma poitrine, le souffle coupé.

Et ainsi, nous nous lançons dans le jeu.

Je tire à moins de cinquante centimètres et j'éclate de rire quand le ballon entre dans le filet. Il m'imite facilement.

Puis il tire depuis la ligne de lancer franc et court en arrière après avoir marqué.

— Rien que le filet, chérie.

— Kobe ! je m'écrie en tentant le même tir.

Le ballon rebondit sur le bord du panier et roule jusqu'aux pieds d'Eli. Ce dernier est plié en deux de rire et je lui fais un doigt d'honneur alors qu'il ramasse la balle.

Il s'élance jusqu'au panier et saute, effectuant un mouvement sophistiqué en tordant son corps pour lancer le ballon à travers le filet d'une seule main.

Je ricane.

— C'est pas juste, Grosse Tête. Je sais à peine tirer. Tu te la pètes, là.

Eli glousse et s'approche de moi en se pavanant, avant de me mettre le ballon dans les mains puis de se placer derrière moi. Il est si près que je sens la chaleur de son corps qui rayonne dans mon dos et de délicieux picotements remontent le long de ma colonne vertébrale.

Je serre le ballon plus fort.

— D'abord..., commence-t-il en faufilant ses doigts entre mes boucles pour orienter mon visage vers le panier, tu dois viser la cible.

Il tire légèrement sur mes cheveux avant de relâcher mes mèches, et un frisson me parcourt. Ses mains rugueuses effleurent mes hanches et la chair de poule recouvre ma peau lorsque ses doigts m'agrippent. Il imprime une légère pression pour que je me redresse avant de poursuivre son chemin. J'ai les jambes qui tremblent et je me mords la lèvre pour ne pas gémir.

— Ensuite, tu dois avoir une position ouverte.

Il s'agenouille derrière moi, et ses paumes glissent le long de l'intérieur de mes cuisses jusqu'à mes genoux, qu'il écarte. La légère caresse de ses doigts sur ma peau nue envoie une décharge de désir dans tout mon corps, et je me sens rougir.

— Pointe tes pieds vers le côté gauche du panier.

Je m'exécute.

— Comme ça ?

Il se redresse et je sens son souffle sur ma nuque quand il se penche plus près.

— Parfait.

Sa voix est rauque et grave.

J'aspire une bouffée d'air.

Les paumes d'Eli glissent sur mes épaules et le long de mes bras jusqu'à ce que ses grandes mains recouvrent les miennes, et je suis fascinée par leur contraste avec le cuir du ballon.

— Maintenant, c'est la partie la plus importante. Tu es attentive ?

Son accent resurgit. J'acquiesce et penche légèrement la tête en arrière pour la presser contre sa poitrine lisse.

— Place la balle en position de tir.

Il fait bouger nos bras de façon à positionner la balle au-dessus de ma taille pour viser directement le panier. Je n'arrive pas à reprendre mon souffle tant sa proximité me perturbe et je halète.

Nos doigts s'entrelacent, et il me manipule pour que j'adopte la position qu'il souhaite, puis il lève nos bras à hauteur de ma tête.

— Le positionnement des mains est important.

Il retire ses mains, et la chaleur de ses paumes sur les miennes me manque. Mais heureusement il les repose sur mon corps, l'une appuyée sur mon ventre, l'autre enroulée autour de mon bras droit.

— Assure-toi d'utiliser la force de tes jambes, de ton tronc et de tes bras pour tirer.

Il m'étreint plus fort et nous propulse vers l'avant.

La chaleur de son corps m'enveloppe et mes fesses se pressent contre son érection très proéminente.

Oh mon Dieu.

Je prends une profonde inspiration, redoutant que le moindre mouvement - même si je me déplace d'un millimètre - ne me fasse perdre le contrôle et que je le plaque au sol, là, en plein milieu du terrain.

Sa main quitte mon ventre et remonte le long de mon corps jusqu'à se poser sur mon bras gauche.

— Maintenant, tire.

Son murmure me chatouille l'oreille et je suis parcourue d'une onde de choc.

Mon corps obéit à l'ordre avant même que mon esprit n'ait pu traiter l'information. Je laisse la balle s'envoler et elle traverse le filet.

Mais je me fiche de cette victoire. Toujours enveloppée de ses bras, je fais pivoter le haut de mon corps pour plonger mon regard dans ses yeux bleus.

Une seconde s'écoule...

Une deuxième...

Avant que je puisse reprendre ma respiration, les lèvres d'Eli s'écrasent sur les miennes et sa langue vient explorer ma bouche. Nos respirations se mélangent et le goût de son baiser m'arrache un gémissement. Je passe la main dans ses cheveux, pleinement consciente de son sexe qui se presse derrière moi, et mon corps vibre de désir à l'idée de le sentir en moi. C'est un besoin irrésistible, et je suis sûre que je me détesterai plus tard pour cela. Mais pour l'instant, je suis perdue. Dans son baiser. Dans son odeur. Dans son aura. Dans tout ce qu'est Elliot Carson.

Elliot Carson.

Je me dérobe, les lèvres brûlantes et le cœur qui hurle de protestation.

Mais qu'est-ce que je fabrique ?

— Becca.

La voix d'Eli est prudente et les muscles de ses bras - bien que ceux-ci soient toujours enroulés autour de moi - sont tendus.

Je secoue la tête en touchant mes lèvres gonflées.

— Non. Non. Ça ne vient pas d'arriver.

Eli me relâche tout en penchant la tête en arrière, et sa mâchoire se crispe.

— Merde. Tu as raison. Ça n'aurait pas dû se produire.

— Ah tu crois ? Qu'est-ce qui t'a pris, bordel ?

— Qu'est-ce qui m'a pris ? C'est toi qui m'as embrassé.

Je laisse échapper un rire en agitant les bras.

— Oh, je t'en prie. Tu m'as séduite avec ton... petit numéro de basket.

Il me fixe, comme s'il se retenait de sourire.

— Mon petit numéro de basket ?

Je grogne en tirant sur mes cheveux.

— Tu sais très bien ce que je veux dire. Ça..., dis-je en nous pointant alternativement du doigt, ça ne peut pas arriver.

— Je suis d'accord.

— Pour tant de raisons. Déjà, parce que tu es l'entraîneur de l'équipe de basket. Et ta sœur est ma meilleure amie, pour l'amour du ciel ! Sans parler du fait que je ne supporte pas ton ego surdimensionné. Ça ne peut pas arriver. J'ai juste...

Eli se plante devant moi et plaque sa main sur ma bouche.

— Bon sang, est-ce que ça t'arrive d'écouter ? Je t'ai dit que j'étais d'accord avec toi.

— Oh, je marmonne contre ses doigts.

Il sourit.

— Ouais. Oh.

Le soulagement me submerge, même si mon cœur se serre à l'idée que cela ne se reproduise plus jamais.

Ce baiser était une erreur. Une erreur que nous ne répéterons pas.

J'aurais juste préféré que cette erreur ne soit pas aussi agréable.

Chapitre 11

BECCA

Des heures plus tard, je n'arrive toujours pas à arrêter de penser à ce baiser. Je ne suis généralement pas une grande amatrice de bisous sur la bouche, je trouve ça trop intime, et ce moment d'inattention avec Eli m'a rappelé toutes les raisons pour lesquelles je les évite. J'ai peur que la sensation de ses lèvres ne reste gravée sur les miennes pour l'éternité.

Je vais tout faire pour l'effacer.

Je prends mon téléphone et j'envoie un message à Jeremy.

Moi : S'il te plaît, dis-moi que tu vas laisser tomber tes projets pour ce week-end pour m'aider à me trouver un coup d'un soir. J'ai vraiment besoin d'un bon plan cul.

Jeremy : Bon sang, tes répliques sont vraiment ringardes.

Moi : Ça veut dire oui ?

Jeremy : Qu'est-ce que j'y gagne ?

Je lève les yeux au ciel.

Moi : Est-ce que t'es vraiment en train de prendre notre amitié en otage, là ? Quel genre de connard fait ça ?

Moi : Qu'est-ce que tu veux ?

Sa réponse est immédiate.

Jeremy : Présente-moi personnellement à Elliot Carson... avant le début de la saison. Et tu pourrais peut-être lui faire dédicacer quelque chose, mais ne lui dis pas que c'est pour moi.

Mon estomac se noue quand je lis le nom d'Eli. Je bascule en arrière sur mon lit en gémissant.

Moi : D'accord.

Et comme si l'univers ne me torturait déjà pas assez, mon téléphone sonne dans ma main et le nom de Lee qui apparaît sur l'écran semble se moquer de moi.

— Salut, meuf, je lance en décrochant avant de me rasseoir.

— Salut, l'étrangère. Comment se passe la vie en Floride ?

Je déglutis. *Je doute que tu veuilles le savoir.*

— Hein ? Oh... tout va bien. Super. Et toi, comment ça va de ton côté ? Jax se comporte toujours comme un chiot perdu qui réclame tes caresses ?

Elle rit.

— Jax n'est pas un chiot perdu, Becca. Et il va très bien. J'étais avec lui hier soir jusqu'à ce qu'il ramène Suzy Abbott chez lui, rien que ça. Tu y crois ? Je te jure, je la déteste.

— Tu pourrais toujours laisser Jax t'emmener, toi, chez lui, on sait toutes les deux que c'est ce qu'il veut. Et alors, tu n'aurais pas à t'inquiéter des filles comme Suzy Abbott.

Lee soupire.

— Tu sais que je ne peux pas faire ça.

— Et pourquoi pas, bon sang ? Ce garçon te vénérerait comme une déesse.

— Ça compliquerait les choses.

— Il n'y a rien de compliqué là-dedans. Déshabille-le et laisse ses mains de mécanicien se mettre au travail.

— Jax est mon ami, Becca.

C'est l'euphémisme du siècle. Jax est fou d'elle, et il l'a toujours été, même à l'époque où elle sortait encore avec son meilleur ami. Il ferait n'importe quoi pour avoir une chance d'être avec Lee, et elle le sait.

Je hoche la tête même si elle ne peut pas me voir.

— Pense à l'amitié avec laquelle il traiterait ton vagin.

Elle ricane.

— Tu es tellement vulgaire.

— C'est ce que tu me dis toujours, je réplique en souriant.

— Tu as revu Eli, dans ta jolie petite école ?

Sa question suffit à me nouer l'estomac et à faire s'échauffer le sang dans mes veines. Un flash de notre baiser m'aveugle momentanément, et je sens mes joues se colorer du rouge de la culpabilité.

— Non. Pas vraiment. Pourquoi est-ce que je l'aurais revu ?

Je me frappe le front en serrant les paupières. *Idiote.*

— Je ne sais pas, répond mon amie en soupirant. Mais je ne vais pas te mentir, j'aime beaucoup l'idée que tu ne gardes pas ta langue dans ta poche et que tu lui passes un bon savon.

Je m'étouffe et me mets à tousser, les larmes aux yeux.

— Ça va ?

— Ouais, je réponds d'une voix rauque en me raclant la gorge et en me frottant la poitrine. Ça va.

— Hé, tu pourrais peut-être me rendre un service ? Tu pourrais le traquer et le convaincre de rentrer à la maison avec toi pour Noël ?

— Hum. Lee, mes parents sont des connards. Je ne sais même pas si je vais rentrer chez moi pour les fêtes.

— Quoi ? Qu'est-ce qui s'est passé ?

Je soupire. Je n'ai pas envie de me confronter à un problème supplémentaire qui échappe totalement à mon contrôle. En plus, si je lui en parle, je vais devoir lui annoncer que j'ai un nouveau travail alors que je viens de lui dire que je n'avais pas revu Eli. *Pourquoi j'ai fait ça ?* J'ai le ventre noué en me rendant compte que je viens de me mettre dans une situation extrêmement merdique. Je ne peux pas dire la vérité à ma meilleure amie sur ma vie, tout ça parce que ma bouche a parlé avant que mon cerveau ne puisse réagir. Mais si je reviens dessus maintenant, elle se demandera pourquoi j'ai menti.

Lee déteste les menteurs. Et elle déteste probablement aussi les gens qui sortent avec son frère inscrit aux abonnés absents.

— Comme d'habitude. Ils veulent que je sois dévouée à l'Église et que je ponde une centaine d'enfants.

Elle rit.

— Un jour, ils réaliseront que tu es un cheval sauvage qui ne peut pas être apprivoisé.

Je souris.

— Exactement ! Tu es la seule à me comprendre.

— En revanche, ce que je ne comprends pas, c'est pourquoi tu ne rentres pas à la maison, d'autant qu'il n'y a rien de neuf du côté de tes parents. Tu nous manques, ici.

Je glousse.

— Lee, il n'y a qu'à toi que je manque, et même si tu me connais bien, il y a une chose que tu ne saisiras jamais. Tu as Sugarlake dans les veines. Pas moi. Chaque seconde là-bas est une torture.

Elle n'insiste pas et je n'essaye pas de m'expliquer. Je sais qu'elle ne comprendra jamais.

Je suis soudain prise d'une irrésistible envie de parler à Eli… parce que lui, il comprendrait.

J'ai l'estomac noué au moment où je me dirige vers le terrain de basket. J'ai eu un jour de congé, ce qui m'a permis de ne pas avoir à croiser Eli, et j'ai passé tout ce temps à redouter le moment de le revoir. Puis j'ai réalisé que j'étais Becca Sanger, bon sang ! Je ne recule pas devant un homme. Ce sont eux qui se prosternent à mes pieds, pas l'inverse. De plus, ce n'est pas comme si je voulais qu'il se passe quelque chose entre lui et moi, même si c'était possible. Elliot est un océan de complications dans lequel je n'ai pas envie de plonger.

J'ai dit à Jeremy de me retrouver ici ce matin pour pouvoir faire les présentations, même si je préférerais ne pas y être obligée. En réalité, j'aimerais mieux tout envoyer balader et inviter Sabrina ce week-end à la place, mais je sais qu'elle effrayera tous mes plans cul potentiels en leur demandant leur nom, et surtout en voulant savoir s'ils sont féministes.

Quand j'entre dans le gymnase, je dépose mon sac et m'assois juste à côté, dans les gradins. Eli arrive à peine trois minutes plus tard.

— Salut.

Je lui fais un signe de la main, me lève et me dirige vers le terrain.

Il incline le menton en guise de bonjour et s'approche du chariot de ballons installé contre le mur du fond.

Heu, d'accord...

Je pars à sa suite en fourrant les mains dans mes cheveux. Je suis à mi-chemin du terrain quand des bras s'enroulent autour de ma taille et me soulèvent pour me faire tournoyer en l'air. Je pousse un cri et le sang me monte à la tête lorsque Jeremy me renverse par-dessus son épaule. *Connard.*

— Repose-moi, espèce de bourrin ! je m'écrie en martelant le bas de son dos de mes poings.

Il éclate d'un rire bruyant et me donne une claque sur les fesses.

— Dis « s'il te plaît ».

— Va te faire foutre.

Jeremy fait claquer sa langue.

— Tu embrasses ta maman avec cette bouche ?

— Jeremy, je jure devant Dieu que si tu ne me reposes pas...

— D'accord, d'accord. Calme tes ardeurs.

Il me fait doucement glisser vers le bas. Je tends le bras pour pincer son téton à travers son T-shirt, et je le tords.

— Aïe, putain, Becca.

Il me repousse d'un coup et je souris.

— Tu le mérites.

Quelqu'un s'éclaircit la gorge, et le bruit nous fait nous retourner. Eli nous lance un regard noir, les bras croisés sur sa poitrine. C'est quoi son problème ?

Un coup de coude dans les côtes me sort de ma torpeur.

— D'accord. Désolée. Eli, voici Jeremy. Jeremy, voici Eli.

Eli fait la moue en fixant Jeremy, et ce dernier se précipite vers Eli, la main tendue.

— Je sais qui tu es, bien sûr. Je suis un grand fan. J'ai vu tous tes matchs.

Un tic nerveux contracte la mâchoire d'Eli alors qu'il fronce ostensiblement les sourcils.

— Fan de basket ?

Je ris.

— Il est plus que fan. C'est un de tes joueurs.

Eli se redresse et se pointe lui-même du doigt.

— Un de mes joueurs ? Quel poste ?

Jeremy rayonne.

— Meneur. J'espère que je te rendrai fier.

— Un peu grand pour un meneur, marmonne Eli en se frottant le menton. Je crois que je me souviens de ton visage sur la liste.

Mon cœur s'emballe quand le regard d'Eli croise le mien.

— Comment se fait-il que vous vous connaissiez, tous les deux ?

Jeremy tend la main pour entrelacer nos doigts et me tirer vers lui. Le regard d'Eli se pose sur nos paumes jointes et ses yeux se mettent à briller.

— Becca est ma moitié depuis notre première année à l'université, annonce Jeremy.

Je lui souris parce que c'est vrai. Il est la seule personne, à part Lee, à s'être frayé un chemin dans mon âme, dont il a volé un petit morceau.

Les épaules d'Eli se raidissent.

— Je vois. Eh bien, j'espère que ce ne sera pas une source de distraction. Je n'aimerais pas devoir la renvoyer parce que vous ne pouvez pas vous contrôler.

Mon sourire s'efface et la colère bouillonne dans mes veines. *Est-ce qu'il vient de menacer de me retirer mon poste ?*

C'est un peu fort de sa part, étant donné que c'est lui qui a enfoncé sa langue dans ma gorge.

Je pensais que les choses avaient changé. Que l'époque où Eli était une vraie raclure était révolue, mais manifestement, je me trompais.

Il est toujours un connard et rien d'autre.

Chapitre 12

ELI

Je n'ai connu cette émotion particulière qu'une seule autre fois dans ma vie, et c'était quand j'avais douze ans et que mon père m'avait inscrit à un concours de basket à Nashville. Il était catégorique : c'était important et j'étais censé m'entraîner toute la semaine, même si c'était les grandes vacances ; pour lui, ce n'était pas une excuse. Je devais rester en forme. Mais il y avait un nouveau jeu vidéo auquel tous mes amis jouaient et, pour une fois dans ma vie, je voulais juste être un gamin. Alors, j'ai convaincu ma mère de l'acheter sans le dire à mon père. Chaque fois qu'il était au travail cette semaine-là, je m'enfermais dans ma chambre pour y jouer au lieu de m'entraîner. Inutile de dire que je n'ai pas remporté le tournoi. Un gamin m'a battu avec deux putains de points d'avance.

Mon père a cette façon de vous transpercer avec sa déception ; ses mots sont tranchants comme des lames. Ce jour-là, il a brandi son arme tout le long du trajet jusqu'à la maison en me rabâchant à quel point l'autre gamin était génial. À quel point ses parents devaient être fiers.

C'est là que je l'ai ressenti : le goût amer de la jalousie. Pourtant, même ça, c'est incomparable avec le sentiment qui m'a incendié tout entier à la vue de Becca dans les bras de quelqu'un d'autre que moi.

Je n'aurais pas dû la toucher.

Mais ne pas le faire m'empêchait de respirer.

Tout le contrôle dont je m'efforçais de faire preuve a éclaté en mille morceaux et s'est fracassé sur le sol en érable lustré du gymnase. Mais ce n'est pas grave. Car je pourrais perdre mon emploi si la FCU apprenait ce qui s'est passé entre nous.

Avait-elle un petit ami, depuis tout ce temps ?

Ce n'est pas comme si notre baiser avait été prémédité. Nous étions tous les deux d'accord pour dire que c'était une erreur, alors qu'est-ce que ça peut me faire, qu'elle soit avec ce type ? C'est mieux comme ça. Peut-être que le fait de savoir qu'elle est prise m'aidera à garder mes distances.

Je les regarde tous les deux, ensemble, et l'envie d'être à la place de ce type me coupe le souffle comme si je venais de recevoir un coup de poing dans le ventre. Je serre les dents.

Qu'est-ce qu'il fait encore là ?

— Tu comptes travailler avec moi aujourd'hui ou tu es payée à faire les yeux doux à ton petit ami ? je demande à Becca d'un ton sec.

Elle se tourne vers moi en haussant les sourcils l'espace d'une fraction de seconde, avant que son visage ne se détende. Puis, elle passe sa main sur le bras de Jeremy.

Je serre le ballon de basket si fort que mes doigts deviennent blancs. Je me déteste d'avoir laissé mon accent m'échapper.

Elle se hisse sur la pointe des pieds, passe ses doigts autour du cou de son mec, ces mêmes doigts qui étaient dans mes cheveux et qui les tiraient comme si elle n'allait jamais pouvoir être assez proche de moi. Je me mords la joue et le goût du sang me détourne de l'envie de l'arracher de ses bras.

Jeremy jette un coup d'œil dans ma direction, un sourire aux lèvres, même s'il y a quelque chose d'hésitant dans son regard, qui n'était pas là il y a quelques minutes.

— À plus tard, coach. Encore une fois, c'est un honneur. J'ai hâte de m'imprégner de tout ce que tu vas nous apprendre.

En temps normal, je ne serais déjà pas enthousiaste à l'idée que quelqu'un crie mes louanges sur tous les toits, en me faisant passer pour ce que je ne suis plus, mais à ce moment je peux encore moins me résoudre à apprécier l'adoration que ce type montre envers moi.

En revanche, je vois bien que ça met Becca mal à l'aise, ce qui me ravit. J'esquisse un petit rictus alors qu'il quitte le terrain.

Elle plisse les yeux, et le sourire qu'elle avait pour lui disparaît de son visage.

— Qu'est-ce qui te fait rire ?

— Rien. Je l'aime bien. Il a manifestement très bon goût, je déclare en me désignant de la main.

Elle secoue la tête, faisant valser ses cheveux, et lisse son débardeur.

— Je suis d'accord. Il a le sens de la beauté.

— Waouh. Très humble.

— Qui a dit que je parlais de moi ?

Je me rapproche d'elle et lui passe le ballon. Nos doigts se frôlent, et je plie les miens pour me retenir de prolonger ce contact. Je baisse la tête pour croiser ses yeux vert jade.

— Allez, Becca. Tu sais que tu es belle.

Je ne voulais pas le dire à haute voix, mais je ne veux pas non plus retirer mes paroles. C'est vrai. C'est une sirène. Quand elle entre dans une pièce, on ne peut pas détourner le regard. J'aimerais bien pouvoir regarder ailleurs, mais je n'y arrive pas.

Une jolie teinte rose colore ses joues et un sentiment de satisfaction rugit en moi. Jeremy l'a peut-être fait sourire, mais je l'ai fait rougir. Becca s'approche et presse le ballon contre mon ventre. Sa langue sort de sa bouche pour humecter ses lèvres pécheresses, et je salive en repensant au goût de notre baiser.

— Eli, murmure-t-elle en se penchant en avant et en battant des cils.

Pour la première fois, je remarque les petites taches de rousseur sur son nez, et j'ai soudain l'étrange envie de les compter toutes.

— Eli, répète-t-elle.

Son souffle taquine mes lèvres et j'ouvre la bouche pour répondre, mais ne parviens pas à émettre le moindre son.

— Jeremy n'est pas...

Son nom agit comme une giclée d'eau glacée sur mon corps échauffé. Je grimace en reculant.

— D'accord, je m'exclame une main dans mes cheveux. C'est un petit chanceux.

— Non, je..., dit-elle avant de s'interrompre et de secouer la tête. Oui, c'est ça.

J'acquiesce, essayant de paraître imperturbable, calme, détendu et serein.

Mais à l'intérieur, c'est le tourbillon. L'idée de ne plus jamais la toucher me déchire la poitrine et me gifle le cœur. Ce n'est pas suffisant pour me briser, mais le coup est douloureux malgré tout.

Je ne sais pas vraiment comment, mais je parviens à reprendre le contrôle et à terminer le cours de Becca, puis je passe le reste de la journée à compter les minutes avant le début de la présaison qui marquera la fin de mes séances individuelles avec elle.

En rentrant chez moi, j'appelle Connor.

— Quoi de neuf ? Tu fais quelque chose ce soir ?

— Je prévoyais de me la couler douce. Mon entraînement d'aujourd'hui m'a épuisé et je peux à peine bouger. Pourquoi, qu'est-ce que tu as en tête ?

— Je me disais que tu pourrais venir traîner à la maison. Peut-être... avec deux filles ?

— Ta main ne te suffit plus ? s'exclame-t-il en riant.

Il plaisante, mais ses mots me touchent un peu trop.

— Quelque chose comme ça.

— Oh, tu sais, je suis toujours prêt à t'aider dans ce domaine. J'ai ma sex friend sous le coude. Je suis sûre qu'elle peut appeler une amie.

— Ta sex friend ? je répète en riant. T'es dégoûtant. C'est un miracle que tu t'envoies en l'air.

— Toutes mes dames connaissent la règle du jeu. En plus, je les traite avec le plus grand respect. Je n'ai jamais eu de plainte.

— Peut-être pas en face.

— La seule chose qu'elles me donnent en face, c'est leur chatte.

— Comme tu veux, mec. Je viens de rentrer, alors envoie-moi un message quand tu pars, je déclare avant de raccrocher en riant.

Une heure plus tard, Connor se pointe avec sa « sex friend », Ally, et son amie Sarah, avec qui je m'entends étonnamment bien.

Sarah est magnifique, avec ses longs cheveux blond vénitien, sa peau de porcelaine et son sourire doux. Tout à fait mon type de femme. C'est probablement pour ça que Connor l'a amenée. Mais malgré mes efforts je ne suis pas dans l'ambiance.

— Alors, qu'est-ce que tu fais dans la vie ? je lui demande.

Elle sourit, prend une gorgée de vin et croise les jambes.

— Je suis kinésithérapeute. Spécialisée en thérapie sportive, en fait.

Je hausse les sourcils.

— Sans déconner ? J'aurais pu avoir besoin de toi quand je me suis blessé. Mon thérapeute était un con. Tu aurais été bien plus agréable.

Elle glousse et ce son me fait sourire.

— Tu pourrais peut-être me donner quelques conseils pour satisfaire mes patients, murmure-t-elle en rougissant.

Est-ce qu'elle flirte avec moi ?

Je bois une gorgée de ma bière en me demandant si j'ai envie de l'encourager. Elle est gentille. Docile, même. Et bien que sa présence soit censée être une bouffée d'air frais, je me surprends à souhaiter qu'elle ait juste un peu de mordant. Mais elle parvient à me faire oublier les boucles rousses qui surgissent sans cesse dans mon esprit, et c'est suffisant pour l'instant.

Je ne devrais pas convoiter des choses que je ne peux pas avoir.

Sarah est juste devant moi, et elle ne me donne pas l'impression que mon âme est sur le point de quitter mon corps quand elle est là. C'est agréable de sentir que j'ai à nouveau le contrôle.

Alors quand elle part à la fin de la soirée, je prends son numéro et je me convaincs qu'elle pourrait être exactement ce dont j'ai besoin, même si le cœur n'y est pas.

Chapitre 13

BECCA

Je n'ai pas vu Eli depuis mercredi. Le coach Andrews m'a fait venir au bureau pour l'aider à préparer la présaison qui débute la semaine prochaine, donc nos « leçons de basket » ont été prématurément interrompues. Je suis soulagée. Eli me donne envie de le connaître vraiment, et ce n'est pas quelque chose que je dois ne serait-ce qu'envisager.

Les liens émotionnels sont éphémères. Ils sont comme un petit diable murmurant à votre oreille, vous disant de croquer dans une pomme, et je n'ai aucun intérêt à tomber dans le piège. Mieux vaut garder nos distances et nous contenter d'interactions dans les lieux publics.

Je suis contente qu'on soit enfin vendredi soir car je n'ai pas à m'inquiéter de le croiser. Et puis je peux enfin traîner Jeremy en boîte ; ma récompense pour l'avoir présenté à Eli avant le début de la saison. Mon objectif est de parvenir à relâcher cette tension qui me torture depuis que je me suis écrasée contre le torse d'Eli.

À notre arrivée, Jeremy et moi nous dirigeons directement vers le bar. La musique est forte, la foule dense, il est donc inutile d'essayer d'avoir une conversation. Je nous commande une tournée de tequila que nous buvons d'un trait, puis nous nous dirigeons vers la piste de danse.

Je ne suis pas une très bonne danseuse, mais l'alcool me détend suffisamment pour me permettre de faire onduler mon corps au rythme des basses. Je devrais peut-être demander à Jeremy d'arrêter de se frotter contre mon dos, car ce n'est pas comme si je pouvais le ramener, lui, à la maison, mais je m'amuse trop, alors je tends les bras en arrière et les noue autour de son cou, en balançant plus fort mes hanches.

Il penche la tête vers moi.

— Si j'étais attiré par les filles, tu me donnerais un sacré spectacle en ce moment.

Je souris.

— Je ne fais que mon devoir d'alibi.

Il rit, passe les mains autour de mes hanches et nous aide à bouger en rythme. Mes yeux scrutent la pièce et, soudain, mon corps perd le rythme et mon cœur s'emballe.

Eli et Connor sont à l'autre bout de la salle. Eli est appuyé contre le bar, et son attention fixée sur une fille aux cheveux blond vénitien à côté de lui. Mon ventre se noue quand je la vois rejeter la tête en arrière pour rire à quelque chose qu'il a dit.

Il n'est pas si drôle que ça, pourtant.

Mes mouvements ne sont plus synchronisés avec ceux de Jeremy, mais mon ami ne semble pas le remarquer. Un sentiment inconnu s'empare de moi. Je ne supporte pas qu'Eli accorde son attention à cette fille. Je sais ce que ça fait d'avoir ces yeux bleus rivés sur soi, comme si on était la seule chose qui compte. Une vague d'irritation me traverse en voyant quelqu'un d'autre vivre cette expérience, et cette irritation s'intensifie lorsque je réalise que ce que j'éprouve, c'est de la jalousie.

Mais il n'y a rien à faire, je suis incapable de détourner les yeux.

Comme s'il avait senti mon regard sur lui, Eli scrute la pièce jusqu'à croiser le mien avant de descendre le long de ma silhouette. La fille à côté de lui dit quelque chose, mais il ne lui prête plus attention.

Mon cœur frémit.

Eli se raidit lorsqu'il aperçoit Jeremy, et son regard se refroidit. Mais la glace dans ses yeux ne fait que déclencher un immense brasier en moi. Je bouge alors mon corps avec envie, avec le besoin qu'il ressente la même chose que moi, cette emprise étouffante qui m'étrangle à l'idée de savoir qu'il est ici avec quelqu'un d'autre. De savoir que je devrais m'en foutre.

Sans s'en rendre compte, Jeremy joue son rôle à merveille, me faisant tourner sur moi-même avant de me faire plonger puis de redresser mon corps. Je jette un coup d'œil par-dessus mon épaule, incapable de détourner les yeux, mais Eli ne me regarde plus. Il est à nouveau concentré sur la blonde.

Les flammes du brasier s'éteignent et je me sens gelée.

Je me libère des bras de Jeremy, lui fais signe que je vais au bar et, une fois là-bas, je commande un shot en espérant que la brûlure de l'alcool m'aide à engourdir la douleur dans ma poitrine. Puis, après avoir claqué le verre vide sur le comptoir, je me dirige vers les toilettes situées au bout d'un long couloir. Il n'y a pas de file d'attente, ce qui est surprenant car il s'agit de toilettes individuelles. Je me retourne pour fermer la porte quand une main se glisse dans l'interstice pour forcer le passage. Je hoquette, repoussée en arrière.

Eli s'insère dans la petite pièce et verrouille derrière lui.

— C'est les toilettes des dames, Ducon.

Sa bouche se tord en un rictus, mais il ne dit rien et continue simplement de s'approcher de moi.

Mes fesses heurtent le lavabo, mais il continue de s'avancer jusqu'à ce que son torse se presse contre mes tétons qui pointent sous ma robe fine. Il passe ses bras musclés de chaque côté de mon corps et se penche vers moi en faisant glisser son nez le long de mon cou. Je jure qu'il respire mon odeur. Tout mon corps se crispe et un nœud se forme dans mon ventre.

— Qu… qu'est-ce que tu fais ?

— Tu aimes me torturer, Rebecca ? demande-t-il d'une voix basse, qui fait vibrer ma peau et provoque des frissons dans tout mon corps.

— Je ne vois pas de quoi tu parles.

— Je crois que si.

Chacune de ses respirations est une provocation et ses lèvres effleurent ma peau à chacune de ses expirations. Un gémissement involontaire m'échappe.

Eli fléchit les bras, se rapprochant ainsi un peu plus de moi.

— Est-ce qu'il te fait le même effet ?

— Quel effet ?

Ma poitrine monte et descend si vite que j'en perds le souffle.

— Comme si j'allais mourir si je ne pouvais pas te toucher.

Mon cœur s'accélère et mon sang pétille dans mes veines, me suppliant simplement de céder.

Je me presse contre lui et m'abandonne à cette délicieuse sensation.

— Alors touche-moi.

Il secoue la tête, la mâchoire tendue.

— Tu n'es pas à moi.

— Je ne suis pas à Jeremy non plus.

Sa tête bascule en arrière.

— Et la fille avec qui tu es ?

— Juste une amie.

Mes doigts suivent les veines de ses avant-bras et je remonte la main jusqu'à prendre son visage dans ma paume.

— Eli. Touche-moi.

Ses narines se dilatent et son corps se raidit contre le mien.

J'attends, mais il ne bouge pas.

Son rejet me rend malade. Je commence à reculer, mais je ne vais pas loin car ses bras jaillissent, s'enroulent autour de ma taille et me serrent contre lui. Ma respiration se coupe et chacune de mes terminaisons nerveuses s'enflamme à son contact. Je saisis sa mâchoire et ses bras se tendent lorsqu'il me soulève pour approcher mon visage du sien.

— Ne me dis pas ce que je dois faire, grogne-t-il alors que nos lèvres se rencontrent.

Je devrais m'inquiéter de ce qui se passe. Je devrais vraiment y mettre un terme. Mais je ne le fais pas. Je n'ai pensé qu'au goût de ses lèvres depuis le moment où il m'a embrassée.

Je n'ai pas envie de l'oublier aussi facilement.

Chapitre 14

ELI

Je vois Becca et je perds la tête.

Comme d'habitude, tout s'efface sauf elle, jusqu'à ce que je n'arrive plus à penser clairement. Elle a dansé contre ce type, Jeremy, alors que c'est contre moi qu'elle aurait dû danser. J'ai essayé de l'ignorer et de me concentrer sur la fille qui m'accompagne, mais regarder Sarah après avoir été captivé par Becca, c'est comme essayer de distinguer quelque chose après avoir contemplé le soleil.

Quand je la vois quitter le bar, je la suis dans le couloir. Je sais que c'est mal. Je sais ce qui se passera dès qu'on sera seuls, mais je ne m'en soucie plus. Mon besoin d'elle est irrépressible et il me donne envie d'envoyer balader les conséquences.

Je me fiche qu'on se trouve dans les toilettes sales d'une boîte de nuit. Et je me fiche complètement des personnes qui nous attendent tous les deux.

Elle est une flamme.

Absolument sauvage.

Mais j'adore la façon dont elle me brûle.

Je serre sa taille, sa langue caresse la mienne avec une douceur inattendue, et je nous fais légèrement bouger pour la plaquer contre le mur et l'embrasser plus profondément. Elle enroule ses jambes interminables autour de ma taille et je gémis en me pressant contre son intimité. Elle se frotte contre moi en faisant onduler ses hanches et, même à travers le tissu de nos vêtements, c'est incroyable. Je me recule un instant pour déposer des baisers sur sa joue.

— Je ne te croyais pas du genre doux et gentil, halète-t-elle.

Cette putain de grande gueule m'agace et j'agrippe sa gorge.

— Tu auras ce que je déciderai de te donner, chérie.

Elle essaye de répondre, mais je resserre mon emprise, assez fort pour sentir son cœur battre la chamade sous ma paume.

Sa tête bascule en arrière et elle pousse un gémissement.

— Tu n'aimes pas la douceur ? Qu'est-ce que tu veux alors ? Tu veux m'avoir ici ? je lui demande en enfonçant mon pouce entre ses lèvres. Tu veux que je t'étouffe avec ma bite jusqu'à ce que les larmes coulent sur ton joli visage ?

Elle resserre les jambes autour de ma taille et ses yeux s'enflamment.

Je fais glisser ma main libre en suivant le contour de sa clavicule et mes doigts plongent dans son décolleté.

— Ou peut-être ici ? Tu veux te mettre à genoux comme une gentille fille et que j'éclabousse tes seins parfaits avec mon sperme ?

— Je ne me mets à genoux pour personne, souffle-t-elle.

Je ris et presse sensuellement sa poitrine avant de continuer mon exploration. Je glisse la main sous sa robe, puis sous ses sous-vêtements en dentelle, et dans son sexe humide.

— Ici ?

Elle prend une brusque inspiration et ses boucles rebelles s'écrasent contre le mur alors qu'elle fait onduler son bassin pour savourer la pression de mes doigts. Mon sexe se tend et palpite à chacun de mes mots. *J'ai tellement besoin de la prendre.*

J'enfonce mes doigts en elle, juste un peu, avant de les remonter pour stimuler son clitoris. Elle est trempée, et la façon dont elle mouille ma main me donne envie de m'agenouiller à ses pieds et de coller ma bouche contre elle.

— C'est pour moi, tout ça ?

— Bon sang, Eli. Baise-moi, c'est tout.

— Putain, tu es sexy quand tu me supplies.

Elle sourit et dénoue ses jambes de ma taille avant de plonger la main dans mon pantalon pour empoigner mon sexe tendu. Ce contact soudain m'arrache un grognement.

— Pas autant que toi, dit-elle en me caressant d'une main tandis que, de l'autre, elle ouvre ma braguette.

Elle baisse mon pantalon en même temps que mon caleçon, révélant mon érection. Je baisse les yeux, pris d'un vertige de désir à la vue de la main de Becca sur mon sexe. Levant le visage vers le plafond, j'essaye de penser à quelque chose pour me calmer parce que, putain, j'ai besoin de reprendre le contrôle.

— Qu'est-ce qu'il y a, chéri, tu as perdu ta langue ? me taquine Becca.

Mes narines se dilatent alors qu'elle fait tourner sa main autour de mon gland.

— Je te laisse juste t'amuser.

— J'ai l'impression que ce ne sont que des paroles. Qu'est-il arrivé au grand méchant Eli qui était là il y a quelques secondes ?

Ses mots attisent les flammes au creux de mon ventre et je la repousse pour l'attraper par les fesses et la soulever, puis la poser sur le bord du lavabo. Elle écarte les jambes, puis sa culotte et expose son joli sexe rose pour mon plus grand plaisir.

Je saisis mon membre et je me masturbe obscènement. Le regard que Becca me lance allume des étincelles dans mon bassin.

Elle ouvre la bouche pour parler, mais je plaque ma main sur ses lèvres pour étouffer ses mots.

— J'ai eu ma dose de ta grande gueule.

Je me positionne entre ses jambes et la pénètre violemment. Elle gémit et son cri fait vibrer ma paume.

Il n'y a plus de tendresse.

Pas de temps à perdre.

Ce n'est pas un acte d'amour.

Mes coups de reins sont durs, profonds, et nos hanches s'entrechoquent à chaque mouvement. Des gouttes de sueur perlent sur mon front et je les regarde s'écraser sur sa peau.

— Tu aimes me sentir en toi ?

Elle enroule les mains autour de mon poignet et attire ma main à elle pour placer ma paume sur sa gorge. L'excitation me transperce comme un éclair et mes hanches perdent leur rythme. Mon autre main s'emmêle dans ses cheveux flamboyants, et je tire sur ses mèches pour dégager son cou afin d'aspirer son lobe d'oreille entre mes dents.

— Dis-moi comment tu aimes ça.

Becca se penche pour lécher la sueur sur mon cou.

— J'aime quand tu es désespéré et en manque.

Mes coups de reins s'accélèrent, et une délicieuse tension commence à prendre place au plus profond de mes entrailles.

— Je suis désespéré depuis le moment où je t'ai vue, chérie.

Elle me repousse et saute à terre. Puis elle se retourne, se penche et retire sa culotte.

— Alors peut-être que tu devrais me montrer ce que c'est d'être désespéré.

Voir ses fesses nues et ses jambes écartées intensifie mon désir. Je me presse contre elle, faisant glisser mon sexe contre ses lèvres et sur son clitoris gonflé, nous torturant tous les deux.

— Pas avant que tu me dises ce que tu veux, je murmure.

Nos regards se croisent dans le miroir. Ma poitrine se gonfle à l'idée qu'à cet instant, elle est à moi.

— Je veux que tu me baises fort et que tu me fasses jouir.

Elle hésite un instant avant d'ajouter :

— Et ensuite, je veux que ça ne se reproduise plus jamais.

Mon cœur se serre, mais j'ignore la douleur provoquée par ses mots. Elle a raison, après tout. Ça ne pourra pas se reproduire après ce soir.

Je la pénètre à nouveau et la sens se contracter. Je reprends le même rythme rapide, allant profondément en elle, et une nouvelle forme d'empressement charge l'air d'électricité. Car j'ai la certitude que ce sera la seule fois où je pourrai la sentir comme ça.

Ma paume atterrit violemment sur sa fesse, et le bruit de la claque résonne autour de nous.

— Oh mon Dieu. Oui. Refais-le, gémit-elle.

— Tu as besoin d'être punie, Rebecca ? Pour cette putain de grande gueule que tu as ?

Je la fesse plus fort et mon entrejambe crépite de désir alors que je regarde l'empreinte rose de ma main. Becca gémit, je la sens frémir et je sais qu'elle est sur le point de basculer. Je tends le bras pour caresser sa poitrine et approche mes lèvres de son oreille.

— Jouis pour moi, chérie.

Et c'est ce qu'elle fait.

Instantanément.

Comme si elle attendait simplement que je le lui ordonne.

Mes yeux se posent sur son visage dans le miroir, j'ai besoin de voir l'effet que je produis sur elle. C'est beau de la regarder sombrer ainsi dans la jouissance. Elle se mord la main pour étouffer son cri, et ce spectacle me fait chavirer. Je me déverse en elle, tandis que ma vision s'obscurcit et que des étoiles s'allument sous mes paupières.

Puis je m'effondre sur son corps en haletant, secoué par les derniers sursauts de mon orgasme.

Toc, toc.

— Hé, dépêchez-vous, putain ? Vous êtes là-dedans depuis une éternité !

Becca écarquille les yeux en rencontrant mon reflet dans le miroir, et elle plaque les mains sur sa bouche pour étouffer son rire. Il est contagieux et je ne peux pas m'empêcher de pouffer, mon front appuyé contre son dos.

Bon sang. Cette fille me rend fou. J'aimerais pouvoir la garder.

Chapitre 15

ELI

Je n'ai aucune idée de ce que je suis censé dire alors qu'on se redresse pour se rhabiller, alors je me tais. Je m'appuie simplement contre le mur froid en béton, et regarde Becca essuyer les traces de maquillage sur son visage tandis que les martèlements résonnent toujours de l'autre côté de la porte.

Nos regards se croisent à nouveau dans le miroir.

— Tu sais… tu as de la chance que je prenne la pilule, déclare-t-elle en passant un doigt sous sa lèvre.

Mon cœur chute dans ma poitrine. J'étais tellement obnubilé par le fait d'être enfin avec elle que ça ne m'a même pas traversé l'esprit.

Je fais une grimace.

— Ouais, je n'étais pas vraiment dans mon état normal. Je suis désolé.

Elle me regarde une seconde en frottant ses lèvres l'une contre l'autre.

— C'est pas grave.

Elle pousse un soupir et se retourne, prenant appui contre le lavabo sur lequel je viens de la sauter. Mon sexe se contracte à ce souvenir.

Quelqu'un tambourine à nouveau à la porte, mais cette fois ci, nous ne rions pas. Je serre les poings en sachant que, lorsque nous sortirons de cette pièce, les choses reprendront leur cours normal. Becca enroule ses cheveux autour de son doigt et s'apprête à sortir, mais je m'interpose avant qu'elle ne tourne la poignée.

— Attends. Est-ce que... Est-ce qu'on est...

Je soupire.

Elle me fait un petit sourire en secouant la tête.

— Eli, non, ne fais pas ça.

Je serre la mâchoire et je hoche la tête.

— Oui. D'accord.

Elle me pousse sur le côté. Mon estomac se tord violemment et j'attrape son poignet. Je sens son pouls battre fort sous mes doigts.

Becca s'arrête et prend une profonde inspiration.

— Lâche-moi.

Merde, je marmonne en la laissant partir. Je... Est-ce qu'on peut essayer d'être amis ? Il n'y a aucune règle contre ça, si ?

Je me raccroche à ce que je peux et je suis sûr qu'on le sait tous les deux, mais je suis incapable d'envisager de retrouver notre relation telle qu'elle était avant. Plus maintenant. Pas après ce qui vient de se passer.

Elle me regarde en se mordillant la lèvre tout en continuant de jouer avec ses cheveux. Je fourre mes mains dans mes poches pour éviter de faire un geste qui me vaudra certainement un coup de sa part, comme lui saisir le visage et l'embrasser.

Finalement, après ce qui semble être une éternité, elle hoche la tête et un petit sourire se dessine sur ses lèvres.

— J'imagine que tu ne serais pas le premier connard avec qui je serais amie.

Quelque chose qui ressemble beaucoup à du soulagement me traverse, dénouant le nœud dans mon estomac et libérant la boule dans ma gorge.

— À plus tard, lance-t-elle avant d'ouvrir la porte et de disparaître dans la foule.

Une fille surgit juste après son départ, ricane en me voyant et lève les yeux au plafond.

Je devrais peut-être être gêné. Ce que nous faisions là-dedans est évident, mais je n'arrive pas à m'en soucier. Je lui adresse alors un grand sourire et me faufile à l'extérieur.

Quand je retourne au bar, Connor et Sarah sont toujours à la place où je les ai laissés, et ils tournent tous les deux la tête dans ma direction. Connor écarquille les yeux en me regardant de haut en bas, un sourire au coin des lèvres, comme s'il savait exactement ce que je viens de faire.

— Salut, mon pote. T'étais où ? demande-t-il d'une voix forte pour couvrir le son de la musique.

Je m'efforce de sourire sans me soucier du fait que mes cheveux sont humides de sueur et mes vêtements froissés.

— J'avais juste besoin de prendre l'air.

Sarah se penche vers moi, pose la main sur mon bras et se rapproche de mon oreille pour me dire :

— Je t'ai commandé un autre verre.

— Merci.

Mes terminaisons nerveuses sont encore sensibles à cause des brûlures causées par le contact entre mon corps et celui de Becca, et je serre les dents pour ne pas me dérober au toucher de Sarah.

Je pensais que me taper Becca me débarrasserait de ce besoin, me permettrait de retrouver un peu de bon sens.

Ce n'était pas comme ça quand on était petits.

Ou peut-être que si, mais j'étais trop concentré sur le ballon pour le remarquer. Quoi qu'il en soit, ça n'a pas d'importance. J'ai cédé à la tentation, et maintenant, je dois faire avec ce que je ressens et réprimer ce sentiment. J'ai travaillé dur pour en arriver là où j'en suis, et avoir une quelconque relation avec une étudiante pourrait sans aucun doute tout gâcher.

Sauf qu'elle ne me fait pas l'effet d'être une étudiante... J'ai plutôt l'impression qu'elle est beaucoup plus que ça.

Je chasse cette pensée de mon esprit en me rappelant que Becca est hors de portée. Mais cela n'empêche pas mes yeux de parcourir la foule, à la recherche d'une chevelure de feu.

La saison commence enfin. *Dieu merci.* J'ai passé la journée à préparer des exercices, et j'ai hâte que mon emploi du temps soit plus chargé, sans aucun temps mort qui me laisserait le loisir de me concentrer sur des choses impossibles. La division 1 de basket n'est pas de la rigolade ; c'est la crème de la crème, tant au niveau des entraîneurs que des joueurs.

Il n'y a pas de temps pour les sources de distraction.

Assis à mon bureau, je me répète ces mots comme un foutu mantra lorsque je vois Becca à travers les fenêtres qui donnent sur l'extérieur. Mon regard se pose sur elle, et je remarque qu'elle est en compagnie de Jeremy. Elle est tout sourire, un sourire authentique et éclatant. J'éprouve un pincement au cœur, en regrettant que ce sourire ne me soit pas dédié.

Je les suis des yeux jusqu'à ce qu'ils disparaissent, le cœur submergé par un horrible sentiment de jalousie.

Reprends-toi, bordel.

Je me secoue et j'essaye de me concentrer. Ça fonctionne quelques minutes, mais rapidement, mon esprit revient au couple sur le trottoir. Je jette mon crayon sur le bureau en poussant un soupir, et je fouille dans mon ordinateur jusqu'à trouver son profil.

Jeremy Higgins
Quatrième année

J'arrête de lire et m'éloigne de mon clavier. *Qu'est-ce que je fabrique ?*

Mes joues se gonflent sous l'effet de ma bruyante expiration, et je tire sur mes cheveux, mes coudes posés sur le bureau. Je dois surmonter le problème que j'ai avec lui, car le fait est que je ne devrais pas avoir de problème avec lui. C'est le meneur de jeu. Le chef d'orchestre. Le leader de toute l'équipe. Je ne peux pas laisser ce sentiment, quel qu'il soit, m'empêcher de l'aider à atteindre son plein potentiel. Je suis là pour ça, pas pour me laisser emporter par une fille avec qui j'ai grandi et que je n'aime même pas vraiment. Ou du moins, que je n'aimais pas.

Lorsque j'arrive sur le terrain trente minutes plus tard, je me suis calmé, ai effacé les derniers vestiges de ma jalousie et, pour la première fois depuis des jours, je reprends un peu le contrôle de la situation.

Les joueurs sont dispersés, certains s'étirent, d'autres s'entraînent à tirer dans les paniers.

L'odeur du basket flotte dans l'air.

Le coach se tient à l'écart, il parle avec Becca, et je vacille légèrement avant de me reprendre et de me diriger vers eux.

— Eli, comment ça va ? me demande le coach à mon approche.

Je jette un regard à Becca et mon estomac se noue. Apparemment, elle n'a pas la même réaction, car elle semble totalement indifférente à mon arrivée, et je ne sais pas si je dois me sentir insulté ou soulagé qu'elle n'ait pas l'air de s'en soucier.

— Super, coach. Prêt à lancer cette saison.

Il me donne une tape dans le dos en hochant la tête.

— Je vais te présenter à l'équipe, puis te laisser faire un petit discours. Il faut les motiver, ces gars. Assure-toi que les nouveaux sachent que ce n'est plus le basket du lycée.

Je hoche la tête en tapotant mon bloc-notes contre le côté de ma jambe. L'adrénaline afflue dans mes veines et je sautille sur place, mon sifflet rebondissant contre ma poitrine. Je suis prêt.

Becca ricane et je tourne la tête vers elle.

— Qu'est-ce qu'il y a de drôle ?

Ses yeux verts pétillent alors qu'elle plaque la main sur sa bouche.

— Rien. Tu es mignon, c'est tout. Tu sautilles comme un petit garçon le matin de Noël.

J'esquisse un sourire et je fais un pas vers elle, ignorant la multitude d'éclairs qui courent sous ma peau.

— Mignon, hein ?

Elle plisse les yeux avec espièglerie.

— Ne va pas enflammer ton ego, Grosse Tête.

Je reste planté là à lui sourire comme un idiot.

Elle s'agite et regarde autour d'elle.

— Alors ça y est. Il est temps pour moi de briller grâce à toutes mes nouvelles connaissances sur le basket.

— Exact. Ne me laisse pas tomber, je réplique pour la taquiner.

Becca reste là à me fixer quelques secondes, jusqu'à ce que ce soit mon tour de m'agiter. Puis un sourire se dessine lentement sur son visage.

— Je n'oserais pas en rêver... monsieur.

La tête me tourne et mon cœur s'emballe.

Est-ce qu'elle est en train de flirter avec moi ?

Honnêtement, je ne sais pas comment gérer ça, et j'ai peur de trop y penser, de trop réfléchir. Car alors je devrai admettre que, pour la première fois de ma vie, j'ai envie de hurler « au diable le basket ».

Je préférerais l'enlever et lui montrer toutes les émotions qu'elle me procure.

Mais tout ne se passe pas comme on le souhaite dans la vie. Alors, au lieu de la poursuivre et de la kidnapper, je verrouille toutes mes émotions au fond de moi, comme tout le reste, et je vais saluer mes joueurs.

Chapitre 16

BECCA

Tout le week-end, j'ai espéré que l'attirance que je ressens pour Eli s'évanouirait maintenant que j'ai succombé à la tentation, mais ce n'est toujours pas le cas. Et bon sang, j'ai cédé en beauté. Je savais que j'allais craquer à la seconde où il a fait irruption dans les toilettes et m'a saisi la gorge comme si je lui appartenais. Ses mots chuchotés à mon oreille, et la façon dont sa main puissante appuyait sur mon pouls étaient enivrants, et j'ai toujours eu un faible pour les gens qui peuvent me tenir tête.

Je pensais que le sexe agirait comme de l'eau sur nos flammes, mais il s'est avéré que c'était de l'essence. J'ai vraiment compris que j'étais dans de beaux draps lorsque je me suis allongée dans mon lit et que j'ai porté ma main à mon cou, cherchant désespérément à recréer la sensation de sa paume sur ma peau. Mais le pire, c'est qu'il veut qu'on soit amis et que, comme une idiote, j'ai accepté, alors que j'étais encore ivre de nos ébats, et incapable de réfléchir correctement à cause de l'orgasme qu'il venait de me donner.

Mes pensées ne font que se confirmer alors que je me tiens à côté des autres *student managers* pendant le discours d'Eli. Le reste de l'équipe est regroupée sur le sol en bois froid, les yeux rivés sur l'homme qui se tient devant eux.

Eli a sa façon bien à lui de capter l'énergie de la pièce et de la contrôler sans effort.

Malheureusement, j'ai déjà vécu ça.

Il a les mains sur les hanches, et son regard se déplace sur chaque joueur à mesure qu'il parle.

J'étais prête à ressentir l'excitation de voir l'équipe se former et s'entraîner ; en revanche, je n'étais pas préparée à sentir mon cœur battre la chamade en regardant Eli parler de sa passion, imprégnant le terrain de son aura.

— Mettons les choses au clair pour ne plus jamais avoir à en reparler. Pour ceux d'entre vous qui ne me connaissent pas, je suis Elliot Carson.

— Tout le monde vous connaît, coach ! lance un joueur.

Les garçons rient et Eli se frotte la nuque. De mon côté, j'éprouve des fourmillements à l'idée qu'il ressent le contact dont j'ai tant besoin.

— Peut-être, dit-il en souriant. En tout cas, j'ai joué au basket dans l'Ohio, puis j'ai été appelé à New York. Je me suis blessé et, malheureusement, ça a mis fin à ma carrière. Je n'ai pas grand-chose à dire à ce sujet, si ce n'est que tout arrive pour une raison. Sans cette blessure, je ne serais pas là pour vous entraîner, et je suis sacrément reconnaissant d'avoir l'opportunité d'être à vos côtés.

— Ce n'était pas ton rêve d'être un joueur ? demande un autre membre de l'équipe.

— Si. Mais..., commence Eli en me fixant du regard, on ne peut pas toujours avoir la chose qu'on désire le plus. Parfois, peu importe à quel point on la veut... ce n'est tout simplement pas censé arriver.

J'aspire une bouffée d'air, mon cœur se serre si brusquement et mon estomac se retourne si vite que je crains de m'évanouir.

Il me regarde encore un instant avant de détourner les yeux.

— Allez, assez parlé de moi, je préfère me concentrer sur vous. Certains d'entre vous sont là depuis longtemps. Vous avez versé votre sang, votre sueur et vos larmes sur ce terrain chaque jour. Vous avez mérité votre place dans cette équipe et le respect de vos pairs. Je veux que vous sachiez que je ferai de même. Le respect se gagne, et je travaillerai chaque jour pour prouver que je le mérite. Pour les nouveaux... regardez vos aînés et préparez-vous. La division 1, c'est là que jouent les grands. On se fiche que vous ayez remis un devoir en retard et on ne tolère pas les excuses. C'est votre problème. Quand vous êtes ici, vous devez être concentrés. Il n'y a pas de temps mort. Pas de vie de paillettes et de glamour. Il n'y a que vous, le panier et votre détermination. Tout ce que vous faites, chacun de vos mouvements est le reflet direct de cette équipe, et nous attendons de vous que vous nous représentiez de manière appropriée.

Les joueurs acquiescent. Ils ont l'air enthousiastes. Ils semblent boire ses paroles et vouloir lui prouver qu'ils peuvent être à la hauteur de ses attentes.

Eli veut gagner leur respect mais, de mon point de vue, il l'a déjà.

— Le coach Andrews et moi allons beaucoup vous demander, et parfois, vous nous détesterez. Vous aurez envie de céder à cette voix dans votre tête, qui vous mentira pour embellir vos échecs. Ne faites pas ça. Je vous promets que, si vous vous donnez à fond chaque jour, que vous surmontez la douleur et les doutes, nous ferons tout notre possible pour vous aider à atteindre votre plein potentiel. Ensemble, nous remporterons le championnat, et ce sera un honneur pour moi de vous voir devenir des vainqueurs.

Tous les joueurs hurlent de joie et le coach Andrews donne une petite tape dans le dos d'Eli avant de prendre le relais. Un léger sourire illumine le visage de ce dernier alors qu'il s'éloigne. Je le regarde, fascinée, me demandant ce que ça ferait d'être aimée autant qu'Elliot Carson aime le basket.

La suite de l'entraînement est intense. Un joueur vomit mais reprend ensuite ses exercices comme si de rien n'était. Un autre se fait une élongation aux ischio-jambiers et continue tout de même à s'entraîner.

Mais voir Eli dans son élément, c'est quelque chose. Il est féroce.

La tristesse me submerge, et ma poitrine se serre à l'idée que je n'ai jamais pris le temps de le regarder jouer quand j'étais jeune, ni même après son départ. Je parie que c'était un sacré spectacle pour les yeux.

Bien après que tout le monde est parti, je suis encore en train de me demander pourquoi je ne l'ai jamais vu sur le terrain. J'ai mis mes écouteurs pour ranger les ballons dans le chariot à roulettes et, honnêtement, ce boulot est mieux que ce à quoi je m'attendais. Jusqu'à présent, la majeure partie de mon travail consiste simplement à cocher des cases sur une liste.

Je me penche pour ramasser le dernier ballon, puis je sursaute quand de grandes mains apparaissent pour l'attraper avant moi. Je me redresse et me retrouve nez à nez avec Eli. Et son fichu parfum de cannelle qui m'enveloppe et me fait frémir. Je lève les yeux et j'enlève mes écouteurs en croisant son regard qui brille d'un éclat coupable, tout en réprimant l'envie de lui demander de poser sa langue quelque part - n'importe où - sur moi.

— Tu as bientôt fini ? demande-t-il.

Je pose les mains sur mes hanches.

— J'avais presque fini jusqu'à ce qu'un idiot essaye de me distraire.

Il sourit en jetant la balle dans le chariot d'une main, sans jamais quitter mon regard. *Frimeur.*

— Tu as faim ?

Sa question me fait frissonner. On dirait que je ne suis jamais sorti avec un homme avant. J'ai envie de craquer, mais je sais que je ne devrais pas.

— Je ne sais pas...

— Allez. Je ne mords pas.

— Je ne suis pas entièrement d'accord, dis-je pour plaisanter avant de pouvoir me retenir.

Les yeux d'Eli s'assombrissent, et son sourire narquois disparaît de son visage.

— Il n'y a qu'un seul moyen de le savoir.

Sa voix est plus grave. Plus rauque. Un frisson me parcourt l'échine et vient s'échouer entre mes jambes.

Je lève la main pour la passer dans mes cheveux, mais la pose sur ma nuque quand je réalise qu'ils sont attachés en chignon.

— Ce n'est pas interdit, ça ? Ça ne va pas faire mauvais effet si on te voit avec moi ?

Il hausse les épaules.

— Peut-être. Je ne sais pas. Je n'y ai pas pensé comme ça. Je me suis juste dit qu'on pourrait parler de la journée, que tu me dises si tu penses que je m'en suis bien sorti avec eux. C'est tout.

Il serre la mâchoire et secoue légèrement la tête avant d'ajouter :

— C'était stupide. Je vais appeler Connor.

Je suis surprise, car si je ne le connaissais pas mieux, je penserais qu'il est nerveux. Il paraît presque vulnérable. Ou peut-être que je projette simplement les émotions que j'essaye de cacher. Quoi qu'il en soit, cela adoucit quelque chose dans ma poitrine, et je ne trouve pas la force de dire non, même si nous savons tous les deux que je devrais.

— D'accord.

Il semble se détendre et il se mord la lèvre en souriant. Mille lucioles illuminent mon ventre.

Ce n'était vraiment pas la décision la plus intelligente à prendre.

Mais je ne me suis jamais sentie aussi bien après avoir agi de manière aussi stupide.

Chapitre 17

ELI

Proposer à Becca de dîner avec moi est probablement une très mauvaise idée, mais les mots m'ont échappé avant que je puisse les retenir.

Amis.

Si je peux m'en tenir à ça, je considérerai que j'ai gagné.

La vérité, c'est qu'un sentiment d'insécurité tenace, causé par cette journée, me ronge de l'intérieur et menace de m'engloutir tout entier. Mon cœur bat plus vite à l'idée que je n'aie pas été à la hauteur des attentes de tout le monde. *Encore une fois.* Et pour une raison que j'ignore, l'idée d'en parler à Becca me semble réconfortante. Peut-être parce qu'elle est l'une des seules personnes dans ma vie qui soit toujours cent pour cent sincère avec moi. Elle l'a toujours été, même quand nous étions petits.

Je n'ai aucune arrière-pensée. Je veux vraiment parler de l'entraînement et de la façon dont j'ai géré ma première journée en tant qu'entraîneur.

C'est stupide, je sais.

Je devrais simplement retrouver Connor. *Ou Sarah.* Mais ils n'étaient pas là aujourd'hui et je ne veux pas d'une autre personne qui me dise simplement ce que j'ai envie d'entendre. Becca ne fera certainement pas ça.

— Où veux-tu aller ? demande-t-elle.

Je hausse les épaules.

— Peu importe, tout me va.

— Il y a un endroit sympa à environ dix minutes d'ici qui sert les meilleurs burritos, lance-t-elle en se tapotant le ventre.

Son sourire me fait fondre.

— Ça me va.

Je me gare à côté d'elle devant le restaurant et la regarde sortir de sa voiture et se diriger vers ma portière en me faisant signe de baisser la vitre.

— Il y a beaucoup de monde ici, dis-je.

Elle hoche la tête en scrutant les groupes qui remplissent les tables de la terrasse.

— Oui. Beaucoup d'étudiants, aussi.

Je comprends ce qu'elle sous-entend et je pose une main sur ma nuque. Ce n'était pas la meilleure des idées. Elle a sûrement raison, je ne devrais pas être vu avec elle, surtout après l'avoir déjà prise contre un lavabo. Si des rumeurs commençaient à circuler, je serais incapable de cacher ma culpabilité. Je n'ai jamais su donner le change.

Elle se penche vers la fenêtre de ma voiture, pose les bras sur le bord de la portière, laissant pendre ses doigts à l'intérieur. Mon visage est à la même hauteur que sa poitrine et je ne peux pas contrôler mon regard. Ses seins sont juste là.

J'avale ma salive alors que l'image de mes mains pressant sa poitrine alors que je la prends par-derrière envahit mon esprit. Ma bouche s'assèche et je me tortille sur mon siège.

— Plus haut, les yeux, Grosse Tête.

Je m'exécute et lève mon regard sur le visage de Becca.

— On devrait peut-être prendre les burritos à emporter ? Je ne pense pas que ce soit une bonne idée de manger ensemble dans un endroit où il y a autant d'étudiants.

— D'accord. Je vais chercher à manger. Mais c'est moi qui choisis et tu devras te contenter de ce que je te donnerai. Je te suis chez toi ?

Sur ces paroles, elle s'éloigne d'une démarche chaloupée avant que je puisse protester, et mon estomac se noue à la perspective qu'elle vienne chez moi. Seule. Avec moi.

C'est une très mauvaise idée.

Mon esprit le sait, et je ne cesse de me le répéter en boucle, mais cela n'empêche pas l'excitation de monter en moi en songeant que je vais l'avoir pour moi tout seul.

Quelques minutes plus tard, elle reparaît avec un sac de nourriture et je démarre ma voiture pour quitter le parking et rentrer chez moi, la nervosité faisant trembler mon pied sur l'accélérateur. Je jette un coup d'œil dans le rétroviseur en tournant dans ma rue pour m'assurer qu'elle me suit.

Une fois dans mon allée, j'expire bruyamment pour me donner du courage, mais je ne parviens pas à détendre mes doigts qui restent crispés sur le volant.

Tu peux le faire, Eli. Il n'y a rien de mal à être amis.

Je descends de ma voiture, m'appuie contre la portière, et observe Becca qui regarde ma maison avec de grands yeux.

— Eh ben, lance-t-elle. C'est quelque chose, ta maison. Je ne savais pas que les entraîneurs adjoints gagnaient autant.

Je hausse les épaules.

— La NBA paye bien.

Elle plisse les yeux.

— Tu n'y as pas joué très longtemps.

— Peu importe. Le contrat était garanti, même en cas de blessure. Entrons avant que le repas ne refroidisse, j'ajoute en désignant la porte.

Je ne suis pas mal à l'aise en pensant à mon argent. J'ai touché les quarante-quatre millions de dollars de mon contrat avec New York et je suis à l'abri pour le reste de ma vie. C'est l'une des raisons pour lesquelles j'aimerais que Lee ne lutte pas autant contre moi quand je lui envoie de l'argent chaque mois. Si elle prenait une seconde pour écouter ce que j'essaye toujours de lui dire, ou pour me poser des questions sur ce que moi je vis au lieu d'exiger des choses pour tous les autres, peut-être qu'elle comprendrait un peu mieux mon point de vue.

Becca semble rencontrer des difficultés, et même Lee et mon père paraissent en avoir, ce qui rend l'entêtement de ma sœur difficile à comprendre. Je peux les aider. Je *veux* les aider, et j'aimerais qu'elle le comprenne. Mais j'imagine que cela impliquerait qu'elle sorte de sa bulle où seuls ses problèmes comptent.

Becca et moi nous installons rapidement et mangeons nos burritos sur le sol du salon, adossés au canapé. Je suis soulagé qu'elle ne me demande pas de lui faire visiter et qu'elle n'ait rien dit d'autre sur la taille de ma maison vide. Cela n'a pas vraiment d'importance de toute façon, puisqu'il n'y a rien ni personne pour la remplir.

— Je sais que tu meurs d'envie de me poser la question, déclare-t-elle. Vas-y.

Elle s'essuie la bouche avec une serviette et se penche en arrière pour prendre appui sur ses coudes.

— Quelle question ?

— Tu ne veux pas savoir ce que j'ai pensé de tes talents exceptionnels d'entraîneur ? Tu ne veux pas que je flatte ton ego déjà surdimensionné ?

Mon corps s'embrase et une vague de désir m'envahit. Sa bouche rend les mots qu'elle prononce tellement obscènes.

— Si tu insistes.

Je souris et baisse les yeux sur mes genoux.

Becca ricane et se penche vers moi pour me pousser gentiment.

— Pas comme ça, espèce de pervers. Et dire que ta sœur trouve que moi, je suis vulgaire. Allez, Eli. Ça se voit que tu adores le basket. C'est la seule chose qui coule dans tes veines. Tu n'as pas besoin que je te dise à quel point c'est évident pour tout le monde autour de toi.

Mon sourire s'efface et mon espièglerie s'évanouit tandis que le doute m'envahit.

C'est ce que je pensais, avant, mais maintenant... comment puis-je en être sûr ?

Elle me regarde en clignant des yeux, les lèvres pincées.

— Tu ne te vois vraiment pas comme tu es, n'est-ce pas ?

— Je me vois comme tout le monde.

Je joue avec la serviette à côté de mon assiette, que je déchire en petits morceaux pour éviter d'avoir à la regarder.

— Alors, qu'est-ce qui t'inquiète ?

— Qui a dit que j'étais inquiet ? je m'exclame en relevant brusquement mon regard.

Elle fait claquer sa langue.

— Tu n'as pas besoin de le dire. Ça se lit clairement sur ton joli visage.

Un sourire se dessine sur mes lèvres.

— Joli ?

Elle gémit.

— Tu vas passer la soirée à répéter tout ce que je dis ou on peut avoir une vraie conversation pour une fois ?

Je m'adosse contre le canapé et je passe une main dans mes cheveux.

— Je ne sais pas, Becca. Je suppose que j'ai juste envie d'entendre que je ne passais pas pour un imposteur. Je ne connais rien d'autre que le basket. C'est tout ce qui m'anime depuis que mon père a découvert que je savais dribbler. Mais... je n'ai que quelques années de plus que les gars de l'équipe, et je sais que, si j'étais à leur place, j'aurais du mal à respecter ma position dès le départ. Et puis, au fond, je n'ai pas réussi à me faire une place dans les grandes ligues.

Elle fronce les sourcils.

— Tu t'es blessé, Eli. Ce n'est pas un échec.

Je ris nerveusement.

— Ah oui ? Dis ça aux attentes qui pèsent sur mes épaules.

Elle se rapproche de moi, pose sa main sur la mienne et la serre. Des picotements me parcourent le bras et mon cœur se met à battre à tout rompre.

— Eli, ces garçons se fichent de ta blessure ou de ton âge. Ils t'adorent. Si tu avais vu leurs yeux s'illuminer à chacun de tes mots...

Elle s'interrompt et secoue la tête.

Ses paroles dissipent un peu mes doutes.

— Tu le penses vraiment ?

— Je le sais. Si moi, j'ai été capable de ressentir ta passion, eux n'ont pas pu l'ignorer.

J'observe son visage, les taches de rousseur sur son nez et son regard perçant aux iris émeraude. Elle est si proche que je peux sentir la chaleur de son énergie sur mon corps, me suppliant de l'attirer dans mes bras.

Mon Dieu, j'ai envie de l'embrasser. J'en ai l'eau à la bouche rien que d'y penser.

Amis.

Je me racle la gorge et je recule.

— Eh bien, merci. J'espère que je serai à la hauteur de l'image qu'ils ont de moi.

Son visage s'assombrit lorsque je prononce ces mots. Elle hoche la tête et se lève d'un bond pour ramasser les restes de notre repas.

Je la laisse faire, ne sachant pas quoi dire et n'osant pas suivre mes désirs.

Parce que, ce que je veux, c'est la serrer dans mes bras. M'excuser de ne pas avoir réalisé plus tôt à quel point elle a le don de m'illuminer de l'intérieur. De ne pas lui avoir dit à quel point elle a toujours été belle, et de ne pas avoir agi quand j'en avais l'occasion. De ne plus pouvoir faire quoi que ce soit maintenant.

Ce que je veux vraiment, c'est plonger au plus profond d'elle et y rester jusqu'à ce qu'elle admette qu'elle ressent la même chose que moi.

Mais je ne peux pas.

Alors je la laisse nettoyer pendant que j'ouvre une bouteille de vin et que je l'emporte sur la terrasse, qui donne sur la côte. Je vais me plonger dans un monde imaginaire où chaque fibre de mon être ne cherche pas à fusionner avec le sien.

Je me contenterai de son amitié et je ferai comme si ça me suffisait.

Chapitre 18

BECCA

Le temps passe différemment après quelques verres de vin.

À vrai dire, je pensais qu'on allait juste manger un morceau. Je m'étais convaincue que je partirais juste après, ne voulant pas me torturer en restant trop longtemps à côté d'Eli. Je déteste réaliser à quel point je l'apprécie. J'ai l'impression que ma loyauté envers Lee s'effrite à chaque seconde que je passe en présence de son frère.

Mais je ne peux pas m'en empêcher.

Je suis donc toujours là, plusieurs heures plus tard.

Le soleil a depuis longtemps disparu derrière la mer, que l'on peut voir depuis sa terrasse luxueuse. Bon sang, comment ai-je pu ignorer qu'Eli était aussi riche ? J'en ai eu le souffle coupé quand je me suis garée devant sa demeure.

— Combien y a-t-il de chambres dans cette maison ? je lui demande en sirotant mon verre de vin sur ma chaise longue.

— Six.

— Six ? Pour quoi faire ? Qui va occuper tout cet espace ? Ce n'est pas comme si ta famille allait venir te rendre visite de sitôt…

Je plaque aussitôt ma main sur ma bouche. Le vin m'a délié la langue plus que je ne l'aurais voulu.

Eli soupire.

— Tu as raison. Ils ne viendraient pas, même si je le leur demandais.

Il baisse la tête, fixant le liquide qui tourbillonne dans son verre.

— Tu leur as posé la question ?

— Non. Pourquoi me mettre dans une situation où je ne pourrai qu'être déçu ?

Ses mots me serrent le cœur, mais je ne comprends pas pourquoi il pense ça. Lee ne souhaite rien de plus que de le revoir.

— Eli, Lee veut te voir. Tu le sais, n'est-ce pas ? Tu lui manques. Elle t'aime. Elle a besoin de toi.

Il ricane, pose son verre sur la table en osier et se tourne vers moi en calant les coudes sur ses genoux.

— Épargne-moi ce cinéma, Becca. Je ne manque pas à Lee. Lee ne me connaît même pas. Tout ce qu'elle veut, c'est quelqu'un pour l'aider à porter le poids de sa vie.

Je me penche en avant, transpercée par la colère en l'entendant parler ainsi de ma meilleure amie. *Comment ose-t-il faire comme si elle s'en fichait ?*

— Et en quoi c'est grave ?

— Personne n'était là pour m'aider à porter mon fardeau ! explose-t-il en écartant les mains d'un seul coup.

— Tu n'as pas voulu les laisser t'aider ! je m'écrie. Lee m'a raconté les efforts qu'elle a faits pour toi. Elle m'a dit qu'elle te supplie de rentrer à la maison à chaque fois que vous vous parlez, et que tu ignores délibérément ses prières. Que ses demandes tombent dans l'oreille d'un sourd... comme toujours.

Maintenant que les vannes sont ouvertes, je ne peux plus arrêter les mots. Ça me ronge de l'intérieur de savoir qu'il l'a laissée là-bas et qu'il n'a manifestement aucune idée de ce qu'elle a traversé. Comment ose-t-il ?

Eli se raidit en plissant les yeux.

— Dit la fille qui prétend « comprendre ». Tu es tellement occupée à fuir ta famille que tu n'arrives même pas à reprendre ton souffle. Tu ne sais pas de quoi tu parles.

Encore cet accent. C'est un indice révélateur. Il a beau essayer de le cacher autant qu'il veut, ses émotions trahissent ses origines, peu importe le nombre de couches sous lesquelles il tente de les enfouir.

Toutefois, il n'a pas tort, malheureusement. Ses mots me transpercent, révélant l'hypocrisie qui se cache sous ma peau, mais je refuse de lui montrer mes sentiments.

— La seule preuve dont j'ai besoin, c'est que tu vis dans une demeure à plusieurs millions de dollars alors que ta famille a du mal à joindre les deux bouts. Pourquoi tu fais ça ?

— Tu crois que je n'essaye pas de les aider ? siffle-t-il entre ses dents serrées.

— Manifestement pas assez.

Il glousse, mais il n'y a aucun humour dans sa voix.

— Ça doit être sympa d'être sur ton piédestal, Rebecca. Tu ne te sens jamais seule là-haut ?

L'irritation qui monte en moi me brûle les joues.

— Je suis probablement aussi seule que ceux qui abandonnent leur famille.

— Eh bien, n'oublie pas de poser la question à Lee quand tu lui parleras, réplique-t-il.

Je retiens mon souffle. Le ton de sa voix et la lueur dans ses yeux me nouent l'estomac.

Est-il en train d'insinuer que Lee l'a abandonné, lui ?

— De quoi tu parles ?

Il secoue la tête et époussette son pantalon en se levant.

— Peu importe. Tu as raison. Je suis un connard. Lee ne peut pas faire de mal à qui que ce soit... et tu devrais partir.

Je me déplace sur le bord de ma chaise longue et je tends la main pour lui attraper le poignet.

— Attends. Je... je suis désolée, d'accord ? J'ai passé beaucoup d'années à essuyer les larmes de Lee à cause de toi. C'est difficile pour moi de dépasser ça et d'entendre ta version.

Il hoche abruptement la tête, mais je vois bien qu'il ne veut plus entendre parler de ça. Un sentiment de culpabilité m'étreint, tissant sa toile autour de moi.

— Il est tard, dit-il.

C'est clairement une façon de me congédier, mais je reste où je suis, alors même que mon esprit me conseille de m'éloigner, de rester fidèle à Lee. Je jurerais voir de l'angoisse dans le regard d'Eli, et ça touche la partie de moi qui aspire à être comprise. La partie qui souhaite que quelqu'un dans ce monde ouvre les yeux et me voie telle que je suis. M'accepte telle que je suis.

— Tu as raison, je murmure. Je ne sais pas de quoi je parle.

Ses yeux se fixent sur les miens, et mon estomac fait un bond si haut que j'ai l'impression qu'il veut quitter mon corps. Il doit savoir que j'ai l'impression d'être une traîtresse à cause des sentiments que j'éprouve pour lui.

Ma gorge s'assèche et j'avale ma salive en prenant une décision avant que ma raison ne puisse contredire les mots qui vont sortir de ma bouche.

— Je n'ai pas envie de partir.

Ses narines se dilatent.

— Je ne crois pas t'avoir laissé le choix.

Je pousse un soupir, la gorge nouée, regrettant mon emportement. Ne lui ai-je pas dit l'autre jour que je comprenais ?

Je ne vaux pas mieux que mes parents.

J'acquiesce, pose mon verre de vin et me lève, essayant d'ignorer le pincement au cœur que j'éprouve en passant près de lui.

— Attends.

Il saisit mon poignet.

L'atmosphère autour de nous semble s'alourdir, et je m'arrête net. Je ferme les yeux, essayant de calmer les battements de mon cœur de peur qu'il ne les entende. Je ne veux pas qu'il sache l'effet qu'il me fait.

J'aimerais qu'il ne m'en fasse aucun, d'ailleurs.

Sa main remonte le long de mon bras jusqu'à ce que ses doigts s'emmêlent dans les boucles de mes cheveux et tirent légèrement dessus, dévoilant le côté de mon cou. Je sens son souffle léger sur ma peau.

— Pourquoi tu me rends fou comme ça ? murmure-t-il d'une voix rauque.

— Je ne fais pas exprès, je réponds dans un souffle.

Il grogne. Ce son, grave et rauque, résonne en moi, allumant une flamme si intense que je crains de brûler vive.

— Tu me donnes envie de choses que je ne devrais pas vouloir. De choses que je ne peux pas avoir, murmure-t-il.

Mon cœur s'affole et mes bras tremblent contre ses doigts.

— Qu'est-ce que tu veux ?

Son corps chaud frémit contre mon dos, et ses mains agrippent mes épaules comme s'il craignait que ses mots me fassent fuir. Et je ne peux pas garantir le contraire.

— Je te veux, toi. Que tu me chevauches avec le ciel en toile de fond jusqu'à ce que ton corps devienne mon horizon. Je te veux dans mon lit, pour pouvoir te pénétrer profondément au lieu de me contenter de rêver de toi.

Il presse son bassin contre mon corps.

— J'ai envie d'envoyer balader les règles. D'oublier ma sœur. D'envoyer chier tous ceux qui disent qu'on ne devrait pas être ensemble. Pourquoi ont-ils tous leur mot à dire ? Ils n'ont pas expérimenté la torture que c'est de ne pas pouvoir te toucher.

Ma respiration s'accélère.

— Je veux que tu admettes que tu ressens la même chose que moi.

Mon cœur martèle mes côtes et je me mords la langue pour ne pas dire la vérité.

— Dis-le.

Je secoue la tête, les yeux fermés. *Je ne peux pas.*

Sa main saisit ma mâchoire pour faire tourner mon visage vers lui.

Sa poigne est ferme et ma respiration s'accélère encore à son contact.

Nos lèvres s'effleurent.

— Dis-le.

Sa voix est tranchante, grave. Autoritaire. Ça devrait m'énerver, mais au contraire, ça m'excite. J'abandonne ma retenue et le besoin de lui faire plaisir envahit mon être tout entier. Un murmure s'échappe de ma bouche :

— Je ressens la même chose.

Les mots ont à peine quitté mes lèvres qu'il m'embrasse. Mon corps chante au contact de sa langue, et ses remarques résonnent sur ma peau. *Pourquoi ont-ils leur mot à dire ?*

Je me retourne dans ses bras, laissant notre baiser s'intensifier. Il gémit, déplace son autre main pour encadrer mon visage, et je me perds dans cette étreinte. Totalement, complètement. Je ne peux plus lutter. Je ne veux plus.

Alors je ne lutterai plus.

Je cède à ce qu'il y a entre nous et je prie pour que cela ne cause pas notre perte à tous les deux.

Chapitre 19

ELI

Je suis accro au goût de la bouche de Becca.

Qui aurait cru qu'il était possible de tomber amoureux de quelque chose qu'on déteste ?

Je parle de sa bouche, bien sûr. Pas d'elle. Je ne pense pas l'avoir un jour vraiment détestée. Becca ne sait jamais quand se taire, et chacune de ses piques jette de l'huile sur le feu, attisant ma colère jusqu'à ce que j'explose, avec l'envie de la baiser pour lui faire passer son air supérieur.

Elle est critique. Grossière. Inaccessible. Et malgré tout ça, je la veux. Bon sang, c'est probablement à cause de tout ça, en réalité. Elle parvient à toucher quelque chose au plus profond de moi, à faire ressortir des aspects de ma personnalité que personne d'autre ne peut atteindre.

Je fais glisser mes mains pour attraper ses fesses tandis que ma langue s'entremêle avec la sienne. Son corps souple se frotte contre moi de la manière la plus délicieuse qui soit, et mes hanches se cambrent involontairement, réclamant plus de friction.

— On devrait arrêter, murmure-t-elle contre mes lèvres.

Je resserre la pression de mes doigts pour l'empêcher de s'éloigner.

— Sûrement.

Je remonte une main dans son dos et effleure le bas de son top.

J'aimerais prendre mon temps, mais le besoin primitif que je ressens me rend fou.

Fiévreux, j'interromps notre baiser pour arracher son T-shirt et le jette sur le côté. Une vague de chaleur me submerge quand je réalise qu'elle ne porte pas de soutien-gorge.

Bordel.

Je la contemple avec avidité, ma bouche salive à la vue de son corps exposé, et même si j'aimerais prétendre que ce qui se passe entre nous est purement physique, la façon dont son regard pénètre mon cœur prouve le contraire. Elle agrippe la ceinture de mon pantalon, se laisse tomber sur la chaise longue et se penche en arrière pour m'attirer vers elle, jusqu'à ce que mon corps soit dressé au-dessus d'elle.

Mon esprit tournoie aussi vite que mon cœur, perdu dans le chaos de tout ce que j'ai envie de lui faire.

Je me penche, incapable de supporter l'idée de ne plus la toucher, ou de devoir me priver de ses lèvres après y avoir goûté. Ma bouche épouse la sienne, s'imprègne du goût du vin sur sa langue et de l'ivresse de son souffle. Je romps un instant notre baiser en gémissant pour faire glisser mes lèvres le long de sa mâchoire, puis de son cou, jusqu'à atteindre ses tétons roses. Je les taquine jusqu'à les faire se dresser d'impatience.

— Magnifique.

— Tu vas continuer à parler longtemps ou tu vas enfin me montrer ton appréciation ?

Elle se cambre pour rapprocher ses seins de ma bouche.

Je souris contre sa peau.

— Adorable.

Elle se courbe un peu plus et son téton pénètre ma bouche que j'ouvre davantage pour le sucer. Ma langue tourbillonne autour et savoure la façon dont il devient de plus en plus dur. Elle gémit et ce son se répercute directement dans mon sexe, qui se dresse, en quête de soulagement.

Je pourrais rester ici toute la nuit et me satisfaire de cela, mais j'en veux plus alors, après un dernier coup de langue, je lâche son sein et descends plus bas, mes mains caressant chaque centimètre de peau que je peux toucher.

Il fait un peu frais, mais je me suis laissé envahir par la chaleur qui monte en moi. Becca se cambre et gémit. Ma main remonte sur son ventre et je la cloue sur place avec mon avant-bras afin qu'elle ne puisse plus bouger et reste bien appuyée contre la chaise longue.

— Patience, chérie, dis-je en faisant claquer ma langue.

Elle me fixe d'un regard brillant, mais elle serre les lèvres et ne discute pas.

De ma main libre, je fais glisser ma paume sur son ventre et déboutonne son pantalon. Elle soulève les hanches pour m'aider à exposer son corps parfait. Sa culotte suit de près, un centimètre après l'autre, jusqu'à ce que Becca soit complètement nue, allongée sur ma terrasse.

Les battements de mon cœur couvrent le bruit des vagues qui s'écrasent sur le rivage, et je la regarde, hypnotisé par cette vision.

Je lui donne une petite tape à l'intérieur de la cuisse et elle écarte les jambes docilement, me laissant apercevoir le rose parfait de son intimité luire d'excitation. Pour moi. À cause de moi. Je prends une grande inspiration, retire mon T-shirt à la hâte et me penche au-dessus d'elle.

— Eli, souffle-t-elle.

— Tu supplies déjà, Rebecca ? je lui demande avec un sourire en coin.

Elle expire bruyamment, les joues roses, avant de faire glisser sa main entre ses cuisses, osant toucher ce qui m'appartient. Je repousse sa paume.

— Chérie, tu peux me toucher autant que tu veux, mais ça..., je murmure en frôlant son intimité, jusqu'à imbiber mes doigts de sa moiteur, c'est à moi.

Elle ricane.

— Ma chatte n'est pas à toi.

— J'ai hâte de te prouver que tu as tort.

Je plonge mes doigts en elle et presse doucement son clitoris gonflé avec mon pouce. Elle halète et appuie sa tête contre la chaise longue. Je me penche vers elle et lèche le lobe de son oreille.

— Laisse-moi te montrer comment je prends soin de ce qui m'appartient.

Je m'incline, et ma bouche vient remplacer mon pouce sur son clitoris. Je la suce en rythme avec mes doigts qui la pénètrent. Son excitation recouvre ma main, et je la sens se contracter de désir.

Elle enfonce les doigts dans mes cheveux, les enroule au niveau de mes racines et tire, ce qui me donne des frissons dans le dos. Mon sexe se tend et je m'éloigne d'elle un instant, mais elle agrippe mes mèches plus fort.

— N'arrête pas. N'arrête pas. S'il te plaît.

— Je veux que tu jouisses sur ma bite, pas sur mon visage.

Je me redresse et le cliquetis de ma boucle de ceinture résonne dans le silence. Le poids de son regard me donne le vertige et mon ventre se noue de désir.

Je baisse mon pantalon et mon caleçon d'un seul mouvement, libérant mon sexe tendu, impatient à l'idée de la posséder.

Ses jambes s'enroulent immédiatement autour de mes hanches et je me positionne contre elle pour la pénétrer, un centimètre après l'autre, mes paupières se fermant sous l'effet de cette sensation délicieuse.

Becca gémit et soulève le bassin pour m'attirer plus profondément en elle. Une vague de chaleur s'étend dans ma poitrine et jusque dans ma gorge. *Comment peut-elle me procurer autant de plaisir ?*

Je recule les hanches et son corps suit le mien comme si elle ne pouvait supporter l'idée que nos peaux ne soient plus en contact. Puis je la pénètre à nouveau, trouvant peu à peu mon rythme. Ses ongles s'enfoncent dans ma peau et des picotements me parcourent l'échine.

— Dis-moi à quel point c'est bon, je lui ordonne.

— C'est tellement... tellement bon. Je veux...

— Je sais ce que tu veux, chérie.

Je passe ma main sur sa poitrine, entre ses seins, sous sa clavicule et contourne sa nuque pour saisir ses boucles dans mon poing et tirer, fort.

Elle gémit, cambre le dos, et je la sens frémir de désir - je savais qu'elle aimerait la brutalité. Ma poitrine est pressée contre la sienne alors que je bouge, et des décharges électriques parcourent mes veines.

— À qui appartient cette chatte ? je lui demande d'une voix rauque.

Ses yeux brillants d'envie plongent dans les miens. Je serre ses cheveux entre mes doigts tout en faisant s'incliner ses hanches de mon autre main pour pouvoir la pénétrer plus profondément.

Elle secoue la tête et je remonte ma paume de son flanc à sa mâchoire pour la serrer fermement.

— Dis-le.

Tout en articulant ces mots, je lui donne un coup de reins brutal, la pénétrant si profondément que nos bassins s'entrechoquent.

— À toi, halète-t-elle.

Une délicieuse décharge électrique me traverse, et je sens chaque parcelle de mon corps se raidir de satisfaction. Je suis sur le point d'exploser, mais je me retiens, voulant la sentir défaillir en premier avant de me laisser aller. Je plonge à nouveau en elle, le plus profondément possible, maintenant nos hanches collées l'une à l'autre, puis j'ondule contre elle, lui accordant la friction dont je sais qu'elle a besoin. Je me retire et baisse les yeux pour découvrir mon membre recouvert de son excitation.

C'est probablement le spectacle le plus sexy que j'aie jamais vu.

— Oh, putain, Eli, recommence.

Ses mains agrippent mes fesses, me poussant à la pénétrer à nouveau tandis qu'elle se frotte contre mon entrejambe pour assouvir son désir.

Putain, je retire ce que j'ai dit – c'est ça, le spectacle le plus sexy que j'aie jamais vu.

Son corps se tend, ses jambes se resserrent et sa respiration devient saccadée. Je tire à nouveau sur ses cheveux pour exposer son cou alors que son corps se plie à ma volonté. Je me penche vers elle et lui murmure à l'oreille :

— Sois gentille et donne-le-moi, Rebecca.

Et c'est ce qu'elle fait.

Elle crie, et ce son strident contraste avec le calme de la mer. Son intimité se resserre autour de moi et l'intensité de cette sensation me fait perdre le contrôle. J'accélère le rythme de mes coups de reins, prolongeant son orgasme, et cherchant ma propre jouissance.

La délicieuse pression monte dans mes entrailles, tourbillonne et explose en moi. Je me retire et empoigne mon membre en gémissant tandis que je recouvre son corps de ma jouissance, ma vision se brouillant sous l'effet de l'orgasme qui me submerge.

Je halète au-dessus d'elle, mon sexe toujours dans ma main et des étoiles dansant devant mes yeux. Elle tend un doigt, le passe sur son ventre et aspire mon sperme dans sa bouche. *Seigneur.*

Elle est parfaite.

Je secoue la tête en riant, la sueur perlant sur mes tempes et la satisfaction coulant dans mes veines. Je ramasse ma chemise par terre et la presse sur sa peau pour la nettoyer.

Elle ne dit pas un mot, et moi non plus, de peur de gâcher ce moment.

Puis je la prends dans mes bras, nous rentrons à l'intérieur et je l'emmène directement dans ma chambre, où je la pose sur mon lit. Elle rit, et je m'allonge à côté d'elle en souriant.

Les battements de mon cœur solitaire s'accélèrent, martelant mes côtes, m'exhortant à le déposer à ses pieds, dans l'espoir qu'elle le ramasse et le garde pour toujours.

Chapitre 20

BECCA

Ça fait un mois qu'Eli et moi avons commencé ce « truc » qu'on fait ensemble. Un mois de rendez-vous chez lui, de regards langoureux sur le terrain et de caresses furtives dans les couloirs.

Nous ne sommes pas ensemble. Nous ne pourrions pas l'être, même si je le voulais, ce qui n'est pas le cas. La culpabilité menace de m'engloutir. Je couche avec lui, puis j'appelle sa sœur et je fais comme si je ne le connaissais pas.

Je suis une amie horrible.

Mais je ne peux surtout pas tout avouer à Lee. Elle est déjà assez en colère contre lui, pas besoin que j'aggrave la situation. Pas quand je vois bien qu'ils aimeraient tous les deux que ce fossé entre eux disparaisse.

Ce soir, c'était le premier match officiel de la saison de basket, et le gymnase est plein à craquer. Eli a travaillé sans relâche et je ne l'ai pas vu de toute la semaine en dehors des entraînements. Même maintenant, debout au fond du vestiaire, je suis condamnée à l'observer de loin. Il est calme, détendu et serein, comme d'habitude, mais je discerne la tension dans sa posture.

Après tant de nuits passées à éprouver chaque courbe et chaque relief de son corps, je sais reconnaître quand il n'a pas son allure normale. Et en cet instant, je parierais tout ce que j'ai qu'il est nerveux.

Il est appuyé contre le mur à l'autre extrémité de la pièce, les jambes croisées, les yeux fixés sur ce qui est écrit sur son bloc-notes. Ses cheveux blond miel sont plus ébouriffés que d'habitude, signe indéniable qu'il a tiré dessus. Il me vient à l'esprit que j'aimerais beaucoup, moi aussi, tirer dessus.

Il lève brusquement la tête, balayant la pièce du regard jusqu'à ce qu'il me trouve, et je suis happée par ses beaux yeux. Il fait pétiller mon âme comme des bonbons piquants, et mon cœur s'emballe dans ma poitrine. Je baisse le menton, mal à l'aise avec ce sentiment.

Nous avons écrasé l'équipe adverse. Cent quarante à quatre-vingt-neuf. Jeremy est un joueur fantastique, et la façon dont Eli a mis de côté son animosité pour l'embrasser après leur victoire m'a rempli le cœur de joie. Puis j'ai été prise d'un pincement de culpabilité en réalisant que c'est la quatrième année que Jeremy joue et que c'est la première fois que je le vois en action.

Et une nouvelle case de cochée sur la liste de la mauvaise amie. Ai-je toujours été aussi égocentrique ?

Je ne lui ai pas parlé d'Eli, et même si je le voulais, il faut dire que Jeremy a été très absent de ma vie ce semestre. Si je n'étais pas si occupée à cacher mes propres secrets, je le harcèlerais probablement pour savoir où il était passé. Mais, compte tenu des circonstances, c'est probablement mieux qu'il n'ait pas été là. Je me sens déjà assez mal de ne pas l'avoir dit à Lee, je préfère ne pas ajouter mon autre meilleur ami à cette liste. De plus, j'ai peur qu'Eli perde son travail si la nouvelle se répand. Nous jouons à un jeu dangereux, et si l'un de nous avait un peu de bon sens, on y mettrait un terme. On limiterait les dégâts et on passerait à autre chose.

Mais j'ai beau y penser, je sais que je ne le ferai pas.

Après le départ de tout le monde, je suis toujours dans les vestiaires à ramasser les serviettes abandonnées pour les jeter dans le panier à linge lorsque j'entends la porte s'ouvrir. Je me redresse et me retourne pour voir qui c'est.

Eli s'avance vers moi.

— Salut, Grosse Tête.

Je souris, en même temps que mon estomac se noue à sa vue. Il s'approche de moi et me pousse jusqu'à ce que mon dos heurte les casiers, mes cheveux se coinçant dans les interstices du métal. Sa poitrine presse contre la mienne, ses mains encadrent mon visage et ses pouces effleurent mes joues.

— Je suis venu réclamer mon baiser de la victoire.

— C'est très présomptueux de ta part.

Je hausse un sourcil.

— Je ne présume de rien quand il s'agit de toi.

— Oh, je ne suis pas d'accord, tu...

Il empêche le reste des mots de sortir de ma bouche en m'embrassant. Mes paupières se ferment et je me perds dans la béatitude que me procurent les lèvres d'Eli. Un sentiment de joie profonde s'installe dans ma poitrine jusqu'à envahir chaque partie de mon corps.

Que me fait-il ?

Il rompt notre baiser et appuie son front contre le mien.

— Tu restes avec moi ce soir ?

J'acquiesce, essoufflée par l'émotion qui parcourt mon corps. Cela m'arrive souvent ces derniers temps, d'éprouver ce... sentiment. Penser à ce que cela signifie me donne la nausée, alors je l'ignore, me contentant de profiter de l'instant présent.

Une porte claque et Eli sursaute avant d'aller s'appuyer contre les casiers d'en face, les mains dans les poches. Je me précipite pour ramasser une serviette par terre.

— Quelqu'un a vu un beau cul attaché à une rousse intrépide dans le coin ? résonne la voix de Jeremy.

Les yeux d'Eli deviennent glacials et je grimace, un poids coupable pesant soudain sur mon estomac. Je veux lui dire, pour Jeremy. Lui faire savoir qu'il n'y a absolument pas de quoi être jaloux, mais je ne peux pas trahir la confiance de mon meilleur ami. Je suis donc coincée dans cette situation avec, d'un côté Jeremy qui ne sait pas ne pas flirter, et d'un autre l'homme avec qui je couche et qui doit rester en retrait et imaginer le pire.

— Salut, Jer, dis-je dans un soupir.

— Salut ma belle.

Il me soulève du sol et m'étreint. Je regarde par-dessus son épaule et je vois les poings d'Eli se crisper. Ma poitrine se serre, ma gorge se noue. J'essaye de lui transmettre mes excuses silencieusement, mais Eli détourne les yeux.

Jeremy me repose par terre et je recule immédiatement, jetant la serviette sale dans le panier à linge.

— Tu sors avec moi ce soir pour fêter ça ? me demande Jeremy.

J'avale ma salive, ne sachant pas quoi répondre. Je n'ai pas réfléchi à une excuse pour refuser, et maintenant que je suis devant lui, j'ai peur que ça paraisse suspect si j'invente quelque chose à brûle-pourpoint. Eli me transperce du regard et je sais qu'il attend ma réponse.

Jeremy n'a même pas encore remarqué la présence de son entraîneur.

— Je ne sais pas, Jer. Je suis fatiguée. Je vais peut-être rentrer me coucher.

— Pas de problème. Je viendrai dormir chez toi, alors.

Il sourit et, voyant que je ne lui souris pas immédiatement en retour, son expression se flétrit. Un craquement se fait entendre tandis qu'Eli s'éloigne des casiers, et Jeremy se retourne, le remarquant alors.

— Coach ! Bon sang, vous êtes un ninja. Je ne savais même pas que vous étiez là.

Il regarde Eli, puis moi, et ses yeux se plissent à mesure qu'il nous observe.

— Qu'est-ce que vous faites ici ? ajoute mon ami d'un air suspicieux.

Eli serre la mâchoire et je vois la froideur envahir son regard.

— Je voulais vérifier que les vestiaires étaient bien vides avant de rentrer.

Jeremy lève le menton et me regarde. Je me sens mal à l'aise à l'idée de dissimuler mes secrets. J'ai toujours été une très mauvaise menteuse et Jeremy me connaît mieux que presque tout le monde, donc je ne suis même pas sûre que ça fonctionnerait si j'essayais.

Je jette un dernier coup d'œil à Eli avant de reporter mon regard sur mon ami.

— Ouais, Jer, laisse-moi finir ici et je te rejoins chez moi.

La diversion fonctionne, et Jeremy sourit en se penchant vers moi pour me donner une tape sur les fesses.

— Super.

Les narines d'Eli se dilatent. Jeremy lui adresse un signe de tête avant de sortir en se dandinant. La porte se referme derrière lui avec un claquement sonore qui résonne contre les murs en béton.

Le silence qui suit me transperce la peau comme mille couteaux, entaillant mon cœur et le maintenant prisonnier.

Je lève nerveusement une main pour entortiller mes cheveux autour de mes doigts.

— Alors c'est comme ça, hein ? demande Eli.

L'intensité de mes émotions me déstabilise. Pourquoi ai-je l'impression d'avoir à m'excuser pour quelque chose ? *Nous ne sommes même pas en couple. C'est ridicule.*

— Qu'est-ce que tu entends par là ? Qu'est-ce que tu voulais que je fasse, Eli ?

— Je ne sais pas, Becca. Peut-être ne pas me laisser tomber pour coucher avec le type qui prétend que tu es « sa moitié ».

— Qu'est-ce que j'étais censée dire ? je m'exclame en faisant claquer mes paumes sur mes cuisses. Désolée, Jer, je ne peux pas sortir avec toi, j'ai des projets avec le frère aîné de ma meilleure amie, celui avec qui elle est brouillée, et qui se trouve aussi être ton entraîneur et mon fichu patron. Tu sais, celui qui est professeur dans l'école où je suis étudiante !

Ma voix devient plus forte à chaque mot que je prononce.

Eli plisse les yeux et s'avance vers moi, pour plaquer sa main sur ma bouche, étouffant ma voix.

— Ferme-la. Tu veux que tout le monde t'entende ?

Je secoue la tête, envahie par une sensation de chaleur à cause de son agressivité et du ton qu'il emploie.

Qu'est-ce qui ne va pas chez moi ?

Ses yeux transpercent les miens, sa main appuie plus fort sur ma bouche. Nous restons figés un long moment, jusqu'à ce qu'il soupire enfin, baisse sa paume et recule.

Je me précipite vers lui et lui saisis le menton.

— Eli, écoute-moi. Jeremy n'est qu'un ami.

Il ricane, puis m'attrape par les poignets et se penche vers moi.

— Je déteste ça, murmure-t-il. Je veux qu'il sache que tu es à moi. Je veux que tout le monde sache que tu es à moi.

Mon cœur bat à tout rompre dans ma poitrine, mais mon estomac, lui, se noue.

J'appuie mon front contre son torse.

Eli expire et embrasse le sommet de mon crâne, puis passe ses bras autour de moi.

Son contact fait vibrer mon corps tout entier, mais cela ne m'apporte aucun réconfort. Au contraire, l'écho de ses mots, « tu es à moi », semble s'enrouler autour de mon cou et effectuer une pression sur ma trachée, comme un nœud coulant.

Je me racle la gorge pour refouler cette sensation.

Chapitre 21

BECCA

— Qu'est-ce que tu fais pour les vacances de Noël ?

J'adresse une grimace à Sabrina et j'avale un sushi au lieu de lui répondre.

Elle soupire, laisse tomber ses baguettes et se penche en avant sur notre canapé.

— Tu comptes m'ignorer toute la soirée ?

— Je ne t'ignore pas. C'est juste que je n'ai rien à dire, c'est tout.

Sabrina me fixe, mais j'esquive son regard brûlant, une habitude qui devient de plus en plus fréquente depuis que je suis avec Eli.

C'est épuisant de garder ce secret et j'en ai marre de le cacher. Au cours du dernier mois, j'ai peu à peu accepté le fait que j'ai peut-être envie d'être avec lui. Je l'aime bien, même si j'essaye de me convaincre du contraire.

Mais cette corde autour de mon cou pend toujours, menaçant de se resserrer à chaque battement de mon cœur.

— Tu vas rentrer chez toi ? insiste Sabrina.

Je hausse les épaules.

— Maman m'appelle tous les deux jours pour essayer de me forcer la main, mais ça ne marchera pas. Si je rentre, je suis sûre qu'ils ne me laisseront plus jamais partir. Et alors je n'aurai pas de diplôme.

Sabrina lève les yeux au ciel.

— Ils ne peuvent pas te retenir contre ton gré.

Je fais la moue.

— Tu serais surprise de voir ce dont mon père est capable.

Elle baisse les yeux et tripote les baguettes en bois posées sur son plateau de sushis.

— Je trouve ça ridicule. Tu es une adulte. Tu as des droits.

Elle croise les bras. Je lui souris.

— Oh, c'est adorable de ta part de penser que quelqu'un, à Sugarlake, dans le Tennessee, se préoccupe ne serait-ce qu'une seconde de mes droits.

Elle fronce les sourcils.

— Ton père est l'un des plus gros connards que j'aie jamais rencontrés.

Je penche la tête, confuse.

— En réalité, tu ne l'as jamais rencontré. Mais... je ne peux pas vraiment contester ton opinion.

— Ouais..., marmonne-t-elle avant d'avaler une autre bouchée. Je suppose que tu auras l'appartement pour toi toute seule si tu décides de rester. Je serai dans le Colorado avec ma famille. Ils ont loué un chalet pour qu'on puisse skier.

Mon estomac se noue à ces mots et mon esprit vagabonde, imaginant ce que ce serait de passer les vacances de Noël avec Eli. Sans interruption. Sans amis pour me voler mon temps. Sur un coup de tête, j'attrape mon téléphone et je lui envoie un SMS.

Moi : Tu fais quoi pour Noël, Grosse Tête ?

Eli : Je m'occupe de toi, j'espère.

Je me mords la lèvre en sentant une délicieuse pression s'installer entre mes jambes.

Il m'envoie un autre message.

Eli : Tu ne rentres pas chez toi ?

Moi : Ça dépend. Si je reste avec toi, on peut acheter un sapin ?

Pourquoi j'ai dit ça ? C'est débile, et je me sens stupide d'avoir posé cette question.

La semaine dernière, il m'a dit que Noël était sa fête préférée, même s'il la passe généralement seul. On s'est disputés parce que je pense exactement le contraire.

En vérité, je ne crois pas détester une fête plus que celle-là. Quand j'étais petite, tous mes amis profitaient de cette période pour être avec leur famille et répandre la joie de Noël. Moi, je passais mon temps à écouter parler de notre sauveur, Jésus-Christ, et à lire les textes sacrés. Notre sapin était déjà installé avant même que j'aie eu le temps de remarquer qu'il était dans la maison. Il était toujours niché dans un coin, et d'une splendeur immaculée. Parfois, j'essayais de le toucher, émerveillée par les lumières scintillantes et les décorations en cristal. C'était toujours le moyen le plus rapide de recevoir un coup de cuiller en bois sur les fesses. Après tout, Noël n'est pas pour les enfants. C'est pour célébrer Jésus. Il n'y a aucune raison de se livrer à des traditions stupides comme le Père Noël ou les chants ringards pendant qu'on décore le sapin. Chez moi, il n'y avait pas de chocolat chaud près du feu pendant qu'on lit une histoire ou qu'on se blottit devant la télévision. J'avais des cadeaux, bien sûr, mais c'était généralement une nouvelle Bible ou une belle tenue pour le dimanche. Quelque chose pour honorer Dieu et le fait qu'il nous ait envoyé son cadeau le plus précieux : son fils unique.

La vibration de mon téléphone me tire de mes pensées.

Eli : Chérie, si tu restes avec moi pour les fêtes, je t'offrirai le monde.

Mon cœur se serre et je me mords la joue pour réprimer un sourire. Je sais qu'il ne le pense pas. On ne peut même pas être vus ensemble. Mais l'idée de passer Noël avec lui me paraît être la meilleure chose qui me soit arrivée.

Dire que mes parents étaient mécontents de ma décision serait un euphémisme. Non pas que mon père me l'ait dit lui-même – je n'ai toujours pas eu de ses nouvelles depuis mon appel peu après mon arrivée en Floride –, mais ma mère, en revanche, n'a cessé de me rebattre les oreilles depuis que je la lui ai annoncée, me disant que cela ferait mauvaise impression si je ne rentrais pas à la maison pour les fêtes. Ses paroles ne m'atteignent pas. Je me suis habituée à la déception qu'elle montre à chacune de mes décisions.

Au moment où je m'engage dans l'allée d'Eli, mon téléphone sonne. J'arrête la voiture et je baisse les yeux, espérant voir le nom de mes parents s'afficher à l'écran pour me souhaiter un joyeux Noël.

Je devrais pourtant savoir qu'il ne sert à rien d'espérer.

Lee

Je jure que cette fille a un sixième sens, elle m'appelle et m'envoie des messages chaque fois que je traîne avec son frère.

— Coucou, meuf !

Le ton aigu de ma voix m'arrache une grimace. J'espère qu'elle ne le remarque pas.

— Becca ! Joyeux Noël ! Tu nous manques beaucoup ici.

— Toi aussi, tu me manques. Qu'est-ce que tu as prévu pour ce soir ?

— Pas grand-chose. Je prépare le repas de Noël pour papa et moi.

Je fronce les sourcils.

— Vous n'allez pas à la messe ?

— Non, papa ne se sent pas très bien, alors on reste à la maison ce soir.

— C'est dommage. Alors tu seras seule avec ton vieux ?

— Oui, murmure-t-elle en soupirant. Je viens de raccrocher avec Eli, mais ça a été rapide. Il n'est pas ici, avec nous, alors je n'avais pas vraiment envie de lui parler.

Mon sang se glace dans mes veines et je suis paralysée sur place. Je jette un coup d'œil à la maison d'Eli. La culpabilité me frappe de plein fouet et mon cœur se brise.

— Bon, je dois aller vérifier le jambon, je voulais juste te souhaiter un joyeux Noël et te dire combien je t'aime. J'aurais aimé que tu sois là.

Je pousse un soupir et sens la bile remonter dans ma gorge, car, pendant qu'elle pleure l'absence de son frère, je m'apprête à entrer chez lui et à profiter de sa compagnie.

— Je t'aime aussi, Lee. Embrasse ton père et Jax pour moi, d'accord ?

Après avoir raccroché, je jette mon téléphone dans mon sac et me frappe la tête contre le volant. Je me déteste pour ces secrets. Je lève les yeux, fixe la porte du garage d'Eli, et baisse à nouveau le menton. Je devrais redémarrer et quitter le quartier au plus vite. Rentrer chez moi tant que je le peux encore.

Mais quand je relève la tête, la porte d'entrée est ouverte et Eli me regarde depuis le seuil, appuyé contre le montant. Je remarque son jean foncé, son polo noir et ses cheveux blonds en bataille, et je sens une étincelle crépiter au creux de mon ventre. La culpabilité s'évanouit, consumée par les flammes qui m'embrasent.

Je sors de ma voiture et me dirige vers lui.

— Salut, Grosse Tête, je lance avec un sourire.

Il sourit à son tour et me fait signe d'entrer. Je passe devant lui, mais il me retient et m'attire contre son large torse. Il enroule les bras autour de ma taille et chaque centimètre de son corps musclé se presse contre le mien. Je ferme les yeux et je me laisse aller contre lui.

— Joyeux Noël, chérie.

Son souffle dans mes cheveux me donne des frissons. Je regarde par-dessus mon épaule pour lui sourire, puis je m'écarte de lui et entre dans son salon. Je ne fais que quelques pas avant de m'arrêter net. Un sapin gigantesque se dresse devant les baies vitrées qui donnent sur l'océan et une musique de Noël retentit discrètement en arrière-plan.

Je pose mes paumes sur mon cœur.

Eli me rejoint, les mains dans les poches, et se balance sur ses talons tout en regardant le sapin.

— Il te plaît ?

Mes lèvres frémissent.

— Il est un peu trop... nu.

Il sourit, entrelace ses doigts aux miens et m'entraîne jusqu'à ce que le parfum du sapin m'enveloppe. Je scrute la pièce et je vois des boîtes et des sacs empilés soigneusement dans le coin, juste devant la cheminée. Je m'approche pour les examiner et découvre qu'ils sont remplis de guirlandes lumineuses, de décorations, de sucres d'orge et de chaussettes. Tout y est. Tout ce qu'il faut pour un Noël parfait. Je me retourne et cherche le regard d'Eli. *Est-ce qu'il a fait tout ça pour moi ?*

— Bon, commence-t-il. Je pensais qu'on pourrait le décorer ensemble.

Mon cœur s'emballe à l'idée qu'Eli veuille décorer le sapin avec moi. J'ai l'impression d'être au bord du précipice émotionnel qu'il est le seul à avoir fait naître en moi. Une boule se forme dans ma gorge et je retiens les larmes qui veulent soudain jaillir, car je crois que personne n'a jamais fait quelque chose d'aussi simple mais d'aussi significatif pour moi auparavant.

— C'est trop, Grosse Tête.

Il secoue la tête et serre mes mains dans ses paumes.

Une larme s'échappe au coin de mon œil et je défais mes doigts des siens pour l'essuyer, embarrassée à l'idée qu'il puisse la voir. Qu'il puisse se rendre compte qu'une chose aussi simple soit capable de provoquer tant d'émotion en moi. Mais c'est l'effet qu'il a sur moi.

— Je ne t'ai rien apporté, dis-je, honteuse.

Je ne sais pas pourquoi je ne lui ai pas acheté de cadeau. Je suppose que j'imaginais simplement qu'on passerait les fêtes à se rebeller contre tout ce que représente ce moment de l'année. Jamais je n'aurais pensé qu'il irait jusque-là.

Il sourit, penche la tête et plonge ses yeux doux et inquisiteurs dans les miens.

— Ce n'est pas grave. Ta simple présence me suffit.

Je ricane et je lève les yeux au plafond comme si je ne le croyais pas, mais ses mots me vont droit au cœur.

Il s'avance jusqu'à pouvoir m'attraper par les hanches, puis se presse contre moi, passe son bras musclé autour de ma taille et m'attire pour coller mon dos contre lui.

— Je suis sérieux, murmure-t-il en posant son menton au creux de mon cou.

— À propos de quoi ? je demande en fixant le sapin géant et en imaginant comme il sera beau une fois que nous aurons terminé de le décorer.

Une légère excitation commence à m'envahir, une excitation enfantine que je n'ai jamais vraiment ressentie auparavant.

— À propos de toi.

Mon cœur s'emballe et des papillons se mettent à virevolter dans mon ventre. Je me tords le cou pour le regarder.

D'une main, il repousse mes cheveux pour dégager ma nuque, puis il me relâche, rien qu'une seconde, juste le temps de placer quelque chose de froid et de brillant autour de mon cou. Ses doigts sur ma peau me donnent la chair de poule.

Il dépose un baiser chaste sur mon épaule, puis recule. Je baisse les yeux pour admirer mon nouveau bijou.

C'est un collier. Du platine, à première vue, avec un pendentif en forme de ballon de basket. Je le prends dans ma paume. Une sensation étrange naît au fond de moi. Je repère une inscription gravée au dos, et j'incline le pendentif pour la lire.

JOUEUR N° 1

— Qu'est-ce que c'est ? je murmure en levant les yeux vers Eli.

Il hausse les épaules, glisse ses mains dans ses poches et sourit.

— Juste quelque chose pour montrer au monde que tu es à moi.

Je cligne des yeux pour retenir mes larmes et je l'attrape par la nuque pour l'embrasser.

L'une des chaînes qui enserrent mon cœur se brise, mais je ne prends pas la peine d'essayer de la rattraper lorsqu'elle tombe au sol.

Chapitre 22

ELI

C'est le début du tournoi des conférences, ce qui signifie que la March Madness[1] approche à grands pas et que la saison régulière touche à sa fin. J'avais oublié à quel point le temps passe vite quand on est plongé dans le basket. Je commence enfin à sentir que je me fais une place dans le cœur et l'esprit de ces joueurs. Dans ces couloirs. Sur ce terrain.

Rebecca.

Elle déteste quand je l'appelle comme ça, alors je le fais aussi souvent que possible. J'adore la provoquer pour ensuite évacuer toute cette frustration quand elle se faufile chez moi la nuit. Cela fait cinq mois qu'on a cédé à notre attirance, et même si on veut que ça reste informel, ça me fait l'effet du contraire.

Dans deux mois, tout va changer. Elle va obtenir son diplôme. On n'aura plus besoin de se cacher dans des vestiaires sombres et derrière des portes closes. Je n'aurai plus à souffrir chaque fois qu'elle annule nos projets pour sortir avec ses amis. Je ne me sentirai plus minable quand ma petite sœur appellera et que Becca répondra en baissant les yeux et en évitant de mentionner mon nom.

1. Tournoi final de la saison universitaire qui consiste à sacrer la meilleure université du pays. De renommée internationale, la March Madness est un tournoi à élimination directe.

Je veux tout avec elle. Les rires et les larmes, les cris et le sexe après une dispute. Je veux me coucher à ses côtés tous les soirs et me réveiller chaque matin près de ses boucles flamboyantes. Je veux qu'elle m'encourage pendant mes matchs et qu'elle me dise à quel point elle est fière de chacune de mes victoires. Je dois juste m'assurer que c'est aussi ce qu'elle veut, elle.

Je pense que c'est le cas.

Elle remue dans le lit à côté de moi et enroule un bras et une jambe autour de mon corps. Je n'ai jamais été du genre à avoir une petite amie. Je n'en avais pas besoin puisque le basket était à la fois mon travail, ma femme et ma maîtresse. Mais allongé ici, avec Becca dans mes bras, je ne peux m'empêcher de penser que je l'aurais fait passer avant quoi que ce soit d'autre, même à l'époque.

Je lui prends la main, j'effleure ses doigts en me demandant ce que ma mère aurait pensé de notre relation si elle était encore là. Lors de notre dernière conversation, elle m'a souhaité de trouver une fille bien et de fonder une famille. « Rentre à la maison. » Mon cœur se serre à la pensée de notre dernier coup de fil, et je prends Becca dans mes bras par réflexe.

Elle se réveille et cligne des yeux. J'écarte ses cheveux de son visage et laisse mes doigts glisser sur sa joue. La douceur de son regard atténue la douleur du souvenir de ma mère.

— Salut, fait-elle en souriant.

— Salut, chérie.

Je dépose un baiser sur ses lèvres. Elle me le rend avant de s'écarter rapidement, d'attraper le drap et de le ramener sur la moitié inférieure de son visage.

— Eli, tu sais que l'haleine du matin, c'est pas possible pour moi. Pourquoi tu insistes pour commencer la journée comme ça ?

Je souris.

— Tu insinues que je pue ?

— Tu pues et tu le sais.

Elle plisse les yeux.

— Retire ce que tu viens de dire.

— Je ne peux pas. Ça ferait de moi une menteuse.

Elle essaye de reculer, mais je tends brusquement le bras pour la retenir.

— Retire ce que tu viens de dire.

Elle me regarde dans les yeux et baisse lentement le drap.

— Non, murmure-t-elle.

Je soupire.

— Alors tu ne me laisses pas le choix.

Je la tiens fermement, une main posée sur ses côtes, puis je passe à l'attaque en enfonçant mes doigts dans sa peau. L'une des choses que j'ai apprises en explorant chaque centimètre du corps de Becca, c'est qu'elle est extrêmement chatouilleuse.

Elle hurle, rejette la tête en arrière en riant, et son corps se tortille contre moi pour essayer de se libérer.

— Eli ! Arrête... Arrête... Pi... pitié ! s'étouffe-t-elle entre deux rires.

Mon sourire menace de fendre mon visage en deux alors je ralentis la torture. Elle s'effondre sur le matelas, épuisée d'avoir eu à lutter. Elle halète et sa poitrine se soulève violemment tandis qu'elle essaye de reprendre son souffle.

Je reste positionné au-dessus d'elle et je parcours des yeux chaque centimètre de son corps. Elle est tellement belle. Si parfaite, ici, dans mon lit, vêtue uniquement de ma chemise.

Son rire s'estompe et elle prend ma joue dans sa main.

— À quoi tu penses, beau gosse ?

— À toi.

— Mais encore ?

À combien je t'aime.

— À combien j'aimerais qu'on puisse sortir quelque part ensemble. Pour te montrer à tout le monde.

Son sourire disparaît.

— Une fois que tu auras ton diplôme, ce ne sera plus un problème, je continue.

Elle hoche la tête.

— On pourra aller où on veut.

— Oui, je sais.

Je lui vole un autre baiser avant qu'elle ne puisse tourner la tête, et elle laisse échapper un cri en me repoussant avant de sauter du matelas. Je glousse en me hissant contre la tête de lit et la regarde entrer dans la salle de bains.

Son téléphone sonne sur la table de chevet.

— C'est qui ? crie-t-elle.

Je le prends et consulte l'écran.

— C'est ta mère.

Je repose son téléphone sur la table avec une grimace. Je sais déjà qu'elle ne va pas répondre.

Becca revient dans la chambre d'un pas lourd, attrape l'appareil et le passe en mode silencieux avant de se laisser tomber sur le lit et de me fixer.

Je hausse un sourcil.

— Quoi ?

Elle croise les bras.

— Tu vas rester assis là ou tu vas aller te brosser les dents pour que je puisse t'embrasser comme je veux ?

Je me penche pour agripper sa nuque, l'attirer à moi et faire fusionner nos bouches. Elle cède, son corps se détend et elle fait onduler ses lèvres contre les miennes. Je prends son visage entre mes mains et je m'écarte pour la regarder. Le bonheur envahit ma poitrine à tel point que je redoute d'exploser. Je fais glisser mes lèvres jusqu'à sa clavicule et j'embrasse le collier que je lui ai offert à Noël. Il est simple. Un pendentif en platine, en forme de ballon de basket, avec « Joueur n° 1 » gravé au dos. Je l'ai acheté sur un coup de tête et j'ai failli ne pas le lui offrir, de peur qu'elle se moque de moi. Mais elle ne l'a pas retiré une seule fois depuis que je le lui ai mis.

Mes pensées reviennent vers ma mère. Pour une raison que j'ignore, elle occupe beaucoup mon esprit ces derniers temps, même si elle n'en a jamais été vraiment absente. Son souvenir est une douleur constante, un os brisé qui ne se ressoude jamais. Mais je n'aime pas m'appesantir sur la douleur.

Ce n'est que lorsque Becca me repousse pour m'allonger sur le lit que je me rends compte que j'ai interrompu mes caresses. Elle se blottit contre moi.

— Qu'est-ce qui ne va pas, Grosse Tête ?

Je pousse un soupir.

— Je pensais à ma mère.

Son corps se tend contre le mien. Malgré tout ce que je ressens pour Becca, je suis surpris d'avoir dit ça sans réfléchir. Je n'ai jamais parlé de ma mère à qui que ce soit. Mais Becca était là, elle a grandi avec elle. Elle aussi, elle l'a perdue.

Ses doigts dessinent des formes aléatoires sur ma poitrine, et les caresses font se hérisser les poils sur mes bras.

— Elle me manque, dit-elle en soupirant.

Mon estomac se noue.

— À moi aussi.

— Elle avait toujours de bons conseils. Quand ma mère était trop occupée à s'assurer que notre famille ait l'air parfaite, la tienne était là pour essuyer mes larmes et m'apprendre à devenir une femme. Elle m'a toujours fait sentir que j'étais quelqu'un de spécial.

Je déglutis pour faire passer la boule dans ma gorge.

— Je lui ai parlé, ce jour-là. Tu le savais ?

Becca penche la tête et plonge ses yeux dans les miens.

— Mon père et elle revenaient de Chattanooga, ils essayaient d'arriver à temps pour un spectacle de Lee. Papa m'a appelé pour parler de mon match, mais c'est maman qui a pris le relais, comme elle avait tendance à le faire. Elle s'est mise à me sermonner pour que je trouve une gentille fille, que je me pose. Une fille qui verrait au-delà de la star de basket et qui connaîtrait le vrai moi.

J'émets un petit rire en secouant la tête avant de reprendre :

— Elle s'inquiétait toujours à cause de mon « cœur solitaire ». Elle était décidée à me trouver quelqu'un qui me convaincrait de revenir à la maison... et d'avoir deux ou trois enfants.

Becca ne dit rien, elle continue seulement à caresser ma peau du bout des doigts.

— « Trouve-toi une vraie beauté », elle m'a dit. « Une beauté dont l'âme brille si fort que même le soleil ne peut rivaliser avec elle. »

Je ferme les yeux un instant, envahi par le regret.

— Je lui ai raccroché au nez. J'en avais marre de l'entendre parler de ça. Je ne..., je murmure, la voix brisée, avant de me racler la gorge et de prendre une profonde inspiration. Je ne crois même pas lui avoir dit que je l'aimais.

— Eli... chuchote Becca.

— Si j'avais su que c'était la dernière fois que j'entendrais sa voix...

Je secoue la tête. Je tends la main et serre les doigts de Becca contre ma poitrine, tandis que les blessures de mon âme meurtrie semblent tirer sur les coutures pour se rouvrir.

Becca ne dit rien. De toutes les façons, c'est inutile. Sa seule présence me procure un réconfort dont je ne savais pas avoir besoin. Au bout de quelques minutes, elle se penche vers moi, m'embrasse sur la bouche et me sourit.

Je savoure sa présence.

Elle m'empêche de voir le soleil.

Encore deux mois, et tout changera.

Chapitre 23

BECCA

Mon téléphone me nargue. Il vibre sur mon bureau, me mettant au défi de répondre. « Papa » clignote en boucle sur l'écran, et je jurerais pouvoir sentir son regard désapprobateur sur moi.

Mais pour quelle raison peut-il bien m'appeler ?

Je ne lui ai pas parlé depuis des mois et je ne suis pas sûre de vouloir rompre cette tradition maintenant. Quoi qu'il en soit, je fais glisser mon doigt sur l'écran pour décrocher.

— Coucou papa.

— Rebecca.

Entendre le son de sa voix me fait le même effet que si on faisait crisser des ongles sur un tableau noir. En un clin d'œil, il a encore sali mon prénom.

— Ça fait longtemps, dis-je avant de pouvoir retenir la petite pique.

— Et la faute à qui ? Je t'appelle pour te dire qu'on vient te voir pour ta remise de diplôme. Ta mère a pensé que ce serait mieux que tu l'apprennes de ma bouche.

Mon estomac se noue. Je me doutais qu'ils viendraient quand même.

— D'accord, je réponds en acquiesçant, même s'il ne peut pas me voir. Je savais bien que vous viendriez.

— Tu as abandonné cette idée absurde de ne pas rentrer à la maison ?

Je soupire en entremêlant mes boucles autour de mes doigts.

— Papa, j'aimerais que tu comprennes. J'ai besoin de quitter cet endroit. J'ai besoin de déployer mes ailes et d'apprendre à voler par moi-même.

Il soupire.

— Voilà ta mère.

Pendant un bref instant, je rumine le fait qu'il ne m'ait même pas dit au revoir, qu'il m'ait simplement balancé ce qu'il avait à annoncer avant de disparaître. La voix de ma mère résonne dans mes oreilles, rompant le silence.

— Rebecca Jean, j'aimerais que tu arrêtes de contrarier ton père comme tu le fais. Tu vas lui donner un ulcère, et Dieu sait que tu n'as pas besoin de nouveaux péchés pour souiller ton âme.

— Maman, laisse tomber, tu veux bien ? Je ne sais même pas pourquoi vous voulez tellement que je rentre à la maison. Quelle différence ça fait ? Je ne fais que vous embarrasser.

— Ta place est à la maison, pour nous aider à diriger l'église, pour faire partie de cette famille.

Mon visage se crispe, et une peur profonde m'envahit à l'idée d'être enchaînée à l'église pour le reste de ma vie. D'être enchaînée à mes parents, qui ne savent pas ce qu'est une vraie famille.

— Convenons qu'on n'est pas d'accord et restons-en là.

Ma mère fait claquer sa langue.

— Tu pries tous les soirs ?

La tension s'intensifie dans ma poitrine.

— Oui, maman. Je prie toujours.

Ce n'est pas vraiment un mensonge. Eli m'oblige à louer Dieu presque tous les soirs. Je souris à cette pensée.

— Bien. C'est bien. Tu as parlé à Alina May récemment ?

Je fronce les sourcils.

— Je le fais souvent, pourquoi ?

— Je ne l'ai pas vue à la messe du dimanche depuis un moment. Ce n'est pas bon pour leur image, tu sais. Toute cette famille fait déjà l'objet de tant de ragots en ville, ils ont besoin de l'aide de Jésus.

Un coup frappé à la porte de ma chambre attire mon attention, et Sabrina passe sa tête dans l'ouverture en tapotant son poignet avec son doigt pour me rappeler que le match va bientôt commencer.

— Maman, je dois y aller. Je vous verrai quand vous viendrez.

Je raccroche, nerveuse, et je me lève de ma chaise de bureau pour suivre Sabrina dans le salon. Ce week-end, c'est le tournoi de la SEC[1] à Nashville et, ce soir, c'est la finale. J'étais censée y être, mais j'ai eu un petit rhume en début de semaine et le coach m'a obligée à rester à la maison, de peur que je ne contamine les joueurs. Mais je suis restée scotchée derrière ma télévision tous les jours. Nous sommes en tête du classement et nous avons gagné le match de jeudi, puis celui de vendredi. Nous sommes à présent samedi, et c'est le grand jour. *Le titre.*

Je m'investis beaucoup. Non seulement parce que je me sens membre de l'équipe à part entière, mais aussi parce que c'est important pour Eli. Il le mérite. Ils le méritent tous.

Je lui ai dit de ne pas s'inquiéter, de ne pas se précipiter sur son téléphone après les matchs pour discuter avec moi, mais ça ne m'empêche pas d'attendre près de mon portable comme une adolescente en mal d'amour. Et tous les soirs, sans faute, il m'appelle. J'aimerais presque qu'il ne le fasse pas. C'est dangereux de faire confiance à quelqu'un.

Sabrina s'affale sur le canapé, me tend un Coca et pose un bol de pop-corn entre nous.

— Je n'arrive pas à croire que tu m'aies convaincue de regarder ça, dit-elle.

— Eh bien, on doit soutenir Jeremy. Et puis, après avoir passé tant de mois avec l'équipe, je commence à m'y intéresser.

La caméra balaye le stade et s'arrête sur Eli. J'enfonce mes doigts dans mes genoux, regrettant de ne pouvoir traverser

1. Southeastern Conference.

l'écran pour le toucher. Je saisis la télécommande et je monte le volume lorsque les commentateurs prononcent son nom.

« Vous savez, Jeff, je n'aurais jamais pensé dire ça un jour, mais je suis impressionné par Elliot Carson. Je suis le premier à admettre que je faisais partie de ceux qui pensaient qu'il était trop jeune. Mais les résultats des FCU Stingrays parlent d'eux-mêmes. On dirait une autre équipe, et les coachs Andrews et Carson ont vraiment fait quelque chose d'exceptionnel avec ces joueurs. »

« C'est le talent, Carl, voilà ce que c'est. Certaines personnes sont nées pour ce sport, et Carson en fait partie. »

Mon cœur se gonfle d'émotion en les écoutant le couvrir d'éloges.

« Ce n'était pas vous qui commentiez le match qui a mis fin à sa carrière ? »

« Je ne pourrais pas l'oublier, même si je le voulais. Je n'ai jamais vu un stade aussi silencieux. Le pays tout entier a entendu vingt mille cœurs se briser ce soir-là quand il ne s'est pas relevé. Les espoirs et les rêves de New York reposaient sur ce jeune homme, et voir tout cela s'effondrer si vite... c'était bouleversant. »

Leurs mots traversent la pièce et me heurtent si fort qu'ils me coupent le souffle. Je savais qu'Eli avait été blessé, je savais que cela avait mis fin à sa carrière, mais je n'avais pas mesuré l'ampleur de ce qu'il a vécu. En fait, à part avec Lee qui a mentionné l'incident en passant, on n'en a jamais reparlé. Chaque fois que quelqu'un l'évoquait, elle coupait court, agacée. Mon cœur s'emballe et j'ai la nausée quand je pense à ce qu'Eli a dû endurer. Je me demande si quelqu'un était à ses côtés ou s'il a dû traverser cette épreuve tout seul, comme tant d'autres.

La tête me tourne, le changement soudain de perspective me donne le vertige.

Ce sont les FCU Stingrays qui remportent le match, et je devrais en être ravie, mais je suis distraite. Au lieu de rester dans le salon pour fêter ça avec Sabrina – qui s'en fiche royalement –, je me précipite dans ma chambre et je lance Google.

Elliot Carson, la blessure qui met fin à sa carrière.

J'écarquille les yeux devant les centaines d'articles et d'images qui défilent sur l'écran. Je clique sur des vidéos et regarde la scène se rejouer de mille façons différentes. *Comment ai-je pu passer à côté de ça ?* On dirait que toute l'université et tous les fans de la NBA ont pleuré sa disparition, mais je ne me souviens pas d'avoir vu une seule larme couler sur le visage des membres de sa famille.

Pour la première fois, une partie de ma colère se reporte sur Lee. *Est-ce qu'elle s'en fichait complètement ?*

Eli m'appelle quelques heures plus tard alors que je suis allongée dans mon lit, faisant semblant de ne pas attendre d'entendre sa voix. Pour lui, cette blessure remonte à plusieurs années, mais pour moi, c'est encore frais. Tout comme ce sentiment de malaise qui m'envahit chaque fois que je pense à toutes les fois où Lee n'a pas parlé de lui au fil des ans. Je retiens mes larmes et respire profondément avant de décrocher.

— Coucou.

— Coucou chérie. Tu as regardé le match ?

— Pourquoi, vous avez gagné ? je demande en souriant.

— Comme si tu pouvais en douter, répond-il d'un ton moqueur.

Je ris.

— Tu portes bien ton nom, Grosse Tête. Ce n'est pas surprenant, vu que les commentateurs n'ont pas arrêté de parler de toi.

Il soupire.

— J'aurais préféré qu'ils se concentrent sur l'équipe, pas sur moi.

— Eh bien, que ça te plaise ou non, tu fais aussi partie de l'équipe. Ils sont impressionnés. Sois fier de toi, Eli.

— Ouais, je suppose...

Le silence s'étire, et même à des milliers de kilomètres, à travers le téléphone, il s'insinue jusqu'à mon cœur, m'étouffant au point de m'empêcher de parler.

— J'ai regardé les vidéos de ta blessure.

Il semble avaler de travers.

— Pourquoi ?

Je hausse les épaules même s'il ne peut pas me voir, mon cœur martelant le mur de tristesse qui m'entoure.

— Les commentateurs en ont parlé et je..., dis-je en tirant sur une mèche de cheveux. Ça m'a intriguée. Lee n'a jamais beaucoup évoqué le sujet, et je me suis rendu compte que je n'avais jamais pensé à ce que tu as dû traverser.

— C'était horrible.

— J'imagine, je murmure en me mordant la lèvre. Je suis désolée que personne n'ait été à tes côtés. Si j'avais... J'aurais aimé être là. J'aurais aimé savoir, pour m'assurer que Lee soit là aussi.

— Moi aussi, chérie. Mais c'était il y a longtemps, et tu es là maintenant.

Sa voix est tendue, grave. J'attends qu'il développe, mais il ne le fait pas. Au lieu de ça, il soupire.

— Tu me manques.

Ces mots contrastent avec ce qu'il ne dit pas. Mais je ne le pousserai pas à parler de quelque chose s'il ne veut pas. J'avais besoin qu'il sache que je le comprends et que je suis désolée d'avoir gardé les yeux fermés pendant si longtemps.

— Tu me manques aussi. Tu rentres quand ?

— Si je te le dis, tu m'attendras dans mon lit ?

— Je crois qu'il me faudrait une clé pour ça.

Je m'étrangle. *Mais qu'est-ce que je raconte ?* Je ne veux pas de clé de chez lui. Je ne sais pas pourquoi j'ai dit une chose pareille.

Il rit.

— Je te donnerai le code et je te ferai faire un double à mon retour.

Je grimace.

— D’accord. Super.

Ce n’est pas super. En fait, ça me fait tellement mal au ventre que j’ai peur de m’évanouir. La situation est parfaite telle qu’elle est, et il n’y a aucune raison de changer quoi que ce soit.

L’angoisse cogne aux parois de mon cœur, essayant de s’échapper. Comme d’habitude, je l’ignore.

Chapitre 24

ELI

Nous partons pour Atlanta pour les quatre derniers matchs du championnat. La March Madness porte bien son nom et, après avoir passé les dernières semaines sur la route, j'ai hâte de rentrer chez moi et de me détendre. De retrouver Becca. Elle nous a accompagnés pour certains matchs, mais l'un de ses professeurs a menacé de la recaler si elle ne faisait pas son exposé lundi. Comme nous ne rentrons pas avant mardi, elle a dû rester.

Je lui envoie un message et m'installe confortablement à l'arrière de l'avion lorsqu'une silhouette se glisse sur le siège voisin.

— Salut.

Je lève les yeux en rangeant mon téléphone et fronce les sourcils en découvrant de qui il s'agit.

— Sarah. Qu'est-ce que tu fais ici ?

Elle sourit en calant une mèche de ses cheveux blond vénitien derrière son oreille.

— Je voulais te prévenir, mais Connor a pensé que je devais te faire la surprise. Je viens d'être embauchée comme kinésithérapeute pour la FCU et, par chance, j'ai été affectée à l'équipe de basket pour les derniers matchs.

— Waouh, quelle coïncidence ! Félicitations.

Je le pense vraiment. D'après ce qu'elle m'a dit quand on s'est rencontrés, ça fait un moment qu'elle essaye de mettre un pied dans le milieu.

Une légère touche de rose teinte ses pommettes.

— Tu ne m'en veux pas de ne pas te l'avoir dit ?

— Pourquoi je t'en voudrais ? Ce n'est pas comme si on se parlait.

Son sourire s'efface.

— Oui, tu as raison.

Je penche la tête en arrière, ferme les yeux et essaye de chasser le sentiment désagréable qui me tord les tripes. Je me sens un peu mal à l'aise avec elle ici, assise à la place où j'aurais aimé que soit Becca.

— Pourquoi ? demande Sarah.

Je tourne la tête vers elle et j'entrouvre un œil.

— Pourquoi quoi ?

— Pourquoi on ne se parle pas ? Je croyais..., murmure-t-elle en se mordant la lèvre avant de jeter un coup d'œil à ses mains posées sur ses genoux. Je croyais qu'on s'entendait bien. Tu as pris mon numéro et je t'appréciais beaucoup, puis, tout d'un coup, tu as disparu.

Je serre les dents. Je me fais soudain l'effet d'un connard. Ce n'est pas la faute de Sarah si Becca a fait de l'ombre à tout le monde. Mais je ne sais pas quoi dire. J'ai envie de lui avouer la vérité, de lui dire que j'ai déjà quelqu'un. Que je suis amoureux de la femme la plus rebelle et la plus incroyable du monde. Mais je ne peux pas. Pas encore.

Je me frotte la mâchoire en expirant bruyamment.

— C'est vrai, on s'entendait bien. C'est juste que... je ne suis pas dans de bonnes dispositions en ce moment. Je ne veux pas te donner de faux espoirs et te faire croire à quelque chose que je ne peux pas offrir.

Elle hoche la tête en se mordant à nouveau la lèvre.

— Je comprends. Mais tu n'as pas besoin de me ghoster. On peut au moins rester amis, non ?

Je souris.

— Bien sûr, amis, ça me va.

On parle de tout et de rien pendant le reste du vol, mais après ça, lorsque nous arrivons à destination, je ne la revois pas souvent. En tant que kiné de l'équipe, elle n'a pas vraiment de contact direct avec le staff technique. Elle reste en marge, s'occupant des joueurs selon les besoins.

Les jours passent vite et nous arrivons en demi-finale sans trop de difficultés. Mais chaque seconde de mon temps libre est teintée de la douleur de ne pas avoir Becca à mes côtés pour célébrer les victoires. Lui parler au téléphone, c'est mieux que rien, mais ça ne suffit pas à combler le vide.

On a gagné.

Je suis debout au milieu du terrain, les cris des supporters couvrant les battements de mon cœur. Les joueurs se pressent autour de nous, balançant du Gatorade sur le dos du coach Andrews. *C'est tellement bon.* J'ai l'impression que presque rien au monde ne pourrait surpasser ce sentiment. Mais ma joie est tempérée, car la seule personne avec qui j'ai vraiment envie de célébrer cette victoire n'est pas là.

Je regarde les journalistes qui nous entourent et les cameramen qui brandissent leur matériel au-dessus de nos têtes. Je me frappe la poitrine, puis j'embrasse mes doigts et les pointe en direction de l'une des caméras. Je ne sais pas si Becca me voit, mais si c'est le cas, j'espère qu'elle comprend que mon geste lui est destiné.

Je suis toujours en train de fixer l'objectif quand quelqu'un tire sur mon bras. Je me retourne en m'attendant à trouver un joueur qui veut partager sa joie avec moi, mais avant que je puisse l'arrêter, Sarah se jette sur moi. Je l'enlace, amusé par son excitation.

— On a réussi ! Est-ce que je peux dire « on » alors que je viens d'arriver dans l'équipe ?

Elle est rayonnante. Sa joie est contagieuse et je sens un sourire se dessiner sur mon visage.

On a réussi.

Une fois de retour dans ma chambre, je prends une douche et j'enfile des vêtements plus confortables avant de sortir enfin mon téléphone. Je ne l'ai pas consulté depuis le début du match et j'ai hâte de parler à Becca. J'ai quatre nouveaux messages, tous d'elle.

Joueur n° 1 : Ouah, Grosse Tête. Tu es vraiment impressionnant sur le terrain. Bonne chance, même si t'en as pas vraiment besoin.

Joueur n° 1 : Qu'est-ce qui lui prend, à cet arbitre ? C'était clairement une faute.

Je souris.

Joueur n° 1 : Pour info, je ne me tape que les vainqueurs. J'espère que tu seras à la hauteur.

Joueur n° 1 : Champions ! Je suis tellement fière de vous. J'aurais aimé être là.

Son dernier message me remplit de joie, ça me fait tellement de bien qu'elle soit fière de moi. Je compose son numéro.

— Salut, champion.

Sa voix est plus calme que prévu.

— Coucou, chérie. Tu as regardé le match ?

— Pourquoi, vous avez gagné ?

Je ricane.

— Tu vas me faire le coup à chaque fois que tu ne seras pas là ?

— Peut-être.

Il y a un silence, puis elle reprend :

— On dirait que tu n'as pas besoin de moi à tes matchs, de toute façon.

Je fronce les sourcils.

— Tu ne sens pas mon désespoir depuis là-bas ? Je suis pratiquement à genoux, sans toi. Gagner n'a pas la même saveur quand tu n'es pas là pour flatter mon ego.

Elle ricane.

— Le jour où tu seras à genoux, les poules auront des dents. Rien ne peut abattre le grand Elliot Carson.

— Je me ferai un plaisir de me mettre à genoux devant toi… je veux dire, pour toi.

Elle glousse et un sentiment de bonheur se déploie dans ma poitrine, mon sourire s'élargit.

— Au moins, tu avais cette adorable petite blonde pour t'aider à célébrer ça.

Je fronce les sourcils.

— Qui ça, Sarah ?

Elle ricane.

— Comme si j'étais censée savoir comment elle s'appelle ?

Je pouffe.

— Elle vient d'être embauchée comme kinésithérapeute à la fac, et on est amis. C'est tout. Elle était contente qu'on ait gagné.

Becca soupire.

— C'est bon, Grosse Tête. Je me fiche de savoir avec qui tu passes ton temps.

Mon estomac se noue, quelque chose dans sa voix me retourne les entrailles. Je ne veux pas qu'elle s'en fiche.

— Tu ne devrais pas.

— Tu es un grand garçon. Ce n'est pas mon problème. Quand est-ce que tu rentres ?

Son changement de sujet me met mal à l'aise.

— Becca, si, c'est ton problème.

— Oh ? Tu veux dire qu'il y a un problème dont je devrais me soucier ?

Je rejette la tête en arrière en levant les yeux au plafond. *Cette femme…*

— Quoi ? Non. Je dis que tu as le droit de t'en soucier. Je peux te confirmer que moi, je ne m'en fiche pas quand il s'agit de Jeremy et toi.

— Je ne suis pas du genre jalouse, Eli. Je ne sais pas ce que tu veux que je te dise.

Je tire sur mes cheveux, frustré qu'elle refuse d'admettre qu'elle tient à moi. Qu'elle est bel et bien jalouse.

— Ouais. D'accord.

— Tu vas me dire quand tu rentres ?

— Ça dépend. Tu vas admettre que tu es jalouse ?

— Je n'ai rien à admettre.

— Pas de réplique spirituelle, Rebecca ? C'est parce que tu imagines ce que ça te fera quand j'obligerai ta jolie petite bouche de menteuse à avouer la vérité ?

— C'est facile de prendre des grands airs quand tu n'es pas là. Et dire que j'allais te proposer du sexe au téléphone.

Je me redresse contre la tête de lit en sentant ma queue durcir.

— Oh, mais ne te retiens pas.

— Tu es où en ce moment ? Sur ton lit ?

— Oui.

— Qu'est-ce que tu portes ? murmure-t-elle.

Je baisse les yeux.

— Un short de basket et un T-shirt.

— Hmm... Tu veux que je te fasse jouir, Eli ? Est-ce que tu le mérites ?

Seigneur, j'aimerais tellement qu'elle soit là. L'envie de poser mes mains sur elle, pour lui rappeler qui mérite quoi, me démange mais je vais lui accorder l'illusion que c'est elle qui détient le contrôle. Je prendrai plaisir à le reprendre une fois rentré à la maison.

— Je mérite tout ce que tu veux me faire, chérie.

— Bien. Prends ta main droite et caresse-toi par-dessus ton short, dit-elle d'une voix sensuelle.

Le sang afflue vers mon entrejambe, l'excitation monte en moi.

Je baisse la main et fais glisser ma paume sur mon érection grandissante.

— Imagine que c'est moi qui te caresse à travers le tissu... qui t'excite jusqu'à ce que tu me supplies de te donner ce que tu veux.

Je l'imagine à côté de moi, je visualise ses doigts qui me caressent pendant qu'elle me torture avec ses mots. Mes abdos se contractent.

— Tu es dur pour moi ?

— Toujours, je grogne.

— Bien. C'est comme ça que je t'aime. Déshabille-toi et masturbe-toi... lentement.

Je m'exécute et soulève les hanches pour retirer mon short, dévoilant mon sexe ruisselant de liquide préséminal. Je m'en sers pour lubrifier ma main que je fais glisser jusqu'à empoigner la base de mon membre.

— Tu te caresses aussi, chérie ? je murmure d'une voix rauque.

— Qu'est-ce que tu vas faire, si je te réponds oui ? Tu n'es pas là pour m'en empêcher. Je vais utiliser ma chatte comme je l'entends.

— Putain.

— Ça t'excite ? De m'imaginer en train de me caresser aux sons de ton plaisir ?

Mes muscles se crispent, des gouttes perlent au bout de mon sexe, permettant à ma main de glisser aisément sur toute sa longueur.

— Ferme les yeux, murmure-t-elle. Imagine que c'est ma bouche qui t'enveloppe de haut en bas, te suppliant de jouir dans ma gorge.

Je gémis, la tête rejetée en arrière, tout en suivant ses instructions.

Bon sang, c'est chaud.

— Dis-moi quand tu vas jouir.

— J'y suis, chérie.

Ma queue palpite tandis que je prononce ces mots, et une vague de désir me submerge.

— Où est-ce que tu veux me le donner, Eli ? Qu'est-ce que tu m'as dit l'autre jour ? « À genoux pour que j'éclabousse tes seins parfaits ? »

Je me cambre de plaisir à l'évocation de cette image. J'ai effectivement envie de la recouvrir de mon sperme. J'adore faire ça. La marquer. La revendiquer.

— À bien y réfléchir, reprend-elle, je ne pense pas. Je te veux tout au fond de moi, pour pouvoir sentir chacun de tes spasmes.

Une brûlure naît à la base de ma colonne vertébrale, remonte le long de mon dos pour se propager dans mes hanches puis dans tous mes membres. Je me contracte et je gémis en éjaculant sur mes doigts et mon ventre. Ma tête retombe en arrière sur mes oreillers tandis que je prolonge mon orgasme en me caressant lentement.

— Bonne nuit, Eli, murmure-t-elle. On se verra à ton retour.

Clic.

Je m'allonge sur mon lit, à bout de souffle. Je ne comprends pas pourquoi elle a raccroché si vite, mais je suis trop confus et bouleversé pour y réfléchir.

Plus qu'un mois et je pourrai lui offrir le monde.

Chapitre 25

BECCA

J'ai menti.

Ajoutez-le à la liste de mes péchés.

Mais comment puis-je admettre que la vue de cette fille dans les bras d'Eli a failli faire jaillir mon cœur de ma poitrine ?

Il reste des blessures dans mon âme – causées par une Église qui manie le couteau et un père qui transperce profondément. Et même si je me fiche de la douleur lancinante, elle me rappelle que les cicatrices sont toujours là.

La porte de ma chambre s'ouvre en grinçant et la tête rose de Sabrina apparaît.

— Salut, toi. Tu as une seconde ?

— Bien sûr, je réponds en pivotant sur ma chaise de bureau. Qu'est-ce qu'il y a ?

Elle s'affale sur mon lit en se tortillant les mains.

— On m'a proposé un boulot.

Un sourire illumine mon visage.

— C'est génial ! Je ne savais même pas que tu avais commencé à chercher.

— Ouais, marmonne-t-elle en se recroquevillant et en baissant les yeux. C'est génial. On m'a proposé le poste d'assistante junior en recherche écologique à l'Institut des sciences marines.

Je hoche la tête, la poitrine gonflée de fierté.

— Tu as fait fort !

Mais mon sourire s'estompe quand je vois qu'elle ne saute pas de joie comme je m'y attendais.

— Qu'est-ce qui se passe ? Tu devrais être ravie, et on devrait fêter ça.

— C'est juste que..., commence-t-elle en se frottant le visage. Le poste est en Californie.

Ma poitrine se serre et j'expire bruyamment.

— Oh.

— Je sais qu'on avait prévu d'emménager ensemble après la remise des diplômes, mais honnêtement, Becca, c'est le travail de mes rêves. Je serais folle de refuser.

— Non, non, je lance en secouant la tête et en triturant nerveusement mes cheveux. Je comprends. Bien sûr que tu dois accepter. C'est une opportunité incroyable.

Je me force à sourire, mais à l'intérieur, je suis sous le choc. Je ne peux pas payer un loyer toute seule. J'arrive déjà à peine à joindre les deux bouts, et sans mon job sur le campus, je ne sais pas du tout comment je vais gagner de l'argent. Je ne sais même pas ce que je veux faire de ma vie.

Je ne sors de ma morosité que longtemps après le départ de Sabrina, quand Eli m'envoie un message pour me demander où je suis. J'avais prévu de lui faire une surprise à son retour, mais c'est évidemment tombé à l'eau maintenant, étant donné que je suis restée prostrée dans ma chambre pendant je ne sais combien de temps, perdue dans mes pensées. Mais je suis contente qu'il soit de retour, alors je me précipite vers ma voiture et je me mets en route, refoulant la peur qui me ronge de l'intérieur.

En m'approchant de sa porte d'entrée, j'ai l'impression de retourner chez moi. Mais, en tapant son code sur le clavier, mon cœur bat la chamade et l'angoisse m'envahit.

Je ne devrais peut-être pas me sentir aussi à l'aise.

J'ai à peine franchi le seuil que quelqu'un me saisit par-derrière avant de me retourner pour me plaquer contre le mur du couloir.

Les lèvres d'Eli se posent sur les miennes avant que je puisse dire un mot et, en un clin d'œil, mes soucis s'envolent. Tout ce qui compte, c'est le bien-être que je ressens lorsque je suis dans ses bras. C'est dire à quel point ça me semble naturel.

— Bon sang, tu m'as manqué, murmure-t-il contre mes lèvres.

Nos langues s'entremêlent et ses mains glissent le long de mon corps, se faufilant sous ma ceinture avant que ses doigts s'enfoncent profondément en moi.

Je pousse un gémissement et sens mon sexe se contracter.

Il recourbe les doigts pour accentuer la pression de ses caresses jusqu'à ce que le plaisir que j'éprouve soit si intense qu'il en devient douloureux. Eli frôle mon clitoris gonflé avant de le faire rouler sous son pouce. J'essaye de me presser contre sa paume, mais il me maintient fermement en place.

Il m'embrasse dans le cou tout en me déshabillant. Puis il s'accroupit, et sa langue suit le chemin brûlant de ses doigts.

J'agrippe ses cheveux en essayant de presser son visage contre mon intimité.

— Lèche-moi, Eli. S'il te plaît.

— Tu es tellement belle quand tu me supplies, grogne-t-il.

Il sort sa langue et la passe sur mon clitoris. Des frissons électriques parcourent mon corps et descendent le long de mes cuisses. La pression de ses doigts redouble d'intensité, et il veille à maintenir un rythme régulier pour accompagner celui de sa bouche. Je tire plus fort sur ses cheveux, et mes jambes se mettent à trembler.

Mes nerfs sont à vif, mon souffle se bloque dans ma gorge. Soudain, il s'arrête.

— Qu'est-ce que… Pourquoi ? je halète.

Je tente d'attirer à nouveau sa tête vers moi, au désespoir.

Tout en laissant ses doigts en moi, il se redresse lentement, jusqu'à me dominer de toute la hauteur de son imposante silhouette. Il se penche en avant et je sens son souffle chaud contre mon oreille.

— Admets que tu étais jalouse, dit-il d'une voix grave.

Mon cœur bondit.

Il recourbe les doigts et effectue un seul mouvement de va-et-vient, effleurant de sa paume mon clitoris.

Mon corps brûle de désir, mais je me mords les lèvres pour ne pas prononcer les mots.

— Trois petits mots, Rebecca, et je te ferai jouir si fort que tu ne pourras plus penser.

Ses doigts s'enfoncent encore.

Je gémis, en ayant du mal à garder les yeux ouverts.

Il bouge, commence à retirer ses doigts, mais j'agrippe son poignet pour le retenir. Il rit, pose la main sur ma nuque, se penche vers moi et fait courir sa langue de ma gorge à mon oreille.

Mon corps tremble contre lui.

— Donne-moi ce que je veux, chérie, et je te donnerai ce que toi, tu veux.

Je pousse un soupir tandis qu'il recule la tête et que nos regards se croisent.

— J'étais jalouse, je murmure.

Son visage s'illumine d'un sourire éblouissant.

— Je sais.

Il lui suffit d'effectuer un simple mouvement du pouce pour que j'explose en mille morceaux, le corps parcouru d'ondes de plaisir. Mes muscles se contractent puis se relâchent à tel point que je manque de perdre connaissance.

Je m'effondre contre lui, haletante, le cerveau embrumé. Il me berce dans ses bras, lisse mes boucles de sa grande main et me serre plus fort contre lui.

— N'aie jamais peur de me dire ce que tu ressens, Becca, déclare-t-il en déposant un baiser sur le sommet de ma tête. Je serai toujours là pour te rattraper.

Ma poitrine se gonfle et je lui souris. Ses yeux profonds, d'un bleu cristallin, supplient mon cœur de céder. Et je suis sur le point de le faire. Mais une image de cheveux blond vénitien et le murmure de ma mère me font hésiter.

Par-delà les secrets

« Tous les hommes sont des menteurs. »

La réalité me percute violemment et mon âme tombe en chute libre.

La chute est longue, me rappelant à quel point les choses peuvent se briser à l'atterrissage.

L'amour est un conte de fées, et les contes de fées n'existent pas.

Chapitre 26

BECCA

Trois semaines. Vingt et un jours. Cinq cent quatre heures. Voilà le temps qui s'est écoulé depuis que j'ai appris que Sabrina ne resterait pas en Floride, réduisant à néant tous mes plans soigneusement élaborés.

Je n'ai encore rien décidé. Je n'en ai parlé à personne. Je n'ai pas besoin qu'on vienne me sauver, et le jour où j'avouerai à mon père que je ne suis pas sûre de pouvoir m'en sortir toute seule n'est pas encore venu.

Je trouverai une solution.

Quelle qu'elle soit, je vais devoir la dénicher rapidement, car mes parents arrivent en ville ce week-end pour la remise des diplômes. Pendant des mois, j'ai imaginé la joie que je ressentirais en voyant la défaite s'installer dans les yeux de mon père lorsqu'il se rendrait compte que j'ai tout prévu. Que je n'ai pas besoin qu'il intervienne et prenne les choses en main comme il l'a toujours fait.

Maintenant, la réalité est peu réjouissante.

Je n'ai plus de travail, malgré mes recherches, et pas de renouvellement de bail non plus et, même si je voulais continuer à vivre dans cet appartement, je n'ai pas d'argent, de toute façon. Et absolument aucune idée de la direction à prendre. En fait, la seule chose qui me semble évidente, c'est d'être avec Eli, ce qui est un autre problème en soi, car je me suis promis il y a longtemps de ne jamais dépendre d'un homme pour être heureuse. Cela ne peut mener qu'à la déception.

— À quoi tu penses aussi intensément ? me demande Jeremy.

Installée sur le canapé, je lui jette un coup d'œil. Il est en train d'engloutir deux sandwichs d'une soixantaine de centimètres de long comme si c'était son dernier repas, et je plisse le nez ; j'ai la nausée rien qu'à le regarder.

— Tu comptes respirer entre deux bouchées ? Tu as de la chance de ne pas t'étouffer.

Il pose son sandwich, essuie une trace de mayonnaise au coin de sa bouche et me pointe du doigt.

— Ne change pas de sujet. Tu es morose et je veux savoir pourquoi.

Je me mords la lèvre et attrape mes pointes fourchues.

— Je ne suis pas un robot, Jer. J'ai le droit d'éprouver différentes émotions. Désolée de ne pas être aussi joyeuse et insouciante que tu le voudrais.

— Arrête d'esquiver le sujet.

Agacée, je me penche en avant en croisant les bras.

— Et toi, alors ? C'est toi qui as disparu pendant tout le semestre dernier et je ne suis pas venue te demander ce que tu fabriquais. Alors laisse-moi tranquille avec mon air maussade.

Il pose le menton sur sa main, un sourire aux lèvres.

— Tu as fini ?

— Peut-être. Qu'est-ce qui te fait sourire ?

— Toi. Tu es tellement prévisible. Et je ne suis pas aussi bête que j'en ai l'air.

Mon cœur fait un bond.

— Qu'est-ce que ça veut dire ?

— Ça veut dire qu'Elliot Carson et toi, vous êtes nuls pour cacher les regards salaces que vous échangez. Et que tu es aussi nulle pour te faufiler dans sa chambre d'hôtel quand on est en tournée. Et que tu as de la chance que ce soit moi qui t'ai vue et pas quelqu'un d'autre.

Mon cœur s'affole et je gémis en me frottant les yeux.

— Merde.
— Ouais. Merde.

Jeremy se glisse à côté de moi, écarte une main de mon visage et entrecroise nos doigts.

— Parle-moi, ma belle. Et raconte-moi les détails croustillants. C'est vraiment pas cool de ne pas l'avoir déjà fait. J'ai été obligé d'imaginer des trucs tout seul, et je sais que ce que j'invente est loin d'être aussi bon que la réalité.

Le nœud dans ma poitrine se desserre maintenant qu'il est au courant, et mes épaules sont libérées d'un poids que je portais sans m'en rendre compte.

— Il n'y a pas grand-chose à dire. On ne devrait pas être ensemble, mais d'une manière ou d'une autre… ça s'est produit. Et je n'arrive pas à arrêter malgré tous mes efforts.

Il fronce les sourcils et une partie de son engouement disparaît.

— Pourquoi tu devrais arrêter ? Vous ne faites de mal à personne. Et d'ailleurs, vous êtes beaucoup plus amicaux depuis. Je pense qu'il doit te faire perdre toute ton impertinence à coups de reins.

Son sourire s'estompe davantage quand il constate que je ne ris toujours pas.

— Oh, bon sang. C'est vraiment un dieu du sexe, c'est ça ? Et tu es complètement accro.

Je m'adosse au canapé en soupirant.

— Oui, vraiment.
— Alors quel est le problème ?
— C'est juste… compliqué. Il fait partie du corps enseignant. Je suis étudiante.

Jeremy lève les yeux au plafond.

— Pour deux jours encore. Problème suivant, s'il te plaît.
— C'est le frère de Lee.
— Et tu crois que ça l'ennuierait ?

Je me mords la lèvre en réfléchissant à sa question, car la vérité est que je ne sais pas si elle s'en soucierait.

— Ça me paraît seulement… déloyal. Tu sais, on avait une amie quand on était petites, elle s'appelait Lily.

Je m'interromps, ravalant l'angoisse qui me ronge les entrailles chaque fois que je pense trop longtemps à Lily. Elle avait pris une mauvaise voie quand on était au lycée et elle s'est enfuie, en abandonnant tout et tout le monde derrière elle. Penser trop longtemps à elle me rappelle cruellement que toute personne finit par tomber du piédestal sur lequel on l'a placée.

— Lily avait un frère qui était un vrai connard. Lee est tombée follement amoureuse de lui et Lily ne l'a pas très bien pris. Pas bien du tout. Ça a complètement détruit leur amitié. Et ça me rend malade d'imaginer que la même chose pourrait nous arriver. Chaque fois que je pense à tout lui avouer, je me souviens du désastre que ça a été pour Lee à l'époque.

Jeremy soupire en frottant ses paumes contre son jean.

— Il me semble qu'elle comprendrait, étant donné qu'elle a été dans ta situation.

Je cligne des yeux. Ses mots tournent dans ma tête comme des pièces de puzzle qui tentent de s'emboîter. Je n'avais pas vu les choses sous cet angle.

— Est-ce que ce n'est qu'une histoire de sexe ?

La question me donne un coup au cœur. Je ne veux pas mettre une étiquette sur mes sentiments pour Eli.

Si je nomme ce que j'éprouve, alors ça veut dire que c'est réel.

— Ce n'est pas que du sexe, je marmonne.

Il écarte les bras.

— Alors quel est le vrai problème, Becca ? Parce que tes excuses sont vraiment nulles.

— Qu'est-ce qui te fait croire qu'il y a un problème ? Tout va bien. De toute façon, notre relation va sûrement s'essouffler dès le début de l'été.

— C'est ce que tu veux ?

Non.

— Ça m'est égal.

Le téléphone de Jeremy vibre sur la table basse et il soupire avant de le récupérer. Il écrit un message, le repose, puis se tourne à nouveau vers moi.

— Écoute, je vais te dire quelque chose, et après je m'en vais.

Il pianote nerveusement sur son genou avant de se lancer :

— Tu m'as demandé où j'étais passé.

J'acquiesce.

— J'ai rencontré quelqu'un. Quelqu'un que je...

Il se passe la main dans les cheveux et soupire bruyamment.

— Quelqu'un pour qui je serais prêt à tout risquer.

Je retiens mon souffle et tends la main vers la sienne.

— Putain, Jer. C'est génial. C'est qui ?

Il secoue la tête.

— Je ne te le dirai pas. Il ne veut pas que ça se sache. Il ne se l'avoue même pas à lui-même, sauf quand il est dans mon lit. Je ne peux pas lui en vouloir, vu que, jusqu'à lui, j'ai toujours ressenti le besoin de faire la même chose, dit-il en grimaçant. Mais je vais te dire une chose, Becca. Ce sentiment... Celui que tu éprouves quand quelqu'un se retient, alors même que tu lui donnes tout ce que tu es... Ce sentiment craint vraiment. C'est une maladie. Elle s'insinue sans que tu t'en rendes compte et s'accroche à tes cellules, siphonne toute ta joie et tout ton amour, jusqu'à ce que tu ne sois plus qu'une coquille vide. Jusqu'à ce que tu commences à te détester, parce que comment pourrais-tu aimer quelqu'un qui ne veut pas t'aimer en retour ?

Sa voix se brise et il passe une main sur sa bouche, les yeux brillants de larmes.

— Ne sois pas la raison pour laquelle cet homme a le cœur brisé. Pas si tu souhaites son bonheur.

Ma gorge se serre douloureusement et je me mords la joue si fort que je sens le goût du sang.

Jeremy prend mon visage entre ses mains et m'embrasse sur le front.

— Tu m'entends, Becca ? Tu vaux mieux que ça. Soit tu t'engages à fond, soit tu le laisses partir.

Je reprends mon souffle et hoche la tête.

Jeremy s'en va quelques minutes plus tard, mais le poids de notre conversation reste ancré en moi.

Je ne veux pas être la maladie d'Eli.

Le lendemain matin, j'ai la poitrine oppressée et je me sens écrasée par le poids des responsabilités. J'ai pris les paroles de Jeremy à cœur. J'y ai réfléchi toute la nuit, j'en ai rêvé et je me suis réveillée avec une nouvelle perspective.

Je vais essayer.

Je m'engage à fond.

Cette décision me rend nerveuse, l'impatience me ronge et je me demande quand je vais pouvoir revoir Eli. Je suis en route pour le bureau du coach Andrews pour récupérer mon dernier chèque de paye, en espérant le croiser là-bas.

Je frappe à la porte avec mélancolie en songeant que c'est la dernière fois que je viens ici. J'ai appris à aimer l'ambiance, les gens et même le sport lui-même. C'est triste de savoir que je n'aurai plus tout cela à portée de main.

— C'est ouvert.

Je tourne la poignée, j'entre et je manque de trébucher. Le coach est derrière son bureau, une télécommande pointée vers l'écran de projection. Eli est perché sur le bord du meuble, et j'aperçois des cheveux blond vénitien du coin de l'œil.

Super.

— Salut tout le monde, dis-je en faisant un signe de la main.

Eli me sourit, le regard brûlant, sans aucune gêne. La chaleur de ses yeux traverse la pièce et fait rougir mes joues.

— Becca, content de te voir. Tu nous manques par ici, dit le coach avec un sourire.

Je me racle la gorge et me concentre sur lui.

— Ça me manque aussi. J'espère que je ne dérange pas. Je ne savais pas quel serait le meilleur moment pour passer.

Je jette un coup d'œil à la femme assise à côté du coach et je marque un temps d'arrêt. Elle est magnifique. *Et familière.* Je plisse les yeux pour essayer de la reconnaître.

— Tu ne nous déranges jamais, intervient Eli.

Je lui souris. Il me lance un clin d'œil et mon cœur se serre.

— D'accord.

Je me tourne à nouveau vers la femme. Elle me rappelle vraiment quelqu'un.

— On se connaît ? ne puis-je m'empêcher de lui demander.

Si je ne trouve pas la réponse, je vais devenir folle.

Elle fronce les sourcils, ce qui abaisse le coin de ses yeux.

— Je ne crois pas. Je m'appelle Sarah.

— Ah. C'est juste que tu me disais quelque chose, je déclare en haussant les épaules. Ce n'est pas grave.

Je frôle le bras d'Eli en passant pour prendre mon chèque dans la main du coach, et je le sens se crisper.

— Ce fut un plaisir, tout le monde.

— Tu as bien travaillé, Becca. Tu aimes ce sport, maintenant ? me demande le coach en se penchant en arrière dans son fauteuil.

Eli se redresse sur le bord du bureau, les yeux brillants.

— Je pense qu'elle aime tout dans ce sport.

Je ricane.

— Tu rêves, Grosse Tête.

Il glousse et, après un dernier signe de la main, je tourne les talons et quitte le bureau pour la dernière fois.

Ce n'est qu'en rentrant chez moi que je m'en souviens : Sarah est la fille du bar. Ce soir-là, elle était occupée à se frotter contre mon homme, et je n'avais vu que son profil et son dos. Tout à l'heure était donc la première fois que j'avais l'occasion de la voir de face.

La jalousie me comprime la poitrine et mes doigts blanchissent à force de serrer le volant.

Eli ne m'avait pas dit que c'était la même femme.

Je pousse un soupir, essayant de me calmer et de faire confiance à mon homme. Mais la confiance, une fois perdue, est difficile à regagner.

Chapitre 27

ELI

— Elliot Carson, qu'est-ce que tu fabriques ici ?

Je suis figé, le poing serré autour de la poignée de la porte d'entrée de Becca.

J'étais venu la féliciter avant la cérémonie de remise des diplômes. Elle m'avait dit que je pouvais passer sans crainte, que Sabrina était sortie avec ses parents et qu'il n'y avait personne d'autre chez elle.

C'était manifestement une idée stupide.

Et, à cet instant précis, la réalité me frappe de plein fouet alors que je fixe les yeux verts et les joues rouges du père de Becca.

Le pasteur Sanger.

Je m'éclaircis la voix, lâche la poignée et me redresse.

— Pasteur Sanger. Je suis ravi de vous voir, monsieur.

— Et moi, je suis perplexe. Je vais devoir te le demander à nouveau, que fabriques-tu dans l'appartement que je paye ?

Je fronce les sourcils, car je suis presque certain qu'il ne paye que dalle : *De quoi diable parle-t-il ?*

— Vous n'êtes pas au courant ? Je suis entraîneur à la FCU. Je suis passé féliciter Becca au nom de ma petite sœur, qui n'a pas pu venir en personne.

Le goût amer du mensonge me picote la langue.

— Entraîneur, hein ? Ce n'est pas vraiment la gloire et la célébrité auxquelles tu t'attendais, n'est-ce pas, petit ?

Il rit en me donnant une tape dans le dos avant d'entrer dans l'appartement. Il est grand et il doit donc se baisser légèrement pour passer le seuil. La mère de Becca le suit, s'arrêtant devant moi pour saisir mon menton dans ses mains pâles et osseuses.

— Elliot Carson, dit-elle à voix basse en jetant un coup d'œil vers son mari.

Ses traits ressemblent étonnamment à ceux de Becca, ce qui me donne des frissons dans le dos.

— Qui aurait cru que nous trouverions la plus grande fierté de la ville cachée dans l'appartement de notre fille.

Elle soutient mon regard, les yeux pétillants.

— Maman, papa, qu'est-ce que vous faites ici ?

Becca apparaît dans le salon et le son de sa voix a pour effet de rompre la tension ambiante.

Son père émet un bruit railleur.

— Nous sommes venus te voir, bien sûr.

— Je pensais que je vous retrouvais à l'hôtel.

Nerveuse, Becca jette un coup d'œil vers moi avant de fixer sa mère.

— Salut, maman.

— Rebecca Jean. C'est ça que tu portes ?

Je serre les dents en constatant qu'ils n'ont même pas pris leur fille dans leurs bras. Ils ne lui ont pas adressé de félicitations, ils ne lui ont même pas souri. La remise des diplômes est censée être une fête, mais l'atmosphère est ici empreinte de formalités pesantes.

Becca lisse sa robe noire et moulante. Personnellement, je la trouve super sexy, mais personne ne m'a demandé mon avis. Je ne sais même pas pourquoi je suis encore là, mais je ne peux pas me résoudre à partir alors que j'ai l'impression que Becca a besoin de quelqu'un à ses côtés.

— Seigneur, maman, je t'en prie, lâche Becca en soupirant. Tu ne la verras pas, sous cette horrible toge qu'on doit tous porter.

— Eh bien, rendons grâce à Dieu pour ce petit miracle, réplique sa mère en écartant une mèche de son visage. Et tu devrais savoir qu'il ne faut pas prononcer le nom du Seigneur à tort et à travers.

— C'est exactement pour ça que tu dois rentrer à la maison, intervient le pasteur Sanger. Trop de liberté te rend insolente et te fait perdre tes principes moraux, Rebecca.

— Je te trouve très jolie.

Les mots m'ont échappé avant que j'aie pu les retenir.

Tous trois se tournent vers moi. Becca a les yeux écarquillés, le pasteur Sanger fronce les sourcils, et Mme Sanger nous observe alternativement, Becca et moi, en pinçant les lèvres un peu plus à chaque fois qu'elle tourne la tête.

— Peut-on ne pas parler de ça maintenant ?

Becca croise les bras, le menton relevé en un air de défi.

— Je parlerai de ce que je veux dans l'appartement que je paye, déclare le pasteur Sanger.

Becca se redresse.

— Tu n'as rien payé du tout. Ou alors tu as oublié que tu m'as rayée de ta vie parce que je voulais vivre la mienne ?

Il pouffe et retire une poussière inexistante de sa veste de costume.

— Tu penses vraiment que ton maigre salaire couvrait toutes tes dépenses ?

Mon estomac se noue sous l'effet de l'effroi qui naît en moi. Becca fronce les sourcils.

— Eh bien, je... je veux dire...

Je n'ai pas l'habitude de la voir hésiter, et je n'aime pas ça. Une partie de moi se demande s'ils ont toujours fonctionné comme ça - si la nature oppressante de son père a toujours étouffé sa flamme.

Je brûle du besoin de la rassurer concernant sa force au moment où Becca articule :

— De quoi tu parles ? Chaque mois, je donne tout ce que je gagne directement à Sabrina.

Il hoche la tête, sourcils haussés.

— Et où crois-tu qu'elle trouve le reste ?

Becca tire sur une de ses boucles.

— Non, je... le reste de quoi ?

— Cinq cents dollars ne suffisent pas à payer le lit où tu dors, sans parler de tout ce qui va avec.

Mon cœur se soulève. *Pourquoi ne m'a-t-elle pas dit qu'elle avait besoin d'argent ?*

La lèvre inférieure de Becca se met à trembler tandis qu'elle secoue la tête.

— Sabrina n'aurait jamais pris ton argent sans me le dire.

Mme Sanger soupire, s'approche et tapote le bras de Becca.

— Oh, ma chérie. Quand comprendras-tu que les gens ne sont pas toujours ce que tu crois ?

Les joues de Becca rougissent et je la regarde prendre conscience de la situation, les yeux brillants.

Le pasteur Sanger secoue la tête.

— Je me demande quel genre d'éducation j'ai payé ces quatre dernières années.

Mon corps vibre, mû par l'envie de me placer derrière elle pour ôter le poids qui pèse sur ses épaules et le poser sur les miennes.

— Mais je..., commence Becca avant de s'interrompre.

Son père s'approche et place les mains sur ses épaules.

— Crois-tu vraiment que je laisserais ma fille vivre dans la misère et le dénuement ? Je serai toujours là pour te soutenir. Je tiendrai toujours les ficelles qui te maintiennent debout.

Croit-il vraiment sa fille aussi faible ?

Mes narines se dilatent et je serre les dents si fort que je m'étonne de ne pas me briser les molaires. Si je ne pars pas tout de suite, je vais dire quelque chose que je risque de regretter, et la dernière chose que je veux, c'est aggraver la situation pour Becca.

— Bon, maintenant que j'ai transmis les félicitations de ma sœur en personne, je ferais mieux d'y aller, je déclare en fixant Becca. Félicitations. Maman serait si fière de toi.

Ma voix se brise sur le dernier mot.

Becca hoquette, entrouvre les lèvres, les yeux humides, et murmure un merci.

J'ai envie de la faire sortir de cet appartement, de l'envelopper dans mes bras et de la protéger des tristes vérités de ses parents. Mais c'est difficile d'utiliser ses membres quand on est pieds et poings liés.

Je pars donc seul, en me rassurant sur le fait que ces contraintes sont temporaires.

Elle obtient son diplôme. *Enfin.*

Et ce soir, tout va changer.

Chapitre 28

BECCA

Accepter ses démons a quelque chose de profondément épuisant. Je suis une idiote. Je suis véritablement la femme la plus idiote de la planète d'avoir cru que je pouvais m'en sortir toute seule. Je n'ai même pas vérifié où allait mon argent. Ou à qui allait mon argent.

J'ai connu le sentiment de trahison. Je l'ai senti s'abattre sur les profondeurs de mon âme et se répandre comme du lierre. Il s'avère qu'il ne disparaît jamais vraiment. Il reste simplement en sommeil jusqu'à ce que quelque chose arrose ses graines, lui permettant de repousser.

J'ignorais simplement que Sabrina tenait l'arrosoir.

Comment a-t-elle pu ?

Je parviens à surmonter la cérémonie de remise des diplômes, mais tandis que la plupart célèbrent la fin de leurs études et s'apprêtent à déployer leurs ailes pour voler vers leur liberté, je sens les miennes se refermer, me clouant au sol. C'est étrange comme un même événement peut affecter les gens de manière si différente.

Sabrina essaye de me parler, de me féliciter, mais je ne trouve que le silence à lui offrir. Je n'arrive même pas à la regarder. Je ne supporte pas de poser les yeux sur elle.

Je n'ai toujours pas prononcé un mot lorsque ma famille et moi entrons dans un restaurant chic pour fêter mon diplôme.

À table, je suis abattue. Papa commande pour tout le monde, comme d'habitude. Il doit tout contrôler. Je suis sûre qu'il est ravi de ma nouvelle personnalité, de me voir ainsi effacée.

J'étais si près du but. Du moins, c'est ce que je croyais, mais tout ce que je pensais savoir n'était qu'une illusion, créée par ceux en qui j'étais censée avoir confiance.

J'ai été battue à un jeu dont je ne soupçonnais même pas l'existence. Cette prise de conscience me fait l'effet d'un coup de poing dans le ventre, confirmant des vérités que mon esprit m'a toujours murmurées, mais que j'ai tant essayé d'ignorer. Je meurs d'envie de partir d'ici et d'aller chez Eli. De me blottir dans ses bras et de sentir le réconfort de son étreinte. De le supplier de me donner du plaisir jusqu'à me faire perdre connaissance, pour que, dans mes rêves, mes pensées ne me torturent plus.

Nous sommes à la moitié du repas quand quelqu'un essaye d'engager la conversation. Je joue avec la nourriture dans mon assiette, ayant perdu l'appétit après avoir réalisé que je vivais prisonnière d'une cage dorée.

— Je suppose que tu rentreras avec nous ? demande papa.

Ma poitrine se serre et je murmure :

— Non. Je ne rentrerai pas à la maison.

Il s'essuie la bouche avec une serviette en tissu rouge, puis la jette sur la table.

— Ça suffit, Rebecca. Je t'ai laissée vivre ta vie ce semestre mais tu as des responsabilités à Sugarlake. Je veux que tu rentres à la maison, où je pourrai m'assurer que tu ne saliras pas notre nom.

Je prends mon verre, bois une gorgée tout en réfléchissant à ses paroles, avant de le reposer et de lécher mes lèvres.

— C'est un peu tard pour ça, tu ne crois pas ?

Le visage de mon père devient aussi rouge que mes cheveux, et un sourire satisfait fend mon visage.

— De toute façon, je n'ai aucune responsabilité là-bas. L'église est ton héritage, pas le mien.

Il se lève brusquement, sa chaise racle le sol, et il me pointe du doigt. Sa bouche se crispe en une ligne droite, puis il se tourne vers ma mère pour lui dire :

— Parle à ta fille. Tu arriveras peut-être à lui faire comprendre que je ne lui laisse pas le choix.

Il s'éloigne d'un pas rageur, passe devant le bar, puis s'arrête soudainement. Maman et moi le regardons se glisser à côté d'une brune aux formes généreuses. Il n'essaye même pas de se cacher. *Espèce de porc.* La nausée me prend à la gorge quand je repense à l'admiration que j'avais pour cet homme.

Je ne vois jamais les choses telles qu'elles sont vraiment.

— Comment peux-tu le laisser te manquer de respect comme ça, maman ? je demande en désignant le bar, le nez plissé.

Elle soupire en buvant une gorgée d'eau. *Elle aimerait sûrement que ce soit de l'alcool.* Elle a toujours été du genre à boire en cachette. Quand nous étions adolescentes, Lee, Lily et moi avons souvent fait main basse sur sa réserve.

— J'ai fait le serment devant Dieu de l'honorer et de le chérir tous les jours de ma vie, et je tiendrai parole.

— Même quand lui ne le fait pas ?

Son regard empli de tristesse me transperce, et il y a quelque chose de familier, au-delà de nos gènes, qui m'attire dans les profondeurs de ses yeux.

— Il veut bien faire, tu sais. Il t'aime...

Je ris nerveusement.

— C'est vrai. Mais j'ai l'impression que, quelque part en cours de route, il a simplement oublié qu'il était censé me le montrer.

Ma gorge se noue.

— J'ai passé de belles années avec cet homme.

Ma mère jette un coup d'œil vers le bar, puis secoue la tête, le regard assombri. Mon père rit, le visage renversé en arrière, tandis qu'il discute avec la brune qui ne semble pas gênée par l'alliance à son doigt. Je savais que mon père était infidèle, mais je ne l'avais jamais vu s'afficher ainsi. Je suppose que, lorsqu'il n'est pas à Sugarlake, il ne prend pas la peine de revêtir son masque religieux qui cache le serpent sommeillant en lui.

— Il fut un temps..., dit ma mère avant de s'éclaircir la voix, ravalant l'émotion qui menace de la submerger. Il fut un temps où je pensais qu'il aurait déplacé des montagnes pour être avec moi. Il me regardait comme s'il ne voyait que moi. Il me regardait comme Elliot Carson te regarde.

Ma mère baisse la tête pour croiser mon regard, et mon cœur martèle mes côtes si fort que je redoute qu'il ne les brise.

— Je ne suis pas sûre de comprendre ce que tu veux dire, maman.

Elle glousse et me tapote la main.

— Si, tu comprends. Mais tu ne veux pas l'admettre, ni devant moi ni face à toi-même, j'imagine. Tu me ressembles tellement, Rebecca Jean. À bien des égards.

Je réprime la bile qui remonte dans mon œsophage. J'aspire à être beaucoup de choses. Gentille. Aimante. Libre. Mais devenir comme ma mère ne fait pas partie de cette liste.

— Les hommes sont doués pour manier les mots. Les rendre jolis. Te mettre des idées stupides dans la tête et te promettre monts et merveilles.

L'amertume qui imprègne ses paroles me transperce les oreilles comme des lames.

— Mais tous les hommes sont des menteurs, pas vrai ?

Elle hoche la tête.

— Si tu dois te souvenir d'une seule chose que je t'ai apprise, Rebecca Jean, souviens-toi de ça.

— Et que se passe-t-il quand la femme est une menteuse aussi ?

Elle pianote sur son verre.

— Je ne suis pas sûre de saisir ce que tu insinues.

Je devrais me taire. Limiter les dégâts et essayer de sauver ce qu'il reste de ce dîner raté. Mais des années de ressentiment bouillonnent dans ma poitrine et se déversent dans mes veines.

— Allez, maman. Tu te pavanes en public pour papa, en jouant la petite femme parfaite du pasteur. Mais il y a bien une raison que tu boives de l'alcool et que ton verre d'eau semble toujours plein.

Ma mère plisse les yeux et pince les lèvres.

— Depuis quand es-tu devenue aussi irrespectueuse ?

— Depuis quand es-tu devenue aussi faible ?

Sa grimace me perfore le cœur, mais je ne m'excuse pas. Je suis tellement épuisée. Fatiguée d'avoir passé toute ma vie à voir une femme forte se transformer en paillasson.

— Donner ma vie à Jésus ne me rend pas faible, jeune fille.

— Non, mais donner ta vie à papa, oui.

Elle frappe la table du plat de la main.

— J'ai accepté les rebondissements qui m'ont amenée là où je suis aujourd'hui. J'ai appris à être en paix avec le cours des choses. Avec les décisions que j'ai prises. Tu détestes mon apparente faiblesse ? Eh bien prépare-toi, parce qu'il y a vingt ans, j'étais comme toi. Je pensais que j'avais le monde à mes pieds et l'amour d'un homme parfait.

Je retiens mon souffle, bouleversée par le torrent de ses paroles.

Non. Je ne deviendrai pas comme ma mère.

Elle se penche vers moi et baisse la voix.

— Mais pendant que tu te perds dans ton illusion d'amour, le monde continue de tourner, et il finira par t'échapper. Toutes ces années que tu as passées à essayer de te libérer… C'est du gaspillage. Tu seras coincée et ligotée de toute façon. Tu ne pourras pas dire que je ne t'ai pas prévenue.

La lassitude se lit sur son visage et je lève les yeux au plafond pour essayer de retenir mes larmes. Mais j'ai beau tourner la tête et croiser les bras, ses mots s'enfoncent dans ma poitrine et martèlent mon cœur, cherchant à faire œuvre de destruction.

Chapitre 29

BECCA

— Ça va ?

La voix d'Eli flotte dans l'air, caresse mon âme meurtrie, mais les blessures sont trop profondes et même sa présence ne parvient pas à apaiser la douleur.

Je hoche la tête et me blottis au creux de son bras, allongée sur son lit.

Eli a cette faculté de savoir ce dont j'ai besoin avant même que je puisse le formuler. Quand je suis arrivée, il m'a directement conduite dans sa chambre, m'a poussée sur le lit et m'a baisée si fort qu'il m'a laissé des bleus.

Ses doigts effleurent mes bras et me donnent la chair de poule.

— Tes parents ont toujours été des connards comme ça ?

— Pas toujours, je murmure. Quand j'étais petite, ils étaient comme tout le monde, je suppose. Ou peut-être que j'étais juste aveugle et que je ne voyais pas ce qui se passait vraiment.

Avec le recul, il semble plus probable que je participais inconsciemment à un spectacle soigneusement orchestré. J'aurais vraisemblablement joué mon rôle pour toujours si je ne m'étais pas par hasard retrouvée dans les coulisses et que je n'avais pas gâché toute l'intrigue.

— Peu importe, de toute façon, je soupire. Je suis habituée à ce qu'ils sont. C'est juste que je ne sais pas ce que je vais faire.

Je sens le goût du sel sur mes lèvres et je réalise que des larmes coulent sur mon visage et sur la peau d'Eli. Il ne fait aucun commentaire, et une vague de réconfort se répand dans ma poitrine. Je lui suis tellement reconnaissante de ne pas en parler.

— Qu'est-ce que tu as envie de faire ?

Eli se sert de sa paume pour faire pivoter mon visage vers lui.

— Je veux rester ici, en Floride. Trouver ce que je vais faire de ma vie. Mais je ne sais pas comment y arriver, étant donné que je n'ai rien.

Je ferme les yeux et me blottis contre lui pour savourer le réconfort qu'il m'apporte.

— Tu m'as, moi, murmure-t-il.

J'ouvre brusquement les yeux pour le regarder. Un tsunami de ce... sentiment ravage tout sur son passage et s'écrase contre les limites de mon âme, m'emportant dans son sillage. Le désespoir me ronge de l'intérieur et je me jette sur Eli pour coller mes lèvres contre les siennes, pour qu'il étouffe cette sensation avant qu'elle ne me noie.

Mes mains encadrent son visage, j'ai besoin de me fondre en lui.

J'ai besoin qu'il soit plus près de moi.

Il resserre les bras autour de ma taille, nous fait rouler sur le matelas, et hisse son corps puissant au-dessus du mien. Je gémis dans sa bouche en sentant l'épaisseur de son entrejambe. Nous sommes toujours nus depuis tout à l'heure, et je suis reconnaissante que rien ne puisse nous ralentir. Mon désir est trop intense.

Il rompt notre baiser, penche la tête en arrière et caresse mes joues. L'intensité de son regard me fait frémir et cette sensation me coupe le souffle.

Eli avale sa salive, saisissant ma joue plus fermement.

— Becca, je t'...

Mon cœur bondit dans ma poitrine et je pose un doigt tremblant sur ses lèvres.

— Non.

Il fronce les sourcils.

J'enroule les doigts autour de son sexe épais que je sens palpiter contre ma paume. Je redresse mon buste pour le caresser, nos souffles se mêlant dans l'espace étroit entre nous. Puis, tout en continuant de le masturber, je me mets à bouger lentement le bassin pour que son extrémité vienne se frotter contre mon intimité. Il halète et mordille ma lèvre inférieure.

Je le guide là où je veux qu'il soit.

— Je ne veux pas de paroles. Je veux que tu me montres.

Je ne mens pas, même si, au fond de moi, je sais que je l'ai empêché de dire des choses qui auraient tout changé à jamais.

Son regard s'assombrit en même temps qu'il s'enfonce en moi, et je pousse un cri de plaisir, soulagée qu'il n'insiste pas. Pourquoi gâcher un moment aussi parfait ?

Nos hanches collées. Chaque centimètre de notre corps est connecté, et pourtant, je ne me sens pas prisonnière. Je me sens libre.

Eli me saisit les bras et les lève au-dessus de ma tête. La pression de ses doigts provoque des décharges électriques dans tout mon corps. Mon sang fait office de conducteur, diffusant le courant, accélérant mon rythme cardiaque.

Nos doigts s'entrelacent et ses paumes enfoncent mes mains plus profondément dans le matelas alors qu'il se met enfin, enfin, en mouvement.

Je gémis à chacun de ses va-et-vient.

Puis il fait ce que je lui ai demandé : il me montre.

Une vague de chaleur me traverse alors que je me contracte autour de lui.

Il garde un rythme régulier sans jamais me quitter des yeux. Nos lèvres s'effleurent à chaque coup de reins et ses caresses expriment ce que je ne lui laisse pas dire. Son regard est intense. Je sais qu'il voit en moi, qu'il comprend que c'est tout ce que je lui autoriserai, tout ce que je suis capable de recevoir en ce moment.

Ce n'est pas un jeu de pouvoir. Ce n'est pas une question de contrôle.

C'est une confession.

Des gouttes de sueur perlent sur son front et brillent sur son cou. Je me penche pour lécher sa peau salée. Sa pomme d'Adam bouge sous ma langue et ses hanches se contractent. Son rythme ralentit.

— Bon sang, Becca, souffle-t-il en posant son front contre le mien. Je ne peux pas...

Je serre nos mains, toujours jointes au-dessus de ma tête, et je l'embrasse, incapable de résister à l'appel de ses lèvres. À l'appel de son corps. *À l'appel de son âme.*

Son goût est enivrant. Mes muscles se contractent et se relâchent, et je suis tellement tendue que j'ai des difficultés à respirer.

Je m'écarte, haletante, propulsée au bord du précipice.

Ma vision se trouble.

Mes oreilles s'engourdissent.

Mon estomac se soulève, puis s'affaisse, et je m'agrippe à Eli pour ne pas me désintégrer en poussière.

Je m'abandonne à la chute.

Je sens vaguement le corps d'Eli trembler alors qu'il jouit en moi. Puis il s'effondre, haletant. Après quelques instants, il roule sur le côté.

— Merde, lance-t-il en riant avant de poser sa tête dans sa main, un sourire insouciant aux lèvres. Emménage avec moi.

— Qu... quoi ? je bégaie.

Il me prend la main et la pose sur son torse, puis place la sienne sur ma joue.

— Je veux être avec toi, chérie, déclare-t-il en m'embrassant. Te voir tous les matins. (Un autre baiser.) T'embrasser tous les soirs.

L'imaginer à mes côtés chaque nuit fait battre mon cœur à tout rompre.

— En plus, tu auras bien besoin d'un logement, non ? demande-t-il en haussant un sourcil.

Je glousse.

— Tu essayes d'être mon preux chevalier, Eli ?

Il sourit.

— Bien sûr. Tu ne sais pas encore que je déplacerais des montagnes pour toi ?

Mon sourire reste collé sur mon visage, mais mon sang se glace, se fige dans mes veines.

Son sourire à lui disparaît.

— Qu'est-ce qu'il y a ?

Je secoue la tête, effleurant ses lèvres avec les miennes, pour essayer d'effacer le goût amer qui envahit le fond de ma bouche.

— Tout va bien. Je vais y réfléchir, d'accord ?

Il serre ma mâchoire plus fort.

— Becca... je t'aime.

Non.

Je ferme les yeux et je détourne la tête.

Sa main ramène mon visage vers lui.

— Tu le sais, n'est-ce pas ? Je suis tellement fou amoureux de toi.

J'acquiesce d'un geste brusque.

— Becca ?

Sa voix est douce, suppliante, mais je ne rouvre pas les yeux.

Avec un profond soupir, il dépose un baiser sur mon front et quitte le lit. J'ouvre brusquement les paupières, brûlant d'envie de le rappeler, mais les cris dans ma tête empêchent les mots de sortir de ma bouche.

Il est tard quand Eli revient enfin et s'endort.

Le silence nous enveloppe, mais ce calme est trompeur. La voix de maman résonne dans mon esprit et dans mon cœur, transperce mes entrailles et détruit la sérénité que j'ai mis tant de temps à trouver. Mon corps lutte contre cette intrusion. Il m'implore d'oublier les mots doux qu'Eli m'a déclamés et que je l'avais supplié de ne pas prononcer.

Mais je ne peux pas oublier.

Je ne veux pas être la maladie d'Eli.

Je me glisse hors du lit, prenant soin de ne pas le réveiller, et je ramasse mes vêtements. Au moment d'enfiler mon jean, je prends conscience de ce que je suis en train de faire et mon cœur se brise en mille morceaux qui me transpercent les poumons. Je plaque ma main sur ma bouche pour étouffer un cri.

Je m'arrête à la porte de la chambre. Mes doigts tremblent sur la poignée, provoquant un cliquetis sec qui rompt le silence. Je ferme mes paupières humides et me concentre sur le bruit. Sur n'importe quoi pour m'empêcher de me retourner.

Mais ça ne fonctionne pas et je regarde quand même.

Eli dort paisiblement. Divinement. Parfaitement. Mon cœur s'emballe puis s'effondre au fond de moi, où il gît, sanguinolent.

« Il fut un temps où je pensais que cet homme aurait déplacé des montagnes pour être avec moi. »

Je ne deviendrai pas comme ma mère.

Avec une profonde inspiration, je tourne la poignée et me glisse hors de la pièce.

Chapitre 30

ELI

C'est la lumière du soleil qui me réveille. Elle traverse les rideaux et je plisse les yeux pour me protéger de son éclat. Je me tourne sur le côté et tends les bras pour attirer Becca vers moi. Mais je n'attrape que de l'air, et mes doigts effleurent le coton égyptien au lieu de sa peau douce.

J'ouvre les yeux et je fronce les sourcils pour reprendre mes marques. Je regarde autour de moi, mais Becca n'est pas dans la chambre.

Peut-être qu'elle est déjà debout ?

Je m'étire avant de sortir du lit, puis j'enfile un caleçon et titube jusqu'à la salle de bains. Elle est déserte. Je prends mon téléphone et descends l'escalier, mon instinct me poussant à accélérer le pas.

— Becca ?

Son prénom résonne entre les murs que je n'ai toujours pas ornés, et un frisson me parcourt l'échine.

J'arrive dans la cuisine.

Déserte.

Je m'affale sur un tabouret de bar et rallume mon portable. Aucun appel manqué. Aucun message.

Je compose son numéro sans prendre la peine de coller le téléphone à mon oreille, pour vérifier si j'entends la sonnerie quelque part dans la maison. Mais il n'y a aucun bruit et je sens mon ventre se nouer. Je raccroche et je réessaye. Cette fois, je tombe directement sur la messagerie vocale.

Quelque chose ne va pas.

Becca a disparu et l'atmosphère est différente, comme la disparition de son âme avait provoqué un silence pesant.

Je pose mon téléphone puis je le reprends aussitôt et me lève d'un bond. Mes mouvements sont raides. J'ai du mal à bouger avec ce poids qui me comprime l'estomac.

Car je le sens déjà au fond de moi.

Elle est partie.

La brûlure dans ma poitrine se propage dans tout mon corps, envahissant mes membres. Je jette mon téléphone, et je le regarde rebondir sur le comptoir en marbre avant d'atterrir sur le sol. Je tire sur mes cheveux ébouriffés et j'expire pour essayer de calmer les battements de mon cœur.

— C'est ridicule, je marmonne en me baissant pour ramasser l'écran brisé.

Je n'aurais pas dû lui dire que je l'aimais, mais j'ignorais qu'elle ne m'aimait pas.

Cette pensée me fait l'effet d'un boulet de canon dans le ventre, un boulet qui ravage tout sur son passage.

Les mots qu'elle n'a pas prononcés me brisent le cœur. J'ai laissé le silence s'installer parce que je ne voulais pas la presser. J'ai même quitté le lit pour qu'elle ait de l'espace, et pour ne pas m'effondrer à ses pieds. Pour ne pas la supplier de prononcer ces maudits mots et de me garder près d'elle.

Mais découvrir, à mon réveil, qu'elle est partie ?

Putain.

Elle ne peut pas m'échapper.

Mon cœur bat à tout rompre, l'adrénaline me faisant l'effet de cent tasses de café. Je titube jusqu'à ma chambre, j'ouvre brusquement mon armoire et je saisis le premier vêtement qui me tombe sous la main.

Puis je sors, déterminé.

Je prends la direction de son appartement, le rythme cardiaque hors de contrôle, mes doigts tapotant nerveusement le volant.

Pourquoi est-elle partie ?

Je me gare brusquement et je trébuche devant sa porte d'entrée. Je dois absolument la voir. Elle seule peut apaiser cette douleur.

Je sonne, mais personne ne répond et je me mets à sautiller nerveusement. Chaque seconde qui passe fait monter mon angoisse d'un cran.

Quand la porte s'ouvre, quelque chose se détend dans ma poitrine et un sourire se dessine au coin de mes lèvres. *Elle est là.* Seulement, mon soulagement est de courte durée, car ce n'est pas le beau visage de Becca qui m'accueille. C'est celui de Sabrina.

Elle plisse les yeux et je réalise à quel point cela peut paraître incongru pour moi d'être ici. Après tout, personne n'est au courant pour nous.

— Salut.

Ma voix est rauque. Je recule d'un pas et essaye d'adoucir mon ton avant de reprendre :

— Sabrina, c'est ça ?

Elle fronce les sourcils.

— Oui. Et vous, vous êtes l'entraîneur Carson, n'est-ce pas ? Qu'est-ce que vous faites là ?

Je me racle la gorge.

— Je suis venu parler à Rebecca. Elle est ici ?

Son froncement de sourcils s'accentue.

— Becca ? Non. Je ne l'ai pas vue depuis hier à la remise des diplômes, et même à ce moment-là, je l'ai à peine croisée.

Mon cœur s'emballe et chaque battement est envahi par des pensées sombres.

— D'accord. Si tu la vois, dis-lui que je suis passé, tu veux bien ?

Sabrina fait glisser sa main contre le montant de la porte en penchant la tête.

— Pourquoi voulez-vous la voir, au juste ?

L'irritation monte en moi.

— Ça ne te regarde pas vraiment.

Elle pince les lèvres.

— Je pense que si. C'est mon amie, et je ne suis pas sûre de devoir lui dire que vous êtes passé sans connaître vos intentions.

Je ris en serrant les dents devant l'audace de cette fille.

— Mon intention est de trouver Becca et de la tenir éloignée des gens comme toi, ceux qui prétendent être ses amis avant de lui planter un couteau dans le dos. Un couteau fourni par son père.

Elle écarquille les yeux et pâlit.

— Bee, qui est là ?

Je jette un regard derrière elle lorsque j'entends la voix de Jeremy. Il s'approche de la porte et se place à côté de Sabrina.

— Coach, me salue-t-il en inclinant la tête. Content de vous voir. Vous cherchez Becca ?

J'acquiesce, soudain incapable de prononcer un mot.

Où est-elle ?

Il frotte l'épaule de Sabrina et lui murmure quelque chose à l'oreille. Elle hoche brièvement la tête et il sort en refermant la porte derrière lui. Il me fait signe de le suivre, tourne à l'angle du bâtiment et s'appuie contre le mur de brique, une jambe repliée sous lui.

Son petit numéro me fait serrer les poings. Comme si j'avais du temps à perdre. Comme si chaque pas que nous faisons ne m'éloignait pas un peu plus d'elle.

— Elle est partie, dit-il d'une voix aussi neutre que son expression.

Ces mots me transpercent le cœur comme une flèche, pulvérisant les morceaux déjà brisés.

— Comment ça, partie ? je marmonne, submergé par la jalousie.

Bien sûr, il est déjà au courant.

— Elle m'a laissé un message ce matin, déclare-t-il avant de se passer la main sur la bouche et d'expirer bruyamment. Elle m'a demandé de ne rien vous dire, mais elle a plein d'idées à la con, alors on s'en fout de ce qu'elle veut, là, tout de suite.

Il sort son téléphone et appuie sur quelques touches. La voix de Becca parvient à mes oreilles.

« Salut, Jer. »

Sa voix est étranglée, comme si elle retenait un sanglot. Mes narines se dilatent à l'imaginer ainsi.

« Je pars, Jer. Je... » Elle renifle. « Je ne peux pas rester ici. Je retourne chez mes parents. Je sais que ça n'a pas beaucoup de sens pour toi et, honnêtement, ça n'en a pas pour moi non plus, mais c'est ce qui doit se passer. J'ai besoin de... de... »

Sa voix se brise. Je porte la main à ma poitrine pour essayer d'apaiser la pression qui me torture à chaque mot.

« J'ai besoin de m'éloigner de tout ça. J'espère que tu comprends. Tu vas tellement me manquer, Jer. Je t'aime, tu le sais ? »

Ses paroles me foudroient et me donnent le vertige.

Et moi ?

« Tu avais raison. Pour tout ce que tu as dit. » Elle soupire. « Tu sais, à propos de ce type que tu aimes ? Ne... ne te contente pas d'un homme qui ne dira pas au monde entier que tu es à lui, Jer. Tout le monde mérite d'être aimé par quelqu'un qui n'a pas peur de ce que ça signifie. »

Elle prend une inspiration saccadée.

Je fixe Jeremy et vois à quel point les mots de Becca l'ont ébranlé. Son visage est humide, luisant de larmes, mais il soutient mon regard, la mâchoire crispée, le dos droit.

Jeremy est gay.

Je devrais être soulagé, mais maintenant qu'elle est partie, je m'en fiche.

« Je t'aime, Jer. J'essayerai de rester en contact. Et ne... ne dis rien à Eli, d'accord ? Je ne veux pas qu'il soit au courant. »

Un morceau de mon cœur brisé se détache, et ses côtés tranchants me déchirent les entrailles.

Jeremy ne dit rien, il range simplement son téléphone dans sa poche.

— Elle est partie.

Ces mots me surprennent alors même que c'est moi qui les ai prononcés. Qui aurait cru qu'un cadavre pouvait parler ? Jeremy hoche la tête en essuyant ses joues.

— Vous irez la chercher ?

Je laisse échapper un rire creux en secouant la tête, les yeux rivés au sol. Je réfléchis à ses paroles. Je pourrais lui courir après. Lui arracher des excuses, et la forcer à admettre ce qu'elle ressent. Ce qu'elle éprouve pour moi.

Mais l'idée de retourner à Sugarlake m'est tellement insupportable que j'en ai presque le souffle coupé.

— Je ne peux pas, je murmure.

Jeremy soupire.

— C'est probablement mieux comme ça. Elle n'est pas prête pour vous, coach. Je déteste dire ça... mais c'est la vérité. Peut-être qu'un jour, elle le sera.

Ses mots me transpercent la poitrine et déchirent ma chair déjà mutilée.

Elle était prête. Je l'ai senti dans chaque contact. Dans chaque regard. Elle ne se souciait tout simplement pas assez de moi pour rester.

Après mon départ de l'appartement, je ne rentre pas chez moi. L'idée de retourner dans un endroit qui empeste encore sa trahison me donne la nausée. Je me rends donc à la Waycor Arena.

En entrant dans le gymnase vide, mon cœur se serre, si fort que mes genoux se dérobent sous moi. Chaque centimètre carré de ce lieu est imprégné de souvenirs. Je me touche le visage, puis je fixe des yeux mes doigts brillants de larmes.

Je ne sais pas trop à quoi je m'attendais. Peut-être à éprouver du soulagement ? Le terrain est le seul endroit où je me suis jamais senti en paix.

Mais maintenant, il n'y a plus que cette brûlure qui me parcourt les veines, réduisant tout en cendres.

Elle a détruit la seule chose qui me restait. Qu'elle aille se faire foutre.

Qu'elle aille se faire foutre aussi d'être partie. Ne comprend-elle pas qu'elle emporte une partie de moi avec elle ? Se fiche-t-elle donc de briser mon âme ?

Une rage noire m'envahit, creusant un trou dans ma poitrine et se mélangeant à mon sang.

Je consulte ma montre. Cinq minutes. C'est tout ce que je m'accorde. Juste cinq minutes. Et ensuite... j'enfermerai le souvenir de Becca à double tour dans un coin de mon esprit, là où est sa place.

Avec tout le reste.

Chapitre 31

BECCA
Cinq ans plus tard

Swipe à gauche. Swipe à gauche. Swipe à gauche.

Mon doigt plane au-dessus du visage d'un homme séduisant, aux cheveux bruns et aux yeux verts. C'est le premier que je vois sur cette fichue appli de rencontres qui ne présente pas les caractéristiques que je m'efforce d'éviter à tout prix.

Je n'utilise pas cette application pour « fréquenter » quelqu'un à proprement parler. Disons que c'est plutôt un moyen sympa, gratuit et simple de trouver un beau mec à me taper, sans avoir à gérer les commérages de la ville ou les complications d'une relation sérieuse.

Ce type, Braxton, vit à Chattanooga et a l'air d'être une bonne distraction.

Swipe vers la droite.

Je jette mon téléphone sur le côté, m'adosse à ma chaise longue et profite des rayons du soleil matinal. C'est l'été ici à Sugarlake et le soleil du Tennessee est chaud et délicieux sur ma peau. Je n'aime pas grand-chose dans cette ville, mais j'adore me détendre sur la terrasse de mon petit cottage qui comprend une chambre et une salle de bains. Je suis locataire, bien sûr. Je ne veux pas avoir trop d'attaches si jamais je trouve le courage de partir.

J'ai environ une heure avant de retrouver Lee pour bruncher au Patty's Diner. Nos brunchs du samedi matin sont une tradition. C'est comme ça depuis que je suis revenue, il y a cinq ans, et que j'ai réalisé que Lee n'allait pas mieux mentalement que lorsque je suis partie à l'université. Entre mon départ en Floride et le fait que notre autre meilleur ami, Jax, soit tout le temps sur la route, elle a sombré dans une mélancolie telle qu'on doit la forcer à rester dans le monde des vivants. Je pense qu'elle préférerait s'échapper pour rejoindre le fantôme de sa mère.

Ça ne me dérange pas de m'efforcer de maintenir Lee à flot. Me plonger dans les problèmes des autres m'épargne de devoir me concentrer sur les miens.

C'est sûrement pour ça que je suis devenue assistante sociale dans un lycée.

Peu importe que j'aie vingt-six ans et que je sois revenue dans la ville que j'ai toujours rêvé de quitter. Ou que je sois toujours sous la coupe de mon père, d'une manière pire encore qu'à l'époque, car maintenant, je ne me bats plus.

Mieux vaut un mal connu qu'un bien qui reste à connaître.

Saboter mon propre avenir, c'est ma spécialité. Dommage qu'il n'existe pas de licence dans ce domaine. J'aurais obtenu mon diplôme haut la main et conquis le monde. Jusqu'à ce que je fasse inévitablement tout foirer, bien sûr.

Malgré tout j'ai mon petit chez-moi, mon salaire et ma carrière. Tout ce que papa ne pourra jamais me prendre. J'ai appris à maintenir la tête hors de l'eau en faisant des compromis, avançant lentement vers une vie où je serai complètement indépendante. J'ignore si j'y arriverai un jour, mais au moins, maintenant, je sais que ça ne sert à rien de rêver.

Je consulte mon téléphone pour vérifier l'heure, car je veux arriver au restaurant avant Lee. Elle m'évite à nouveau. *Pas étonnant.*

Chase Adams, le garçon qui lui a brisé le cœur et l'a laissée tomber – comme je l'avais prédit –, est de retour en ville. Elle ne se doute pas que je suis au courant, alors elle ne se rend pas compte que l'énergie qu'elle dépense à m'éviter est inutile, mais je ne lui en veux pas. Je déteste Chase depuis le jour où il a débarqué à Sugarlake, quand on avait onze ans, et où il a fait fondre le petit cœur naïf de Lee avec sa curiosité et son émerveillement.

Je sais qu'elle va tout cracher au brunch. Elle est nulle pour garder des secrets, et si je lui demande sans détour, elle ne cachera pas la vérité. Lee déteste les menteurs plus que tout au monde.

Mon estomac se noue à l'idée de ce que je ne lui ai pas dit. De ce que je lui ai dissimulé. De ce que je n'ai aucune intention de lui avouer un jour.

L'omission n'est pas un mensonge, Becca.

Peut-être que, si je me le répète assez souvent, je finirai par y croire.

Une heure plus tard, je suis assise en terrasse du Patty's Diner, en train d'envoyer un message à Lee. Elle est en retard et je me demande si elle a seulement l'intention de venir. Normalement, Jax aurait dû être là, mais il est très demandé en Californie, où il s'occupe de préparer des voitures pour les tournages de films, donc il est souvent absent. C'est dommage qu'il soit parti, car c'est lui qui s'occupe généralement de s'assurer que Lee vienne.

— Coucou !

Je lève le regard vers ma meilleure amie aux longs cheveux blond miel, qui s'affale sur la chaise en face de moi. Malgré les cernes qui soulignent ses yeux et la tristesse qui tourbillonne dans son regard bleu clair, elle est sublime.

— Elle est vivante, je lance, pince-sans-rire.

Lee sourit, balaye ma remarque sarcastique d'un geste de la main et se lance dans une histoire sur son nouveau travail dans un studio de danse situé à quelques villes de là. Je la laisse parler, sachant qu'elle n'a aucun filtre et qu'elle finira tôt ou tard par cracher le morceau. Son corps semble presque vibrer, et je suis sûre que c'est parce qu'elle est nerveuse à l'idée de me dire ce que je sais déjà.

Un silence s'installe tandis qu'elle sirote son mimosa en s'agitant sur sa chaise.

Je hausse un sourcil.

— Chase est de retour, lâche-t-elle.

— Je sais.

Elle gémit et se prend la tête dans les mains.

— Merde, comment peux-tu être déjà au courant ? C'est pour ça que tu es si bizarre ?

— Je l'ai croisé l'autre jour.

Elle soupire.

— Je ne savais pas comment aborder le sujet.

Ses épaules se détendent, comme si le simple fait de le dire à voix haute avait suffi à la soulager.

Une étincelle illumine ses yeux lorsqu'elle parle de lui, et ça me fait chaud au cœur. C'est quelque chose qui lui manquait depuis la mort de sa mère. Depuis que Chase lui a brisé le cœur avant de disparaître.

Est-ce si facile de pardonner à quelqu'un qui nous a brisé le cœur ?

Un sentiment d'espoir, qui n'avait pas sa place en moi, s'enracine profondément dans mon âme, et une petite voix me murmure que mes erreurs ne sont peut-être pas irréparables. Que le pardon est peut-être un trait de famille.

— Je comprends. On a tous des secrets.

Je hausse les épaules en essayant de chasser cette idée. Mais ces pensées sont toujours là, persistantes comme une chanson qui tourne en boucle dans ma tête et me rend folle alors que personne d'autre ne peut l'entendre. Ces pensées tentent de rouvrir mes cicatrices, et la douleur me rappelle qu'elles ne sont pas encore complètement guéries.

Je doute qu'elles le soient un jour.

Jusqu'à présent, j'ai toujours été maîtresse dans l'art de l'évitement, les années n'ayant fait que renforcer ma capacité à refouler mes sentiments dans les recoins les plus sombres de mon âme.

— Oh, tu ne devineras jamais ce que j'ai appris d'autre, déclare Lee, tandis que je pioche dans la corbeille à pain.

— Ça a un rapport avec toi, Logan et une bouteille de lubrifiant ?

Je souris en haussant les sourcils. Logan est son amant du moment, et je dois avouer que c'est un beau spécimen. Je ne rate jamais une occasion d'essayer de soutirer à Lee des informations croustillantes sur ses talents.

Mon amie rougit et je me retiens de rire. Elle est si facile à mettre dans l'embarras. Elle est tellement innocente, même si nous sommes adultes à présent. Aussi douce qu'une tarte aux cerises et aussi brillante que la soie. Je suis sûre que, dans ses prières, mon père demande à Dieu de me rendre un peu plus comme elle.

Elle lève les yeux au ciel.

— Non, espèce de perverse. Eli va rentrer.

Mon cœur bondit si fort dans ma poitrine que mon corps se met à trembler et ma flûte de champagne m'échappe des doigts. Je regarde avec désespoir mon mimosa se renverser. Si j'ai bien entendu, je vais avoir besoin d'autant d'alcool que possible.

— Quoi ?

Les lèvres de Lee remuent, mais je n'entends rien à cause du sang qui bat dans mes oreilles et des martèlements de mon cœur contre la cage glacée qui le retient prisonnier.

— Quoi ? je répète.

Elle hoche la tête, le nez plissé, tout en sirotant son verre.

— Je sais. Attends la suite : il va se marier.

Le nœud qui s'est formé dans ma poitrine remonte pour se loger dans ma gorge, tandis que mon estomac se retourne.

— Quoi ?

Elle fronce les sourcils.

— Tu es cassée ou quoi ? C'est tout ce que tu sais dire ?

Je suis surprise d'être déjà capable de prononcer quoi que ce soit. Un coup de couteau dans le ventre serait moins douloureux que les paroles qu'elle vient de prononcer. Des années de rafistolage bâclé sont réduites à néant, et les blessures que j'ai tenté de dissimuler se mettent à saigner.

Je plaque les mains sur mon ventre et me plie en deux. La douleur est si profonde, si viscérale, que je ne sais pas si je vais survivre.

Se marier. Eli va se marier.

Il a tourné la page.

Il a retrouvé l'amour.

Une intense jalousie suinte à travers les fissures de mon cœur, enrobe mes poumons et alourdit chacune de mes respirations.

Je suis une lâche. J'avais trop peur de finir enchaînée et malheureuse. J'avais trop peur de devenir le portrait craché de ma mère. Seulement... j'ai fini par mener cette vie quand même. Enchaînée à mon père au lieu d'être avec celui qui ne voulait rien d'autre que m'aimer. Celui qui voulait seulement me donner une partie de son âme. Et maintenant, cette partie, il l'a offerte à quelqu'un d'autre.

Je me suis fait ça toute seule. C'est ce que je me répète, allongée dans mon lit ce soir-là, en m'adressant à un Dieu auquel je ne crois pas.

Pour la première fois depuis l'âge de treize ans, je prie.

Je prie pour que, qui que ce soit, elle soit capable de l'aimer comme il le mérite. *Comme je n'ai pas su le faire.* Et je trouve du réconfort dans ces simples vérités. Mais avant de m'endormir – l'oreiller trempé par mes regrets –, l'obscurité s'installe et je ne me suis jamais sentie aussi seule.

Chapitre 32

ELI

— Tu es sûre que c'est bien ce que tu veux ? je demande pour la millième fois.

— Oui.

Je pousse un soupir, laissant tomber mes mains entre mes genoux, essayant de ne pas grimacer à la réponse de Sarah. De toute façon, ça n'a plus d'importance : nous sommes déjà dans l'avion qui nous emmène vers le seul endroit où je ne voulais plus jamais remettre les pieds.

Sugarlake, Tennessee.

Ça fait huit ans que je n'y suis pas retourné, et encore plus longtemps que je n'y ai pas passé plus d'un week-end. Aujourd'hui, je suis en route pour cette ville, grâce à ma fiancée, qui tenait absolument à ce que notre mariage ait lieu là-bas. Elle dit qu'une petite ville donnera « du charme » à ce grand jour.

« Charme » n'est pas vraiment le mot que j'emploierais. Je dirais plutôt une incursion dans une réalité alternative, que je ne suis pas sûr de vouloir voir. À chaque mètre qui nous rapproche du sol, ma poitrine se serre et mes mains deviennent moites à l'idée de ce qui nous attend une fois que nous serons descendus de l'avion.

Ce ne sera pas un comité d'accueil très chaleureux.

Mais le pire, c'est que nous allons y passer les deux prochains mois, soit toutes les vacances d'été, à organiser le mariage de rêve de Sarah, avant de retourner en Floride en tant que M. et Mme Carson. Le problème, c'est qu'il n'y a qu'un seul endroit où se marier à Sugarlake. Et à part le lycée, qui constitue un cruel rappel de mes rêves brisés, c'est le seul lieu que je voudrais éviter.

Mais je devrais savoir, à l'heure qu'il est, que j'obtiens rarement ce que je veux.

Sarah estime que le fait que ma petite sœur ait des « relations » avec la famille du pasteur est un signe du destin. Je nourris toujours l'espoir que deux mois ne suffiront pas pour tout organiser. Même si je sais pertinemment que je me voile la face. Il n'y a pas grand monde qui se bouscule pour se marier dans une petite ville.

— Tu ne veux pas le faire en Floride ? Quelque part plus près de l'endroit où tu as grandi ? je tente à nouveau.

Sarah soupire et me tapote la main avec ses ongles roses parfaitement manucurés.

— Non, Eli. Je veux que ce soit dans le Tennessee, et je veux rencontrer ta famille. Pour être honnête, je trouve cela ridicule que ce ne soit toujours pas arrivé. Comment pouvons-nous nous marier alors que je ne sais rien de tes racines ? Voyons au moins quelles sont les possibilités qui s'offrent à nous. D'ailleurs, tu as déjà parlé à Lee pour qu'elle nous aide en ce qui concerne l'église, non ?

J'acquiesce, la mâchoire crispée en repensant à notre conversation. Ma petite sœur n'était pas vraiment ravie d'apprendre que j'allais me marier. Elle m'a harcelé pendant une bonne vingtaine de minutes parce qu'elle avait appris la nouvelle par papa plutôt que par moi.

Elle a raison. C'est moi qui aurais dû le lui annoncer, mais je ne savais pas comment. Chaque fois que j'essayais, une main invisible me bâillonnait la bouche, m'empêchant de dire quoi que ce soit. Peut-être que, si je n'ai rien dit, c'est parce que je ne suis moi-même pas encore sûr. Ou peut-être parce que je sais que, dès que Lee apprend une nouvelle, Becca est aussi au courant.

Mais ça n'a pas d'importance.

Becca s'en ficherait de toute façon. Comme elle s'en est toujours fichée.

Je soupire en me frottant la nuque pour essayer d'apaiser la tension qui palpite derrière mon oreille et me transperce le crâne. Je ne veux pas remettre les pieds à Sugarlake. Je ne veux pas affronter les fantômes que j'ai laissés derrière moi, ni ceux qui m'ont quitté. Mais ce sont les désirs de Sarah, et je ne trouve pas la force de lui dire non.

Je ne peux pas lui donner tout mon amour, mais au moins, je peux lui accorder ça.

Ce n'est rien par rapport à ce qu'elle mérite.

L'amour de Sarah est une chaleur constante. Il glisse sur ma peau et m'enveloppe de son réconfort, me protégeant de la tornade glacée d'un monde froid et cruel. Ma relation avec elle est sans encombre, aussi facile que de respirer. Et c'est peut-être ça, l'amour. La stabilité. Le calme. L'absence d'efforts.

Mais elle ne me consume pas.

Dieu soit loué.

Pourtant, sa présence dans ma vie m'a empêché de sombrer, alors que je n'avais dans la tête que de mauvais souvenirs et un chagrin d'amour. C'est Connor qui m'a sorti de là, et Sarah qui m'a ramené à la raison. Quelque part au milieu de tout ça, on a fini ensemble.

Je lui ai demandé de m'épouser quand j'ai appris que le coach Andrews prenait sa retraite à la fin de l'année prochaine et que j'étais en lice pour devenir entraîneur principal. C'est la suite logique de ma vie. J'aurai la carrière. Le foyer. L'épouse. Tout ce que ma mère a toujours voulu pour moi. Tout ce que je ne lui ai pas donné quand j'en avais l'occasion. J'espère que ça permettra de l'apaiser dans la mort.

Peut-être qu'alors, les cauchemars cesseront.

C'est mon père qui vient nous chercher à l'aéroport, et je suis choqué quand je le revois pour la première fois. Des années se sont écoulées, certes, mais la différence avec mes souvenirs est frappante. Il a l'air épuisé, presque émacié. De profondes rides sillonnent son visage qui était autrefois beau, et des poches violettes creusées dans sa peau pâle accentuent le manque d'éclat de ses yeux bleus. Ce n'est pas l'homme qui m'a élevé.

Je ne peux pas vraiment lui en vouloir. Quand maman est morte, il a perdu l'autre moitié de son âme, celle qui faisait battre son cœur. Il est impossible de surmonter une telle perte. Dans ces cas-là, on ne peut que se contenter de survivre.

Ma poitrine se serre un peu plus à chaque kilomètre qui nous rapproche de la maison, et chaque bosse sur la route me retourne l'estomac. Le retour à Sugarlake fait remonter des choses que j'aurais préféré laisser enfouies, et je ne peux pas m'empêcher d'éprouver une sorte de malaise à mesure qu'on approche de la ville. Comme un avertissement me signalant que là-bas une pelle, avec mon nom dessus, m'attend pour que je creuse ma propre tombe.

La nostalgie me frappe de plein fouet, mais ce n'est pas la magnifique chaîne des Smoky Mountains au loin ni l'odeur des bouleaux jaunes qui me bouleverse. C'est le fait de me retrouver devant la maison de mon enfance.

Je n'arrive pas à croire que je sois là.

Sarah s'épanche sur le charme de l'endroit - son mot préféré, apparemment - mais je reste immobile au milieu de l'allée, essayant d'ignorer l'absence de ma mère dans tout ce que je vois. Les volets bleus qui bordent les fenêtres à l'avant sont décolorés et usés. Le jardin qui regorgeait de tulipes, les fleurs préférées de maman, est maintenant envahi par les mauvaises herbes.

La nausée me prend, faisant remonter le whisky que j'ai bu dans l'avion.

Des mains glissent derrière moi et m'enlacent tandis que j'avise le panier de basket toujours fixé au trottoir qui borde notre allée. Sarah pose la tête contre mon omoplate et je sens la chaleur de son souffle quand elle parle contre ma chemise. Mais même ça ne suffit pas à dissiper le frisson qui me parcourt soudain.

— Ça va ? demande-t-elle.

Je me retourne avec un sourire forcé et je lui prends la main pour entrelacer nos doigts.

— Oui, ça va. Ça fait juste bizarre d'être de retour.

Elle sourit, laissant apparaître ses dents étincelantes, à l'image de ses yeux.

— C'est excitant, non ?

— Très.

J'étire le mot en haussant les sourcils et elle me donne une petite tape sur la poitrine en riant.

Une fois à l'intérieur, mon père se dirige directement vers le frigo, ouvre deux Budweiser et m'en tend une. Il hausse un sourcil en pointant le goulot de sa bouteille vers Sarah.

— Tu en veux une, petite dame ?

Elle s'assoit à table en secouant la tête et demande un verre d'eau à la place. Je m'affale à côté d'elle, le poids de mon cœur m'empêchant de rester debout. Avec un petit effort, je pourrais visualiser maman en train de faire cuire son *banana bread* et mon père se faufiler derrière elle pour l'embrasser dans le cou. Ma poitrine se comprime. J'avale ma bière d'un trait en me concentrant sur la sensation de fraîcheur qui coule dans ma gorge.

— Où est Lee ?

Papa hausse une épaule, se laisse tomber sur la chaise en face de moi et tapote du doigt le bois usé de la table.

— Qui sait où est cette fille.

Je fronce les sourcils, surpris par sa réponse. Mon père a toujours été extrêmement protecteur envers Lee. Probablement trop, ne voulant pas voir sa petite fille grandir. Son ton froid et distant me met mal à l'aise.

La porte d'entrée s'ouvre et se referme avant que je puisse réagir, et je manque de m'étouffer avec la bière.

Ça doit être elle.

Voir mon père est déjà difficile, mais je suis encore plus nerveux à l'idée de me retrouver face à ma petite sœur qui m'a détesté pendant la majeure partie de ma vie d'adulte. Mais ce n'est pas Lee qui entre dans la cuisine.

Je pousse un soupir de soulagement, même si je ne peux nier ma légère déception.

— Monsieur Carson, j'ai tout ce qu'il faut pour faire des fajitas ce soir, j'espère que vous aurez faim.

La voix de l'homme est grave et quelque chose chez lui m'est familier. Il pose les sacs de course sur le comptoir, se retourne et se fige sur place, la main levée pour recoiffer ses cheveux ébouriffés. Il écarquille les yeux.

— Putain, Eli ?

Je fronce les sourcils en essayant de le reconnaître.

— Tu n'as aucune idée de qui je suis, n'est-ce pas ? demande-t-il en scrutant mon visage.

— Je devrais ?

— Ça dépend. Est-ce que tu te souviens du garçon qui a grandi trois maisons plus loin et qui est sorti avec ta sœur pendant quelques années ?

Je penche la tête en l'observant attentivement.

— Chase ?

— Le seul et unique.

Il sourit, les mains sur les hanches. Bien sûr que je le connais. Lee, lui et sa petite sœur étaient inséparables quand ils étaient petits. Mais il ne ressemble pas au garçon dégingandé dont je me souviens. Je me demande de quoi a l'air Lee maintenant. Si je la voyais dans la rue, est-ce que je la reconnaîtrais ? Cette pensée me serre le cœur et me provoque une profonde douleur au creux du ventre.

— Boucle d'or sait que tu es là ? demande Chase, le visage grave.

— Qui est Boucle d'or ? intervient Sarah. Au fait, je m'appelle Sarah. Je suis la fiancée d'Eli.

— Salut, répond Chase sans me quitter des yeux. Elle est au courant ? Où va-t-elle avoir un choc quand elle va rentrer ?

— Elle est au courant, grogne mon père. Elle sait qu'Eli est à la maison. Mais personne ne t'a invité, toi, mon garçon.

Chase sourit et lui tapote l'épaule avant de se diriger vers la cuisine et de sortir des poêles et des casseroles comme s'il avait toujours vécu ici. Bon sang, c'est peut-être le cas. Comment le saurais-je ?

Mon père nous sort une autre bière et je l'accepte machinalement, encore étourdi par le cocktail d'émotions qui fait rage en moi depuis mon retour en ville. Je remarque à peine que, alors que je termine la première bière, mon père entame sa quatrième.

— Alors, Sarah..., commence mon père. Comment Eli a-t-il réussi à te séduire ? En te racontant le bon vieux temps où il était le roi de cette ville ?

Le sang me monte à la tête, car je savais qu'il allait aborder le sujet. C'est tout à fait lui. Il n'a jamais pu s'empêcher de revivre ses jours de gloire. Avant, c'étaient les siens, maintenant, ce sont les miens. Mais s'il y a bien une chose dont je n'ai pas envie de parler, c'est de ce qu'était ma vie autrefois.

Je me force malgré tout à rire, comme si ses mots n'étaient pas une lame brûlante rouvrant mes vieilles blessures.

Je ris encore avant de tourner la tête et que mon souffle se coupe.

Lee me regarde, bouche bée, depuis le seuil de la cuisine. Mon cœur bat à tout rompre dans ma poitrine et j'ai la gorge serrée en voyant ma petite sœur.

Elle a tellement grandi.

Je m'éclaircis la voix en souriant si largement que j'arrive presque à me convaincre que je ne suis pas mort de peur.

— Salut, Lee. Il était temps que tu arrives. Papa et moi, on était sur le point de déterrer plein d'histoires gênantes à ton sujet.

Ce n'est pas vrai. En fait, mon père n'a pas parlé d'elle une seule fois, sauf quand Chase l'a mentionnée. Quelque chose de sombre et de menaçant fait se hérisser les poils sur ma nuque.

Lee sort de sa torpeur et jette un regard à Chase avant de s'asseoir sur une chaise en bout de table.

— Eli, souffle-t-elle. Je croyais que vous n'arriviez que vendredi.

— On a décidé de venir plus tôt. Tu n'es pas contente de me voir ?

Je glousse pour masquer ma confusion. Je croyais que papa l'avait prévenue.

— Je suis surprise, c'est tout, dit-elle avant de désigner Sarah d'un mouvement de la tête. La vie dans la grande ville t'a fait oublier tes bonnes manières, Eli ? Tu comptes faire les présentations ?

Mon sourire s'efface et je me sens coupable car, honnêtement, j'avais complètement oublié la présence de Sarah. J'étais trop absorbé par mes propres problèmes pour me souvenir de la raison de ma présence ici.

Mon mariage.

Qui, je l'espère, me permettra de tourner définitivement cette page de ma vie.

Sarah se présente, mais je n'écoute pas ce qu'elle dit. Je suis trop occupé à observer Lee. Elle est voûtée, comme si elle portait un lourd fardeau sur les épaules, et je me demande depuis combien de temps elle est écrasée par ce poids.

Elle tourne les yeux vers moi.

— À propos de mariage, je vais vous donner le numéro de Becca pour que vous puissiez l'appeler vous-mêmes.

Mes épaules se raidissent. Son nom fait bondir mon cœur dans ma poitrine. J'avais demandé à Lee de voir si Becca pouvait tirer quelques ficelles pour nous garantir l'église à temps pour la cérémonie en espérant que, si ma sœur le faisait pour moi, je n'aurais pas à affronter Becca en personne.

— Quoi ? Je ne veux pas faire ça. Tu ne peux pas simplement lui parler pour moi, comme je te l'ai demandé ?

— D'une part, Eli, je ne suis pas ta fichue servante. D'autre part, j'ai abordé le sujet avec elle et elle n'a pas été très sensible à la question.

Son visage se froisse et elle penche la tête sur le côté pour demander :

— Qu'est-ce qui s'est passé entre vous, au juste ?

Sa question torture la partie enchaînée de mon âme - celle que je m'efforce de garder enfouie dans l'obscurité –, la frappant pour essayer de la libérer.

Ma main se tend et serre la cuisse de Sarah, espérant que sa présence me permette de garder le contrôle. Elle est toujours là, silencieuse mais stable. Exactement ce dont j'ai besoin.

— Rien.

Je sens la dureté de mes mots jusqu'au plus profond de moi. C'est vrai. Peu importe l'importance que je pensais avoir aux yeux de Becca, elle m'a prouvé que j'avais tort lorsqu'elle s'est enfuie.

Qu'elle aille se faire foutre.

Elle n'est plus rien pour moi, maintenant. Et si je la vois, je m'assurerai qu'elle le sache.

Chapitre 33

ELI

On dit que les parents ne doivent pas avoir de préféré, mais j'ai su que c'était faux le jour où Alina May Carson est née et où j'ai été mis de côté. J'avais trois ans à l'époque, donc je ne me souviens pas du moment où cela s'est produit, mais ce sentiment s'est insinué en moi et ne m'a plus jamais quitté. Difficile d'oublier quelque chose quand on le subit tous les jours.

Les yeux de mon père s'illuminaient dès qu'on prononçait le nom de Lee, ses joues rougissaient et un large sourire éclairait son visage tandis qu'il parlait avec enthousiasme de sa fille. Peut-être que, si j'avais été un meilleur frère, un meilleur homme, il m'aurait été plus facile d'ignorer l'amertume qui me rongeait. J'aurais donné n'importe quoi pour que mon père me regarde comme ça, ne serait-ce qu'une seule fois.

Il est donc inutile de dire que je suis sous le choc après avoir été témoin de la façon dont leur relation s'est détériorée.

Le dîner est terminé depuis longtemps, la vaisselle trempe dans l'évier et l'odeur du café fraîchement moulu embaume la pièce. Elle est suffisamment forte pour envahir mes sens, mais pas assez pour masquer l'animosité qui se dégage depuis l'autre côté de la table, où ma sœur me transperce de son regard d'acier.

Nous n'avons jamais eu une vraie relation fraternelle, même quand on était petits. J'étais un frère minable, je suis le premier à l'admettre. La seule chose qui m'intéressait, c'était le basket. Chaque seconde de ma vie était accaparée par mon amour pour le sport et mon besoin d'obtenir l'approbation de mon père.

— Tu veux venir avec nous demain, Lee ? M'aider à faire visiter la ville à Sarah ?

Je lui souris en espérant qu'elle comprendra ma tentative de réconciliation.

Lee s'étouffe avec son café avant de le recracher.

— Je travaille.

Son refus me serre le cœur, mais je ne le montre pas. À la place, je me tape le front en m'efforçant de sourire.

— C'est vrai. C'est tellement étrange de te voir adulte. J'oublie, parfois.

— Ce ne serait peut-être pas si étrange si tu avais été là pendant toutes ces années.

Elle a balancé ces mots à travers la table avec un grand sourire, et je les accueille avec un tressaillement.

— Alina. Tiens-toi bien. Nous avons... de la compagnie, intervient mon père, d'une voix pâteuse et balbutiante.

— Je dis juste la vérité, papa, soupire Lee.

— Tu ne sais pas de quoi tu parles, Alina, dis-je, agacé.

— Ah non ? Pourquoi ne pas m'éclairer dans ce cas, Grosse Tête ?

— Ne m'appelle pas comme ça, je réplique. Ne m'appelle plus jamais comme ça, putain.

L'accent traînant qui s'échappe de mes mots me fait grimacer et je respire profondément pour essayer de contrôler mon cœur, qui bat à tout rompre.

— Je t'aurais appelé autrement si tu avais pris le temps de me le demander.

J'en ai tellement marre que tout le monde pense que c'est moi qui dois porter le chapeau. Comme si je n'avais pas essayé tous les mois pendant des années de construire un pont pour combler le fossé. Mais même les ponts les plus solides s'effondrent, sans soutien.

Je ne suis pas le seul méchant dans cette histoire.

Papa pointe le doigt vers Lee.

— Ta mère. Elle serait déçue de toi, petite.

Ses mots restent suspendus dans l'air comme un brouillard gelé. C'est un coup bas et complètement injustifié. D'autant plus que maman ne serait en réalité pas déçue par Lee. Elle serait à ses côtés, me suppliant de rentrer à la maison, exigeant que je lui explique pourquoi je ne reviens pas.

Ma colère s'évanouit lorsque je croise le regard de Lee, à l'intérieur duquel tourbillonne l'obscurité, et que je vois des larmes couler sur ses joues. Je reconnais sa douleur qui s'accorde à la mienne.

Nous avons tous les deux des blessures issues de la même guerre, nous les cachons simplement de manière différente.

Chase se lève subitement en marmonnant quelque chose à voix basse que je ne distingue pas. Je n'écoute pas, de toute façon. Mon attention est partagée entre mon père et ma sœur.

Lee baisse les yeux et inspire profondément, tandis que Chase se place derrière elle et pose les mains sur ses épaules. Il fusille mon père du regard comme s'il était de la merde sous sa semelle. Quelque chose de putride coule dans mes veines alors que je constate combien il fait face à mon père avec assurance, balayant ses paroles cinglantes et atténuant leurs effets sur ma sœur. Je me demande ce que ça fait de ne pas se sentir grand sous le regard de mon père.

Ce dernier se lève brusquement et vacille, et il doit s'agripper au bord de la table pour garder l'équilibre. Tout se passe très vite, et je suis déjà à moitié debout avant même que mon cerveau ait compris que j'ai bougé. Le voir ainsi ivre fait battre mon cœur plus fort et resurgir des pensées que j'aimerais garder cachées.

Quelle quantité d'alcool a-t-il bue ?

— Papa, ça va ?

— Bien sûr que non, il ne va pas bien. Il ne va plus jamais bien, lâche Lee. Tu le saurais si tu avais passé plus de dix minutes ici au cours des huit dernières années.

Je pousse un soupir en plaçant les mains sur mes hanches. *Bon sang, elle en fait des caisses.*

— Frangine...

— Ne m'appelle pas « frangine », Eli.

— Je vais bien, bon sang ! rugit papa d'une voix tranchante comme une lame. Et je suis un putain d'adulte. C'est moi le parent, et ici, c'est chez moi.

Il pointe du doigt Chase et Lee avant de déclarer :

— Vous deux, allez-vous-en. Je ne veux pas de vous ici.

— Papa, je m'écrie, les yeux écarquillés, la poitrine serrée.

La situation est en train de dégénérer, et je ne peux rien faire pour l'arrêter. Je ne saurais même pas par où commencer.

— Très bien. Je n'ai pas besoin de ça de toute façon, réplique ma sœur.

Lee a les yeux brillants, mais elle se redresse et serre les dents en se levant pour me faire face.

— Amuse-toi bien à rattraper le temps perdu avec papa. Je suis sûre que cette ville et lui seront ravis de te revoir. Sarah, ravie de t'avoir rencontrée. Je suis vraiment désolée que tu aies dû assister à ça.

Elle attrape la main de Chase et ils sortent d'un pas décidé.

Ils ne se retournent pas.

Il les a mis à la porte.

Sans le moindre égard pour Chase qui vient de passer la soirée à préparer notre repas. Sans le moindre égard pour Lee, qui est sa fille et qui a en réalité bien plus le droit d'être ici que moi.

La culpabilité me submerge, et je me demande si, si j'étais rentré plus tôt et plus souvent à la maison, ça aurait changé quelque chose. Si j'avais pu surmonter mes problèmes et prendre une seconde simplement pour écouter les autres, peut-être que je me tiendrais devant quelque chose qui serait simplement un peu cassé, au lieu de ce qui ressemble à un champ de ruines.

J'ai passé beaucoup de temps à ressasser l'égoïsme de Lee, mais c'est la première fois que je reconnais ce trait de caractère chez moi. Il s'installe lourdement dans mes entrailles, où il se fait une place parmi les fragments de mon cœur brisé.

Papa ne nous adresse plus un mot et grogne tout le long du chemin qui le mène jusqu'à son fauteuil inclinable dans le salon, puis s'endort aussitôt. Sarah est assise à côté de moi, silencieuse comme toujours. Elle n'a pas prononcé un mot depuis la fin du dîner. Je lui suis reconnaissant de son silence, car pour l'instant, je ne pense pas avoir envie d'entendre ce qu'elle a à dire.

J'avais imaginé beaucoup de choses sur mon retour. Je m'étais préparé à une centaine de scénarios différents. Mon bouclier, sûr et solide, était prêt à affronter toutes les émotions que je m'étais attendu à ressentir.

Mais la honte n'en faisait pas partie.

Ça ne l'empêche pas de franchir mes défenses et de balayer tout espoir de trouver quelque chose qui vaille la peine d'être défendu, ici à Sugarlake.

— J'ai eu le numéro de cette fille par ta sœur, dit Sarah.

Mon corps se crispe et ma main se fige sur la porte ouverte du réfrigérateur.

— Quelle fille ?

— Rebecca.

— Becca, je corrige machinalement avant de me tourner vers elle.

Sarah penche la tête.

— Hein ?

Mon cœur bat à tout rompre dans ma poitrine.

— C'est, heu... c'est juste Becca. Elle n'aime pas qu'on l'appelle par son prénom complet.

En disant cela, je réalise que ce n'est pas tout à fait vrai. Je me rappelle à quel point elle aimait ça, quand ce prénom sortait de ma bouche. Mon estomac se noue à l'idée qu'elle puisse aussi aimer ça quand quelqu'un d'autre le prononce.

Sarah plisse le nez.

— D'accord. Becca. Elle nous a obtenu un rendez-vous avec son père mardi prochain, elle a dit que c'était le mieux qu'elle pouvait faire.

Je me mords la joue pour empêcher les questions de jaillir. Des questions que je n'ai pas le droit de poser – et dont je sais bien que je ne veux pas connaître les réponses. Parce que je ne devrais pas mourir d'envie de savoir quel ton elle a employé pour parler de mon mariage avec une autre femme. Mon cœur ne devrait pas cafouiller dans ma poitrine, je ne devrais pas me demander si des éclats de verre se sont enfoncés dans les crevasses de son âme, comme c'est le cas pour moi, ou si elle est complètement indifférente face à cette situation.

— Tu vas bien ? demande Sarah en riant et en agitant la main devant mon visage.

Je sors de ma torpeur et j'avale la salive qui me brûle la gorge. Je l'enlace par la taille et l'embrasse sur les lèvres.

— Ça va. Je vais aller chercher le petit déjeuner au café. Il n'y a rien à manger ici. Tu viens avec moi ?

— Non. Je vais prendre une douche, répond-elle en souriant et en caressant ma lèvre inférieure de son pouce. Mais reviens vite. Je n'ai pas vraiment envie de rester seule avec ton père.

En sortant, je jette un regard vers la chambre de ce dernier et je grimace en constatant qu'il est presque dix heures du matin et qu'il n'est toujours pas levé. Je me demande brièvement s'il dort aussi tard tous les jours ou si c'est parce qu'il a un peu trop bu hier soir. Peut-être qu'il a juste besoin de repos.

Le café n'est qu'à deux pâtés de maisons et c'est une journée idéale de juin alors je décide d'y aller à pied. Il est tôt, le soleil n'est pas encore brûlant et l'air frais me fera du bien. Ça me permettra de me vider la tête. Et avec un peu de chance, cela m'aidera à y voir plus clair.

Je pense à faire visiter la ville à Sarah, rassuré par le fait que c'est l'occasion de prendre un nouveau départ. De créer ici des souvenirs tout neufs. Des souvenirs qui ne me feront pas autant souffrir quand je serai obligé de me les remémorer.

Quelque chose me fait lever les yeux du trottoir alors que je m'apprête à traverser la rue, et, aussitôt, je regrette de l'avoir fait.

Car elle est là.

Son aura fougueuse et sa beauté m'aveuglent. Je retiens mon souffle, le corps parcouru d'une vague de désir. J'avais oublié à quel point elle était renversante.

Elle vient de sortir du café où je m'apprête à entrer et je reste figé sur le trottoir en me frottant la poitrine pour essayer d'apaiser les battements de mon cœur, ce traître. À la vitesse où il bat, j'ai peur qu'il explose. Comme il a tendance à le faire quand elle est là.

Becca rit aux éclats en rejetant la tête en arrière, ses boucles sauvages cascadant dans son dos. Le souvenir de ces mèches enroulées autour de mon poing me fait frissonner, et ma poitrine se serre quand je repense aux heures qu'elle passait à essayer de les dompter.

Je m'étais dit que j'étais prêt pour ce moment. Ça fait cinq ans. J'ai tourné la page.

Mais je suis hypnotisé par sa vue.

Elle agrippe le bras de l'homme qui l'accompagne et celui-ci lui sourit avec un regard que je connais bien. Un regard que j'ai moi-même eu des centaines de fois. Un regard qu'elle seule a pu m'inspirer. Un nœud se forme dans mon ventre, et je soupire avant de me diriger vers la porte d'entrée. Merde. Elle n'a plus le droit de m'affecter. Surtout quand il est clair que, moi, je n'ai jamais eu d'importance à ses yeux. Becca lève la tête juste au moment où je passe et son sourire en coin disparaît de son visage. Du coin de l'œil, je la vois prendre une inspiration, plaquer une main sur sa poitrine, là où se trouverait son cœur si elle en avait un. Elle écarquille les yeux et, même si ça me fait un mal de chien de soutenir son regard, je ne baisse pas les miens. J'en serais incapable même si je le voulais. Ces yeux émeraude sont un vortex qui m'aspire et me fait chavirer.

C'est l'effet qu'elle me fait.

L'effet qu'elle m'a toujours fait.

— Eli, souffle-t-elle.

Je ralentis. Je résiste à l'attraction en serrant les dents et je la frôle sans un mot, la traitant comme le fantôme qu'elle a choisi d'être. Si je m'applique suffisamment, je pourrai peut-être me convaincre qu'elle n'est pas vraiment là.

J'entre dans la boutique en ignorant les bouillonnements et les soubresauts dans mon ventre, et je commande un café et un bagel. Le premier est pour moi. Et le second pour Sarah.

Quand je ressors, Becca est déjà partie.

Mais elle continue de me hanter.

Chapitre 34

BECCA

Étonnamment, Braxton, de l'application de rencontres, est devenu une présence assez régulière dans ma vie. Il est un peu fade au lit, mais il comble le vide et c'est vraiment un type bien.

Il baise avec précision. Il va droit au but. Il ne me force pas à sortir de ma zone de confort ni à abandonner le contrôle. C'est exactement ce dont j'ai besoin. Parfois, les soirées se prolongent jusqu'au matin, et je me rends compte que ça ne me dérange pas de le laisser rester. La solitude s'atténue un peu quand il est là.

Je dois le retrouver quand je serai partie d'ici – « ici » étant le bureau de mon père à l'église. Sa grande table en chêne a l'air de me narguer depuis le centre de la pièce. Elle est somptueuse, à l'image du reste de la salle. Nous vivons dans une petite ville, mais la religion est une source de profits facile, et à Sugarlake, mon père est le meilleur vendeur.

Ça n'a pas toujours été le cas. Il fut un temps où il croyait en ce qu'il prêchait. Mais la vie réelle n'a pas de fin heureuse. Elle s'arrête, tout simplement. Et jusqu'à ce qu'elle s'arrête, nous dérivons tous sans but, essayant désespérément de trouver un sens à notre existence, espérant survivre à nos démons dans ce jeu de cache-cache.

Mon propre démon me fixe actuellement du regard, et d'anciens souvenirs semblent s'échapper du bois de ce maudit bureau.

Je déteste cet endroit.

La seule chose pire que d'être coincée ici, c'est d'être coincée ici et de devoir discuter avec mon père du mariage d'Eli avec une autre femme.

Sa voix résonne dans le couloir, et son rire tonitruant fait naître une vague de nostalgie dans ma poitrine. Je n'ai pas entendu ce rire depuis longtemps, et le son me donne envie de bondir pour voir qui a le pouvoir de briser son masque et de révéler l'homme qui se cache derrière.

Je n'ai pas besoin de me poser longtemps la question car il entre, suivi de ma véritable ennemie dans cette ville, Sally Sanderson, la responsable des jeunes de notre église et celle qui couche avec mon père depuis des années comme si elle en avait le droit.

Salope.

Mon Dieu, comment ose-t-elle encore travailler ici ? Treize ans plus tard, elle est toujours là, tel un cafard qui infeste tout ce qui comptait autrefois.

Je me demande s'ils continuent à baiser ou s'il est passé à des proies plus jeunes.

Peu importe. Je les déteste tous les deux.

Je m'adosse à ma chaise, sourcils froncés, ventre noué, en attendant qu'ils remarquent ma présence. Mais ils sont trop absorbés l'un par l'autre.

Classique.

Je ricane et le bruit attire l'attention de Sally, qui se retourne, ses cheveux bruns ternes virevoltant dans son dos.

— Oh ! Salut, Rebecca Jean. Ravie de te voir. Ton papa ne m'avait pas dit que tu serais là.

Ses joues blanches se teintent d'un rose pâle, et j'ai envie de la gifler.

Je serre les dents au point de me faire mal à la mâchoire. Je croise les bras et détourne la tête. Elle ne mérite pas mon attention.

Briseuse de ménage.

Sally s'éclaircit la voix, mal à l'aise, et se retourne vers mon père.

— Bon, Don, je... On se voit plus tard.

Il hoche la tête et contourne son bureau pour s'asseoir avant de déboutonner sa veste de costume.

Sally ferme la porte derrière elle et mon père laisse le silence s'installer juste assez longtemps pour que cela devienne gênant. C'est un jeu de pouvoir qu'il a perfectionné au fil des ans, du moins en ce qui me concerne.

— Rebecca. Inutile d'être aussi malpolie.

Je hausse les épaules.

Il pose les coudes sur son bureau et croise les doigts.

— Qu'est-ce que tu veux ?

J'entortille une boucle de mes cheveux autour de mon doigt en essayant de refouler la sensation désagréable qui s'empare de moi à la perspective de ce que je m'apprête à dire.

— Le frère de Lee va se marier et il souhaite utiliser l'église.

J'ai débité les mots à toute vitesse, comme s'ils étaient en feu. Et, à en croire ma gorge sèche et enflée, c'était bien le cas.

Mon père hausse un sourcil.

— Il n'est pas en Floride ?

Je soupire.

— Je ne sais pas, papa. Je crois que sa fiancée veut que ça se fasse ici.

Ma voix se brise sur le mot « fiancée », et je tousse en espérant qu'il ne l'a pas remarqué avant d'enchaîner :

— Je ne suis que le messager.

Il se penche en arrière et son fauteuil grince comme s'il allait s'effondrer sous son poids.

Une métaphore de ma putain de vie.

Il se frotte le menton, les yeux rivés sur moi. Je ne sais pas pourquoi, après toutes ces années, il arrive encore à me rendre nerveuse, mais je ne peux pas m'empêcher de bouger nerveusement sous son regard.

Mes mains deviennent moites et je glisse une mèche de cheveux derrière mon oreille.

— Bref, ils veulent venir arranger tout ça mardi, si ça te va.

Il hoche la tête.

— Assure-toi d'être là aussi, alors.

Mon cœur s'arrête. Il cesse littéralement de battre dans ma poitrine et c'est un miracle que je respire toujours.

— Quoi ?

— Ce sont tes amis, tu seras donc chargée de t'assurer que tout se passe bien. De toute façon, tu as besoin de t'occuper cet été.

Mon cœur reprend vie et rattrape les battements manqués en martelant ma poitrine. J'ai l'impression que je vais m'évanouir. Ou avoir une crise cardiaque. Peut-être les deux. Je n'ai pas signé pour ça.

— Papa, au cas où tu aurais oublié, j'ai un travail. Je bosse dur et je pense que je mérite de profiter de mes vacances cet été.

Il rit. C'est un petit rire sarcastique qui fait bouillir mon sang, et la rancœur m'envahit.

— L'oisiveté est mère de tous les vices, Rebecca. Ça t'occupera.

L'univers se moque de moi. Il me prouve à quel point il peut être cruel, car seul un monde sadique pourrait me faire payer mes erreurs d'une manière aussi brutale. Mais, même si j'ai très envie de riposter et de m'emporter, je me retiens. Je me retiens de lui rappeler que j'ai vingt-six ans, et non seize. Je ne lui dis pas tout ce que j'ai vraiment envie de lui dire. J'ai passé la majeure partie de mon adolescence à me battre contre cet homme et j'ai compris que c'était une perte d'énergie. Ma vie a été prédite. Elle est écrite, et je dois suivre les traces de ma mère, quels que soient mes efforts pour essayer d'y échapper.

J'ai accepté mon destin.

Pendant le reste de la soirée et tout au long du dîner, je me convaincs que ce n'est pas grave. Cela fait cinq ans que je n'ai pas vu Elliot Carson, et s'il a pu tourner la page, alors moi aussi. Peut-être même que nous pourrions être amis.

Mais quand Braxton me pénètre, ce sont des yeux bleus et des cheveux blond foncé que je vois.

Le lendemain matin, lorsque Braxton et moi nous arrêtons au café pour prendre notre petit déjeuner, je me sens plus légère que je ne l'ai été depuis des jours, satisfaite d'avoir accepté ce que la vie m'a réservé.

Je perçois sa présence avant de le voir, mais je fais mine de ne rien remarquer, agrippant le bras de Braxton et m'efforçant de rire à tout ce qu'il dit. Je ne saurais vraiment affirmer si c'était drôle.

Je me sens attirée, mais je sais que, si je cède, les morceaux de mon âme recollés voleront en éclats et s'éparpilleront avec la brise matinale.

Mais je regarde quand même. J'ai toujours été masochiste.

Mon cœur martèle mes côtes.

Je savais que ce moment finirait par arriver, mais je pensais avoir plus de temps pour me préparer, pour construire les murs qui dissimuleraient ma douleur, et me protéger de son regard.

— Eli, je murmure.

Il serre les mâchoires en me fixant, mais son pas ralentit un bref instant. Et il n'en faut pas plus. Une maigre seconde pour que l'espoir explose dans chaque fibre de mon être et que mon cœur manque d'éclater.

Mon cœur est idiot. Comme le reste de ma personne.

Eli reprend sa route, détourne les yeux et passe rapidement le seuil du café sans m'accorder un seul regard.

Je suppose que je ne peux pas lui en vouloir. Certains jours, quand je me sens faible et pathétique, en repensant à ce que j'ai laissé derrière moi, j'ai moi aussi envie de passer devant moi-même sans m'arrêter.

C'est mon purgatoire.

Et l'aider à épouser une autre femme sera ma pénitence.

Chapitre 35

ELI

On est vendredi, le jour où j'étais censé arriver dans ce trou à rats. Au lieu de ça, je suis assis sur le canapé de mon père à me demander pourquoi j'ai laissé Sarah me convaincre de venir. Maintenant, je suis coincé ici, à faire semblant que chaque jour passé à Sugarlake ne m'arrache pas petit à petit les bribes de bonheur auxquelles je me suis accroché au fil des ans.

Sarah semble apprécier son séjour. Elle est fascinée par l'accent du Sud et le fait que tout le monde me connaisse.

Tout ce que moi, je déteste.

Cela dit, elle n'est pas à l'aise avec mon père. Il est sorti avec ses copains ce soir, alors on en profite pour passer un moment en tête à tête et enfin nous détendre. Mon père n'a pas été très accueillant et, après son comportement envers Lee, je ne peux pas blâmer Sarah d'être sur les nerfs quand il est là.

Lee.

Penser à ma petite sœur a pour effet de me nouer l'estomac. Je devrais l'appeler, mais je ne sais pas quoi lui dire.

La porte d'entrée s'ouvre brusquement et je me lève d'un bond en voyant Lee entrer en trombe.

— Frangine, qu'est-ce que tu fais là ?

Son visage est assassin, ses joues rouges, ses lèvres pincées. Elle se rue vers moi et, avant que je puisse l'arrêter, elle me pousse. Mes jambes heurtent le canapé et je tends le bras en arrière pour ne pas tomber.

J'inspire profondément pour essayer de maîtriser ma colère.

— Qu'est-ce qui te prend, Lee ?

— Quand est-ce que tu vas piger, hein ? siffle-t-elle entre ses dents serrées. Je pensais qu'en revenant, tu comprendrais par toi-même, que tu te rendrais compte de la situation, mais tu es là... assis tranquillement avec ta copine pendant que papa se ridiculise dans toute la ville.

Je me hérisse et reprends ma position.

— Je ne suis pas sa baby-sitter. Papa est adulte.

— Tu sais d'où je viens, Eli ? demande-t-elle, les narines dilatées.

Comment veut-elle que je le sache ?

Sarah étouffe un cri à côté de moi et saisit ma chemise pour me tirer en arrière. Je suis son regard et découvre mon père qui se tient dans l'embrasure de la porte - si on peut appeler « se tenir » le fait d'être affalé contre Chase, qui le soutient par la taille. Son front est en sueur et ses vêtements sont froissés.

Ils se dirigent vers le fauteuil inclinable et mon père s'écroule dessus, puis se recroqueville en marmonnant, les yeux fermés.

Ma poitrine se serre si fort que j'ai du mal à respirer.

— Qu'est-ce qui s'est passé ? je parviens à articuler d'une voix rauque.

Lee rit.

— À ton, avis, Eli ? La même chose que tous les jours. Si papa n'a pas sa baby-sitter, il prend le volant, complètement soûl, et atterrit dans son bar préféré. Sauf que son bar préféré l'a banni parce qu'il finit toujours par causer un esclandre.

Elle me parle comme si c'était moi qui étais censé jouer la baby-sitter, mais comment aurais-je pu savoir qu'il avait été banni alors qu'elle ne m'en a jamais parlé ? Je ne suis pas devin.

— Lee, j'ignorais...

— Je te l'ai dit mille fois ! hurle-t-elle en levant les bras au ciel. Je t'ai supplié cent fois de plus. Tu n'écoutes pas, Eli. Tu ne veux pas entendre.

Mon estomac se noue tandis que mes yeux vont et viennent entre Lee et mon père, et mes joues s'échauffent à l'idée que ce dernier m'ait joué un tour.

Suis-je si aveugle ?

Il m'a dit qu'il sortait avec des amis. Certes, il avait bu, mais il n'était pas agressif. Il ne semblait pas avoir besoin qu'on le surveille. Mon père n'est pas comme ça. Il ne l'a jamais été. Mais peut-être que j'étais trop absorbé par mes propres problèmes pour y prêter attention. Je le regarde à nouveau, en prenant soin de scruter ses traits. J'avale ma salive pour décoller ma langue sèche de mon palais.

— Je ne savais pas que c'était à ce point, je murmure. Il m'a dit qu'il avait rendez-vous avec ses copains. Il a dit que c'est toi qui aimais le surveiller, tout contrôler depuis la mort de maman.

Je n'arrive pas à accepter que l'homme qui se tient devant moi soit celui que j'ai connu toute ma vie. Celui que j'ai admiré, respecté, craint. Comment suis-je censé associer les deux ? Pendant des années, on m'a appris à considérer que la parole de mon père faisait loi. Comment puis-je changer cela du jour au lendemain ? S'il me dit qu'il va bien, alors il va bien. Ça a toujours été comme ça.

Mais là, ça n'a pas l'air d'aller.

Lee lève les mains comme si elle n'avait plus envie d'essayer de me convaincre. Comme si elle criait dans le vide, alors même qu'elle me regarde droit dans les yeux.

— Les seuls copains de papa, ce sont Jim, Jack et Johnny. Et je parle des boissons, pas de gens. Oh, et ce soir, les flics l'ont arrêté et mis en cellule.

Mon cœur fait un bond.

— Il a été arrêté ?

Les yeux de Lee brillent de larmes qu'elle refuse de laisser couler.

— Tu dois ouvrir les yeux. Papa n'est pas le héros que tu as toujours cru qu'il était.

Elle appuie sur ses joues avant de marmonner :

— J'ai besoin d'une minute.

Elle quitte la pièce précipitamment et je m'effondre sur le canapé. Sarah me frotte le dos avec la paume de sa main. Ma tête palpite, déchirée entre ce que je veux continuer de croire et ce que je sais, au fond de moi, être la vérité.

Je jette un coup d'œil à Chase. Appuyé contre le mur du fond, le menton relevé, les mains dans les poches, il a le regard fixé sur moi.

Sarah reste silencieuse mais continue de me soutenir, comme toujours.

— Merci de l'avoir accompagnée, mec, dis-je en me frottant les tempes. Tu ne crois pas qu'elle exagère un peu ?

Je ne sais même pas à qui je m'adresse vraiment. Je suppose que je prie juste pour que quelqu'un me dise que ce que je vois n'est pas réel.

Chase se redresse brusquement et vient se planter devant moi.

— Tu ne veux peut-être pas l'entendre, mais tant pis, je vais quand même te le dire. Ignorer le problème ne le fera pas disparaître, Eli. Il deviendra incontrôlable et puis un jour... un jour, tu te réveilleras et tu te demanderas ce qui t'a pris. Tu te demanderas comment tu as pu être aussi aveugle.

Sa voix se brise et il pose une main sur son cœur, agrippant le tissu de sa chemise.

— Crois-moi, quand ce jour viendra, le regret te rongera de l'intérieur. Parce que tu sauras – oui, tu sauras que tu n'as pas fait tout ce qui était en ton pouvoir pour les sauver quand tu en avais l'occasion. Parce que tu n'as rien fait. J'espère de tout mon cœur que tu te réveilleras avant.

Il soupire, secoue la tête, et sort en trombe de la pièce, probablement pour retrouver Lee. Ses mots résonnent encore dans l'air autour de moi, même après son départ.

Je reporte mon regard sur mon père qui ronfle dans son fauteuil, son corps émacié n'étant plus que l'ombre de l'homme qui m'a élevé.

Mon estomac se noue d'angoisse. Mais je ne peux rien y faire, en tout cas pas ce soir.

Au moins, il est à la maison.

Je n'ai pas pris de petit déjeuner. Je suis trop perturbé pour manger quoi que ce soit. Sarah insiste pour aller à la messe.

Achevez-moi.

Elle veut voir l'église et se faire une idée sur le pasteur Sanger. J'ai déjà assez de mal à me comporter comme si la simple évocation de son nom ne me mettait pas dans une rage folle. Mais je ne peux pas expliquer cela à Sarah sans qu'elle me demande pourquoi je déteste autant cet homme, et c'est quelque chose dont je ne veux parler à personne.

En parler, ce serait rendre tout ça réel. En parler me ferait me souvenir. Et j'ai fait un sacré boulot pour essayer d'oublier.

Je frappe à la porte de la chambre de mon père, mais je doute qu'il soit réveillé. Il a tendance à faire la grasse matinée, et quand il finit par se lever, c'est un connard avec la gueule de bois jusqu'à ce qu'il ait bu son café. J'ai honte de dire que c'est hier que j'ai remarqué pour la première fois le Jameson qu'il verse au fond de chaque tasse qu'il prend.

Qu'est-ce que je suis censé dire ? Chaque fois que j'ouvre la bouche, quelque chose me serre la gorge et ma langue reste collée à mon palais. Ce n'est pas facile de parler à l'homme que je croyais irréprochable.

— Papa, je l'appelle en frappant à nouveau. On va à l'église. Tu veux venir ?

Pas un bruit de l'autre côté. Je n'ai pas l'intention d'attendre, alors nous partons sans lui.

L'église est magnifique et constitue l'un des monuments historiques de Sugarlake. Des vitraux ornent la façade blanche et le haut clocher projette des ombres plutôt que de me baigner dans sa lumière.

— Eli, c'est parfait ! s'écrie Sarah en me serrant le bras.

Je souris. J'aurais aimé ressentir réellement la joie que je feins. Mon regard se pose sur le cimetière de l'église, à une centaine de mètres de là. Je jurerais sentir l'esprit de ma mère m'interpeller. Ou peut-être est-ce simplement ma culpabilité de ne pas être allé sur sa tombe. Ma gorge se serre et une douleur fait siffler mes oreilles quand je me rends compte que je ne saurais même pas où chercher.

— Qu'est-ce qui ne va pas ? me demande Sarah.

Je m'éclaircis la voix en revenant au moment présent. À ma fiancée. À un avenir que je n'ai jamais demandé, mais que ma mère voulait pour moi.

Me marier à l'église. Une gentille fille. Une vie stable. Soigner ce cœur solitaire.

— Tout va bien. C'est juste que cet endroit me rappelle beaucoup de souvenirs.

— Je n'en doute pas.

Je la serre contre moi et elle m'embrasse sur la joue. Sa chaleur me réchauffe de l'intérieur. C'est agréable, et ça me rappelle la raison pour laquelle j'ai commencé à la fréquenter. Elle est facile à vivre, comme une toile vierge que j'arrive à déchiffrer sans peine. Elle m'apporte du réconfort parce qu'elle ne me pousse pas dans mes retranchements, parce qu'elle n'a pas trop de personnalité.

Mais ce réconfort ne dure pas.

Un éclat roux attire mon regard et mon cœur se met à battre à tout rompre dans ma poitrine, et mon corps à s'embraser.

Becca se tient sur le seuil, elle me fixe et, une fois de plus, je ne peux pas détourner les yeux. Même pas quand une autre femme pose ses lèvres sur ma peau.

Pourquoi je ne peux pas détourner le regard, bon sang ?

Je serre la mâchoire en me forçant à fermer les paupières, écœuré par ce sentiment tordu qu'elle m'a toujours inspiré. Un sentiment que je suis prêt à éprouver à nouveau.

Je n'en veux plus.

Quand je rouvre les yeux, elle a disparu.

Sarah et moi entrons dans l'église et nous asseyons au fond pendant que le pasteur Sanger nous assène son sermon sur l'élévation spirituelle à travers le service à Dieu. Sarah est fascinée par cet imposteur, mais moi, je m'ennuie. Mon regard erre jusqu'à trouver Becca, dont l'aura m'attire comme un phare dans la nuit, même si mon cœur me crie de rester à l'écart.

La rage bouillonne dans mes veines et la haine de tout ce qu'elle m'a fait subir m'envahit jusqu'à m'étouffer.

Le service se termine et je suis prêt à partir au plus vite, mais, avant d'arriver à la sortie, je vois Becca debout à côté de ses parents, en train de dire au revoir à l'assemblée.

Ma rage monte d'un cran.

Quelle gentille petite fille de pasteur.

— Ah, le sujet de conversation de toute la ville.

Le pasteur Sanger me donne une tape dans le dos avec un large sourire et l'envie de l'étrangler menace de me submerger.

— Et voici la petite chanceuse, je présume ?

Je me racle la gorge.

— Oui. Sarah Whitson, ma fiancée.

Becca se raidit et je dois faire tout mon possible pour ne pas lui accorder mon attention.

Sarah se rapproche, passe son bras sous le mien et tend l'autre pour serrer la main du pasteur Sanger.

— Bientôt Sarah Carson. Enchantée.

— Tout le plaisir est pour moi, mademoiselle Whitson. J'ai entendu dire que vous alliez vous marier ici. Il n'y a pas de meilleur endroit pour ça.

Je jette un coup d'œil à Mme Sanger. C'est tout à fait lui de ne pas la présenter. Et c'est tout à fait elle de rester silencieuse, comme la femme obéissante et dévouée qu'elle est.

Mon estomac se noue lorsque je remarque que Becca fait exactement la même chose.

C'est pathétique.

Sarah sourit.

— Oui ! Nous sommes impatients de vous rencontrer mardi.

Le pasteur Sanger rit.

— Vous rencontrerez ma fille, Rebecca. C'est elle qui s'occupera de tout ce dont vous aurez besoin.

Un coup de poing invisible me frappe en plein ventre et mon souffle s'accélère sous l'impact.

— Oh ! s'exclame Sarah. C'est vous, Becca ! Nous nous sommes parlé au téléphone l'autre jour. Je suis ravie de vous rencontrer. Merci d'avoir tout organisé.

Mon cœur bat si fort que j'en ai le vertige. Becca jette un coup d'œil dans ma direction avant de fixer ma fiancée, un magnifique sourire illuminant son visage parfait et couvert de taches de rousseur.

— En fait, nous nous sommes déjà rencontrées. Mais c'était il y a longtemps, quand j'étais à la FCU... et ça a été très bref.

Comme aimantés, ses yeux reviennent vers les miens, mais cette fois, elle ne détourne pas le regard. Et comme à chaque fois, je fais de même. Elle fait rouler une mèche entre ses doigts.

— Quoi qu'il en soit, je ferai mon maximum pour que votre journée soit parfaite. Vous méritez ce qu'il y a de mieux, et je serai ravie de vous aider à l'obtenir.

Mes narines se dilatent sous l'effet de la brûlure soudaine dans ma poitrine.

Becca baisse la tête, rompant notre connexion.

— Si vous voulez bien m'excuser.

La boule au ventre, j'espère que personne n'a remarqué la tension dans l'air. Pourtant, quand je la regarde sortir par la porte et descendre les marches, chaque fibre de mon être a envie de la suivre. Moins de cinq minutes en sa présence, et mon corps la désire déjà.

Mon âme meurtrie me rappelle le prix à payer.

Je détourne donc mon attention de la femme qui m'a volé ma première chance de trouver l'amour et je me concentre sur l'homme qui me mariera à la seconde.

C'est ce que maman aurait voulu.

Chapitre 36

BECCA

Jax est de retour de Californie depuis un peu plus d'une semaine. Je n'ai pas encore eu l'occasion de lui poser toutes mes questions sur Chase et Lee, alors, quand il m'a proposé de déjeuner ensemble, j'ai sauté sur l'occasion. De plus, je suis d'humeur maussade depuis le retour d'Eli en ville, et Jax est la personne idéale pour me remonter le moral.

Je trempe une frite dans mon ketchup et la fourre dans ma bouche, souriant en voyant le groupe de femmes qui nous regardent du coin de l'œil depuis la banquette du fond.

— Ton fan club s'impatiente.

Jax se tourne vers elles et leur lance un clin d'œil, les éblouissant de son sourire parfait.

Je ricane.

— Quoi ?

Il sourit en calant une mèche de ses cheveux blonds ébouriffés derrière son oreille.

— C'est écœurant à quel point c'est facile pour toi.

— Sois pas fâchée, réplique-t-il avant de désigner le reste de son corps de sa main. Je n'y peux rien si les femmes aiment ce qu'elles voient. Je ne veux pas être malpoli.

Il est arrogant, mais je ne peux pas vraiment lui en vouloir. Jax est sans doute le plus beau garçon que j'aie jamais vu. À l'instar d'un Monet ou d'un Picasso, c'est un chef-d'œuvre que l'on n'ose pas toucher. C'est peut-être pour ça qu'il est l'un des seuls garçons avec qui je ne suis pas sortie au lycée. Il fait claquer l'élastique qu'il porte au poignet et ses yeux verts s'assombrissent tandis qu'il me sourit d'un air narquois. Jax et moi sommes des âmes sœurs, préférant les aventures sans lendemain à une relation sérieuse. La différence, c'est que je ne veux pas m'accrocher à ma « relation sérieuse », alors que la sienne est hors de portée. Je bois une gorgée de mon thé sucré, les coudes posés sur la table.

— Alors, comment ça va ? Comment ça va vraiment ?

Il soupire, se penche en arrière et ramène ses cheveux en chignon avant de pianoter sur la table du bout des doigts.

— Tu savais qu'elle s'était remise avec lui ?

Il parle de Lee et Chase, bien sûr. Ils sont officiellement à nouveau ensemble, et je sais qu'il a du mal à accepter la nouvelle. Lee est la fille dont il est éperdument amoureux, et Chase est l'homme qui leur a brisé le cœur à tous les deux. Je suppose qu'il est plus facile de pardonner pour certains que pour d'autres, car je ne pense pas que Jax laissera un jour Chase revenir dans sa vie.

Je hoche la tête.

— Je suis sûre que je l'ai appris après toi.

C'est étrange, mais je me sens plus proche de lui à cet instant que je ne l'ai jamais été auparavant. C'est peut-être parce que, pour la première fois, je vois le tourment qu'il cache derrière son regard insouciant ? Peut-être que mon âme reconnaît en lui une âme sœur, car nous avons tous deux été abandonnés par ceux que nous aimions, au profit de quelqu'un d'autre. Je prends une paille sur la table, j'arrache le papier, la mets dans ma bouche et souffle. L'emballage vole jusqu'à son visage. Il le repousse en riant et je souris en sentant une partie de ma morosité s'envoler.

Je le pointe du doigt en plissant les yeux.

— Allez, souris. Il y a plein de filles qui t'attendent sous le soleil de Californie.

— Non, il n'y en a pas tant que ça. Je suis trop occupé à lécher le cul de mon patron pour trouver le temps d'embrasser ceux qui sont plus à mon goût. Les producteurs hollywoodiens sont une race à part.

Jax travaille sur des plateaux de cinéma, mais même s'il a l'allure d'une star, il n'est pas acteur. Il a un don : il passe son temps à bricoler de vieilles voitures pour les transformer en bijoux. Quand il s'est installé à Sugarlake avec sa mère il y a douze ans, il a trouvé un job dans un garage le week-end. Au fil des ans, les producteurs californiens ont commencé à l'appeler et, aujourd'hui, il est l'homme que tout le monde s'arrache pour gérer les voitures des superproductions.

— Quand est-ce que tu repars ? je lui demande.

— La semaine prochaine. Je reste en ville jusqu'à la fête de départ à la retraite de Sam.

Je grimace à l'idée de cette fichue fête. Sam est le propriétaire de Sugarlake Construction et un membre très apprécié de la communauté. Il a fait beaucoup pour la ville, alors maintenant qu'il prend sa retraite, il va partir en fanfare. L'idée d'être coincé dans un bâtiment avec toute la ville équivaut pour moi à l'enfer sur terre, mais je ne manquerais ça pour rien au monde. Sam est le père de Chase, et Lee me tuerait si je n'étais pas là.

— En fait, je pense m'installer là-bas pour de bon.

Jax hausse les sourcils, comme s'il était lui-même surpris par son annonce.

Je retiens mon souffle.

— Quoi ? En Californie ? Lee est au courant ?

Il passe sa fourchette dans les restes de mayonnaise de son assiette en secouant la tête.

Ma poitrine se serre.

— Est-ce que tu déménages là-bas à cause d'elle ?

Il serre les dents et fait gonfler ses joues.

— Sans vouloir te vexer, Becca, je ne compte pas parler de ça avec toi alors que je ne lui ai encore rien annoncé.

— Je comprends.

Je soupire en imaginant la réaction de Lee. Elle va s'en vouloir, c'est sûr.

— Lee va piquer une crise.

Il hausse les épaules.

— Elle a Chase maintenant. Et toi.

Je pince les lèvres. Jax est mon ami depuis dix ans, et c'est la première fois qu'il semble aussi abattu. Partir d'ici lui fera du bien. J'ai un pincement au cœur à cette idée, mais je ne peux ignorer les bouffées de jalousie qui s'emparent de moi à l'idée qu'il se libère de ses chaînes.

Je fais la moue.

— Tu m'emmènes avec toi ?

Il sourit.

— Tu peux toujours venir, Becca.

— Je plaisantais. Qu'est-ce que je ferais en Californie ? Je répondrais à tous tes désirs ? Je passe mon tour.

— Tu as raison, dit-il en hochant la tête tout en se balançant sur les pieds arrière de sa chaise. Tu ferais mieux de rester ici et de répondre à ceux de ton père.

Je n'ai jamais parlé de mes problèmes familiaux à Jax. Ce n'est pas le genre d'amitié que nous avons. Alors le fait que ce soit si évident, même pour lui, me frappe de plein fouet.

Je choisis d'éviter sa question en lui lançant ma serviette roulée en boule avec un regard noir. Il la repousse et se penche en avant.

— Sérieusement, si tu veux t'échapper, la Californie t'attend. Si tu m'aimes toujours et que tu as juste... besoin de prendre un peu de distance avec cet endroit.

Il déglutit péniblement et tripote la chaîne autour de son cou. Mon cœur se serre quand je pense à ce qu'il ressent. Bon sang, je n'ai dû supporter de voir Eli avec quelqu'un d'autre que pendant cinq secondes et cela est déjà en train de me faire perdre la tête. Je n'ose pas imaginer l'usure que cela a causée à l'âme de Jax de voir la femme qu'il aime avec un autre homme pendant des années.

Son amour pour Lee n'a jamais faibli. Il n'a jamais été insistant avec elle, et son soutien n'a jamais failli. Il a simplement été là pour elle, en s'adaptant à ses besoins, en lui permettant de s'appuyer sur lui lorsque le poids de ses problèmes était difficile à supporter.

— Jackson Rhoades, je pense qu'en tant qu'être humain, tu vaux bien mieux que moi.

Il incline le visage sur le côté et esquisse un sourire en coin.

— Tu viens seulement de t'en rendre compte ?

Je rejette la tête en arrière en grognant.

— Mon Dieu, ton ego est sans limite.

Il rit.

— Becca, tu es l'une des meilleures personnes que je connaisse, déclare-t-il en posant sa main sur la mienne. Et crois-moi, j'en connais beaucoup.

— Ouais, je réponds avec un haussement d'épaules.

— Bon, ça suffit. Qu'est-ce qui te tracasse ? C'est Braxton, le « dompteur de Becca » ?

Ce surnom stupide me fait lever les yeux au ciel. J'ai commis l'erreur de leur dire, à Lee et à lui, au cours d'un brunch, que je voyais quelqu'un, et depuis, aucun des deux ne veut lâcher le morceau. Probablement parce que c'est le premier homme avec qui ils me voient sortir. De toute ma vie.

— Chéri, tu devrais savoir, depuis le temps, que je ne peux pas être domptée, je lance avec un sourire forcé.

— C'est vrai. Ne t'avise pas de l'oublier.

Il tapote le dos de ma main avec son doigt avant de poursuivre :

— Je n'aime pas voir la reine-qui-met-les-hommes-à-genoux enfermée dans une cage.

Ses mots me serrent le cœur.

— Je suis sérieux, Becca. Si tu veux venir en Californie quelque temps, tu es la bienvenue. Tu pourrais me remplacer pour mes tâches de baby-sitting.

Il joint les mains en signe de prière.

Je ricane.

— C'est ça que tu faisais là-bas, tout ce temps ? Moi qui pensais que tu faisais fortune.

— Je suis un homme aux multiples facettes. En réalité, c'est juste la fille de mon patron. Elle ne me laisse jamais tranquille. Elle est extrêmement agaçante... et capricieuse. Un peu comme quelqu'un de ma connaissance.

Ses yeux brillent, et j'écarquille les miens en portant une main à mon cœur.

— Waouh. Elle a l'air horrible. Agaçante et capricieuse ? Comment vas-tu survivre ?

Il ne sourit pas, se contente de secouer la tête et de passer une main sur le sommet de son crâne.

— C'est la question à un million.

— Je n'ai pas les moyens d'aller là-bas.

C'est une excuse bidon, que j'utilise pour ne pas avoir à affronter la vérité.

Tout comme maman.

Il hausse les sourcils.

— Il fut un temps où tu t'en fichais.

— Eh bien, les choses changent.

Il grommelle tout en frottant sa barbe naissante.

— Et certaines ne changent jamais.

En entrant sur le parking de l'église, je prends une grande inspiration. Il est temps d'affronter ce que j'ai redouté tout le week-end.

Ma rencontre avec Eli et sa fiancée.

Je ne sais pas du tout à quoi m'attendre. Je ne connais pratiquement rien aux mariages et encore moins à l'organisation d'une union dans notre église. Je ne sais pas pourquoi mon père a décidé que j'étais la personne la plus indiquée pour cette tâche, mais je vais mettre mes sentiments personnels de côté et essayer d'offrir à Eli le plus beau mariage dont il puisse rêver.

Même si c'est avec la fille qui, je l'ai toujours su, finirait par se mettre entre nous.

Dès que je les ai vus dimanche, enlacés devant l'église, j'ai compris. J'avais déjà vu cette nuque, à la télévision nationale, pendant qu'elle serrait mon homme dans ses bras.

Juste amis, mon cul.

Je réprime la vague de colère qui me traverse, sachant qu'elle n'a pas lieu d'être. En entrant dans le bureau de mon père, je suis surprise de voir ce dernier assis à sa table de travail, Eli et Sarah en face de lui.

— Rebecca, tu es en retard, dit-il.

Irritée, je serre la mâchoire.

— En fait, papa, j'ai cinq minutes d'avance, je déclare avec un grand sourire.

Eli ricane. Je me tourne vers lui, concentrant ma colère sur une cible.

— Qu'est-ce qui te fait rire, Grosse Tête ?

Le surnom m'a échappé avant que je puisse le retenir. Eli se raidit et me transperce du regard.

— Tu n'as jamais compris l'importance d'être ponctuelle.

Toute ma colère réprimée resurgit et me brûle la peau.

— Et toi, tu n'as jamais compris l'importance de ne pas être un connard.

Son regard s'enflamme. Je le soutiens.

— Rebecca. Ça suffit, intervient mon père.

Je rougis en reprenant mes esprits. J'avais oublié où nous étions. Avec qui nous étions. Pourquoi nous étions là.

Mon père sourit.

— Excusez le comportement de ma fille. On dirait que sa mère ne lui a pas appris les bonnes manières.

Sarah glousse et je tourne brusquement la tête vers elle en même temps qu'Eli. Je peux presque imaginer la façon dont ses yeux se rétrécissent. Mon père fait le beau devant elle et, alors que son sourire s'élargit, je me prépare aux coups qui vont suivre.

Il soutient le regard de Sarah, mais lance les piques dans ma direction.

— Ce doit être à force d'être entourée de lycéens toute la journée.

Je lève les yeux au plafond.

— À t'entendre, on croirait que je fais encore partie des étudiants, et non du corps enseignant.

— Oh, crois-moi, Rebecca Jean, je ne suis que trop bien conscient de ta position dans cette ville.

Ses mots me font l'effet d'un coup dans le ventre, et la honte que je ressens par rapport à la façon dont cette ville me perçoit, dont ma famille me voit, me submerge et me brûle les joues.

Je baisse les yeux pour dissimuler mon visage dans l'ombre de mes boucles.

— Pasteur Sanger.

Eli serre si fort les accoudoirs de sa chaise que ses articulations blanchissent. Mon cœur s'emballe, pensant qu'il va remettre mon père à sa place, que quelqu'un va enfin me défendre.

— Je ne pense pas que ce soit une conversation à avoir en bonne compagnie. Voulez-vous qu'on vous laisse quelques minutes ?

Mon cœur s'écroule et atterrit sur les autres fragments déjà brisés.

Bien sûr qu'il ne me défend pas. *Pourquoi le ferait-il ?*

Je ne suis qu'une idiote avec des attentes stupides.

— Non, non, répond mon père en agitant la main. En fait, je dois m'en aller. J'ai une réunion.

À point nommé, on frappe à la porte et cette putain de Sally Sanderson passe la tête dans la pièce.

— Don, tu es... Oh, désolée de vous interrompre.

Ma colère monte encore d'un cran, menaçant d'exploser à tout moment, et un rire effronté m'échappe avant que je puisse le retenir.

— Amuse-toi bien à ta « réunion ». J'espère qu'elle ne sera pas trop longue, pour que tu puisses rentrer à la maison auprès de ta femme.

Une lueur sombre brille dans les yeux de mon père, mais il se contente de secouer la tête et de quitter la pièce, la main posée au bas du dos de Sally.

Le claquement de la porte résonne dans l'atmosphère tendue.

On repassera pour le professionnalisme.

Je prends une profonde inspiration pour essayer de me reconcentrer, mais c'est trop tard. Les cicatrices de mon passé sont rouvertes, à vif, et il est désormais impossible de les ignorer.

— Bon, je lance en frappant dans mes mains et en affichant un sourire forcé. Parlons mariage. Comme vous pouvez le voir… (J'agite la main vers la porte que mon père vient de franchir), le mariage est une chose qui se célèbre. Les relations durent pour toujours, même quand on ne le veut pas. Allez, convolons en justes noces, si vous voulez bien.

Je suis amère, je le sais, mais tant pis. Toute cette situation ne fait que me rappeler que c'est pour ça que j'ai quitté Eli il y a toutes ces années.

Parce qu'un jour, il aurait eu des rendez-vous avec sa maîtresse pendant que je me serais languie, vivant dans nos souvenirs. Cette réalité me regarde droit en face, sous la forme d'un ange aux cheveux blond vénitien, guindé et convenable, qui porte fièrement sa bague de fiançailles et se tient aux côtés d'Eli.

Elle est celle avec qui il travaille.

Tout comme mon père.

Je me redresse, mue par une nouvelle détermination. *J'ai pris la bonne décision.*

Quelques petits moments de bonheur ne valent pas une vie de misère.

Je ne l'oublierai plus.

Chapitre 37

ELI

« Les relations durent pour toujours. »

— Pas toutes les relations, je rétorque à l'attention de Becca, incapable de retenir cette pique après ce qu'elle vient de dire.

Sarah penche la tête.

— Chéri, c'est déprimant. Pourquoi tu dis ça ?

Je lui prends la main, l'embrasse et la pose sur mon genou.

Pour toujours.

Je réalise soudain que, une fois marié à Sarah, je ne pourrai plus faire marche arrière. Ce sera nous, tous les jours, pour toujours. Cela ne me remplit pas d'enthousiasme. Pas comme ça le devrait.

Mais je tiens à elle. Elle a représenté exactement ce dont j'avais besoin ces dernières années et c'est le genre de femme que ma mère aurait souhaitée pour moi. Mais pour la première fois, je me sens égoïste de lui demander de devenir mon épouse.

Quoi qu'il en soit, je ne parlais pas de ma relation avec Sarah. Mes paroles ne lui étaient pas destinées.

Becca déglutit et détourne le regard en se mordant la lèvre, sans doute pour museler son exaspérante grande gueule.

Je suis agacé de ne pas obtenir la réaction que je souhaite.

Elle se place derrière le bureau de son père, les mains tendues au-dessus de la surface en bois. Elle secoue la tête et lève les yeux. Son regard est empreint d'une vulnérabilité que je n'ai vue chez elle qu'une seule fois auparavant, le jour où nous avons séché notre leçon après le coup de fil de sa mère.

Tout comme à ce moment-là, j'ai envie de faire disparaître sa tristesse.

Et ça, ça m'énerve plus encore que toutes les paroles qu'elle a pu prononcer.

— Est-ce que..., commence Becca avant de s'éclaircir la voix. Est-ce que ça vous dérange si on va ailleurs ?

Elle grimace en regardant le bureau et s'éloigne davantage.

Je plisse les yeux, essayant de comprendre quel est son problème. Sarah sourit et se lève d'un bond.

— On vous suit !

Elle prend Becca par le bras et cette dernière se raidit. Les yeux ronds, son regard passe de moi à leurs coudes entrelacés. Je souris, ravi de voir à quel point la gentillesse de Sarah semble la mettre mal à l'aise.

Nous nous dirigeons vers une salle de réunion au bout du couloir et nous installons à l'une des tables rondes dans un coin.

— Alors, qu'avez-vous en tête ?

Becca cale une mèche de cheveux derrière son oreille, ouvre un cahier et prend son stylo. Je garde le silence, car tout ce que j'ai en tête, c'est d'en finir avec ce désastre et retourner en Floride. Je suis prêt à entamer la prochaine étape de ma vie. Une phase qui n'inclut rien de ce qui se trouve ici, à Sugarlake. La seule chose que j'emporte avec moi, c'est le souvenir de ma mère et la certitude que je lui donne ce qu'elle voulait. Je n'ai besoin d'aucun autre souvenir de cette ville.

Sarah soupire en me tapotant le genou.

— Pour être honnête, je n'ai pas grand-chose de précis en tête, je sais seulement que je veux que ce soit ici, et dans deux mois.

Le stylo de Becca dérape sur le papier. Elle me regarde à travers ses cils avant de baisser à nouveau la tête.

— Deux mois ?

Je me mords l'intérieur de la joue pour détourner mon attention de la douleur dans ma poitrine.

— Oui, je l'ai précisé au téléphone, non ? Nous voulons nous marier en août. Je veux commencer la prochaine année scolaire en tant que Mme Elliot Carson.

Rayonnante, Sarah me regarde avec tendresse.

Je soutiens son regard, mais je sens celui, brûlant, de Becca posé sur moi. Mes mains deviennent moites et je me tortille sur ma chaise.

Becca, les sourcils froncés, enroule une mèche de cheveux autour de son doigt.

— Oh, j'ai dû rater cette partie. Je pensais que vous étiez juste en ville pour repérer les lieux.

L'irritation monte en moi. Nous ne lui devons aucune explication sur notre façon de gérer les choses.

— Non, dis-je. On cherche plutôt un truc du genre « Bim, bam, merci, au revoir ». Venir une fois dans cette ville, ça me suffit amplement. C'est même trop, en fait. Je suis surpris que tu ne sois pas d'accord.

Sarah me donne un petit coup de coude dans les côtes et je hausse les épaules.

— Quoi ? Je dis juste ça comme ça.

Becca plante ses yeux dans les miens.

— Qui a dit que je n'étais pas d'accord ?

Je ris nerveusement.

— À toi de me le dire. C'est toi qui vis ici.

— Pas besoin d'aimer un endroit pour y vivre.

— C'est vrai, je réponds en me frottant le menton. Si tu l'aimais, tu le quitterais sûrement.

Sarah me serre le genou et je sursaute sous la pression avant de lui jeter un coup d'œil. Un sourire crispé aux lèvres, elle m'interroge du regard, mais je ne prends pas la peine de la rassurer et rive les yeux sur Becca, impatient de voir sa réaction.

Ses narines se dilatent et ce feu que j'aimais tant chez elle lui brûle les joues.

Des papillons se mettent à battre des ailes dans mon ventre avant de remonter jusque dans ma poitrine.

Becca plisse les yeux.

— C'est très présomptueux de ta part de penser que tu sais quoi que ce soit de ce que j'aime.

Sarah rit et retire enfin sa main de mon genou.

— Bon sang, vous vous chamaillez comme des frères et sœurs.

Ses mots me provoquent un électrochoc.

— Oui, c'est ce qui arrive quand on grandit avec quelqu'un dont le but principal dans la vie est de t'énerver, déclare Becca avec un sourire doux.

— Oh, je t'en prie, je ricane. Tu n'étais même pas encore née à l'époque. Si je t'avais accordé un peu d'attention, tu n'aurais peut-être pas un père qui te considère comme la fille facile de cette ville.

Ma douleur jaillit comme un acide corrosif, cherchant à dissoudre la froideur de sa façade pour dévoiler la femme qui se cache derrière. Je meurs d'envie de la revoir, de savoir si elle existe toujours. Si elle a jamais existé.

— Eli, hoquette Sarah.

Le sourire de Becca s'efface et son corps se recroqueville comme si mes mots étaient un coup physique porté à sa poitrine.

Le goût amer de mes paroles me reste en travers de la gorge et me donne envie de vomir. Je me mords les lèvres pour me retenir de m'excuser.

Voilà pourquoi je dois quitter cette ville le plus vite possible. Elle me fait perdre tout contrôle, et je ne veux pas de ces saloperies dans ma vie, de toutes ces émotions dont je n'ai pas besoin.

Becca se racle la gorge et cligne rapidement des yeux pour retenir les larmes qui menacent de couler.

— Disons qu'on a tous notre place dans cette ville, j'imagine, marmonne-t-elle en haussant les épaules. Je suis la fille facile et toi, tu es le héros déchu, trop honteux pour montrer ton visage, même au fantôme de ta mère.

Le gouffre dans ma poitrine s'élargit, déchirant mon cœur et laissant une douleur lancinante dans son sillage.

Salope.

J'ai honte de mon comportement. Honte de la peur qui m'empêche d'affronter les choses auxquelles je sais que je dois faire face. De mon échec à être l'homme que mon éducation m'a destiné à devenir.

L'atmosphère s'alourdit tandis que les mots de Becca se mêlent à mes émotions confuses et me collent à la peau. Comment se fait-il que la fille qui ne devrait plus rien signifier pour moi soit celle qui voie au plus profond de mon âme, alors que celle à qui j'ai promis l'éternité n'a même pas effleuré la surface ?

Sarah part d'un rire léger et cristallin.

— Bon, c'est gênant. J'ai envie de vous demander de faire un temps mort, ou de vous faire un bisou et de vous réconcilier.

Mon ventre se noue et je fixe Becca, mais elle détourne les yeux pour se concentrer sur Sarah.

— Je suis désolée, Sarah. Je ne me comporte pas de manière très professionnelle et tu ne mérites pas ça. Je veux vraiment vous offrir une belle cérémonie, même si ton choix de mari est pour le moins discutable.

Mes muscles se crispent.

— Super. Très professionnel.

— Le connaître, c'est l'aimer, dit Sarah en me prenant la main pour entrelacer nos doigts. Tu sais, Becca... on espérait te convaincre de nous aider pour tout, pas seulement pour la cérémonie.

Mon cœur fait un bond et je regarde ma fiancée.

— Vraiment ?

Son sourire se crispe tandis qu'elle me scrute.

— Ouaip.

Becca secoue la tête, les yeux ronds.

— Oh, non, je... je ne connais absolument rien aux mariages.

— Oh, voyons, lance Sarah en lui faisant signe de ne pas s'en faire. Je n'ai pas besoin que tu sois une spécialiste. Tant que tu connais la ville et que tu sais où trouver ce dont nous avons besoin, ça nous suffit. S'il te plaît, accepte. On te payera, bien sûr.

Je baisse la tête pour masquer la crispation de ma mâchoire. Je n'avais aucune idée que Sarah prévoyait de faire ça. Je ne veux surtout pas que Becca passe plus de temps que nécessaire avec ma fiancée à organiser mon mariage.

— Combien ? demande Becca.

Je relève brusquement la tête. *Quoi ?* Je suis choqué qu'elle envisage réellement cette possibilité.

— Tout ce que tu veux, répond Sarah en souriant. Tu nous rendrais vraiment service.

Le regard de Becca devient calculateur, il va et vient entre nous tandis qu'elle entortille ses boucles entre ses doigts. Après quelques instants, elle expire et hoche la tête.

— C'est d'accord.

Mon cœur se tord dans ma poitrine.

Il est évident qu'elle ne s'est jamais vraiment souciée de moi. Parce que, même après tout ce temps, après tout ce qu'elle a fait, je ne pourrais jamais rester là à la regarder épouser quelqu'un d'autre. Et je serais certainement incapable de l'aider à y parvenir.

Mon téléphone vibre dans ma poche. Je le sors avec l'intention de couper la sonnerie, mais je reconnais le numéro.

C'est celui que j'ai composé ce matin.

— Excusez-moi, mesdames. Je dois répondre.

Becca ne me remarque même pas. Sarah me jette un regard étrange, mais je lui expliquerai plus tard, dès qu'elle m'aura dit ce qui lui est passé par la tête en engageant Becca comme organisatrice de notre mariage.

Je quitte la pièce, je traverse le couloir et pousse les portes d'entrée.

Je prends une profonde inspiration, le cœur battant, et je décroche.

Chapitre 38

ELI

— Allô ?

— Bonjour, vous êtes Elliot Carson ?

L'estomac noué, je tape du pied sur le béton.

— Oui, c'est moi.

— Bonjour, Elliot. Je suis Mark, du centre de réadaptation Stepping Stones. Je vous téléphone suite à votre appel de ce matin. Vous cherchez des renseignements ?

Je m'assois sur les marches devant l'église, ma jambe tressautant nerveusement. Le soleil tape fort, comme pour me mettre en garde : ne te défile pas maintenant.

— Oui. Je vous ai appelé au sujet de mon père. Il, heu...

Je passe ma main dans mes cheveux et tire sur les racines en cherchant mes mots. Comment exprimer quelque chose que j'essaye encore de comprendre ?

— Il boit beaucoup. Il n'est plus lui-même.

Je serre les dents, une boule m'obstruant la gorge, m'efforçant de poursuivre.

— Je ne sais même pas pourquoi j'ai appelé. Je doute qu'il soit d'accord pour venir, mais...

Les mots restent coincés. Je serre le téléphone plus fort.

— Il a besoin d'aide. À vrai dire, j'ai besoin d'aide, moi aussi. Je ne... je ne sais pas quoi faire.

Je tremble, je sens la peur me submerger, j'ai peur que cet homme, Mark, m'envoie balader. J'ai peur qu'un inconnu me dise de me débrouiller tout seul. J'ai peur de réagir de manière excessive.

Un sentiment d'angoisse éclate en moi, rebondissant et creusant des brèches à chaque impact. La voix de Mark résonne dans mon oreille, mais je n'entends pas ses mots tant mon esprit est paralysé par cette soudaine prise de conscience.

J'ai ignoré les supplications de Lee pendant des années quand je l'avais au téléphone, et elle devait probablement être terrifiée à l'idée que je rejette ce qu'elle me disait. À chaque fois.

Putain de merde.

C'est moi, le méchant dans cette histoire.

Il s'avère que papa est humain, susceptible de commettre des erreurs comme tout le monde. Il n'est pas l'homme qui m'a élevé, et mon retour à la maison a brisé toutes les illusions qui me restaient à son sujet. La honte qui m'a tenu à l'écart pendant des années, la terreur absolue de voir la déception dans ses yeux... tout cela est un point discutable.

Il n'y a rien dans son regard à l'exception du brouillard du whisky et de l'ombre causée par l'absence de maman.

Je ne sais pas comment gérer tout ça. Mais je sais que ma sœur ne devrait pas avoir à le faire. Pas toute seule. Plus maintenant. J'espère que ce n'est pas trop tard.

— Vous êtes là ?

La voix de Mark me ramène à la réalité.

— Oui, oui. Je suis désolé. C'est juste que...

Il soupire.

— Écoutez, Elliot. Je sais que c'est dur. Le premier pas l'est toujours. Mais vous avez appelé. Vous êtes en train de le faire. Vous faites ce premier pas et tout ce que nous pouvons espérer, c'est que votre père fasse de même. On ne peut pas forcer quelqu'un à changer s'il n'est pas prêt. La décision leur appartient toujours.

Je pose le front sur ma main et je hoche la tête.

La décision leur appartient.

Je ne suis pas très optimiste. Il m'a fallu des années pour voir la vérité, et si j'ai toujours autant de mal à l'accepter, je doute que papa y parvienne un jour. Après tout, c'est lui qui m'a transmis son entêtement. On trouve chez moi la réplique édulcorée des traits de caractère qui font ses défauts.

Lorsque cela concerne des personnes qu'on aime, des personnes qu'on a passé sa vie à vénérer, certaines choses sont difficiles à admettre. J'ai l'impression de trahir l'homme qui m'a élevé.

Et il est encore plus difficile d'admettre certains éléments sur soi-même.

J'ai ignoré beaucoup de choses dans ma vie, je suis passé maître dans l'art de la fuite. Ce n'est pas un trait de personnalité que je porte avec honneur, mais je le porte quand même. Le fait de rentrer à la maison a fait sauter les coutures, déformé les bords et a laissé mon âme déborder. Il est peut-être temps de la vider.

Papa est alcoolique.

C'est dans la pâleur de sa peau et dans son haleine imprégnée de vapeurs d'alcool. C'est dans les épaules de Lee, qui s'affaissent sous le poids de la dépendance de notre père. C'est dans ses paroles incohérentes et dans le regard impuissant de ma sœur.

Mais ce n'est pas cela qui m'a fait me rendre compte de tout ça.

C'est l'expression de Chase quand il m'a supplié d'ouvrir les yeux avant qu'il ne soit trop tard. J'ignore ce qu'il a vécu, mais je sais à quoi ressemble le regret quand il vous ronge de l'intérieur, et le sien se déversait sur le sol à chaque mot qu'il prononçait. Il m'a aspergé de la vérité comme si c'était de l'eau glacée, et m'a réveillé.

Maintenant, je ne dormirai plus jamais.

Impossible de ne pas remarquer les bouteilles de Jameson qui s'entrechoquent dans la poubelle après avoir été vidées tout au long de la journée, dans les tasses de café de mon père et dans ses canettes de Dr Pepper. Impossible d'ignorer les cartons de bières, empilés près de la porte de derrière ou dissimulés près de la poubelle.

Je ne sais pas comment il a réussi à cacher ça à toute la ville pendant si longtemps. Peut-être que les gens ont choisi de ne pas voir, comme je l'ai fait, pendant toutes ces années. Je suis conscient que je ne pourrai jamais réparer le passé. Il n'y a pas de bouton magique pour effacer toutes les fois où j'ai déçu les gens autour de moi, toutes les fois où je me suis déçu moi-même.

Mais je peux éviter d'avoir des regrets dans l'avenir.

Je donne mon adresse mail à Mark et je raccroche, sachant que je ne retournerai pas à l'intérieur. Je ne peux pas affronter Becca alors que je sais pertinemment qu'elle verra ma douleur.

Au lieu de ça, j'observe le cimetière de l'église de l'autre côté du terrain. Plus je le regarde, plus je pense à la tombe de ma mère et plus ma vision se brouille. Je ne l'ai vue qu'une seule fois, le jour de son enterrement, le jour où des monticules de terre ont recouvert son corps et mon âme. Je me souviens de la sensation qui s'infiltrait sous ma peau, qui imprégnait chaque pore d'une saleté que le plus puissant des savons ne pouvait laver.

Pire encore, je me souviens du sentiment d'isolement total et absolu au milieu d'une foule de parents et d'amis.

Lee avait Jax et Becca. Papa avait Sam. Mais moi, j'étais juste là, en train de sombrer, de chuter dans la tombe qui était destinée à maman sans personne pour me rattraper. Depuis, je suis resté là, à chercher une main secourable.

À un moment, j'ai tendu les doigts vers Becca. Je pensais qu'elle serait celle qui m'aiderait à remonter à la surface. Mais elle n'a fait que m'enterrer si profondément dans le gouffre que personne d'autre ne pourra jamais me sortir de là.

Je suis fatigué de laisser le passé me pourrir de l'intérieur.

Fatigué d'avoir peur.

Il est temps que je trouve ma propre voie.

C'est après le dîner que je décide de parler à Sarah. Ne devrais-je pas pouvoir partager les aspects les plus tourmentés de ma personnalité avec la femme avec laquelle je vais passer le reste de ma vie ?

Ne devrait-elle pas vouloir savoir ?

Elle est assise sur le lit, tout juste sortie de la douche, en train d'appliquer de la crème sur ses jambes.

Je viens d'enfiler un short de basket et un débardeur blanc, et je m'agrippe au bord de la commode en la regardant dans le miroir.

— Je pense que je vais aller voir ma mère demain, dis-je d'une traite.

— Hmm, marmonne-t-elle en continuant de s'enduire de crème.

J'attends qu'elle en dise plus. Peut-être qu'elle va m'apporter son soutien, et se rendre compte que je tremble de tous mes membres et que je suis sur le point de m'effondrer.

Mais elle ne dit rien.

Je me retourne et m'appuie contre la commode.

— Oui. Je ne suis pas allé sur sa tombe depuis qu'elle a été enterrée. Je suis un peu nerveux, pour être honnête.

Elle s'arrête, pose son flacon de crème et me regarde.

— Pourquoi tu serais nerveux ?

Sa question est peut-être normale, mais elle me transperce le cœur comme autant de couteaux. Comment peut-elle me demander pourquoi je suis nerveux ? Je ne me suis peut-être pas beaucoup confié à elle, me contentant de lui faire part d'informations superficielles, mais n'est-ce pas évident ?

— Je ne suis pas allé la voir depuis qu'elle est morte, je répète lentement en haussant les sourcils.

Elle sourit et hausse les épaules.

— Tu es là maintenant. Mieux vaut tard que jamais.

Est-elle volontairement bouchée ?

Peut-être qu'elle pense m'aider, mais ce n'est pas le cas. Elle ne fait que souligner le fait que, même si nous sommes juste à côté l'un de l'autre, il y a un fossé qui nous sépare. Et peut-être qu'il n'y a pas assez de sentiments entre nous pour le combler.

— D'accord, je soupire en secouant la tête. Tu as raison. Ce n'est pas grand-chose.

Elle sourit et incline le visage sur le côté avant de demander :

— Je peux venir avec toi ?

— Non.

Ma réponse a fusé, sèche.

Elle grimace.

— Oh, d'accord. C'est pas grave. Je voulais juste...

Je déglutis avec difficulté pour faire passer la pilule amère : elle ne comprend tout simplement pas.

Je prends une profonde inspiration, cherchant à adoucir mon ton.

— Je suis désolé, c'est... J'ai besoin de faire ça seul. Tu comprends, n'est-ce pas ?

Elle se mord la joue et hoche la tête, mais je vois ses lèvres trembler. J'aimerais qu'elle dise ce qu'elle a sur le cœur au lieu de rester si calme.

J'ai toujours été satisfait du fait que nous ne nous disputions jamais. Nous n'avons jamais eu à éteindre les flammes d'un incendie que nous ne pouvions contrôler.

Sarah a toujours été ma novocaïne, et je me suis complu dans l'engourdissement qu'elle me procurait.

Mais même les drogues les plus puissantes finissent par perdre de leur effet. Et j'ai envie d'étincelles.

Chapitre 39

BECCA

— Ton frère est un connard !

Je fais irruption dans l'appartement de Lee et lui arrache le verre de vin qu'elle me tend.

— Je suppose que ça ne s'est pas bien passé ? demande-t-elle avec un sourire en sirotant son propre verre.

— Non. Ça ne s'est pas bien passé du tout. Ton frère est littéralement la pire personne que j'aie jamais eu le malheur de connaître.

Je bois une grande gorgée de vin, la rage me brûlant les veines à force de repenser à la façon dont Eli s'en est pris à moi, grattant mes blessures pour les faire saigner à nouveau.

Connard.

— Enfin quoi, comment as-tu pu survivre à une enfance avec quelqu'un d'aussi... aussi...

— Exceptionnel ?

— Irrationnel ! Argh !

Je vide mon verre, consciente que je devrais le savourer plutôt que le boire d'un trait, mais je ne peux pas m'en empêcher. Eli est vraiment la pire personne. Un type arrogant, du genre à frapper quand on est à terre, qui a appuyé sur tous mes points sensibles, les a piétinés et m'a laissée suffoquer dans ma douleur.

Littéralement. Il est juste parti comme s'il n'avait pas envie de nettoyer son bazar. Comme s'il s'attendait à ce que sa future femme parfaite et raffinée le fasse.

Le pire, c'est que j'aime bien Sarah. Elle est tellement gentille qu'elle en devient agaçante, et ça m'énerve encore plus. En fait j'aimerais bien pouvoir la détester.

— Tu ne devrais pas le laisser t'atteindre, Becca. Il le fait exprès. Il adore provoquer les gens.

— C'est mon pied qu'il va provoquer et se prendre dans le cul.

Je tends la main vers la bouteille, car j'en ai besoin pour noyer mes souvenirs.

Lee glousse.

— Vous avez toujours été comme l'huile et l'eau. Tu te souviens comme il te tapait sur les nerfs quand tu étais petite ?

Ces mots ne font qu'attiser les flammes de ma colère. Je lui en veux tellement d'avoir réveillé des émotions que j'ai mis des années à réprimer. Je suis blessée par ses paroles et par mes réponses. Le creux dans mon ventre menace de m'engloutir tout entière devant la tristesse que j'ai vue se refléter dans ses yeux. Une tristesse que j'ai causée. Une tristesse qui l'a transformé en homme méchant et cruel.

J'ai fait le bon choix.

C'est plus qu'évident après le rendez-vous d'aujourd'hui. Comment ai-je pu penser que nous étions compatibles ? Lee a raison. Nous sommes comme l'huile et l'eau. Nous ne nous mélangeons pas.

Ma poitrine se serre.

— Je ne sais pas comment Sarah parvient à le supporter. J'en serais incapable. Vraiment, je ne pourrais jamais épouser cet homme, encore moins vivre avec lui. Ça aurait été une décision catastrophique.

Les effets du vin circulent dans mon sang, et mon corps semble vibrer sous l'effet de cette agréable chaleur. Je pousse un soupir de soulagement et les battements de mon cœur s'apaisent enfin.

— Répète ça ?

Lee me regarde, bouche bée.

— Hein ?

Je bâille, soudainement épuisée par les événements de la journée.

Je n'arrive pas à croire que j'aie accepté d'organiser son mariage.

Mais peut-être que cette somme d'argent m'aidera à couper les ponts avec mon père une bonne fois pour toutes. Je pourrai accepter l'offre de Jax et quitter ce trou à rats. Quelle ironie que ce soit le mariage d'Eli avec une autre femme qui finisse par être ma planche de salut.

Lee penche la tête, les sourcils froncés.

— Tu as dit que ça « aurait été » une décision catastrophique. À quoi fais-tu référence exactement ? Au mariage ou à la vie commune ?

Mon cœur manque un battement et j'ai l'impression de chuter, comme si j'étais sur des montagnes russes. Je me redresse.

— Je n'ai pas dit ça. Tu m'as mal comprise.

Merde. Merde. Merde.

— Qu'est-ce que tu as dit, alors ?

Elle me fixe et j'ai peur de bouger. J'ai peur qu'elle voie la vérité si je fais le moindre geste. Je n'arrive pas à croire que j'aie baissé la garde et laissé échapper ça.

— Hmm ? je marmonne en buvant une nouvelle gorgée. Au fait, comment s'est passé ton voyage avec Chase ?

Lee secoue la tête.

— Non. Pas question. Tu ne peux pas changer de sujet comme ça, Becca.

Je grogne en rejetant la tête en arrière. *Pourquoi ne laisse-t-elle pas tomber tout simplement ?*

— Je ne veux plus parler d'Eli.

— C'est pour ça que tu es venue ! s'exclame-t-elle en levant les mains au ciel.

— J'avais seulement besoin de me défouler. C'est fait et maintenant c'est fini.

J'entortille mes boucles autour de mon doigt, mon estomac faisant des sauts périlleux, suivant le rythme des battements de mon cœur.

— Tu sais, Eli et toi, vous commencez vraiment à m'énerver. Je n'apprécie pas de jouer l'intermédiaire entre vous deux alors qu'aucun de vous ne veut me dire ce qui se passe.

Tout en moi me pousse à me confesser, à laisser les mots sortir de ma bouche pour qu'ils flottent dans l'air entre nous. Mais je ne peux pas. J'ai trop peur de la perdre.

Jeremy a toujours essayé de me convaincre de tout lui dire, mais je ne peux pas prendre ce risque. Il n'était pas là pour assister à la dispute lorsque notre meilleure amie, Lily, a découvert la relation entre Chase et Lee.

Lily était déjà dans un état lamentable, à la recherche de sensations fortes que personne ne pouvait lui offrir. Mais découvrir que son grand frère et sa meilleure amie étaient amoureux et sortaient ensemble derrière son dos... Cela a été la goutte d'eau qui l'a fait basculer. J'aimais Lily, mais ma loyauté envers Lee est forte et sincère, alors quand elle a quitté Lee, je ne lui ai plus parlé. Et puis elle nous a tous abandonnés en s'enfuyant, sans jamais plus nous donner de nouvelles.

Son absence me fait mal, mais ce n'est rien comparé à ce que je ressentirais si je perdais Lee.

Cela fait huit ans qu'elle est extrêmement fragile, et je ne veux en aucun cas être celle qui la ferait basculer.

Lee s'assoit à côté de moi et me prend la main.

— Tu peux tout me dire, tu sais ? Tu es ma meilleure amie, Becca. Rien ne changera jamais ça. S'il te plaît, dis-moi ce qui se passe.

— Il ne se passe rien, Lee, je murmure.

L'omission n'est pas un mensonge.

Je me réveille sur le canapé de Lee, entourée d'une odeur de café frais et une note posée sur ma poitrine.

Hé pochetronne,
Je t'aime, mais il y en a parmi nous qui doivent se lever et aller travailler. Tu dors comme une souche. Et ne crois pas que j'aie oublié notre conversation d'hier soir.
Il y a du café, mais si tu termines mes céréales, je te tue.
Xoxo – Lee

Je souris en froissant le papier et en étirant mes muscles endoloris. Son canapé est super inconfortable et j'ai un peu la gueule de bois après tout le vin que j'ai bu. Je me traîne jusqu'à la cuisine de Lee, j'attrape l'une de ses tasses et me sers un café chaud. En consultant l'horloge, je me rends compte que j'ai à peine le temps de rentrer chez moi pour prendre une douche rapide avant de retrouver Sarah chez le fleuriste.

Je sens quelque chose me plomber l'estomac.

Il n'y a rien que je veuille moins que d'aider Eli à épouser une autre femme. Mais l'argent qu'il me faut pour quitter la ville est une tentation à laquelle je ne peux résister.

Betsy's Secret Garden est le seul magasin de fleurs de la ville, mais Betsy a la main la plus verte de tout le Tennessee. Dommage qu'elle ne s'occupe pas de son idiot de fils, Jason, comme elle s'occupe de ses fleurs.

En franchissant la porte, je prie pour que Jason ne soit pas là. On fricotait ensemble au lycée, mais quand il a voulu s'engager, je l'ai quitté. Il ne m'a jamais pardonné et s'est donné pour mission de me rendre la vie impossible. Chaque fois que je le vois, j'ai un aperçu de l'enfer.

L'odeur des fleurs fraîchement coupées me chatouille les narines quand je passe devant le comptoir. Sarah est en train de feuilleter un classeur et Eli se tient derrière elle, comme s'il était le seigneur de ces lieux.

— Tu comptes entrer ici et m'ignorer, Rebecca Jean ?

Je grimace en reconnaissant la voix de Jason. *Merde.* Pas de chance, il fallait qu'il soit là, comme la cerise sur le gâteau dans cette situation déjà pourrie. Eli se redresse, le regard dur. Sarah lève la tête, croise mon regard et m'adresse un petit sourire.

Je soupire en pivotant sur mes talons.

— Salut, Jason. Je n'avais même pas remarqué que tu étais là. Comment va ta femme ?

Il pianote sur le comptoir avec ses doigts courts et trapus.

— Oh, elle va très bien. Tu connais Amy, heureuse d'être à moi, toujours à me supplier d'avoir un enfant. Elle sera ravie que tu aies posé la question.

Je m'efforce de sourire.

— Au plaisir de rendre service, Jason.

— Comme toujours, raille-t-il, narquois.

Je sais très bien ce que les gens de cette ville pensent de moi. J'ai entendu pire de la bouche de gens prétendument meilleurs que lui, mais malgré tout, je sens mon sang bouillir et je serre les poings afin de m'empêcher de le frapper pour retirer ce sourire répugnant de son visage visqueux.

Eli se raidit et Sarah relève une fois de plus les yeux de son classeur.

Jason jette un coup d'œil à Eli avant de se concentrer à nouveau sur moi.

— Tu es ici pour Elliot Carson ? demande-t-il en se frottant le menton. Ça se comprend, c'est probablement l'un des seuls types à qui tu n'as pas encore rendu service.

Je force un sourire nonchalant.

— Oh, Jason. Tu as peur qu'il soit capable de gérer des choses que tu n'as pas eu les couilles de garder ?

Il pince les lèvres et plisse les yeux.

— Je t'en prie. Ma mère me renierait. Elle ne me laisserait jamais m'installer avec une pute. Tu as de la chance qu'elle ne soit pas là… Elle ne te laisserait même pas entrer dans le magasin.

La boule dans mon ventre se resserre. Je n'ai pas honte de qui je suis, mais quand tant de gens vous considèrent comme inférieure, cela finit par éroder l'âme, même celle des plus forts.

Un courant d'air m'effleure le bras et, avant que j'aie pu faire quoi que ce soit, Eli a attrapé Jason par son polo orange et le soulève jusqu'à ce que la moitié de son corps soit hissée au-dessus du comptoir.

Jason rougit et écarquille les yeux.

— Qu'est-ce que tu fous, mec ?

— Si ta mère était là, commence Eli, je lui montrerais comment t'apprendre les bonnes manières, espèce de connard insolent. Tu devrais être honoré que Becca t'ait seulement regardé.

Il marque une pause, resserre encore les poings, étranglant à moitié Jason.

— Si tu lui parles encore une fois comme ça, si tu regardes encore une fois dans sa direction, je ferai en sorte que tu ne puisses plus jamais servir personne. Tu m'entends, petite merde ?

Jason bredouille et acquiesce en griffant les mains d'Eli.

Sarah me serre l'avant-bras et enfonce ses ongles dans ma peau. Je me demande si c'est l'emportement d'Eli ou son accent soudain qui l'a choquée.

Mon cœur bat si fort dans ma poitrine que j'ai l'impression qu'il va exploser.

Eli tire complètement Jason par-dessus le comptoir jusqu'à le reposer de l'autre côté. Puis il lâche son polo et le pousse vers moi.

J'ouvre la bouche au moment où Eli saisit à nouveau Jason, par la nuque cette fois.

— Excuse-toi.

Jason fixe le sol en marmonnant.

Eli se penche vers lui en haussant les sourcils.

— Qu'est-ce que tu dis ?

— J'ai dit : je suis désolé. Bon sang, mec. Tout le monde sait que Becca a roulé sa bosse. Elle sait bien que je la taquine.

Eli plante ses yeux dans les miens, les pupilles assombries par la colère. Une pression délicieuse prend place entre mes jambes, électrisant toutes mes terminaisons nerveuses.

— Mais qu'est-ce qui se passe ici ?

La mère de Jason, Betsy, observe la scène, debout sur le seuil.

Eli ne me quitte pas du regard et ne relâche pas son emprise sur la nuque de Jason.

— J'apprends juste les bonnes manières à votre fils, madame Wallace.

Betsy fait claquer sa langue, s'approche et donne une tape à l'arrière de la tête de Jason.

— Bon sang, qu'est-ce que tu as fait ? Je te demande de surveiller le magasin cinq minutes et je te retrouve en train de faire fuir mes clients.

— Maman, c'est...

Elle lève la main.

— Je ne veux pas le savoir. Allez, va-t'en.

Elle le chasse et Eli relâche enfin son emprise, laissant apparaître des marques rouge foncé sur la nuque de Jason. De mon côté, je suis troublée d'être aussi excitée par les traces de la violence d'Eli.

Betsy porte une main à sa poitrine.

— Je suis vraiment désolée pour ce qu'il a pu dire. Tu sais qu'il ne s'est jamais vraiment remis de sa rupture avec toi, Becca, mais ne le répète pas à sa femme.

Elle lance un clin d'œil à Sarah avant de s'exclamer :

— Allez, parlons mariage !

La bile me monte à la gorge car, l'espace d'un instant, j'avais oublié la raison de notre présence ici. Pendant une fraction de seconde, il était facile de faire semblant.

Mais Eli n'est pas à moi.

Sarah sourit, se dirige vers son fiancé en se déhanchant et se hisse sur la pointe des pieds pour l'embrasser sur la joue.

— Mon homme essaye toujours de jouer les chevaliers en armure. Becca est une grande fille, Eli. Elle sait se débrouiller toute seule.

Je me mords la lèvre et acquiesce même si c'est un mensonge. Parce qu'en vérité, j'adore le fait que « son » homme m'ait défendue. J'adore voir sa fougue se déchaîner pour moi. Et la façon dont, pendant ce bref instant, « son » homme m'a encore semblé être le mien.

Le reste de la visite chez la fleuriste se déroule sans incident. Je me tiens en retrait, incapable d'apporter mon aide, perdue dans le tourbillon d'émotions qui m'agitent.

Après une heure et demie à débattre pour savoir si les roses doivent être roses ou blanches, Sarah se décide enfin et nous quittons la boutique. Je les suis à l'extérieur, silencieuse, prête à ficher le camp. J'ai besoin de me rappeler une fois de plus pourquoi les décisions que j'ai prises sont les bonnes.

Pour l'instant, elles me font l'effet d'autant d'erreurs.

Une fois arrivée à ma voiture, je fais tourner le trousseau de clés autour de mon doigt.

— Bon, c'était sympa. On se voit samedi matin à la boulangerie ?

— Oui ! J'ai hâte de goûter toutes ces bonnes choses, s'exclame Sarah avec un sourire en se frottant le ventre.

Je souris à mon tour au moment où son téléphone sonne. Elle fronce les sourcils en consultant l'écran, s'excuse et nous tourne le dos.

Avant même que mon regard ne se pose sur Eli, je sais déjà qu'il me dévisage. Il me dévisage toujours. J'aimerais qu'il cesse de m'observer ainsi.

L'air crépite entre nous. C'est une torture d'être proche de lui au point de sentir sa chaleur, mais trop loin pour pouvoir le toucher.

Je cherche quelque chose à dire.

— Merci.

Ses yeux pétillent.

— Pour quoi ?

— Tu sais bien pourquoi. Pour m'avoir défendue. Tu n'avais pas à faire ça. Personne n'a jamais...

Je marque une pause pour ravaler la boule qui m'obstrue la gorge.

— Personne n'a jamais fait ça pour moi.

Sa mâchoire se crispe.

— Ne me remercie pas pour ça, Becca. Et ne laisse personne te parler de cette manière.

— Tu m'as déjà parlé ainsi.

Je penche la tête, voulant qu'il s'explique. Qu'il me dise pourquoi il aime tant jouer avec mes émotions. Je veux le supplier de choisir son camp et de s'y tenir, que je puisse le considérer comme le méchant ou le héros. Je ne sais pas quoi faire quand il est les deux à la fois.

Malheureusement, il ne fait rien de tout cela, et se contente d'avaler sa salive, les bras croisés sur son large torse.

Je repousse mes cheveux pour dégager mon visage et je gigote sur mes pieds.

— En plus, je ne peux pas contrôler les actions des gens, Eli. Je l'ai appris il y a longtemps. Je ne peux contrôler que ma réaction.

— Crois-moi, je le sais.

Il décroise les bras et fait un pas en avant. Mon rythme cardiaque s'accélère. Je jurerais que, si je prenais une grande inspiration, nos poitrines se toucheraient.

— Explique-moi pourquoi, Becca.

Le timbre grave de sa voix résonne dans tout mon corps.

Je prends une grande inspiration et les papillons qui virevoltent dans mon ventre me poussent à fermer les yeux.

Jusqu'à présent, je pensais avoir fait la paix avec mes décisions, mais à cet instant, j'ai envie de lui dire que je retire tout.

Je veux qu'il sache à quel point je n'avais pas envie de partir. Que j'ai brisé mon cœur en deux et que j'en ai laissé la plus grande partie avec lui.

Mais je ne le fais pas. Je ne peux pas. Remuer le passé ne changera pas le présent. Je jette un coup d'œil derrière lui, pour me rappeler toutes les raisons pour lesquelles mes sentiments n'ont aucune importance. À savoir, sa fiancée. Elle est toujours au téléphone, debout devant la porte d'entrée du magasin. Mais ses yeux sont rivés sur nous.

Je m'éloigne jusqu'à ce que mon dos touche le côté de ma voiture, laissant le métal brûler ma peau.

— Il n'y a rien à dire, Eli. Laisse tomber.

Mon cœur se rebelle contre ces mots. C'est la même phrase que je répète à sa sœur, mais elle ne fonctionne pas aussi bien avec lui.

Il secoue la tête et s'approche encore.

— Ne me raconte pas de conneries. J'ai le droit de savoir.

Une tempête d'émotions fait rage dans ses yeux bleus, promettant de m'emporter dans son tourbillon. Je me mords la lèvre et secoue la tête.

Laisse tomber, Eli.

Sa main se lève subitement et s'abat sur le toit de la voiture. Le bruit me fait sursauter, mais mon corps frémit d'être aussi proche de la chaleur de son bras. Un courant électrise ma peau.

Je suis consciente que sa fiancée nous regarde. Je sais bien que je devrais le repousser, faire quelque chose pour interrompre ce moment, mais je reste clouée sur place, incapable de respirer tant l'air me semble épais.

Il penche la tête vers moi. Ses mèches blond miel tombent sur son front et son souffle me chatouille la joue.

— S'il te plaît, murmure-t-il.

Mon estomac se noue et mon cœur bondit contre le mur que j'ai érigé tout autour de lui.

Elliot Carson ne supplie pas. Pourtant, c'est ce qu'il est en train de faire.

Et je sais que je vais céder – que je vais lui donner ce qu'il veut. Peut-être qu'ainsi, j'apaiserai les mains du destin et qu'elles cesseront de me tourmenter avec sa présence. Peut-être qu'elles me laisseront fermer la porte et enfin passer à autre chose. Je dois rester forte dans ma conviction que je ne suis pas la femme de sa vie, même si j'ai désespérément envie de l'être.

Je prends une inspiration, j'entrouvre les lèvres...

— Hé, chéri, tu es prêt, on y va ?

La voix de Sarah me fait sursauter et je referme brusquement la bouche.

Eli reprend ses esprits et recule d'un pas, passant une main tremblante dans ses cheveux.

Je retiens mon souffle, de peur que Sarah remarque à quel point il est erratique, à quel point mon corps est exalté face à la proximité d'Eli.

Il est impossible qu'elle ait pu manquer ce qui se passait.

Eli, de son côté, ne semble pas s'en préoccuper. Son regard est toujours fixé sur moi. Il me scrute. Me déshabille du regard.

Je devrais détourner les yeux.

Mais je n'y arrive pas.

Il soupire et se tourne enfin vers Sarah, qui fronce les sourcils. Je murmure un rapide au revoir et grimpe dans ma voiture pour fuir cet enfer au plus vite.

Les mains tremblantes posées sur le volant, j'attends qu'ils partent sans bouger, comme statufiée. Ensuite, la corde qui me retenait se déchire et ma tête tombe contre le volant tandis que je me frotte la poitrine de la main pour tenter d'atténuer la douleur. Je me suis habituée à ce sentiment de creux, mais en ce moment, le gouffre s'agrandit, me rappelant qu'il me manque quelque chose d'essentiel. Quelque chose que j'ai laissé avec Eli il y a cinq ans quand j'ai franchi la porte de sa maison.

Quelque chose que je ne pense pas pouvoir récupérer un jour.

Je ne crois pas être capable de faire ça.

Il n'est pas à moi. Il ne l'a jamais vraiment été. Et dans deux mois, il ne le sera plus jamais.

Chapitre 40

ELI

Le trajet de retour chez mon père se passe en silence. Sarah ne dit pas un mot et se contente de regarder par la fenêtre pendant les cinq minutes qui nous séparent de la maison. Pas besoin d'être un génie pour deviner ce qu'elle pense. N'importe qui dans un rayon de dix kilomètres aurait pu percevoir l'air qui crépitait entre Becca et moi. Comme d'habitude, elle m'a fait perdre le contrôle.

Quand je la vois, j'éprouve à la fois une explosion de douleur et un désir brut et incontrôlable. Mon âme aspire à des réponses. À la conclusion qu'elle ne m'a jamais donnée. À savoir, ce qui n'allait pas chez moi pour qu'elle ne me laisse pas de place dans sa vie. Pour qu'elle ne me laisse pas l'aimer.

Peut-être qu'une fois que j'aurai compris, je pourrai enfin passer à autre chose et aimer quelqu'un d'autre.

À la seconde où nous nous garons dans l'allée, Sarah sort de la voiture, se dirige vers l'entrée et laisse la porte moustiquaire claquer derrière elle tandis qu'elle traverse le salon.

Je pousse un soupir, essayant de détendre le nœud qui se forme dans mon ventre tout en la suivant à l'intérieur. Je cherche mon père du regard et le trouve en train de ronfler doucement dans son fauteuil devant la chaîne ESPN.

Je me dirige timidement vers la chambre d'amis. Jusque-là, Sarah ne m'a jamais fait le coup du silence, alors je ne sais pas trop à quoi je vais être confronté. Je saisis la poignée de la porte en m'attendant presque à ce qu'elle soit fermée à clé, et j'entre dans la pièce. Sarah est debout devant la commode, raide comme un piquet, agrippée au bord du meuble.

— Dis-moi ce qui se passe entre Becca et toi, demande-t-elle d'une voix basse, tremblante.

Je fourre les mains dans mes poches.

— Comment ça ?

Elle croise mon regard dans le miroir et plisse les yeux.

— Je ne suis pas stupide, Eli. Elle te regarde comme si tu avais tué son chiot. Je n'y ai pas prêté attention parce que je pensais que c'était un béguin d'enfance dont elle ne s'était jamais remise.

Mon estomac se tord à ses paroles.

— Mais tu sais ce qui est pire ? ajoute Sarah en s'affalant sur le lit. C'est que je me sens invisible quand elle est là. Et je n'aime pas me sentir invisible, surtout alors que tu es mon mari, pas le sien.

— Fiancé.

Elle fronce les sourcils.

— Pardon ?

Je me racle la gorge.

— Fiancé. Nous ne sommes pas encore mariés.

Elle pince les lèvres.

— Oui. Je le sais. Et elle aussi. C'est ce qui m'inquiète.

Je ris à l'idée que Becca puisse être une source d'inquiétude. Comme si elle se souciait de moi ou de la personne que je vais épouser.

— Sarah, il n'y a pas de quoi s'inquiéter.

Elle tapote son front du bout des doigts.

— Une femme sent toujours ces choses-là, Eli. Tu ferais bien de t'en souvenir.

Mon cœur s'emballe et mes oreilles ne perçoivent plus rien d'autre que les battements de mon cœur. Je lève les mains au plafond.

— Si ça t'inquiète autant, pourquoi diable tu lui as demandé d'organiser notre mariage ?

Elle se lève, les yeux brillants, les poings serrés. J'écarquille les yeux. Elle est submergée par la colère et j'ai un pincement au cœur en me demandant pourquoi je n'ai jamais vu cette passion chez elle.

— Parce que, comme je l'ai dit, je ne suis pas stupide, siffle-t-elle. Sois proche de tes amis et plus encore de tes ennemis.

Je sens la tristesse m'envahir quand je me rends compte que mon incapacité à me contrôler a transformé Sarah en caricature d'elle-même. Sarah n'est pas vindicative. Elle n'est pas méchante.

Mais elle a raison. Je devrais la faire passer en premier.

Je serre les dents en réfléchissant à ce que je vais lui dire. Je dois à notre relation de faire cet effort, de continuer à essayer de m'ouvrir et de lui faire une place dans ma vie. Mais je ne vais pas mentir, une partie de moi voit cela comme une échappatoire, un moyen de me décharger de la responsabilité qui accompagne mon retour à la maison.

Je suppose que, quels que soient les progrès accomplis, il y a toujours la tentation de revenir en arrière.

— Sarah, écoute. C'est difficile pour moi d'être de retour ici, d'accord ? Il y a des souvenirs que j'aimerais oublier et des gens qui ont déjà fait une croix sur moi. J'essaye de faire ça pour toi. Mais si c'est pour qu'on se dispute, peut-être qu'on devrait simplement retourner en Floride. Oublions le mariage ici. Tes parents seraient ravis qu'il ait lieu plus près de chez eux, non ?

Elle secoue la tête.

— Non, Eli. Je veux que ce soit là où tu as grandi. C'est parfait, avec les Smoky Mountains en toile de fond et le charme d'une petite ville. J'adore cet endroit. En plus, tout le monde en ville t'aime.

Mon cœur se serre. Les gens d'ici ne m'aiment pas. Ils adorent ce que je représente – celui que j'étais autrefois.

Je soupire.

— Je suppose que tu as raison. Comme tu voudras.

— Non. J'ai besoin de savoir ce que toi, tu veux. Est-ce que tu veux m'épouser ? Vraiment ?

Sa question me frappe en pleine poitrine et mon cœur se recroqueville.

— Je te l'ai demandé, non ?

— Oui, mais... tu es différent depuis qu'on est là, et puis je vois comment tu es avec Becca et...

Elle baisse les yeux sur ses mains.

— Et quoi ?

— Et tu n'es pas comme ça avec moi, déclare-t-elle, sa voix se réduisant à un murmure. Elle sait des choses sur toi que j'ignore.

— Sarah.

Je la fixe, l'esprit en ébullition, luttant pour séparer la partie de moi qui veut mettre fin à cette conversation et celle qui veut lui laisser une place. Je me mords la lèvre.

— J'étais avec Becca quand elle était étudiante.

Sarah halète, sa lèvre inférieure tremble.

— J'en étais sûre. Je savais qu'il y avait quelque chose. Une étudiante, Eli ? Vraiment ?

Je me frotte le visage en gémissant.

— Je ne veux pas te mentir, d'accord ? C'était il y a longtemps et ça ne s'est pas bien terminé.

Je m'approche d'elle et prends son visage entre mes mains.

— C'est à toi que j'ai demandé de m'épouser. Je suis là pour toi.

— Tu l'aimais ?

— Non.

Mon âme se rebelle contre ce mensonge, griffe mon corps, grave la vérité dans ma peau.

Mais je l'ignore. Je me penche pour embrasser Sarah et fais glisser ma langue dans sa bouche.

Je la déshabille lentement, l'attire vers moi, mû par le besoin de ne faire qu'un avec elle.

Par l'espoir qu'elle apaise ma douleur.

Sarah a été engagée pour prendre la parole lors d'une conférence sur la physiothérapie et elle a des réunions Skype tout l'après-midi. Elle s'est donc enfermée dans la chambre d'amis et m'a dit que je serais seul le restant de la journée.

Je lui en suis reconnaissant. Je ne veux pas qu'elle me suive là où j'ai l'intention d'aller.

Papa est toujours dans son fauteuil inclinable. Il n'a pas bougé de toute la journée et mon pouls s'accélère quand je pense à la conversation que j'aurais dû avoir avec lui depuis longtemps. Je prie pour trouver le courage de me lancer.

Mais aujourd'hui, il y a quelqu'un d'autre à qui je dois présenter mes excuses.

Je me gare sur le parking de l'église et je reste assis dans ma voiture, fixant des yeux les rangées de tombes. Pour une si petite ville, il y a beaucoup de gens enterrés ici. J'ai un vague souvenir de l'emplacement de la tombe de ma mère, mais comme j'évite Lee, je ne peux pas vraiment l'appeler pour lui poser la question, et il n'est pas question que j'en parle à mon père.

Je déambule tranquillement pendant quelques minutes, lisant chaque nom gravé sur les pierres, une partie de moi espérant que le prochain sera celui de ma mère, l'autre priant pour ne jamais le trouver.

Le cimetière est impeccable, les haies parfaitement taillées, l'herbe épaisse et verte. Ma main effleure une pierre tombale gris foncé et, avant même de regarder le nom gravé, je sais que c'est elle.

Maman.

Mon cœur vacille en même temps que mes pieds, et le papier qui enveloppe les tulipes que j'ai achetées se froisse sous ma paume moite.

Les battements dans ma tête font vibrer mes os tandis que je m'accroupis devant la dalle de marbre. Je déballe lentement mes fleurs, et je retire celles qui sont fanées des vases de chaque côté. Je balaye les feuilles mortes et je prends le temps de retirer chaque grain de poussière jusqu'à ce que son nom brille autant que dans mes souvenirs.

Peut-être que si j'essuie la saleté et la crasse, ça effacera la tache sur mon âme.

Je m'effondre devant sa tombe et relis en boucle les mots gravés, cherchant un indice de sa présence à travers la pierre.

GAIL ELIZABETH CARSON
TA VIE A ÉTÉ UNE BÉNÉDICTION, TON SOUVENIR UN TRÉSOR.
TU ES AIMÉE AU-DELÀ DES MOTS,
TU NOUS MANQUES SANS MESURE.

— Salut, maman.

Ma voix se bloque dans ma gorge, les mots me renvoient brutalement vers le souvenir de la dernière fois que je les ai prononcés. La dernière fois que j'ai entendu sa voix. Ma poitrine se déchire et huit années de chagrin s'échappent, balayant tout sur leur passage et paralysant chacun de mes muscles.

— Maman, je...

Ma voix s'étrangle à nouveau et je plaque une main sur ma bouche pour retenir les sanglots qui menacent de déchirer ma gorge.

Si je parle, je vais hurler. Alors je reste silencieux. J'ai déjà écrit tout ce que j'avais à dire.

Je reste assis sans rien dire pendant plusieurs minutes, peut-être plusieurs heures, et ce n'est que lorsque le soleil couchant danse sur le marbre que je me lève enfin pour partir. Mon corps est engourdi et le poids de mon tourment est alourdi par la gravité qui cherche à me clouer sur place.

Je parviens toutefois à forcer mes membres à bouger.

Après avoir déposé un baiser sur son nom, je glisse une enveloppe sous le vase de tulipes et je m'éloigne.

Maman.
Salut, Maman.
Chère maman.
Je ne sais pas vraiment comment faire ni quoi dire. « Je suis désolé » ne me semble pas suffisant, mais c'est tout ce que j'ai. Et la vérité, c'est que, sans Sarah, je ne serais probablement pas là, alors je ne sais pas si mes excuses ont vraiment de l'importance. Mais je le fais quand même, pour ce que ça vaut. Je suis désolé.
Je suis désolé de n'avoir jamais été le fils que tu voulais que je sois. J'étais trop occupé à chercher l'approbation de papa pour réaliser que j'avais déjà la tienne.
Je suis désolé de ne toujours pas être le fils que je devrais être. J'essaye de m'améliorer. Tu penses que tu peux demander au grand monsieur de me pardonner ?
Je ne sais pas, maman. Je n'avais pas réalisé que tu étais le ciment qui maintenait notre famille unie.
Je suis désolé de ne pas avoir compris à quel point tu étais au centre de tout. Tu m'as toujours dit de trouver mon soleil, mais maman, tu étais déjà le mien.
Je n'ai connu la véritable obscurité qu'après ton départ.
Je suis désolé de ne pas être venu te voir plus tôt. Plus souvent. Du tout. Même maintenant,

l'idée de venir sur ta tombe me retourne l'estomac et me serre la poitrine. Si je reste loin, je peux faire semblant que tu es toujours là... que je suis toujours trop occupé pour t'appeler, et que rien n'a vraiment changé.
Venir sur ta tombe, c'est admettre que la réalité n'est pas celle que je voudrais.
Mais je peux te dire un secret ? Je sais déjà que ce n'est pas le cas.
Tu sais que je rêve de toi ? C'est toujours le même souvenir. Mon dernier entraînement au lycée. Je me précipitais vers la porte et tu étais dans la cuisine, avec ton tablier rouge et blanc à motif de cerises que tu portais toujours à la taille. Tu m'as appelé et tu m'as pris dans tes bras en me disant de profiter de l'instant présent. De savourer chaque seconde de mes derniers jours avec l'équipe. J'ai ri, je t'ai tapoté le dos et je me suis écarté, inquiet à l'idée que papa s'aperçoive que j'étais en retard.
Mais dans mes rêves... Je m'accroche à toi et je te serre si fort que j'ai peur de te faire un bleu, pour essayer de te garder près de moi aussi longtemps que possible.
De me réchauffer à ta chaleur.
Tu finis toujours par t'échapper et je me réveille avec les doigts qui agrippent le vide.
Ne pas t'avoir assez aimée quand j'en avais l'occasion est l'un de mes plus grands regrets.

J'ai trouvé quelqu'un. Je pense que tu l'aimerais. Quelqu'un qui peut m'épouser dans l'église où tu as épousé papa. Quelqu'un qui ne détruira pas les morceaux brisés de mon âme si elle décidait de partir.
Mais elle n'est pas celle qui guérira mon « cœur solitaire »… Je ne sais pas si je peux aller jusqu'au bout.
Alors je suppose que je suis désolé pour ça aussi.
Je t'aime, maman.
Pour toujours,
Eli

Chapitre 41

BECCA

Ce samedi, c'est la fête de départ à la retraite de Sam et tout le monde semble ne parler que de ça. Personnellement, j'ai hâte que ce soit passé. Quatre-vingt-dix pour cent de la ville sera là et quatre-vingts pour cent d'entre eux me considèrent comme une moins que rien.

Mais rien de tout cela ne me dérange autant que de savoir qu'Eli sera présent, blotti contre sa fiancée parfaite. Je passe déjà trop de temps avec eux comme ça.

Je me demande pour la millième fois à quoi aurait ressemblé ma vie si j'avais fait des choix différents. J'étais à deux doigts de la liberté.

Je dois parler à Jeremy. Il est le seul à savoir ce qui s'est passé entre Eli et moi il y a toutes ces années. Mais c'est difficile de trouver le temps de discuter. Entre son poste de meneur dans une équipe californienne et sa vie secrète d'amateur de bite, il est toujours occupé, même pendant l'intersaison, alors nous devons planifier nos moments pour discuter. Ça fait plusieurs mois qu'on ne s'est pas parlé et j'ai hâte de lui annoncer le retour d'Eli pour me soulager de ce poids.

Mon téléphone sonne et je souris en voyant la bouille enfantine de Jeremy emplir mon écran.

— Salut, Jer.

— Salut, poupée. Comment ça va là-bas, dans ton trou ?

Je m'allonge sur mon lit en tenant le téléphone au-dessus de ma tête avec une moue.

— Ça craint.

— Ouais, je m'en doutais, répond-il avec une grimace.

Au fil des ans, je me suis confiée à Jeremy sur ma vie à Sugarlake. Il est convaincu que mon esprit est déformé par mon histoire familiale dysfonctionnelle. Il essaye toujours de me psychanalyser, même si c'est moi qui ai un diplôme en psychologie.

Je gémis en me passant une main sur le visage.

— Tu n'as pas idée.

Il hausse les sourcils en buvant une gorgée de Coca.

— Ah bon ? Allez balance, chérie.

J'enroule une boucle de cheveux autour de mon doigt et je tire dessus jusqu'à me faire mal.

— Eli est revenu.

Jeremy s'étrangle, se penche en avant et s'agrippe la poitrine.

— Pardon, quoi ?

— Oui.

Les larmes me brûlent le nez et me nouent la gorge, mais je les retiens.

— Il va se marier avec cette fille avec qui il travaillait quand on était étudiants. Sarah. Mon père m'oblige à organiser leur mariage.

— Tu plaisantes.

Je secoue la tête.

— Non.

— Putain, Becca. Est-ce que... est-ce que ça va ?

— Ouais... non.

Il soupire.

— Raconte-moi tout. Tout de suite.

Je m'exécute, ressassant chaque douloureux moment de nos interactions.

J'ai l'impression d'être au bord d'un précipice avec mon esprit qui me pousse vers l'avant tandis que mon cœur me tire en arrière. Quand je suis avec Eli, j'oublie facilement les raisons qui m'ont poussée à partir. Je parle pendant des heures et Jeremy m'écoute, comme il le fait toujours.

— J'ignore quoi faire, Jer.

Il soupire.

— Au contraire, tu le sais, Becca.

Je ne veux pas entendre ce qu'il va dire, même si, au fond de moi, je sais déjà que c'est la bonne décision. Les larmes que je retenais s'accrochent à mes cils et me brouillent la vue. Je ferme les yeux et je secoue la tête.

— Tu le sais, répète-t-il d'une voix sévère. Donne à cet homme la possibilité de tourner la page, puis... tu devrais te ressaisir et prendre du recul. Laisse-le être heureux.

Mon cœur hurle, voulant protester.

— Mais il n'a pas l'air heureux, justement.

— Peut-être que, s'il n'a pas l'air heureux, c'est parce que tu es dans les parages, réplique Jeremy.

Ses mots me font l'effet d'un coup de poing dans le ventre.

— Je ne pense pas...

— C'est justement ça, Becca. Tu ne penses pas. Ce qui t'arrive est ta faute.

Je ricane, le visage rouge.

— Ne t'avise pas de me rire au nez. Est-ce que tu m'as déjà vu ne pas être honnête avec toi ? demande-t-il en faisant remonter ses sourcils jusqu'à la racine de ses cheveux. Ça fait vingt minutes qu'on parle et je ne t'ai pas entendue assumer la moindre responsabilité dans ce que tu ressens. Tout tourne autour d'Eli et de ce que lui te fait ressentir.

N'importe quoi.

Quel est son problème, à Jeremy ? Il est censé être de mon côté.

— Écoute une seconde ce que tu dis. Cet homme ne t'a pas brisé le cœur. C'est toi qui as brisé le sien. Tu n'as aucun droit sur lui. Elliot Carson ne te doit rien.

Une flamme incandescente me brûle la poitrine, les joues.

— Je n'ai jamais dit ça. Bon sang, Jer.

Malgré mes défenses, ses mots parviennent à se frayer un passage. Peut-être qu'il a raison. Peut-être que tout ce qu'il dit est vrai, mais ça n'a pas d'importance, car tout ce que je ressens, c'est la douleur cuisante de ce qui ressemble à une trahison. Je me suis confiée à lui pour me sentir mieux, pas pire.

Il hausse les épaules.

— Tu peux m'en vouloir autant que tu veux. Il fallait que quelqu'un te le dise.

— Va te faire mettre, je rétorque sèchement.

— Oh, ma chérie, j'en ai bien l'intention. Écoute, calme-toi un peu et réfléchis à ce que je t'ai dit. Je t'aime, poupée. Même quand tu n'en as pas l'impression.

Il me fait un clin d'œil avant de raccrocher, et je jette mon téléphone à travers la pièce en hurlant, essayant d'expulser cette énergie brûlante qui m'étouffe et me donne l'impression d'exploser.

J'arpente le sol de ma chambre pendant des heures jusqu'à ce que le chant des grillons et le clair de lune apaisent mes nerfs. Et puis, enfin, je repense à ce que Jeremy m'a dit. Je me concentre sur ce que je ressens face au miroir qu'il a brandi pour me montrer la vérité dans mon reflet.

Celle que je ne veux jamais voir.

C'est tellement tentant de fermer les yeux et de détourner le regard. Mais peut-être est-il temps que je m'arrête et que j'observe les choses de plus près.

Ce soir, mes parents fêtent leur trentième anniversaire de mariage. Je n'ai jamais oublié cette date, mais même si c'était le cas, il suffirait de voir la façon dont maman s'est apprêtée pour le dîner pour comprendre que c'est un jour spécial. Elle porte même son collier de perles, celui que papa lui a offert pour leur quatrième anniversaire, juste avant ma naissance.

Je suis là parce que je sais que mon père ne le sera pas, et je ne peux pas laisser ma mère souffrir seule dans sa tristesse.

Elle est assise dans la salle à manger, les genoux croisés, sa chaussure à bout ouvert tapotant en rythme le pied de la table en bois. Elle regarde d'un air absent les flammes qui consument les belles bougies crème, la cire fondue symbolisant l'érosion de son mariage au fil des ans.

Je l'observe depuis le couloir, le cœur serré, car elle semble vide. Brisée.

Seule.

Je m'identifie à elle plus que jamais, et ça me retourne l'estomac.

Je prends une grande inspiration, j'entre dans la pièce, m'assois sur la chaise à côté d'elle et tends la main pour prendre la sienne.

— Pourquoi tu t'infliges ça, maman ? je murmure.

Elle pince les lèvres et secoue la tête.

— Il est juste en retard.

— Maman, je soupire, la poitrine serrée. Il ne viendra pas. Il ne vient jamais.

Elle tressaille, mais c'est le seul signe qui brise son immobilité.

Nous restons assises en silence, le tic-tac de l'horloge nous rappelant inlassablement que papa est incapable de tenir ses promesses. Incapable de respecter son engagement envers Dieu. Incapable de se montrer respectueux.

— À la fin de l'été, je pars en Californie, dis-je d'un coup.

Je ne sais pas ce qui me pousse à aborder ce sujet. Peut-être le besoin de l'annoncer à quelqu'un qui sait ce que c'est de dépérir sous la coupe de mon père, ou peut-être parce que je cherche simplement à provoquer une réaction, une faille dans ce masque impénétrable qu'elle porte comme un bouclier.

Elle serre mes doigts avant de retirer sa main et de prendre son verre de vodka. Elle le sirote lentement, sa gorge délicate oscille lorsqu'elle avale, avant de le reposer. Tout en elle est parfait. Immaculé. Soigneusement étudié pour faire bonne impression. Même sa tristesse.

— J'ai toujours espéré que tu le ferais, Rebecca Jean. Tu n'es pas faite pour cette vie.

Mon cœur s'emballe et je ne pourrais pas être plus choquée si elle avait sorti un couteau et qu'elle m'avait éventrée avant de me laisser agoniser sur le sol.

— Qu... quoi ? je halète. Tu m'as toujours dit que j'étais condamnée à cette vie.

Ses yeux brillent et, enfin, une fissure apparaît dans sa façade glaciale.

— Quand on n'a rien d'autre que du temps, on commence à réfléchir. Les années ont fait de moi une femme jalouse et amère. Je n'en suis pas fière, mais c'est ainsi.

Je retiens mon souffle, abasourdie par ses paroles. Ses mots ont toujours été parole d'évangile pour moi, même quand je ne le voulais pas. Elle me murmurait à l'oreille et empoisonnait toutes les décisions de ma vie. À présent, je ne sais pas quoi faire de cette nouvelle information.

Je ne suis pas sûre d'y croire.

Une colère vive et brûlante envahit mon cœur et coule dans mes veines.

— Tu es vraiment en train de me dire que tu ne pensais pas ce que tu as affirmé pendant toutes ces années ? Que c'était uniquement par jalousie ?

— Eh bien, il n'y a pas un seul homme juste sur terre qui fasse le bien et ne pèche jamais.

Elle déglutit, ses doigts tremblants s'emparant à nouveau des miens.

— J'ai déçu Dieu de bien des façons, mais celle qui me fera le plus souffrir, c'est d'avoir échoué dans mon rôle de mère.

— Non, je m'exclame en retirant ma main. Non. Tu n'as pas le droit de faire ça. Tu n'as pas le droit de rester assise là, à citer la Bible et à agir comme si tu avais eu une grande révélation. Pendant des années, tu m'as rabâché que je ne pouvais faire confiance à aucun homme, que je finirais enchaînée quoi qu'il arrive... Tu ne peux pas revenir en arrière.

Elle laisse échapper un rire triste et creux.

— Oh, mon enfant. Pourquoi m'écoutes-tu ? Je ne suis qu'une vieille femme passant ses journées à se languir d'un homme qui ne se souvient même pas qu'il l'a épousée il y a vingt-six ans.

Je penche la tête.

— Tu veux dire trente.

Elle fronce les sourcils et avale une autre gorgée de vodka.

— Non, Rebecca Jean. Je veux dire vingt-six.

Je pince les lèvres en plissant le front.

— Mais moi, j'ai vingt-six ans. Vous vous êtes mariés bien avant ma naissance.

Maman soupire et me tapote le dessus de la main.

— Parfois, j'oublie moi-même la vérité. Nous avons si bien su mentir durant toutes ces années.

Mon cœur s'arrête.

— Mais j'en ai marre de mentir, ajoute-t-elle dans un soupir. J'ai rencontré ton père quand j'étais jeune, naïve et crédule. Je savais qu'il ne m'aimait pas. Il ne m'a même jamais invitée à sortir.

Elle secoue la tête, et je vois la lassitude imprimée sur ses traits.

— J'étais tellement amoureuse de lui que ça m'était égal. Mais ensuite, je me suis retrouvée enceinte.

Mon esprit tourbillonne et la bile me monte à la gorge.

— Mais tu as dit qu'il t'aimait. Qu'autrefois, il aurait déplacé des montagnes pour toi.

Elle hausse les épaules.

— J'ai menti. Ton père a déplacé de nombreuses montagnes, mais jamais pour moi.

Je hoquette.

— Quoi ? Non, je... Comment est-ce que j'ai pu ignorer ça ?

Un sentiment de trahison sombre et profond s'infiltre en moi.

— Comment as-tu pu ne pas me le dire ?

— Tu crois que c'est quelque chose dont je suis fière ? rétorque-t-elle. D'être devenue enceinte et d'avoir été obligée de déménager dans une nouvelle ville à cause de la honte ? Là où personne ne verrait le péché gravé sur mon front ?

Ses yeux s'embrasent et je reste muette, abasourdie.

— Tu pensais que c'était amusant de te voir suivre le même chemin ?

Elle marque une pause et essuie une larme qui coule sur sa joue. La première que je la vois verser.

— Nous avons une image à préserver.

Le dégoût me submerge, telle une boue noire et visqueuse qui m'enveloppe et me donne envie de vomir.

Tout ce que j'ai connu, tout ce en quoi j'ai cru, n'était qu'un mensonge.

Soudain, je ne supporte plus d'être ici. Je me lève d'un bond.

— Tu me dégoûtes. Toi autant que papa.

J'attends des excuses, mais, après quelques instants, je réalise que j'attendrai éternellement.

Le masque est tombé, son visage est une toile vierge, prête à accueillir ce qu'elle décidera d'y peindre.

Peu importe. J'ai mieux à faire qu'espérer.

Je sors en courant de la maison, incapable de respirer sous le poids des mensonges.

Ma vie entière est un mensonge.

Je sors mon téléphone de mon sac à main, je trouve le numéro de Jax et je lui envoie un SMS.

Moi : La Californie ? Compte sur moi. On part quand ?

Chapitre 42

ELI

Sarah et moi venons d'arriver à l'église pour retrouver Becca au sujet du mariage. Il n'est que midi et demi et la journée est déjà longue. Je crois que je n'ai pas envie que ce mariage ait lieu, ce qui fait de moi un salaud, surtout si on tient compte du fait que j'ai couché avec Sarah pour noyer mes sentiments pour Becca. C'était vraiment nul de ma part et je me dégoûte, mais ça m'a aussi permis d'y voir plus clair : je sais que je dois la laisser partir. Elle mérite quelqu'un qui puisse l'aimer pleinement, et, bon sang, j'aimerais tellement que ce soit moi. Revenir ici a fait resurgir mon désir le plus profond, et je sais que je ne ressentirai jamais pour Sarah ce que j'éprouve pour Becca.

Je ne veux pas éprouver ça.

Je donnerais n'importe quoi pour ne pas le ressentir.

Mais il y a cinq ans, ces sentiments se sont incrustés dans ma peau et se sont installés dans mes entrailles, devenant une partie intégrante de moi-même.

Je ne pense pas que je pardonnerai un jour à Becca ce qu'elle m'a fait, la façon dont elle m'a brisé le cœur en mille morceaux. Mais quoi qu'il en soit, ce ne serait pas juste de vivre un mensonge avec quelqu'un d'autre, même si ça signifie que je finirai seul.

Nous arrivons au bureau du pasteur Sanger et la porte est ouverte, alors nous entrons. Il n'est pas là, mais Becca est assise derrière sa table en chêne, les mains posées sur la surface, le regard vague.

Je m'attends à ce qu'elle sursaute en nous voyant, mais elle est tellement perdue dans ses pensées qu'elle ne remarque même pas notre arrivée. Je penche la tête sur le côté, et un picotement au bas de ma colonne vertébrale agit comme un signal d'alarme. D'habitude, il suffit d'une fraction de seconde en sa présence pour que je sois prêt à exploser, mais là, rien. Aucune vibration ne se dégage de sa peau pour imprégner mon âme.

Quelque chose cloche.

— Rebecca.

J'utilise son prénom complet pour une raison précise. Pour voir s'il y a une étincelle. Une réaction. Je cherche cette flamme, celle qu'elle seule peut m'apporter, mais je ne la trouve pas et la peur s'insinue en moi. Elle a toujours été ma flamme, d'une beauté dangereuse, d'un éclat brillant. Mais plus la lumière est proche, plus l'ombre est grande, et j'ai été idiot de trouver du réconfort dans cette ombre.

Son absence me met au désespoir.

Ma voix la tire de sa torpeur, et elle parvient à esquisser un petit sourire.

— Hello, tous les deux. Entrez.

Même son timbre est monotone.

— Tout va bien ? demande Sarah en s'avançant pour s'asseoir.

Je la suis mais j'hésite et agrippe le dossier de la chaise derrière laquelle je me tiens avant de tourner la tête pour essayer de capter le regard de Becca.

Mais elle m'évite.

— Ça te va de faire ça ici ?

Je me souviens de la dernière fois, où elle avait quasiment fui la pièce.

Elle hausse les épaules.

— Oui. Ça ne prendra pas longtemps de toute façon.

— Ah bon ? s'étonne Sarah. Je suis impatiente de discuter de nos options...

— Je m'en vais, l'interrompt Becca.

Mon cœur se serre.

— Comment ça, tu t'en vas ? je demande d'un ton sec.

Elle garde les yeux rivés sur Sarah sans m'accorder un regard.

— Je déménage. C'est une décision spontanée, mais comme je ne serai plus là après ce week-end, je ne pourrai évidemment pas vous aider pour votre mariage.

Elle entortille une mèche de cheveux autour de son doigt.

Mon estomac se noue et je me sens nauséeux.

Sarah sourit et, honnêtement, elle a l'air un peu trop joyeuse pour quelqu'un dont l'organisatrice de mariage l'abandonne avant le grand jour.

— Oh, c'est génial ! Tu déménages où ?

Becca ouvre la bouche mais une voix masculine l'interrompt.

— Don, je... Oh, désolé, tout le monde. Je cherche le pasteur.

Je me retourne et reconnais aussitôt les mèches auburn. Ce sont les mêmes que celles de son fils, avec qui je jouais au ballon au lycée.

Super. Jusqu'à présent, j'avais réussi à rester à l'écart des gens qui aiment se remémorer mes jours de gloire, mais je suppose que toutes les bonnes choses ont une fin.

Il écarquille ses yeux marron et s'avance jusqu'à moi.

— Elliot Carson. J'ai entendu dire que tu étais de retour en ville, mais je n'y ai pas cru une seconde. Je n'arrive pas à croire que tu sois là, en chair et en os. Comment ça va, fiston ?

— Monsieur Mazey, ravi de vous voir. Je vais très bien, merci. Comment va Pete ?

M. Mazey rit en passant une main sur son visage.

— Pete n'a pas changé... Il essaye toujours de faire mourir sa mère avant l'heure.

Je souris. C'était tout à fait vrai au lycée et ça me réchauffe le cœur de voir que tout n'a pas changé au fil des ans. Même si ma vie est différente, certaines choses sont restées les mêmes.

— Voici ma fiancée, Sarah, dis-je.

Le mot « fiancée » reste collé sur mon palais comme du caramel.

— Sarah, voici M. Mazey. Je jouais au ballon avec son fils.

Je sens le regard de Becca sur ma nuque et j'agrippe le dossier de la chaise pour résister à l'envie de me retourner et de plonger dans ses yeux.

— Fiancée, hein ? Vous vous êtes rencontrés dans cette université chic ? On suit tous tes matchs, tu sais. Vous gagnez beaucoup, là-bas.

Sarah rit.

— Exactement. J'ai commencé à travailler avec lui dès sa première année. J'ai assisté à presque toutes ses cent trente-cinq victoires.

Elle me sourit, et je lui rends son sourire, mais je ressens un pincement au cœur en voyant où mène la conversation. Je ne veux pas parler de basket. Pas ici. Pas avec M. Mazey. Et surtout pas avec Becca.

— Cent trente-sept.

La voix de Becca transperce l'air et j'en ai le souffle coupé comme après un coup en pleine poitrine. Je tourne la tête si vite que je me fais mal au cou.

— Pardon ? demande Sarah.

Becca secoue la tête en baissant les yeux sur le bureau. Quand elle les relève, elle accroche mon regard. Enfin. La flamme que je cherchais s'embrase et me consume de l'intérieur.

Elle déglutit.

— Tu as dit qu'il avait remporté cent trente-cinq matchs alors qu'il en a remporté cent trente-sept.

— Oh ?

Sarah me regarde.

Je suis sûr qu'elle veut que je la défende, et peut-être que, si j'étais un meilleur fiancé, je le ferais.

Mais je ne peux pas.

Parce que Becca a raison.

Mes côtes sont meurtries par les battements de mon cœur. J'ai du mal à respirer, et encore plus à exprimer mes pensées. Mon esprit tourbillonne à mesure que je réalise qu'elle a gardé le fil de mes matchs.

À mesure que je prends conscience de ce que ça signifie.

— Bon, fait M. Mazey en se dandinant sur place, visiblement mal à l'aise. Très bien. J'ai été ravi de te voir, Elliot.

Il se tourne ensuite vers Becca pour lui demander :

— Tu diras à ton père que je suis passé ?

Cette dernière hoche la tête. Ses cheveux roux tombent sur ses épaules et soulignent le rouge de ses joues.

Le silence règne après le départ de M. Mazey. Sarah, les yeux rivés sur Becca, agrippe ma cuisse.

— Tu sais, reprend ma fiancée, puisque tu ne seras pas là pour nous aider pour le mariage, je ne vois pas pourquoi on resterait. On y va, chéri ? ajoute-t-elle en se tournant vers moi.

Non.

Je veux rester. Je veux enfermer Becca dans cette pièce et la retenir en otage jusqu'à la chasser de mon âme et pouvoir enfin tourner cette putain de page. J'en ai besoin plus que jamais. Mais je ne pense pas obtenir les réponses que je mérite, même si je les demande. Alors je refoule mon besoin et laisse Sarah me conduire dehors.

Sur le chemin du retour, je suis nerveux et je tapote le volant à un rythme régulier.

— Qu'est-ce qui ne va pas ? me demande Sarah.

Je soupire avant de passer mes doigts dans mes cheveux.

— On peut en parler quand on sera à la maison ?

Elle se raidit et je vois ses mains se crisper sur ses genoux.

— Je préfère en parler maintenant.

Je grimace.

— Je ne veux pas faire ça dans la voiture.

— Eh bien, je crois que je n'ai pas envie de rester dans cette voiture à me demander ce qui te rend si nerveux.

Je lui jette un coup d'œil avant de reporter mon regard sur la route, mâchoire serrée.

— Sarah, je ne veux vraiment pas...

— Dis-le.

Elle ferme les paupières, la tête tournée vers la fenêtre.

Mon cœur s'emballe et, soudain, je ne suis plus sûr de pouvoir le faire. Je regarde dans le rétroviseur, me gare sur le bas-côté, j'allume les warnings et me tourne vers elle.

— Pourquoi tu m'aimes ?

Elle fronce le nez.

— Pardon ?

— Pourquoi tu m'aimes ? je répète. Parce que je vais te dire...

Je m'arrête, ravalant le regret qui jaillit de mon cœur et me noue la gorge.

— Je n'ai pas été gentil avec toi. Pas vraiment.

Elle tend la main et me caresse l'avant-bras.

— Si, tu l'as été.

Je secoue la tête en fermant brièvement les yeux pour retenir mes larmes. *Putain, c'est dur.*

— Tu sais... depuis aussi longtemps que je me souvienne, j'ai toujours vécu à la surface, sans jamais m'immerger. Je n'ai jamais voulu aller plus loin. Et puis tu es arrivée. Et tu as été comme un baume sur des blessures dont je ne soupçonnais même pas l'ampleur.

Elle sourit, les yeux voilés.

Je me tapote la poitrine avec ma paume.

— Tu as apaisé ma douleur, et tu n'as jamais demandé plus. Et je t'en suis tellement, tellement reconnaissant, Sarah. C'est pour ça que je t'aime.

Je sens mon estomac se nouer mais je me force à continuer :

— Mais j'ai beau y réfléchir et retourner la question dans tous les sens et je ne trouve rien, absolument rien que j'ai fait qui puisse te pousser à m'aimer.

Elle me serre le bras.

— Je t'aime, Eli. Ça ne suffit pas ?

Mon cœur sombre.

— Je ne sais pas, Sarah. Tu ne trouves pas que c'est un problème ? Le fait que tu ne puisses même pas dire ce que tu aimes en moi ? Comment sais-tu que c'est authentique ? Comment puis-je le savoir ?

Elle prend une grande inspiration, retire sa main de mon bras et la pose sur sa bouche.

— Tu es en train de me dire que tu ne sais pas si tu m'aimes vraiment ?

— Je t'aime. Et je pourrais te regarder marcher vers l'autel en sachant que je serai satisfait pour le reste de ma vie.

Elle laisse échapper un rire et une larme se forme au coin de son œil.

— « Satisfait ». C'est tellement romantique.

— J'essaye d'être honnête. S'il te plaît, Sarah. S'il te plaît, sois honnête, toi aussi. Avec toi-même et avec moi. On se doit bien ça.

Elle se mord la lèvre, le regard fixé sur le pare-brise.

Ma jambe tressaute sous le volant.

— Je suppose..., dit-elle en soufflant par le nez, la mâchoire crispée. Je suppose que tu es quelqu'un de rassurant pour moi.

Je hausse les sourcils. Je ne m'attendais pas à ce qu'elle dise ça.

— J'ai déjà ressenti ce... sentiment. Cette folie qui te donne l'impression que tu vas mourir si tu la perds. Comme si tu savais que tu ne pourrais plus jamais respirer.

Elle s'arrête, soupire, les larmes coulant sur son menton.

— C'est une drogue et ça ne finit jamais bien. Ça fait mal. Tu ne me fais pas de mal, Eli.

Son regard croise le mien et, à cet instant, je comprends.

C'est terminé.

Nous avons recouvert la douleur de notre passé avec l'autre, nous nous sommes contentés du réconfort en prétendant que cela suffisait.

Je respire profondément, la boule dans ma poitrine grossit jusqu'à m'obstruer la gorge.

— Je t'aime.

Elle a un hoquet et s'essuie les joues avec le dos de la main.

— Je t'aime aussi.

Mes narines se dilatent, le sel de mes larmes me titille les lèvres.

— Mais je ne suis pas amoureux de toi, je murmure.

Ses paupières papillonnent en se fermant. Elle hoche la tête.

— Je sais.

À peine ai-je prononcé les mots que je ressens une grande paix. Une légèreté due au soulagement d'avoir enfin eu une conversation honnête. D'avoir reconnu ce que nous avons toujours su, même lorsque nous avons choisi de l'ignorer.

Lorsque nous arrivons dans l'allée de la maison de mon père, elle me serre le bras.

— Est-ce qu'on peut... Est-ce que je peux..., murmure-t-elle en soufflant bruyamment avant de caler ses cheveux derrière son oreille. Tu peux attendre avant de le dire à tout le monde ? J'aimerais quand même aller à la fête ce soir, mais... laisse-moi partir d'ici avec un peu de dignité. Je trouverai un vol pour rentrer chez moi demain. Si tu me laisses un peu de temps, je peux quitter ta maison. Je...

Elle s'étrangle, les joues imbibées de larmes. Elle manifeste plus d'émotion que pendant toutes les années qu'on a passées ensemble. Je réalise à cet instant qu'on a vécu comme de simples connaissances, nous acceptant l'un l'autre pour l'image que nous donnions, sans nous aimer pour ce que nous sommes vraiment.

Je passe mes pouces sous ses yeux et lui souris doucement. Je pose mon front contre le sien et ses mains agrippent ma nuque.

— Je suis tellement désolé, Sarah.

— Je suis désolée aussi, répond-elle d'une voix rauque.

Nous restons enlacés pendant de longues secondes, l'air autour de nous chargé de la tristesse d'une amitié brisée qui n'aurait jamais dû être davantage que cela.

Sarah est ma drogue, celle que j'utilise pour atténuer la douleur. Mais je suis prêt à tout ressentir, à présent.

Chapitre 43

BECCA

C'est étrange de réaliser que la façon dont on a vécu notre vie ne correspond pas à la réalité. On dit que la perception est la réalité, et bon sang, je suppose que c'est vrai, car j'ai perçu ma mère de manière erronée pendant toutes ces années. Je l'ai considérée comme une innocente, une victime. Une femme qui n'a pas su être une mère, mais qui n'était qu'une spectatrice face à l'homme cruel et tordu qu'est mon père.

Trop fière pour admettre sa douleur, mais trop faible pour partir.

Tout comme moi.

J'avais tellement peur de devenir comme elle que j'ai bu ses paroles et les ai utilisées comme carburant, sans me rendre compte qu'elles transformaient mes cellules en une réplique parfaite d'elle. Maintenant, quand je me regarde dans le miroir, je vois ma mère me fixer à la place de mon propre reflet.

Les pensées deviennent réalité.

Ma mère est une actrice. Une manipulatrice. Et j'ai été sa marionnette pendant trop longtemps. Elle maniait les ficelles attachées à mon corps avec tant d'habileté que je ne me rendais même pas compte que j'étais son pantin.

Sa prestation d'hier soir, en particulier, méritait une *standing ovation*, tant elle aurait réussi à tromper même les critiques les plus sévères. Mais cela a eu l'effet inverse sur moi.

Je ne crois pas à sa tristesse.

Mon cœur ne s'est pas remis après ses excuses creuses. Tout ce que ça m'a prouvé, c'est que ma mère n'est pas la femme faible et innocente que je croyais.

Ma mère est un serpent. Une vipère. Tout comme son mari.

Quand je pense à ce que cela a fait de moi, mon malaise se propage dans mon cœur, empoisonne mon sang. En attendant qu'Eli et Sarah arrivent à l'église, je force mes membres à bouger pour aller m'asseoir derrière le bureau de mon père, qui a représenté la première fissure dans les fondations de mes croyances.

Mes parents sont des maîtres dans l'art de la tromperie. Ils s'attaquent à votre confiance et jouent avec les limites de l'honnêteté, jusqu'à ce que vous ne sachiez plus distinguer le vrai du faux.

Cela ne change rien au fait que j'ai vu mon père en train de se taper Sally Sanderson, et cela n'efface pas ma déception de savoir qu'il a fait des promesses qu'il n'a pas tenues. Mais, pour la première fois, je réalise que l'image qu'il a brisée à ce moment-là n'a jamais vraiment existé.

C'était un mirage. Une illusion qui a été entretenue et magnifiquement mise en scène pendant des années. Mon cœur s'emballe quand je pense à ce qui a poussé ma mère à enfin avouer la vérité. Je sais, aussi sûrement que le soleil se lève chaque matin, que ce n'était pas par bonté de cœur – ce cœur froid et mort.

Mais je n'ai pas l'intention de rester dans les parages pour découvrir le fin mot de l'histoire.

Je parcours des yeux le bureau de mon père. Des papiers sont éparpillés un peu partout et une coupe dorée tape à l'œil contenant un assortiment de stylos est posée dans un coin. Mon regard s'arrête sur le coupe-papier et je serre les dents pour ne pas m'en emparer et détruire tout ce qui se trouve sur cette table dans l'espoir de purger mon sang des paroles de ma mère, dans l'espoir de libérer mes veines de ses mensonges, des mots que ma mère a tordus et déformés avec sa langue et crachés dans mon cerveau, sachant que je les y laisserais, leur donnant tout le loisir de s'envenimer.

Mes mains tremblent au-dessus du bureau et je m'émerveille devant la beauté trompeuse du chêne.

La perception est bien la réalité.

Je suis ici pour annoncer mon départ à Eli et Sarah et leur dire que je ne m'occuperai finalement pas du mariage. Ensuite, je ferai ma valise et je partirai avec Jax en Californie. Comme la plupart de mes choix, celui-ci est impulsif, mais c'est la seule facette de moi dont je suis certaine qu'elle reflète qui je suis véritablement. Même si je n'ai pas d'argent, que je n'ai pas démissionné et que je n'ai même pas pensé à rompre mon bail, je pars. Tout cela n'est rien comparé à ce qui me déchire de l'intérieur et me pousse à m'enfuir.

Si je ne m'en vais pas maintenant, alors que ma colère est encore vive et la trahison encore fraîche, je ne le ferai peut-être jamais.

Un raclement de gorge me tire de ma torpeur et je retire mes mains pour les placer sous mes cuisses afin d'essayer d'arrêter mes tremblements. Je fixe Sarah, sachant que, si je regarde Eli, je devrai affronter l'autre mensonge que je me suis raconté. Que Jeremy avait tort. Que ce n'est pas moi qui ai fait pâlir la lumière dans les yeux d'Eli.

Si je le regarde, je remettrai en question toutes les décisions que j'ai prises, et même si j'ai beaucoup de choses à accepter, je ne suis pas prête à affronter la vérité sur nous deux.

Pas encore.

En plus, ce ne serait pas juste que je reste dans les parages et que je gâche ses chances d'être heureux. Ce mariage est ce que Mme Carson a toujours voulu pour lui et, pour une fois dans ma vie, je vais prendre du recul et faire ce qu'il faut. Pas par peur, mais par amour.

Je ne regarderai donc pas Eli.

Et je quitterai Sugarlake demain pour ne plus jamais le revoir. Je le laisserai enfin partir. Parce que, jusqu'à présent, je ne m'y suis jamais vraiment résolue.

Je me rends en voiture à la fête de départ à la retraite de Sam. Je suis tentée de ne pas y aller, mais il est important pour moi d'être présente pour diverses raisons. D'une part, je dois parler à Lee, lui dire que je m'en vais, et d'autre part, j'ai besoin de montrer à ma mère que ses paroles ne m'affectent pas.

Mais je me sens mal.

La salle communautaire est méconnaissable. De longues tables blanches sont alignées contre les murs, garnies de plateaux de hors-d'œuvre et de plats fumants. Un bar a été installé dans un coin, entièrement équipé de rangées de bouteilles et d'un barman prêt à servir.

Je me dirige directement vers lui, salivant à l'idée d'un bon merlot, ou de quoi que ce soit d'autre qui m'aidera à survivre à la soirée. Je suis à deux pas de réceptionner mon courage liquide lorsqu'un bras s'abat lourdement sur mes épaules.

— Hé, poupée, qu'est-ce qu'une jolie fille comme toi fait toute seule dans un endroit pareil ?

Les yeux de Jax brillent d'amusement, tandis qu'il sourit, ses cheveux blonds ébouriffés attachés en chignon, sa marque de fabrique.

Je ricane en levant les yeux au ciel.

— J'essaye de trouver un flingue pour me tirer une balle dans la tête. C'est barbant. Tu viens me sauver, Jax ? Ou tu vas me laisser trouver de l'alcool pour que je puisse survivre à cette nuit de l'enfer ?

Je désigne le bar et il rit.

— Bon sang, Becca, c'est une fête. Détends-toi. Allons chercher Lee, puis je t'offrirai un verre.

Je râle, mais je le laisse me guider à travers la foule. Je vois Lee en premier, ses cheveux blond miel bougeant en rythme.

Puis le temps ralentit et mon cœur s'emballe lorsque j'aperçois Eli debout en face d'elle.

— Regardez qui voilà, s'exclame Jax alors que nous nous approchons d'eux.

Je suis perdue dans le regard d'Eli, incapable de détourner les yeux, essayant de m'imprégner de chaque détail, sachant que c'est la dernière fois que je le vois.

Sa mâchoire se crispe et son bras se resserre autour de la taille de Sarah pour la ramener vers lui. Mon cœur se tord de douleur en le voyant agripper sa hanche.

Je me tourne vers Lee.

— Quoi de neuf ? Tu as trouvé quelque chose à boire ? Mon chaperon ici présent m'a obligée à venir te voir d'abord.

— Comment a-t-il osé ?

— On est d'accord ! Je lui ai dit que toi, plus que quiconque, tu comprendrais. Surtout dans une situation comme celle-ci.

Je ne voulais pas prononcer la dernière partie et j'espère qu'elle ne va pas mal interpréter mes paroles. Malheureusement, l'impassibilité n'est pas mon fort et Lee a toujours été trop perspicace pour son propre bien. Mes yeux reviennent vers Eli avant que je puisse me contrôler, et s'arrêtent sur l'endroit où il enlace sa fiancée.

Mon estomac se serre douloureusement et ma gorge me brûle. Soudain, j'ai désespérément envie d'expliquer pourquoi je me suis enfuie il y a toutes ces années. Je veux réparer les dégâts que j'ai causés en faisant confiance à la mauvaise femme toute ma vie. M'excuser de l'avoir crue, elle, au lieu de lui. De moi.

Mais je ne suis pas une briseuse de ménage et, en ce qui concerne Eli, j'ai fait mon choix il y a des années.

— Becca ! Salut, ça faisait longtemps, s'écrie Sarah pour plaisanter.

— Salut. Tu es aussi jolie que cet après-midi. Une vraie beauté. Eli a de la chance.

J'ai du mal à sourire, avec toute cette jalousie qui envahit mon cœur.

— Le fils prodigue est de retour, lance Jax avant que l'expression de son visage s'adoucisse lorsqu'il se tourne vers Sarah. Salut, je suis Jax. Tu dois être la petite veinarde ?

Cette dernière le fixe d'un œil vitreux, la bouche légèrement entrouverte. Je retiens le rire qui menace de m'échapper.

Tout le monde tombe sous le charme de Jackson Rhoades. Il y a quelque chose dans son aura qui vous enveloppe et vous attire.

— Enchanté, dit Jax.

Sarah secoue la tête et reprend ses esprits en lui serrant la main.

— Le plaisir est pour moi, et… oui, c'est moi la petite veinarde.

Mon cœur se serre.

Eli se crispe et lâche la taille de sa fiancée.

— Tu es le petit ami de Becca ?

C'est une question innocente, mais je me fige et mon regard se pose sur Eli, à la recherche d'un signe de jalousie. C'est un jeu tordu et malsain auquel je me prête, mais je ne sais vraiment pas comment m'arrêter.

Il ne réagit pas. *Pourquoi le ferait-il ?*

— Ha ! Il aimerait bien, je m'exclame en me forçant à rire tout en me dégageant des bras de Jax, trouvant soudain l'ambiance étouffante. Je vais sortir prendre l'air.

Mon cœur bat à tout rompre dans mes oreilles et je me fraye un chemin à travers la foule.

Qu'est-ce qui ne va pas chez moi, à la fin ?

Je m'assois sur le trottoir pour reprendre mes esprits et respirer l'air frais. Quelques instants plus tard, Lee se laisse tomber à côté de moi, s'appuie en arrière sur ses mains et pousse un soupir. Elle ne dit rien, et moi non plus.

— Tu veux en parler ?

Ma poitrine se serre.

— Combien de fois je vais devoir te répéter qu'il n'y a rien à dire ?

C'est le moment ou jamais. Je devrais lui avouer mes secrets et implorer sa pitié. Mais l'orgueil est une maîtresse cruelle, qui s'accroche même quand il n'y a plus rien à perdre. Alors je ne le fais pas.

— Oh, arrête, Becca. Ne fais pas semblant. Il suffit d'avoir des yeux pour voir que quelque chose ne va pas.

Rien ne va, en fait.

— C'est Eli ?

Mon cœur bondit et la peur qu'elle sache tout me submerge.

— Non.

Elle se mord la lèvre en m'observant d'un œil critique.

— Tu sais que je ne te crois pas, n'est-ce pas ?

Je soupire et balaye le parking des yeux pour éviter son regard.

— Ton frère n'a rien à voir avec moi, Lee. Ça, je te le promets.

Je plisse les yeux en repérant une silhouette appuyée contre une camionnette noire.

— Hé, ce n'est pas ton mec ?

Lee suit mon regard et hoche la tête, un sourire se dessinant sur son visage.

— Oui, c'est lui. Je vais aller le voir.

Je pousse un soupir de soulagement face à cette diversion bienvenue. Lee se lève, époussette ses genoux et s'éloigne. Mais elle ne fait que quelques pas avant de s'immobiliser. Mon sixième sens est en alerte et je me précipite à ses côtés en un clin d'œil, juste à temps pour voir Chase parler à une femme aux longues jambes et aux cheveux noirs.

— C'est qui, celle-là ? je demande.

Lee secoue la tête, les yeux écarquillés, et je vois en temps réel le cœur de ma meilleure amie se briser à nouveau parce que le connard du siècle s'abandonne à une autre femme qui l'embrasse à pleine bouche.

Infidèle un jour, infidèle toujours.

Je tends brusquement le bras pour saisir celui de Lee et la soutenir au cas où elle s'effondrerait.

— Connard ! je crie.

Chase interrompt son baiser et se tourne vers nous, l'air paniqué, les yeux grands ouverts.

La rage bout dans mes veines. Quand il est revenu en ville, je l'ai prévenu de la laisser tranquille, de garder ses distances, sachant qu'elle n'aurait pas la force de prendre cette décision elle-même.

Je ne suis pas surprise qu'il ne m'ait pas écoutée. Quant à mon amie, elle a cédé comme je m'y attendais, et j'ai accepté sa décision. Je ne suis pas vraiment en position de juger.

Lee recule, livide, avant de faire volte-face et de s'enfuir. Chase lui crie quelque chose et se lance à sa poursuite.

Pendant ce temps, je reste plantée sur le parking, ne sachant trop quoi faire.

Est-ce que je dois la suivre ? Empêcher Chase de la rattraper ?

Je ne fais ni l'un ni l'autre. Non pas parce que je ne veux pas, mais parce que je dois commencer à faire confiance à Lee, c'est une femme forte. Je serai là pour elle à la fin, quand elle aura besoin de quelqu'un sur qui s'appuyer.

Je contourne le bâtiment, pas tout à fait prête à affronter les gens à l'intérieur.

Il y a une entrée à l'arrière qui mène à un couloir donnant sur des studios vides. Lee enseignait la danse dans l'un d'eux et je sais que ce sera une bonne cachette pour construire le bouclier qui me permettra d'affronter mes parents et le reste de Sugarlake pour une dernière soirée.

Je saisis la poignée et la tourne quand, soudain, je sens une source de chaleur dans mon dos.

— Tu cherches une cachette, Rebecca ?

Mon corps se crispe. Le grondement grave de la voix d'Eli et mon prénom sur ses lèvres imprègnent chaque cellule de mon corps d'un besoin intense.

Son corps se presse contre mon dos et j'étouffe un cri alors qu'une nuée de papillons prend son envol dans mon ventre. Ses mains effleurent mes bras, ses doigts me frôlent jusqu'à m'agripper les épaules. Son contact me fait l'effet d'une décharge électrique de mille volts.

C'est la première fois qu'on se touche depuis des années.

Son souffle caresse ma nuque, ses cheveux chatouillent ma joue. Mon ventre se contracte et une douleur aiguë me transperce. Je serre la poignée si fort que j'en ai mal.

— Eli, je murmure d'une voix rauque.

— Dis-moi pourquoi, chuchote-t-il à mon oreille.

Mon cœur bat à tout rompre dans ma poitrine, au rythme de mes pensées.

Je sais ce qu'il me demande.

Dis-lui.

Je ferme les paupières.

— D'accord.

Chapitre 44

ELI

Becca se retourne et lève les yeux vers moi.

— Qu'est-ce que tu veux savoir ?

Je secoue la tête, sentant l'agacement monter en moi.

— Ne fais pas ça.

Je pose les mains de chaque côté de sa tête sur le métal froid de la porte derrière elle. J'ai désespérément envie qu'elle éprouve la même chose que moi, mais j'ai peur qu'ensuite, je sois incapable de m'en remettre. Ce simple frôlement est presque plus que ce que je peux supporter.

— Arrête de faire semblant de ne pas savoir exactement ce que je te demande.

Elle baisse les yeux et expire en tremblant. Sans réfléchir, je saisis son menton et, sentant un frisson parcourir mes doigts, je relève son visage vers le mien.

— J'ai le droit de savoir.

— Je…

Elle lève la main pour la plonger dans ses boucles. Elle essaye de se glisser sous mon bras, mais je lui barre le passage pour l'en empêcher.

Elle soupire.

— Je peux avoir un peu d'espace ?

Je serre les dents.

— Non.

— Je ne peux pas respirer quand tu es si près de moi, Eli. J'ai besoin… J'ai besoin d'espace, s'il te plaît.

Comme c'est marrant. Je ne peux plus respirer depuis qu'elle m'a coupé le souffle il y a cinq ans. J'attends toujours de le retrouver.

— Non, je répète d'une voix grave.

Elle croise mon regard, et je me sens attiré comme si elle avait attrapé mon cœur avec son lasso et me tirait vers elle.

— Pourquoi ?

Sa question écorche les morceaux brisés de mon âme. J'expire lentement, les narines dilatées.

— Parce que j'ai peur que tu partes.

Elle soupire, le regard voilé. Je déteste la façon dont mon cœur se serre en la regardant.

— Je ne partirai pas, murmure-t-elle. Je te dirai tout ce que tu veux savoir.

Elle me repousse et je sens les marques que ses mains laissent à travers le tissu de mes vêtements.

— S'il te plaît, je ne peux pas respirer quand tu es si près de moi. C'est…

— Tu crois que moi, je peux ? je réplique sèchement en lui saisissant les poignets pour l'attirer contre mon corps. Tu crois que ça a été facile pour moi d'être près de toi, tout ce temps ?

Je resserre mon étreinte et la plaque contre la porte avec mon torse.

— Tu crois que ça ne m'a pas tué d'être à tes côtés et de me souvenir de la sensation de ton corps dans mes bras ? De réaliser que, même après toutes ces années…

Ma voix se brise et je serre les dents en luttant pour retenir les larmes qui me montent aux yeux.

— Qu'après toute la souffrance que tu m'as infligée, tu continues à me rendre fou ?

Une larme coule sur sa joue et tombe sur son menton. Je la regarde perler, savourant cette manifestation d'émotion. Mon âme aspire à creuser plus profondément et à en tirer davantage pour me prouver qu'elle en a vraiment quelque chose à faire.

— Je ne peux pas faire ça, dit-elle d'une voix étranglée.

Je relâche mon emprise et elle retire vivement ses poignets, avant de se retourner et de se précipiter vers la porte sans que je puisse l'arrêter.

Mon cœur s'emballe.

Putain, c'est hors de question.

Je la poursuis et retiens la porte avant qu'elle se referme. J'entre et je jette un œil autour de moi. À part un bureau et quelques chaises poussées contre le mur, la salle est vide.

Becca se tient au bord du bureau, les épaules voûtées, la respiration haletante.

— Tu fuis toujours, à ce que je vois.

Elle secoue la tête et ses doigts se crispent sur le bois.

— Pourquoi tu es partie, Rebecca ?

Silence.

Des années de colère refoulée éclatent dans ma poitrine et je me retourne pour claquer la porte.

— Bon sang ! Arrête de jouer les salopes égoïstes et dis-moi.

Elle me fait face.

— Parce que je t'aimais !

Mes poumons se dégonflent d'un coup lorsque ses mots me frappent en plein cœur.

— Quoi ? je demande d'une voix étranglée.

Elle s'adoucit et ses yeux couleur jade se mettent à briller lorsqu'ils rencontrent les miens.

— J'étais amoureuse de toi, d'accord ? Je le suis toujours.

Elle s'avance et je recule.

Je ne veux pas qu'elle s'approche de moi.

Je ne crois pas un mot de ce qu'elle dit.

Envahi par l'amertume, j'éclate de rire.

— Tu n'es pas amoureuse de moi. Tu n'aimes personne d'autre que toi-même.

Elle incline son visage vers le plafond.

— Mon Dieu, tu n'as pas idée à quel point j'aimerais que ce soit vrai. Tu penses que ça me plaît de savoir que je t'ai perdu avant même d'avoir eu la chance de vraiment t'avoir ?

— Tu ne m'as pas perdu.

Son audace fait bouillir la rage dans mes veines et me propulse vers elle.

— Tu m'as rejeté. J'étais à toi, je hurle en me frappant la poitrine du poing. Chaque cellule de mon corps était à toi.

— Oui, eh bien... maintenant, elles sont à Sarah, siffle-t-elle.

Mes sourcils se relèvent jusqu'à la racine de mes cheveux et un sentiment de satisfaction se fraye un chemin pour se mêler à ma colère. Sa jalousie me donne l'impression qu'elle tient vraiment à moi, l'impression que je ne suis pas le seul à ressentir cette putain de folie.

Je hausse les épaules.

— Il faut croire que les déchets d'une femme sont le trésor d'une autre.

— Tu as raison, réplique-t-elle en hochant la tête. Je veux dire... tu as raison, je ne t'ai pas chéri comme un trésor. Je ne peux rien faire pour changer ça. Mais tu me demandes pourquoi je suis partie, alors voilà la raison.

Elle expire bruyamment avant de poursuivre :

— Je t'aime et ça me terrifie, Eli. Je ne sais pas comment aimer. Je ne sais pas comment c'est censé se passer. Je ne l'ai jamais su.

Mon cœur martèle mon sternum et je m'approche d'elle.

— N'importe quoi. Ce qui était censé se passer, c'est nous.

Elle tressaille à mon approche, et recule jusqu'à plaquer ses jambes contre le bureau. Son collier apparaît sous son T-shirt et l'éclat brillant sur sa clavicule attire mon attention.

Joueur n° 1.

Mon rythme cardiaque échappe à tout contrôle.

— J'avais peur, murmure-t-elle. Je ne sais pas quoi te dire d'autre.

Je suis contre elle maintenant, et sa poitrine touche mon torse à chacune de ses respirations. Mon esprit me hurle de reculer. Mais je ne peux pas.

— Tu es lâche.

Elle hoche la tête et ses yeux plantés dans les miens font monter une vague de chaleur dans mon ventre.

Elle sort sa langue pour s'humidifier les lèvres et je ne peux m'empêcher de suivre chacun de ses mouvements. Mon corps se contracte un peu plus à chaque seconde qui passe.

Elle prend une inspiration, et ses pupilles se dilatent alors qu'elle m'observe en train de lutter contre mes émotions.

Je perds la bataille.

Je plonge la tête la première dans son cou pour humer son parfum. Ma langue jaillit, car je ne peux pas être aussi près d'elle et ne pas la goûter, alors je choisis de me torturer moi-même et je cède.

Je pose mon front à la jonction de son cou et serre les dents pour résister à l'envie de les enfoncer dans sa peau. Je fais remonter mes doigts vers la chaîne du collier que je lui ai offert quand elle était à moi.

— Si tu m'aimais... comment as-tu pu partir ?

Ma voix se brise. Elle retient son souffle.

— Je suis une idiote.

Mon cœur saigne au souvenir de la façon dont elle l'a brisé.

Je relève la tête et mes synapses s'embrasent sous la chaleur de son regard.

Je fais glisser ma main sur son flanc, froissant le tissu soyeux de son chemisier sous ma paume. Je parcours des yeux chacune de ses taches de rousseur jusqu'à croiser enfin son regard, dans lequel je sonde la vérité.

Je prends son visage entre mes mains.

— Je ne te crois pas.

Puis je cède à la tentation.

Des feux d'artifice éclatent dans ma poitrine lorsque nos lèvres se rencontrent. Elle gémit, agrippe ma chemise et m'attire contre elle. Mon sexe tendu se presse contre ma braguette, cherchant désespérément à retrouver le contact de sa peau après en avoir été privé si longtemps.

Je lâche son visage, fais glisser mes mains le long de ses courbes et remonte sous sa jupe pour saisir la chair de ses fesses.

Je gémis dans sa bouche. La sensation de sa peau sous mes mains est tellement agréable. Elle mordille ma lèvre inférieure et je la soulève pour la poser sur le bureau. J'écarte ses jambes et jette un coup d'œil au petit morceau de dentelle entre ses cuisses.

Bordel.

Je salive à cette vue et fonds sur elle pour faire courir ma langue le long de sa clavicule. Elle s'appuie sur ses coudes, la tête renversée en arrière. Le désir me submerge et m'étourdit alors que je remonte le long de son corps. Ma langue s'emmêle avec la sienne pour essayer de savourer chaque instant, ne sachant lequel sera le dernier. Je la repousse jusqu'à l'allonger sur le bureau, mes lèvres collées aux siennes, mon sexe implorant la même chose.

Elle gémit contre ma bouche lorsque je plonge mes doigts en elle.

— Tu es trempée, je grogne.

— Eli…

Traversé par une vague d'anticipation, j'enfonce les doigts plus profondément et je les recourbe vers l'avant jusqu'à ce que Becca se cambre de plaisir. Je la caresse avec frénésie tout en effectuant des cercles autour de son clitoris avec mon pouce. Ma paume est trempée et je jure devant Dieu que, si je ne la pénètre pas rapidement, je risque de mourir.

Je romps notre baiser car j'ai besoin de la voir exploser sous mes caresses, j'ai besoin de savoir si la réalité est toujours aussi belle que dans mes rêves.

Ses jambes tremblent tandis que je la doigte jusqu'à l'euphorie.

Bon sang, elle est magnifique.

Soudain, ça ne me suffit plus. Je retire mes doigts et j'arrache ma ceinture, fou de désir, pour la pénétrer profondément et me noyer dans la folie.

Becca se mord la lèvre en me regardant faire.

— Bon sang, Eli, dépêche-toi.

Je hausse un sourcil en sortant mon sexe, que je caresse sur toute sa longueur. Quelques gouttes de liquide s'écoulent de mon gland et atterrissent sur sa cuisse. Cette vision me procure un plaisir malsain et possessif.

Becca gémit et, le regard exalté, m'agrippe pour m'attirer à elle.

— Eli, s'il te plaît.

Je souris.

— Tu sais que j'adore quand tu me supplies.

Elle agrippe mon T-shirt et se redresse jusqu'à trouver ma bouche.

— Tais-toi et prends-moi.

Ses mots me percutent de plein fouet, me faisant perdre le contrôle. J'agrippe fermement sa mâchoire.

— Cette putain de bouche.

Elle sourit.

Je m'enfonce en elle et aspire son souffle dans ma bouche. Mes yeux se révulsent sous l'effet de ce plaisir intense.

Et puis j'entends un halètement.

Un halètement qui ne vient pas de Becca.

Je redresse brusquement la tête et mon estomac s'écrase au sol.

Chapitre 45

BECCA

Mon cœur s'est arrêté de battre quand Eli a relevé la tête, laissant ainsi un espace dans lequel je croise le regard de ma meilleure amie.

— Je suis désolée, je suis désolée, merde. Je suis désolée, s'écrie Lee en se couvrant le visage de ses mains. Je ne quitterai pas cette pièce, alors faites ce que vous avez à faire et rhabillez-vous rapidement. Prévenez-moi quand je pourrai rouvrir les yeux. Oh mon Dieu.

Eli est toujours en moi, son corps pressé contre le mien au point que je sens son cœur battre contre ma poitrine. Il pose une main sur mon visage et ouvre la bouche comme s'il s'apprêtait à me dire quelque chose. Mais il ne le fait pas. Au lieu de cela, il se contente de me fixer, et son regard bleu perçant érode ce qu'il me reste de bon sens.

Mon esprit se vide quand il me regarde comme ça.

Je détourne la tête et pose les yeux sur le dos de Lee. La raison me revient à travers le brouillard qui envahit mon esprit et se heurte à mon crâne.

Qu'est-ce que je viens de faire ?

Eli se retire, pose les mains sur mes hanches, et je me crispe sous la chaleur du contact. Ses yeux, grands ouverts, circonspects, scrutent mon visage.

Je devrais bouger. Je devrais lutter pour le repousser afin de tenter de sauver cette situation complètement foireuse, mais je suis trop déchirée par mes actes pour contrôler mes mouvements. Une part de moi s'accroche désespérément à Eli, craignant que, en le laissant s'éloigner, je ne m'effondre complètement. Tandis que l'autre partie est dégoûtée de la facilité avec laquelle j'ai abandonné mes principes.

Moins de quinze minutes.

C'est tout ce qu'il a fallu pour que je balance par la fenêtre tout ce que je pensais savoir sur moi-même.

Eli baisse ma jupe et ajuste mon haut d'une main, tandis que de l'autre il caresse mes cheveux et lisse mes mèches rebelles. Il me touche comme si j'étais le plus précieux des joyaux, issu du plus rare des trésors. Comme si, maintenant qu'il me tient entre ses mains, il avait peur qu'on me vole à lui.

J'avale ma salive, la gorge soudain sèche, les yeux rivés sur les siens, cherchant à prolonger ce moment même si je ne devrais pas. Même si sa sœur se tient à un mètre de nous.

Le courant qui circule entre nous me picote la peau. Je veux plus que tout me blottir contre lui. Respirer son odeur, m'envelopper de sa passion, laisser sa force m'imprégner. Je veux faire comme s'il me croyait.

Croire qu'il m'apprendra à l'aimer comme il faut.

Qu'il m'aime toujours, lui aussi.

Au lieu de ça, je m'écarte brusquement.

Il dresse le menton et ses yeux brillent, mais au bout d'un instant, il hoche la tête et recule en se raclant la gorge. Après m'avoir accordé un dernier regard, il se tourne vers Lee.

— Lee, c'est bon.

Elle ricane, se retourne et baisse les mains.

— On ne doit pas avoir la même définition de cette expression, Eli.

La dureté de sa voix transperce l'air pour venir percuter de plein fouet ma poitrine et mon cœur. *Elle va me détester, maintenant.* Honnêtement, je ne peux pas lui en vouloir. Je me détesterais aussi.

Mon cerveau est confus. Mon âme est perdue.

Et je crois que je vais vomir.

J'ai dit à Eli que je l'aimais et voilà où nous en sommes. Moi allongée sur un bureau tandis que ma meilleure amie nous observe depuis le seuil de la pièce et que la fiancée d'Eli, qui ne se doute de rien, se trouve dans la salle voisine.

Oh mon Dieu.

Ma main se crispe sur mon ventre et appuie avec force en espérant que la pression suffira à m'empêcher de vomir sur le carrelage.

Qu'est-ce que j'ai fait ?

La réalité me frappe de plein fouet et le goût amer de l'hypocrisie me titille le fond de la gorge.

Je suis comme mon père.

Je m'éloigne du bureau pour m'approcher de Lee tout en restant sur mes gardes, de peur qu'elle se jette sur moi pour me frapper. Sa posture respire l'animosité et ma culpabilité augmente.

J'aurais dû lui dire.

Mais je suppose que c'est toujours plus facile avec du recul.

— Lee, ce n'est pas ce que tu crois.

Je ne sais pas pourquoi je choisis cette formulation, car en réalité, c'est bel et bien ce qu'elle croit. Mais c'est aussi bien plus que cela.

— Si j'avais eu un dollar chaque fois que j'ai entendu cette phrase ce soir..., répond-elle en ricanant. Non. Je pense au contraire que c'est exactement ce que je crois. Et si Eli n'était pas fiancé et sur le point de se marier, je m'en ficherais complètement. Mais je t'ai posé la question, Becca.

Sa voix se brise. La honte me noue l'estomac. Elle a toujours été présente en arrière-plan, mais, au fil des ans, je suis passée maîtresse dans l'art du refoulement – capable d'ignorer le fait que je lui cachais quelque chose d'énorme.

Quelque chose qui change sa perception de la réalité.

Tout comme mes parents l'ont fait avec moi.

Je me sens à nouveau nauséeuse. Mais je dois quand même tenter de sauver la situation.

— Je sais, mais...

— Non, réplique-t-elle sèchement. N'essaye pas de te trouver des excuses. Je ne veux même pas en entendre parler. Je suis incapable de digérer tout ça pour l'instant. Tout ce que je sais, c'est que ça me fait mal que tu aies pensé que je ne comprendrais pas.

Ce qu'il me restait d'espoir se brise en mille morceaux, qui jaillissent de ma poitrine et se mélangent aux ruines de mon âme.

Lee me transperce du regard.

— J'ai besoin de parler à mon frère, Becca. Seule.

Ma respiration s'accélère. La réalité – je suis sur le point de perdre Lee – dépasse de loin l'angoisse que cette idée m'inspirait. C'est une douleur qui pénètre mes os et se propage dans tous mes membres jusqu'à rendre chaque mouvement douloureux. Malgré cela, j'ai du mal à ne pas me retourner vers Eli pour m'assurer qu'il sait que je pensais ce que j'ai dit. Que, malgré tout cela, je l'ai toujours aimé, irrévocablement.

Mais la vérité, c'est que, parfois, l'amour s'enracine profondément et fait ressortir les parties les plus sombres de votre âme. Les parties que vous ne voulez pas déterrer à cause de ce qu'elles vous forceront à affronter : la pire version de vous-même.

Parfois, l'amour est cupide. Il est blessant.

Il est égoïste.

Alors, même si c'est peut-être la dernière fois que je le vois, et que chaque fibre de mon être me supplie de lui jeter un dernier regard, je ne me retourne pas.

Au lieu de cela, je franchis la porte.

Chapitre 46

ELI

Perché sur le bureau, je regarde ma sœur avec méfiance. Le parfum de Becca flotte encore dans l'air, me suppliant de la suivre. Notre conversation est loin d'être terminée. Il reste encore trop de choses à dire.

Elle ne sait même pas que j'ai rompu mes fiançailles.

La voix de Lee transperce l'air.

— Pendant que tu prenais du bon temps avec quelqu'un d'autre que ta fiancée, devine ce que tu as manqué.

Je déteste le fait qu'elle n'utilise pas le nom de Becca. Je déteste qu'elle la réduise à néant. Mon estomac se noue à l'idée que cela pourrait avoir détruit leur amitié. La seule chose qui inquiétait Becca, et ce même si nous ne sommes plus ensemble, s'est finalement produite.

— Quoi donc, Lee ?

— Je vais te le dire. Papa s'est battu avec l'homme de la soirée, avec Sam. Il s'est ridiculisé devant toute la ville, puis il est parti en trombe, complètement soûl. Voilà ce qu'il a fait. Maintenant, il est quelque part au volant de sa voiture, éméché et dans tous ses états.

— Quoi ? je crie en me levant d'un bond.

Mes mollets sont endoloris, mais je suis trop absorbé par l'image de papa au volant pour m'en soucier.

— Où est-il allé ?

Avant de quitter la maison, j'ai essayé de le dissuader de venir à cette fête. C'était une tentative pathétique, et j'ai capitulé dès qu'il a élevé la voix en me disant que ça ne valait pas la peine de se disputer, que je le surveillerais de toute façon.

— Comment le saurais-je, Eli ? À la maison, j'espère.

Ma sœur hausse les épaules.

Mes nerfs me font l'effet de fourmis rampant dans chaque cellule de mon corps au point de me donner des démangeaisons. Je fais les cent pas, la mâchoire douloureuse à force de serrer les dents.

— Bon, allons-y. Il faut le retrouver.

Lee se raidit, le regard perçant.

— Je n'y vais pas. Je voulais juste que tu le saches.

Je lève les bras.

— Comment ça, tu n'y vas pas ?

Elle écarte une mèche de cheveux de son visage.

— Écoute, si tu veux passer ton temps à courir après papa et le diable sur son épaule, ne te gêne pas. Mais il te laissera sur le carreau et tu n'auras plus que tes yeux pour pleurer.

Je perçois la détermination dans son attitude, la fermeté dans sa posture. Pendant ce temps, je suis là à hoqueter, la poitrine oppressée à la seule idée de tenir tête à mon père.

Lee s'occupe de lui depuis des années, en veillant à protéger son cœur brisé.

La honte envahit ma poitrine, s'incruste dans mes os, imprègne chacun de mes gestes.

Quand je pensais à Lee, je l'imaginais toujours comme la jeune fille naïve au visage poupin qu'elle était avant. Mais elle a bien changé. Elle est un phénix qui brûle sur un bûcher et renaît de ses cendres, et la vérité, c'est qu'elle est plus forte que je ne le serai jamais.

— Je n'aurais pas dû te laisser le gérer seule. J'aurais dû revenir. J'aurais dû en faire plus.

Ses narines se dilatent.

— Ce n'est pas le moment, Eli. N'importe quel autre jour aurait fait l'affaire. Mais ce soir... Je ne veux rien entendre.

Elle se retourne pour sortir, mais je me précipite derrière elle, l'estomac noué par tout ce que j'ai envie de lui dire.

— Lee.

Elle fait volte-face, le regard glacial. Je pianote sur l'extérieur de ma cuisse.

— Tu ne comprends pas, pour Becca. Ce n'est pas... On n'est pas... Vas-y doucement avec elle, d'accord ? Tu es ce qu'elle a de plus cher, et elle serait dévastée de te perdre.

Lee penche la tête.

— Tu as l'air d'en savoir beaucoup sur ma meilleure amie.

Une douleur lourde et épaisse enveloppe mon cœur et ralentit ses battements. Oui, je sais des choses sur Becca.

Je connais l'endroit derrière son oreille, celui que j'embrassais toujours parce que j'aimais la façon dont elle gémissait. Je sais qu'elle a vingt-sept taches de rousseur sur le nez et que j'aurais passé le reste de ma vie à les compter une à une pendant qu'elle dormait, émerveillé par sa beauté.

Je sais que je l'ai aimée, chaque jour, même dans les moments les plus sombres de mon chagrin.

Mais je ne connais pas cette Becca, celle qui a tellement peur de briller qu'elle se cache dans l'ombre de ses parents. Je ne comprends pas comment, après tout ce temps, elle peut prétendre m'aimer, m'avoir toujours aimé, mais continuer à fuir quand les choses se compliquent.

Je ne connais pas cette femme et peut-être que cela signifie que je ne l'ai jamais vraiment connue.

— Non. Je ne la connais pas du tout.

Le regard de Lee me transperce le cœur, mais ça ne dure pas longtemps. Elle cligne des yeux une fois, puis se retourne et sort.

Je la suis en repensant au « je t'aime » de Becca et en léchant son goût sur mes lèvres. Mes muscles sont tendus de mon besoin de courir pour la rattraper. Pour finir ce qu'on a commencé avant qu'il ne soit trop tard et qu'elle parte pour de bon. Mais je réprime cette envie, car, même si je pouvais lui pardonner, je ne suis pas sûr que je le devrais.

Becca n'est pas faite pour moi. Je pense qu'elle est là pour me servir de leçon.

J'ai appris qu'on n'obtient pas toujours ce qu'on veut, ce dont on pense avoir besoin. On survit en essayant désespérément d'être meilleur que la veille, en espérant ignorer la noirceur qui plane dans notre cœur.

J'aperçois Sarah et me dirige vers elle, impatient de partir rapidement à la recherche de mon père. La culpabilité s'insinue dans mon esprit et me rappelle que je l'ai laissée seule pendant que je me tapais une autre femme.

Sauf que Becca n'est pas une autre femme.

Elle est mon putain de soleil.

Je chasse cette pensée.

— Hé, tu es prête à partir ?

Sarah acquiesce. L'étincelle qui brillait dans ses yeux plus tôt dans la soirée, lorsqu'elle prétendait encore être la « petite veinarde », s'est éteinte. Lorsqu'on franchira ces portes, on tirera pour de bon le rideau sur notre relation, et même si nous savons tous les deux que c'est pour le mieux, ça fait quand même mal.

Je n'aurais pas dû accepter de faire semblant, ce soir. Ça n'a fait que brouiller les pistes. Honnêtement, je ne voulais pas faire tout ce cinéma, mais quand Becca s'est approchée, collée contre un autre homme, j'ai attrapé Sarah par la taille avant même de réfléchir, je l'ai tirée vers moi et je me suis servi d'elle comme d'une béquille. Pour m'empêcher d'arracher les bras de Jax pour avoir osé toucher la peau de Becca.

— Ta sœur va bien ?

Je pince les lèvres.

— Pourquoi tu me demandes ça ?

Sarah pointe le doigt en direction de quelque chose derrière moi, et je me retourne. Lee est devant le bar, le téléphone collé à l'oreille, le visage livide. Elle tend la main vers le bras de Chase et, même depuis l'autre bout de la salle, je vois qu'elle le serre très fort.

Quelque chose ne va pas.

Mes jambes se dirigent vers elle avant que je puisse réfléchir.

— Lee, qu'est-ce qui se passe ?

Elle me regarde, la lèvre inférieure tremblante.

— Papa a eu un accident.

Ses mots me frappent comme un coup de poing dans le ventre et j'ai l'impression que mes poumons s'affaissent.

Pas encore.

— Il est... Je veux dire...

J'avale ma salive avant de poser la question fatale :

— Il va bien ?

— Il va bien. Il est en garde à vue pour la nuit.

Elle hésite, puis déclare :

— Il a percuté une famille, Eli.

Elle bute sur les derniers mots et Chase se précipite vers elle pour lui caresser le dos et lui murmurer quelque chose à l'oreille.

J'éprouve une pointe de jalousie en voyant Chase la soutenir. Depuis des années, je ne côtoie pas mon père, contrairement à Lee, mais cette différence de timing ne signifie pas que je n'ai pas envie d'avoir moi aussi quelqu'un pour me soutenir. Pour me caresser le dos et me murmurer à l'oreille que tout ira bien.

Je me racle la gorge.

— Ne t'inquiète pas pour papa, Lee. Je passerai le chercher demain matin et on s'occupera de ça.

Mon regard passe de Chase à elle.

— Profitez du reste de votre soirée.

Elle respire avec difficulté et Chase resserre ses bras autour d'elle pour lui insuffler sa force.

— D... d'accord.

Je m'apprête à ajouter quelque chose, mais les mots ne sortent pas. Il n'y a rien à dire pour le moment. Rien qui puisse être réglé par une simple conversation, en tout cas. Je retourne donc vers Sarah.

En arrivant dans l'allée de mon père, je sens mon estomac se nouer. Sarah est silencieuse, elle tortille ses doigts sur ses genoux en regardant par la fenêtre.

On y est.

Elle se dirige vers la chambre d'amis pour y passer la nuit, et je reste planté là à fixer le canapé brun usé, redoutant à l'avance l'état dans lequel sera mon dos au réveil demain matin. Pourtant, malgré les bosses et les ressorts, mes yeux se ferment dès que ma tête touche l'oreiller.

À mon réveil, Sarah est partie, mais ce n'est pas son absence qui provoque cette douleur creuse dans ma poitrine. C'est le souvenir du goût de Becca sur ma langue et de ses mots dans mon oreille.

« Je t'aimais, d'accord ? Je t'aime toujours. »

Chapitre 47

ELI

Le trajet en voiture pour rentrer du centre de détention du comté se passe en silence. Papa est sobre, ses yeux sont rougis mais vifs, et je crois que c'est la première fois que j'ai un aperçu de l'homme qu'il était et qu'il cachait sous l'ivresse. Il y a une lucidité dans son regard qui lui manquait depuis mon retour.

Son avocat lui a dit qu'il devait prier le Dieu de son choix pour que la famille percutée ne porte pas plainte.

Il a de la chance. Et je pense que maman veillait sur lui, mais aussi sur cette femme enceinte. Sur ce mari. Sur cette petite fille.

Quoi qu'il en soit, papa va avoir des ennuis.

Le destin m'a porté trop de coups pour que je sois convaincu qu'il joue en notre faveur, mais il y a peut-être une raison pour laquelle je n'ai pas encore parlé à mon père. Une lueur d'espoir grandit dans ma poitrine, l'espoir qu'aujourd'hui, il soit plus réceptif à l'idée de se faire aider. Quoi qu'il en soit, mes nerfs ont été trop mis à vif par Becca et par la colère de Lee hier soir pour que je me soucie de la conversation qui m'attend.

Nous arrivons à la maison et je suis papa qui marche lentement vers la porte. Il a le dos voûté, les épaules affaissées, et les poches sous ses yeux soulignent la douleur profonde qu'il étouffe avec la boisson.

Il vient de passer le seuil quand je l'interpelle.

— Papa.

Il s'arrête, tête baissée.

— Qu'y a-t-il, mon garçon ?

Je me mords la joue en réprimant l'envie de laisser tomber. D'oublier.

— Viens dans la cuisine. Je vais nous faire du café et on pourra discuter.

— Je n'ai pas fermé l'œil de la nuit. Je suis fatigué. Je veux juste me reposer, grogne-t-il.

— Papa.

Ma voix est ferme et résonne dans ma poitrine. Il se retourne et croise mon regard. Mon instinct, celui qui m'habite depuis que je suis enfant, me pousse à baisser la tête, mais je ne le fais pas. Malgré la tension dans mes muscles et l'angoisse qui me ronge soudain de l'intérieur, je soutiens son regard. Finalement, il soupire et acquiesce, puis regarde ses pieds et se dirige vers la cuisine.

Je sens mes jambes trembler pendant que je prépare le café. Je nous sers une tasse à chacun avant de m'asseoir à la table. Mon père se dirige vers le placard à gauche de l'évier, celui où il va toujours, l'ouvre et le scrute.

Je l'observe en pianotant sur ma tasse chaude, la tension montant d'un cran à chaque seconde qui passe.

— Il n'y a plus rien, dis-je.

Il se redresse et se retourne vers moi.

— Et pourquoi donc ?

— J'ai tout vidé dans l'évier.

— Tu n'avais pas le droit, siffle-t-il.

— J'ai tous les droits. Tu es mon père. Et tu es malade.

Il ricane.

— Je ne suis pas malade, fiston. Je vais très bien.

Je bois une gorgée de mon café qui me brûle la gorge.

— Tu as raison. Il n'y a aucun problème à saper le moral de sa fille jour après jour. À se tuer à petit feu avec ce que tu avales.

Je hausse les épaules avant de poursuivre :

— C'est moi qui suis stupide d'avoir pensé le contraire. N'oublie pas de dire la même chose au juge, je suis sûr qu'il comprendra que tu vas très bien, aussi, après avoir failli tuer cette famille.

Il tressaille et je profite de sa vulnérabilité avant qu'elle ne disparaisse.

— Papa, il n'y a aucune honte à admettre que tu as un problème. On en a tous. C'est normal d'avoir besoin d'aide après ce qui est arrivé à maman.

Il pose sa tasse de café sur le comptoir et me pointe d'un doigt tremblant.

— Ne...

Sa voix se brise.

— Ne parle pas d'elle.

— Pourquoi ?

— Parce que je ne pense pas en être capable.

La douleur de mon père envahit la pièce, me brisant le cœur, et ma propre souffrance afflue pour combler le vide.

Ma gorge se serre.

— Je comprends que ce soit difficile, papa... mais tu ne peux pas continuer à vivre comme ça. Ça fait des années, et maman n'aurait pas voulu te voir ainsi.

— Ne me dis pas ce qu'elle aurait voulu.

Il y a un peu de colère dans ses mots, qui s'infiltre dans mes veines et me pousse à frapper du plat de la main sur la table.

— Tu crois que tu es le seul à l'avoir connue ? À l'avoir perdue ? Mais devine quoi ? Ce n'est pas le cas.

Je me frappe le plexus solaire du poing et le bruit résonne dans la pièce.

— Moi aussi, je l'ai perdue. À moi aussi, elle me manque. Et à Lee aussi.

— Tu crois que je ne le sais pas ? explose-t-il. Ta mère était la meilleure...

Son menton tremble et il agrippe le comptoir à deux mains en se raclant la gorge.

— Ta mère… c'était la meilleure femme, la meilleure personne que j'aie jamais connue. Je ne comprends pas comment on peut, après avoir vécu dans sa lumière, ne pas se perdre dans les ténèbres qu'elle a laissées…

Les larmes coulent sur ses joues et je le regarde les essuyer, la poitrine serrée.

— Tu peux le dire, papa. Ce n'est pas parce qu'elle est morte qu'elle n'est plus là.

Il ferme les yeux très fort et serre les poings.

— Mais tu dois te faire aider, je poursuis. Tu peux me mentir autant que tu veux, mais au moins, arrête de te mentir à toi-même.

Sa poitrine se soulève et s'abaisse rapidement, mais il ne répond pas. Je persiste, m'accrochant à l'espoir que mes paroles finiront par l'atteindre. Que quelque chose finira par faire tilt.

— Il y a un endroit où tu peux aller.

Il rouvre les yeux.

— C'est à environ une heure d'ici. Je pense que tu devrais y rester quelque temps.

Il me fixe, le menton levé.

— Quel genre d'endroit ?

Mon cœur bat si fort que mes doigts tremblent.

— Un endroit où tu pourras trouver de l'aide. Ils ont une place pour toi, si tu es d'accord.

Il reste silencieux, sa mâchoire bougeant de haut en bas. Finalement, il relâche son emprise sur le comptoir. Il s'approche de la table et les pieds de la chaise raclent le parquet lorsqu'il s'y effondre.

— Quand ? demande-t-il d'une voix rauque.

— Aujourd'hui. Tout de suite.

— Ta sœur est au courant ?

— Non. Pas encore. Mais elle est en route et on pourra lui annoncer. Ensemble.

Il hoche la tête et passe une main sur sa bouche.

— J'ai des choses à lui dire de toute façon.

Le soulagement me transporte, accompagné d'une lueur d'espoir. *Il a dit oui.* Je ne sais pas ce que l'avenir réserve à mon père, mais je sais que c'est sa meilleure chance. C'est un programme de quatre-vingt-dix jours et je veux rester près de lui. Je veux pouvoir soutenir Lee, les soutenir tous les deux comme je ne l'ai pas fait jusqu'à présent.

C'est pourquoi, ce matin, j'ai appelé pour démissionner de mon poste à la FCU.

Je reste.

Chapitre 48

BECCA

Il est sept heures du matin quand je suis réveillé par un faible coup à ma porte.

J'ouvre lentement les yeux, le corps encore chaud de la sensation de la langue d'Eli entre mes jambes et de ses doigts autour de ma gorge.

Dommage que ce ne soit qu'un rêve.

Je passe mes mains sur mon visage en gémissant, et je me demande qui peut bien être là à une heure pareille. Mes cuisses sont encore humides d'excitation lorsque j'ouvre la porte d'entrée.

— Je ne pars pas, déclare Jax sans préambule.

Je cligne des yeux, prise au dépourvu par son ton et encore légèrement endormie.

— Hein ? Comment ça, tu ne pars pas ?

Ça ne change pas grand-chose pour moi, dans tous les cas. J'ai acheté mon billet, préparé ma valise, et je pourrai toujours appeler Jeremy et m'installer chez lui si Jax change vraiment ses plans.

Il me bouscule pour entrer, passe la main dans ses cheveux ondulés, et se dirige vers ma cuisine, où il fouille dans les placards avant de mettre la cafetière en route.

Je suis ses mouvements du regard en croisant les bras.

— Je t'en prie. Fais comme chez toi.

Il se retourne vers moi et s'adosse au comptoir.

— Tu vas avoir besoin d'un café pour ce que je vais te dire, Bec.

Je fais une moue. Jax n'est pas du genre mélancolique, alors l'aura qu'il dégage me met mal à l'aise.

— Que s'est-il passé ?

Sa mâchoire se crispe, ses paumes agrippent le bord du comptoir.

— Laisse-moi te poser une question. Tu étais au courant pour le père de Lee ? demande-t-il en plissant les yeux.

Je fronce les sourcils.

— Tu vas devoir être plus précis. Qu'est-ce qu'il a ?

— Oui, c'est bien ce que je pensais. Bon sang, murmure-t-il.

J'ai l'impression qu'un poing m'enserre l'estomac.

— Qu'est-ce qu'il y a, Jax ? Est-ce qu'il... est-ce que tout va bien ?

— Non. Il est loin d'aller bien.

Il remplit deux tasses et j'observe la vapeur qui s'en échappe et disparaît dans l'air.

— Au fait, où étais-tu hier soir ? me demande-t-il.

Le souvenir d'Eli en moi me fait frémir, faisant affluer mon sang dans mes joues. Je m'approche, saisis la tasse de café et m'en sers pour cacher mon émoi.

— Ne change pas de sujet. Qu'est-ce qui ne va pas avec le père de Lee ?

— Il ne va pas bien, Bec. Il a pété les plombs hier soir à la fête et il empestait le whisky.

Je hausse les épaules.

— Trouve-moi une personne dans cette ville qui ne boit pas.

— Non, tu ne comprends pas. Je te le dis, Bec, il a un problème et Lee se débrouille toute seule depuis je ne sais combien de temps.

Mon cerveau tourne à toute vitesse, je me sens confuse.

— Non, je... Lee ne me cacherait pas un truc pareil. En plus, ce n'est pas vraiment quelque chose qu'on peut dissimuler.

Dès que j'ai prononcé ces mots, je comprends que ce sont des conneries. Je repense à ma mère et à l'image parfaite de la femme qui sirote toujours son « eau ». Je repense à toutes les fois où Lee ne pouvait pas me recevoir, à toutes les raisons pour lesquelles ils manquaient la messe du dimanche. Je repense à toutes les choses que moi, je lui ai cachées.

Il serait naïf de croire qu'elle n'a pas ses propres secrets.

Je plaque une main sur ma bouche, le cœur serré.

— Oh mon Dieu. Tu es sûr ?

Il rit nerveusement.

— Carrément certain, Bec. Il était dans un état lamentable, hier soir. Et si tu avais vu la tête de Lee...

Il s'interrompt et passe les doigts dans ses cheveux.

J'ai une crampe à l'estomac à l'idée qu'elle ait dû supporter ça toute seule.

— Comment j'ai pu ne pas m'en rendre compte ?

Jax soupire.

— Je l'ignorais aussi. Tu sais comment est Lee, elle garde toujours tout pour elle. Elle évite les confrontations.

— Oui, je murmure dans un souffle. Alors, tu... tu restes ? Comme ça ?

Je ponctue ma phrase en claquant des doigts.

Il boit une gorgée de café.

— Comment pourrais-je partir maintenant, en sachant ce qu'elle traverse ?

— Tu ne dois pas retourner sur un plateau ?

Il grimace.

— Oui, eh bien... Ils n'auront qu'à faire avec. Ils peuvent me virer s'ils le veulent. C'est comme ça.

Je hoquette.

— Jax, c'est ton rêve. Lee ne se le pardonnerait jamais si tu abandonnais à cause d'elle, et tu le sais.

— Je ne veux pas la laisser seule.

Ses yeux brillent et je réalise qu'il l'aime suffisamment pour souffrir, si c'est pour la soutenir lorsqu'elle en a le plus besoin.

— Comment tu fais ça ?

Jax fronce les sourcils.

— Comment je fais quoi ?

— Les voir ensemble et être capable de l'aimer avec autant d'abnégation ?

Il hausse les épaules, mais je vois la souffrance dans ses yeux.

— Je veux juste qu'elle soit heureuse.

Ses mots me frappent de plein fouet et me coupent le souffle. J'ai toujours voulu qu'Eli soit heureux, mais si je fuis aussi loin et aussi vite, c'est en partie pour ne pas avoir à le regarder déclarer son amour à quelqu'un d'autre.

Je soupire et pose mon menton dans ma main.

— Tu es le meilleur des hommes, Jackson Rhoades. À côté de toi, tous les autres font pâle figure.

Il sourit doucement en se caressant la nuque.

— Je déteste quand tu utilises mon nom complet comme ça.

J'émets un son vague en buvant une gorgée de café, sans le quitter des yeux par-dessus le bord de ma tasse.

— Écoute, tu ne peux pas simplement ne pas y retourner. Lee ne voudrait pas que tu perdes tout ce pour quoi tu as travaillé si dur.

Les muscles de sa mâchoire se crispent.

— Je ne la laisserai pas seule.

— Elle a Chase, fais-je remarquer.

— Et tu crois qu'il va rester ?

Pas vraiment.

Je pousse un soupir. Je jette un coup d'œil à ma valise, près de la porte. J'étais si proche de la liberté dont j'ai toujours rêvé.

Mais je suppose que cela restera un rêve pour un autre jour.

— Je vais rester.

Mon plan était d'assister à la messe du dimanche, de regarder mes parents dans les yeux et de leur dire que je partais pour de bon. Que j'en avais assez d'être leur marionnette. *Enfin.*

Au lieu de ça, je me retrouve devant l'appartement de Lee.

Elle ne répond pas tout de suite, mais alors que je tourne les talons pour m'en aller, la porte s'entrouvre et ses yeux bleus apparaissent. Ils se glacent en croisant les miens, mais elle ouvre quand même le battant et pose sa hanche contre le montant.

J'ai le cœur lourd. En vingt-six ans d'amitié, on ne s'est jamais disputées.

— Salut, je lance en forçant un petit sourire.

Elle hausse les sourcils. J'attends qu'elle parle, mais elle ne dit rien. Elle croise les bras et me fixe du regard.

— Je peux entrer ou tu vas me laisser poireauter toute la journée comme une idiote ?

Un début de sourire chatouille le coin de ses lèvres.

— Tu sais ce qu'on dit : si ça ressemble à un canard, si ça nage comme un canard...

Je souris, alors qu'une sensation de chaleur envahit ma poitrine, ravivant en moi l'espoir d'une réconciliation.

— Je ne peux pas te contredire.

Elle penche la tête et m'analyse de haut en bas.

— Bon, entre.

Le canapé grince lorsqu'on s'assoit l'une à côté de l'autre. Je suis nerveuse. Mon cœur bat à tout rompre alors je joue avec mes boucles.

— Alors ? s'exclame-t-elle en frappant ses cuisses du plat de la main.

— Je ne sais pas quoi dire. J'ai peur de ne faire qu'empirer les choses.

Elle ricane.

— Ça ne peut pas être pire que ce que j'ai vu hier soir.

Je me mords les lèvres et hoche la tête.

— Je veux juste savoir pourquoi tu ne m'as jamais rien dit, Becca. Je te l'ai demandé. De mille façons différentes.

J'expire, le cœur serré. L'émotion me noue la gorge, mais je m'efforce de formuler une réponse.

— Tu vas me détester encore plus que tu ne me détestes déjà.

— Je ne te déteste pas, Becca. Tu m'as blessée. Il y a une différence.

Repoussant ma peur de la perdre, je cherche le courage pour tout lui avouer. Elle mérite de savoir.

— J'ai travaillé avec l'équipe de basket quand j'étais à la FCU.

Le visage de Lee se crispe.

— Ah bon ? Je ne savais pas.

Les racines de ma propre dévalorisation se ramifient, envahissent mon ventre et ma poitrine.

— Je ne te l'ai jamais dit.

Elle hoche lentement la tête, les narines dilatées.

— Au début, je ne t'en ai pas parlé parce que, si je le faisais... j'aurais dû admettre que je ne détestais pas ton frère autant qu'il l'aurait fallu, et ça me semblait déloyal. Et puis, avant que j'aie eu le temps de dire ouf, mes sentiments se sont développés, m'ont envahie, et ont occulté tout le reste.

— Becca, murmure Lee. Tu aurais pu tout me dire. Tu ne me connais donc pas, ou quoi ? Quand est-ce que je t'ai déjà donné l'impression que je pourrais te juger pour ça ?

Je frotte mes mains sur mes cuisses, et la friction avec mon jean m'aide à repousser ma nervosité.

— J'avais peur, d'accord ? Je me souviens de ce qu'il s'est passé avec Lily quand elle a découvert ton histoire avec Chase. L'idée de te perdre...

Ma voix se brise, des larmes chaudes coulent sur mes joues et tombent sur mon menton, mais je m'efforce de poursuivre.

— Je savais que c'était mal de te cacher tout ça. J'avais les mots sur le bout de la langue à chaque fois qu'on se parlait. Mais comment j'aurais pu, Lee ? Comment j'aurais pu te dire qu'il passait tout son temps avec moi alors que tu le suppliais de vous accorder une minute ?

Mon amie se mord la lèvre, les yeux brillants.

— Ce que tu as vu hier soir, c'était une erreur. Ce n'était pas...

Mon souffle se bloque et je secoue la tête.

— Non, c'était bien ce que tu crois, et je me déteste pour ça, Lee. Je n'arrive plus à me regarder dans une glace après ce que j'ai fait.

— Tu veux dire, être avec Eli ?

— Non, pas pour avoir été avec Eli. Peut-être que je devrais, mais ce n'est pas ça.

Une aigreur me transperce les entrailles alors que je nuance mes paroles :

— C'est pour avoir été avec Eli alors qu'il est censé être avec quelqu'un d'autre. Eli n'est pas à moi et, au lieu de respecter ça, j'ai fini par devenir la personne que je déteste le plus : mon père.

Lee se décompose et se mordille la lèvre en gardant le silence. Elle est la seule à qui j'ai raconté la fois où j'ai surpris mon père. Elle est la seule à savoir à quel point ça m'a marquée, à quel point la trahison a imprégné mon âme.

Elle ouvre la bouche et la referme plusieurs fois.

— Tu m'as blessée. Eli aussi. Mais toi... toi, tu es mon alter ego. Je suis censée pouvoir te faire confiance pour tout et je pensais que c'était pareil pour toi. Mais je... Tu l'aimes ?

Mon cœur bat à tout rompre dans ma poitrine et mon ventre se noue.

— Oui, Lee. Je l'aime. Je ne me souviens plus de ce que c'est de ne pas l'aimer.

Le regard de Lee s'adoucit.

— C'est à cause de lui que tu es revenue, n'est-ce pas ?

J'acquiesce, incapable de parler à cause de la boule qui m'obstrue la gorge.

— Il t'a fait quelque chose ?

— Non, c'est... c'est moi qui lui ai fait quelque chose.

Elle expire bruyamment et se penche vers moi pour entrelacer nos doigts. Le contact brise le barrage qui retenait mes larmes, et elles se mettent à ruisseler sur mon visage.

— Tu dois tout me dire, Becca. Toute la vérité, cette fois. Plus de secrets, d'accord ?

J'hésite sur ce que je vais lui révéler. Ça fait des années que je garde ce secret enfoui au fond de moi et, même si je sais que c'est la bonne chose à faire, j'ai peur de tout dévoiler.

Mais je prends une grande inspiration et je me lance.

Je lui raconte tout. Comment nous nous sommes littéralement tombés dessus. Comment nous avons trébuché quand aucun de nous ne regardait où il mettait les pieds.

Et une fois que tout est sorti, je me sens plus légère. Plus libre, peut-être.

— Tu… tu vas me pardonner ? je demande en sanglotant.

Elle penche la tête.

— Est-ce que tu penses que tu peux te pardonner à toi-même ?

Sa question me frappe en pleine poitrine.

Le pardon.

J'ai entendu papa prêcher cela mille fois, et j'ai senti le poids de son absence écraser mon âme, mais je ne suis pas sûre de vraiment comprendre ce que ça signifie.

— Je ne crois pas savoir comment pardonner.

Lee me serre la main.

— Je pense qu'avant de te soucier des autres, tu devrais te comprendre toi-même.

— C'est ce que tu as fait avec ton père ?

Elle écarquille les yeux et retire brusquement sa main.

— J'aurais dû savoir que Jax s'empresserait de tout te raconter.

Elle inspire profondément et baisse les yeux sur ses genoux avant de déclarer :

— Je suis encore en train de travailler là-dessus en ce qui concerne mon père. Il y a beaucoup à pardonner. Mais j'ai appris très récemment que ce n'est pas lui le problème… pas vraiment. Je dois d'abord me débarrasser de la souffrance et de la colère qu'il y a en moi. Pour que je puisse trouver la paix.

Elle marque une pause pour se frotter la poitrine.

— « Le pardon est divin, Alina May. » C'est ce que ma mère m'a toujours dit. Tu devrais peut-être essayer d'avoir foi en toi-même.

Chapitre 49

ELI

J'ai passé la majorité de ma vie avec en tête plusieurs préceptes. Des croyances qui résonnaient en boucle dans mes oreilles, jusqu'à ce que je ne puisse plus rien entendre d'autre.

Premièrement : la parole de papa est loi.

Deuxièmement : seule la réussite compte.

Ce n'est pas un hasard si ces deux croyances se sont mélangées comme de la pâte à modeler.

Différentes couleurs d'une même chose ont fusionné jusqu'à ce que je ne puisse plus les distinguer. Les aspirations de mon père sont devenues les miennes. Pourtant, malgré toutes les fois où il m'a poussé à aller plus loin, toutes les critiques qu'il m'a adressées au lieu de me montrer sa fierté, il restait mon héros. À mes yeux, il ne pouvait rien faire de mal et j'essayais sans cesse de lui plaire.

Mais il y a quelques jours, quelque chose a changé.

Un événement bouleversant a percuté mon esprit et mon cœur, transformant tout pour façonner un nouveau cadre à mon âme.

Maintenant, je vois les choses clairement.

Papa n'est pas infaillible. C'est un être humain. Il commet des erreurs. Il devra payer pour ce qu'il a fait. Pour les personnes qu'il a entraînées dans son tourbillon, qu'il a malmenées dans la tornade de son chagrin, avant de les recracher, brisées, déchirées. J'espère qu'il fera le nécessaire à Stepping Stones, où je l'ai déposé l'autre jour après l'arrivée de Lee. Il est parti sans faire d'histoire, silencieux pendant le trajet, solennel lors de son admission. Nous sommes lundi matin et, même si j'ai essayé de toutes mes forces de me détendre, mes muscles sont crispés et mon esprit est un champ de mines.

Le basket a perdu tout son sens depuis le départ de Becca.

Ça me fait mal de regarder le parquet lustré du gymnase et de me souvenir de lui avoir appris à maîtriser la raquette. C'est trop douloureux de repenser à la sensation de ses doigts sous les miens pendant que je positionnais ses mains pour l'aider à tirer. Mais pour la première fois en cinq ans, mes doigts me démangent de tenir un ballon. De me retrouver sur le terrain et de respirer à pleins poumons. Pas parce que c'est mon travail, mais parce que mon âme a besoin de réconfort.

C'est cette petite étincelle qui me pousse à me rendre au lycée de Sugarlake ce matin. Je ne suis même pas sûr que les portes seront ouvertes, mais quelque chose dans mon ventre et ma poitrine me pousse en direction de mes souvenirs.

Pour une raison que j'ignore, je sais que c'est le seul moyen d'apaiser mon esprit aujourd'hui.

Quelques voitures sont garées sur le parking et les portes sont ouvertes ; j'entre et je me dirige directement vers le gymnase. Le grincement de mes chaussures résonne entre les casiers en métal et une nostalgie douce-amère m'envahit alors que je me souviens de ce que c'était d'effectuer ce même trajet il y a onze ans. À l'époque où j'étais la prochaine vedette. Avant de devenir la plus grande source de déception de la ville.

Cette pensée ne me fait plus aussi mal qu'avant. Il est vain de croire qu'on connaît son destin, et lorsqu'une voie est bloquée, une autre se profile.

J'ouvre les doubles portes du gymnase en silence pour ne pas attirer l'attention. Je ne suis pas sûr d'avoir officiellement l'autorisation d'être ici.

Je m'approche du centre du terrain, un sourire aux lèvres. Si je tends l'oreille, je peux presque entendre les acclamations résonner dans les gradins, les chants scandant mon nom et mon numéro, le trente-trois, résonner entre les murs. Mon cœur se réchauffe à ce souvenir, mais je ne cherche pas à revivre cette sensation comme autrefois.

Je regarde autour de moi. Peu de choses ont changé en onze ans. Le lynx de Sugarlake est toujours peint en bleu vif, étincelant sur les briques blanchies du mur du fond. Un chariot roulant rempli de ballons de basket est appuyé contre un mur. J'en prends un et j'observe les lignes noires qui traversent la surface orange foncé.

Ce sentiment, cette sensation d'être à ma place, je ne l'ai éprouvé que deux fois dans ma vie.

Lorsque je tiens un ballon dans mes mains et quand la chaleur de Becca se propage dans mes bras.

Je fais rebondir le ballon, le fais tourner au bout de mon doigt et me dirige vers la ligne des lancers francs.

Je prends une grande inspiration et dribble une fois. Deux fois. Je tire au moment précis où un bruit sourd résonne dans la salle, me faisant trébucher. Le ballon heurte le panneau et rebondit sur le côté, puis roule vers l'entrée du gymnase.

Je le suis du regard.

Des talons rouge vif.

Des jambes de rêve.

Des hanches qui font frémir mes mains au souvenir de leur courbe.

Rebecca.

J'ai un coup au cœur en la voyant.

— Toi, halète-t-elle.

Je souris en me remémorant notre première rencontre à la FCU.

— Rebecca.

Je me dirige vers elle et sens mon sexe se tendre lorsqu'elle se penche pour ramasser le ballon de basket. Ses boucles indisciplinées tombent sur ses épaules, m'invitant à les saisir, à tirer sur les mèches soyeuses qui s'emmêleraient dans mes doigts.

Elle se redresse, les joues d'une magnifique nuance de rose. Je me plante devant elle et l'observe de toute ma hauteur. Quand nos regards se croisent, une chaleur intense envahit mon ventre.

Elle écarte une boucle de son visage.

— Qu'est-ce que tu fais ici ?

Je hausse un sourcil.

— À ton avis ?

Elle ricane.

— Je voulais dire à l'école, Grosse Tête.

Je plisse les yeux.

— Et toi, qu'est-ce que tu fais ici ? Je croyais que tu étais partie. Que tu t'étais enfuie vers un nouvel endroit.

Elle hausse les épaules en se mordillant la lèvre.

— Les personnes qui comptent le plus pour moi ont besoin de ma présence ici.

L'audace de sa réponse provoque en moi une bouffée de rage. Une fois de plus, elle est prête à rester quand quelqu'un d'autre a besoin d'elle, mais pour moi, elle ne l'a pas fait.

C'est l'amertume qui rend ma voix aiguë.

— Ça ne t'a pourtant jamais freinée.

Elle fait claquer sa langue en hochant la tête.

— Je sais. Et même si j'aimerais pouvoir remonter le temps et changer mes choix, je ne peux pas. Mais j'essaye d'apprendre, dit-elle en soupirant et en passant une main dans ses cheveux. J'essaye de redresser la tête pour la première fois de ma vie et de voir les choses sous un autre angle. J'essaye de me pardonner les erreurs que j'ai commises.

De vieilles blessures se réveillent et la douleur me pousse à me rapprocher. Mon souffle soulève les petits cheveux qui encadrent son visage.

— Et mon pardon à moi, Becca ? Tu t'en fiches complètement ?

Elle se lèche les lèvres et les miennes fourmillent.

— Si je pensais une seule seconde que ça changerait quelque chose, je me mettrais à genoux pour te supplier.

Essaye, chérie. Montre-moi que tu n'es pas indifférente.

Ses yeux enregistrent chacun de mes gestes. Elle serre le ballon contre sa poitrine et se rapproche de moi, pour le plaquer contre mes abdos.

Je sens mon sexe grossir contre ma jambe.

— Je suis désolée, Eli. Je suis vraiment désolée de t'avoir fait du mal. Je pourrais te donner toutes les raisons, mais elles n'ont pas d'importance. Pas vraiment. Ce ne sont que des excuses pour essayer de refouler ma culpabilité.

Je serre les dents, ravalant la boule dans ma gorge.

— Et si je les veux, tes excuses ?

Elle secoue la tête. Une larme coule au coin de son œil, effaçant son maquillage pour révéler les taches de rousseur parfaites qui se cachent dessous.

— Tu mérites mieux. Et même si j'essayais de t'expliquer mes raisons, ça ne changerait rien. J'ai fait une erreur. La pire…

Elle souffle, ferme les yeux pour avaler sa salive, avant de reprendre :

— La pire erreur que j'aie jamais commise dans ma vie, et j'ai encore du mal à rassembler tous les morceaux et à accepter que c'est moi qui les ai brisés.

Elle s'essuie la joue du dos de la main.

— Je ne suis pas la femme que tu mérites, Eli. Je ne l'ai jamais été.

Face à ses aveux, sa démonstration d'émotion, son chagrin, mon cœur fait des ricochets dans ma poitrine.

Elle recule et l'air frais qui suit la disparition de la chaleur de son corps me donne la chair de poule. Je tends brusquement la main et j'agrippe fermement son poignet pour la ramener vers moi.

Elle lâche le ballon, et le rebond rythmé fait écho aux battements de mon cœur dans ma poitrine.

— J'ai rompu avec Sarah, dis-je d'un ton bourru.

Je ne sais pas vraiment pourquoi je lui annonce ça à ce moment précis, si ce n'est que le fil fragile qui me retenait est en train de se rompre et que je ne pense qu'à une chose : à quel point j'ai besoin qu'elle le sache.

— Quoi ? s'exclame-t-elle, les yeux écarquillés. Quand ? Est-ce que c'était après...

— C'était avant la fête. Juste après notre rendez-vous avec toi, en fait.

— Oh, murmure-t-elle.

— Oui. Oh. Et tu sais pourquoi, Rebecca ?

Sa poitrine se soulève contre la mienne. Je me penche vers elle et effleure le lobe de son oreille avec mes lèvres.

— Parce que ça n'a pas d'importance qu'elle soit la femme que je mérite, quand tu es la seule que je vois.

Elle prend une brusque inspiration et j'avale son souffle dans ma bouche, avant de pousser un soupir quand je sens le goût de ses lèvres sur ma langue.

Ses gémissements vibrent à travers moi, ses doigts plongent dans mes cheveux et les tordent, juste assez pour faire palpiter mon sexe de désir.

Emporté par la passion, je l'attrape par les bras pour coller son corps contre le mien.

Chapitre 50

BECCA

Je suis faible.

Je n'ai rien à dire pour défendre la facilité avec laquelle j'ai cédé, mais quand il s'agit d'Eli, il obtient toujours ma reddition sans avoir à prononcer un mot.

Quand il me dit qu'il n'est plus avec Sarah, que je suis la seule qui compte pour lui, je m'abandonne à ce qu'il m'offre. Je me noie dans tout ce qu'il est et dans tout ce que je désire chez lui.

Sa langue effleure ma bouche, écarte mes lèvres, et s'entremêle avec la mienne, envoyant des étincelles sur mes papilles. Mes doigts s'emmêlent dans ses cheveux et le tirent vers moi. Il fait glisser ses paumes depuis mes épaules jusqu'à mon cou, ses pouces effleurent ma mâchoire et une sensation de chaleur fait frémir ma peau.

Notre baiser se transforme et ses dents mordillent ma lèvre inférieure presque jusqu'au sang. La douleur me fait gémir dans sa bouche. Il grogne et lèche la coupure, le goût âcre de mon sang se mélangeant à la douceur de son souffle.

Il nous fait reculer sans jamais écarter sa bouche de la mienne. Je trébuche à cause de mes talons mais il ne perd pas une seconde, m'agrippe les fesses et me soulève. Ma jupe se relève sur mes cuisses lorsque j'enroule les jambes autour de lui. Les os de son bassin s'enfoncent à l'intérieur de mes cuisses et mon entrejambe se presse contre son sexe. Je gémis en me frottant contre lui, et mon intimité se contracte au souvenir de la sensation de son sexe en moi.

— Bon sang, chérie, grogne-t-il en me plaquant contre la rambarde des gradins.

La structure métallique s'enfonce dans mon dos. Il presse ses doigts dans mes fesses et il attire le bas de mon corps contre son sexe. Même à travers son short de basket, je peux le sentir dur contre mon clitoris.

Il mordille mon cou et mes jambes tremblent, à l'agonie du fait d'être maintenue aux limites de l'euphorie.

— Eli, s'il te plaît. Fais quelque chose, je souffle.

Il rit, son visage effleurant mon décolleté.

— Que veux-tu que je fasse exactement, Becca ?

Il déplace sa main derrière moi et remonte le long de ma cuisse jusqu'à me caresser à travers ma culotte humide.

— Putain, tu es trempée. Je t'ai manqué tant que ça ?

Il repousse le tissu, puis écarte mes lèvres avec ses doigts. Je suis tellement mouillée qu'ils glissent facilement le long de ma fente. Chaque caresse m'excite davantage, jusqu'à ce que je ne puisse retenir un cri tellement j'ai besoin qu'il me fasse jouir.

Ma tête heurte la rambarde et le bruit résonne entre les murs silencieux.

— Eli, mon Dieu. Soit tu finis ce que tu as commencé, soit tu te pousses pour que je puisse le faire moi-même.

Je sens son sourire se dessiner contre ma poitrine et il me jette un coup d'œil par en dessous.

— Dis « s'il te plaît ».

— Non, je murmure avec un sourire.

Les flammes qui embrasent mes veines se mêlent à la chaleur que nos petits jeux font monter dans ma poitrine.

La pression disparaît de mon clitoris et mes jambes se resserrent autour de son poignet pour essayer de le maintenir contre moi. Il saisit le haut de ma culotte et tord le tissu entre ses doigts avant de tirer légèrement, faisant glisser la dentelle contre mes hanches et entre mes lèvres, créant une délicieuse friction. Une légère couche de sueur perle sur mon front, à cause de l'effort que cela me demande de me trouver si proche de la libération tout en étant constamment au bord du précipice.

Mon bas-ventre se contracte davantage à chaque mouvement de sa main, et ma respiration s'accélère alors qu'il manipule le tissu contre mon entrejambe.

Il se penche et embrasse cet endroit. *Cet endroit.* Celui juste derrière mon oreille. Des frissons de désir parcourent ma colonne vertébrale, traversent mon corps, répandant une substance semblable à de la lave qui fait tout fondre sur son passage.

— Eli, s'il te plaît.

Il sourit et croise mon regard en se penchant pour m'embrasser.

— Tu sais que j'adore quand tu me supplies, dit-il contre ma bouche.

D'un geste brusque, il arrache ma culotte, et la sensation du tissu qui se déchire contre ma peau provoque en moi un mélange de douleur et de plaisir.

Je devrais probablement m'inquiéter que nous soyons sur mon lieu de travail et qu'il me fasse gémir comme une lycéenne contre les gradins du gymnase, mais je m'en fiche.

Mon désir l'emporte sur tout le reste. J'ai perdu le contrôle, toute ma retenue a explosé en mille morceaux impossibles à recoller.

Ses doigts s'enfoncent plus profondément en moi, se recourbent et me caressent sensuellement. Je gémis, le corps tremblant.

— Il y a tellement de choses que je veux faire avec toi, murmure-t-il à mon oreille.

— Comme quoi ? je demande en haletant.

— On peut commencer par ta chatte que j'adore doigter jusqu'à ce que tu te transformes en flaque entre mes mains.

Il bouge, et je sens mon clitoris gonfler contre sa paume.

— Et ensuite... je vais te prendre, ici, sous les gradins, et je te remplirai de mon sperme.

Mon intimité se contracte autour de ses doigts, les aspirant plus profondément, voulant désespérément lui donner ce qu'il demande.

— Ça te plairait, chérie ? Tu veux que je te rappelle à qui tu appartiens ? À qui tu as toujours appartenu ?

Sa main s'emmêle dans mes cheveux, il enroule mes boucles autour de son poing et tire brusquement pour incliner ma tête en arrière et exposer ma gorge.

Il dépose des baisers à la jonction entre mon cou et mon épaule, et ma vue se brouille sous les vagues de plaisir qui me submergent.

Les doigts d'Eli s'enfoncent encore en moi et je me penche pour saisir la ceinture de son short. Je le fais maladroitement glisser sur ses hanches et son épaisse érection vient se presser contre moi. Je le caresse une fois sur toute sa longueur et je savoure la façon dont son gémissement vibre contre mon cou.

Il presse sa paume contre mon clitoris, puis retire sa main, saisit la base de son sexe et me pénètre. Le plaisir parcourt mon corps et les parois de mon vagin se resserrent autour de lui alors qu'il accélère le rythme, entrant et sortant jusqu'à me faire délirer de désir.

— Ça va être rapide, Rebecca. Jouis pour moi.

Il enfonce ses dents dans ma peau, fort. La morsure me fait basculer dans le précipice, et j'ai la sensation de me briser en mille morceaux. J'espère qu'il les ramassera tous. Je le sens se contracter en moi, jouir si profondément que je ne suis pas sûre de pouvoir un jour me laver entièrement de lui.

Ses dents restent enfoncées dans ma peau, comme pour me ramener les pieds sur terre, et le brouillard qui m'entourait se dissipe à mesure que ma respiration se régule. Il me libère enfin et embrasse la morsure pour apaiser la douleur.

— Hmm, marmonne-t-il.

Je pose une main sur mon cou.

— Qu'est-ce que tu...

Une voix résonne à travers la porte, et mon cœur bondit dans ma gorge. Je m'empresse de baisser ma jupe et de mettre un peu d'espace entre Eli et moi. Nous sommes cachés sur le côté des gradins, mais à peine.

M. Daniels, le directeur, passe la porte un instant plus tard, son téléphone à l'oreille. Je fixe Eli avec de grands yeux, le suppliant de reculer d'un pas ou deux. Il sourit, glisse sa main sous ma jupe, enfonce les doigts entre mes lèvres, repoussant le sperme qui coule entre mes jambes.

— Eli, je gémis tout bas.

Ce contact fait vibrer ma chair ultrasensible suite à l'orgasme qu'il vient de me donner. Il recule d'un pas, porte la main à sa bouche et lèche lentement l'humidité sur ses doigts. Des papillons s'envolent dans mon ventre.

— Je comprends, dit M. Daniels d'un ton sec, mais je ne veux pas que quelqu'un vienne ici, crée des liens avec ces jeunes, pour ensuite partir à la fin de l'année.

Eli se penche vers moi, prend mon menton dans sa main et essuie les traces de rouge sur ma lèvre inférieure. Je le laisse faire, le cœur serré par cette marque d'affection, mon esprit essayant de rassembler les pièces du puzzle pour comprendre ce qui nous arrive.

M. Daniels va piquer une crise en me voyant ici, complètement échevelée, avec quelqu'un. Mes joues s'empourprent alors que je contourne les gradins, déterminée à en finir.

Eli me suit et M. Daniels lève les yeux vers nous, puis les écarquille en apercevant Eli.

— Je te rappelle, Gene.

Il raccroche et tapote son téléphone contre sa cuisse tout en nous fixant du regard.

— Monsieur Daniels, dis-je précipitamment. Regardez qui j'ai trouvé.

Mon sourire forcé me déchire le visage, et je prie pour qu'il ne remarque pas mes muscles contractés, ni le sperme d'Eli qui coule le long de l'intérieur de mes cuisses.

— Elliot Carson. Mon Dieu, ça me fait plaisir de te voir, mon garçon.

Eli s'éclaircit la voix.

— Monsieur Daniels.

Quand il parle, je sens le grondement de sa voix vibrer dans tout mon corps. Je frotte mes cuisses l'une contre l'autre pour essayer de soulager la tension qui m'excite à nouveau.

— Je suis ravi de voir que vous êtes toujours là pour maintenir tous ces enfants dans le droit chemin, monsieur.

M. Daniels rit en passant une main sur sa bouche.

— Oui, eh bien, ils ont beau essayer, ils n'arrivent pas à se débarrasser de moi. J'ai entendu dire que tu étais en ville. Je ne m'attendais pas à te voir ici, en revanche.

— Je ne m'attendais pas non plus à venir ici, monsieur. Je me suis juste laissé emporter par la nostalgie, j'avais envie de revivre mes jours de gloire.

Eli fait un geste de la main pour balayer la pièce et mon regard suit son mouvement, s'arrêtant sur le maillot accroché au mur, portant le numéro trente-trois et le nom Carson. Il était vraiment le golden boy de la ville. Je ne lui en veux pas de ne pas avoir voulu rentrer chez lui, d'avoir préféré éviter d'être confronté à tout ce qu'on attendait de lui.

— Oui, je confirme. J'ai entendu quelque chose et je suis venue voir ce qui se passait. Je l'ai trouvé qui tirait des paniers comme s'il était encore en train d'essayer de faire grimper le score des Lynx. Vous savez, maîtriser la raquette.

Je jette un coup d'œil derrière moi, plante mon regard dans celui d'Eli et tout le reste disparaît, hormis ses yeux qui s'illuminent. Je me retourne à nouveau en respirant profondément par le nez pour essayer de calmer le courant électrique qui me parcourt le ventre.

M. Daniels siffle.

— Il était temps que quelqu'un le fasse. Depuis que je suis ici, personne n'a jamais su jouer comme toi sur ce terrain.

Son regard se pose sur le maillot accroché au mur, puis revient sur Eli.

— J'ai suivi ta carrière, Elliot. Tu fais la fierté de cette ville, fiston. Nous avons de la chance de t'avoir parmi nous.

— M... merci, monsieur, balbutie Eli.

— Ils ont encore plus de chance de t'avoir, à la FCU, poursuit M. Daniels.

Eli soupire et se passe la main sur la nuque.

— Oui, eh bien... j'ai adoré travailler là-bas, mais je n'y retournerai pas. Je vais rester dans les parages encore un moment.

Mon cœur s'arrête, puis s'emballe, au point que je redoute de m'évanouir.

— Quoi ?

— Oui. Les personnes qui me sont les plus chères ont besoin de moi ici.

Son regard me transperce et s'ancre en moi, tandis que ma gorge se serre, asséchant ma bouche jusqu'à ce que ma langue colle à mon palais. Je ne m'étais même pas demandé comment se passait sa relation avec Lee. Ou sa visite à sa mère.

Comment se débrouillait-il avec son père ?

— Eh bien, bon sang, fiston. Tu cherches un boulot ?

La voix de M. Daniels est nerveuse, plus aiguë qu'à son arrivée. Mon rythme cardiaque s'accélère et je me retourne brusquement, le front plissé.

— Pourquoi, vous avez quelque chose à me proposer, monsieur Daniels ? demande Eli avec un sourire.

— Ça dépend de l'ampleur de la réduction de salaire que tu es prêt à accepter, lui répond M. Daniels en grimaçant. Je me retrouve sans professeur de sport. Il est parti avec sa nouvelle épouse et son bébé sans même me prévenir. Ce n'est probablement pas quelque chose qui t'intéresse, mais... Il entraînait aussi l'équipe de basket.

L'air semble se figer autour de nous et je reste paralysée, dans l'attente de sa réponse.

— Je prends.

Les mots sont rapides, tranchants.

Je relâche mon souffle en me tournant vers lui. Son affirmation me surprend. Eli a toujours été très maître de lui, toujours à réfléchir longuement à chaque décision jusqu'à en disséquer tous les avantages et les inconvénients.

— Vraiment ?

Il me regarde, les yeux brillants.

— Oui.

Eli se concentre à nouveau sur M. Daniels, un sourire rayonnant illuminant son visage.

— Rien ne me rendrait plus heureux que d'entraîner ces jeunes, monsieur. C'est là que tout a vraiment commencé pour moi.

Il marque une pause et sa mâchoire se contracte alors qu'il déglutit.

— Je serais honoré de contribuer à leurs débuts, moi aussi.

Le choc me traverse.

Eli reste à Sugarlake.

Et moi aussi.

Je ne mérite pas un homme comme lui. Je le sais et je pense qu'au fond, lui aussi en a conscience. Je ne suis pas sûre qu'il me pardonnera mes erreurs. Et je ne peux pas promettre que je ne prendrai pas peur, et que je ne m'enfuirai pas pour échapper à tout ce qu'il me fait ressentir. Mais je vais tout faire pour surmonter les obstacles et me frayer un chemin vers lui.

Il est là.

Je reste.

Et un jour prochain, peut-être...

Il sera à moi.

Chapitre 51

ELI

J'ai passé la majeure partie de ma vie à rechercher la célébrité, pensant que c'était ce dont j'avais besoin pour me sentir accompli. Je croyais qu'un jour, lorsque j'aurais enfin atteint le sommet, le vide qui me rongeait de l'intérieur se comblerait. Que j'obtiendrais enfin l'approbation de mon père et qu'il saurait que toute l'énergie qu'il m'avait consacrée au fil des ans n'avait pas été vaine.

Mais vivre pour les rêves des autres est un gouffre sans fond. Un vide qui s'envenime et pourrit au plus profond de vous-même tandis que votre âme, à force d'être ignorée, se détruit.

Ce n'est que lorsque j'ai commencé à entraîner des joueurs que j'ai réalisé que ma véritable vocation était de rester dans l'ombre et d'aider les autres à briller. Que peut-être que la blessure qui a mis fin à ma carrière n'était pas de la malchance, mais un coup de pouce du destin dans la bonne direction.

J'ai le cœur serré quand je pense à mes joueurs de la FCU. Au temps et à l'énergie que j'ai passés à les aider à atteindre leur plein potentiel. Ça va me manquer. Renoncer à toutes ces années de travail que j'ai consacrées à devenir le prochain entraîneur principal me fait mal au plus profond de moi-même, et il m'est difficile de ne pas décrocher le téléphone pour les supplier de me reprendre.

Mais ensuite, je pense à ma famille. À la relation que j'ai construite avec Lee. Au soutien que j'apporte à mon père pour l'aider à surmonter son chagrin refoulé et sa dépendance. J'imagine ce que je ressentirai en aidant les jeunes qui commencent tout juste à prendre conscience de leur potentiel à développer leur amour pour ce sport. Et à ce moment-là, une bouffée d'excitation m'envahit, car je sais que c'est là qu'est ma place.

Dire oui à M. Daniels, tout à l'heure, était peut-être une décision précipitée, mais c'était la bonne.

Mon regard se pose sur Becca et mon cœur s'accélère.

Le chemin que j'emprunte maintenant semble si clair, pourtant elle reste le seul élément qui me perturbe profondément. J'ai eu beau passer des heures à me convaincre que j'ai avancé. Que, tout ce dont j'ai besoin, c'est de tourner la page. Mais dès que je la vois, tout s'écroule. Quand je la contemple, le contrôle que j'ai mis des années à acquérir s'effondre en moins de vingt secondes.

Je ne sais pas si les âmes sœurs existent, mais si c'est le cas, je suis sûr qu'elle est la mienne. Mais ça n'a pas d'importance.

Becca a toujours été un brasier ardent et j'ai toujours été le papillon attiré par sa flamme. Mais là où, avant, mon âme appelait la sienne, elle se recroqueville désormais de peur, sachant qu'elle a le pouvoir de me réduire en cendres.

Il ne reste plus grand-chose de la première fois qu'elle m'a brûlé.

Je suis donc coincé dans cette situation. Je ne peux pas être avec elle, mais je ne peux pas vivre sans elle, et je ne sais pas vraiment quoi faire. Ce qui est sûr, c'est que je ne sais pas me contrôler quand elle est là.

Le téléphone de M. Daniels sonne et me tire de mes pensées.

Les joues de Becca se sont teintées d'un rose sublime. Qui, je le sais, s'étend jusqu'à son cœur. Mon sexe se contracte, et j'essaye de penser à quelque chose, n'importe quoi, pour garder le contrôle de l'amour transi et pathétique qui sommeille en moi.

— Veuillez m'excuser, je dois répondre, dit M. Daniels. Elliot, pourquoi ne pas repasser ici demain après-midi pour régler quelques détails ?

— C'est d'accord.

Il secoue la tête avec un sourire en coin.

— Je dois avoir un ange gardien qui veille sur moi pour que tu débarques juste au moment où j'avais besoin de toi, mon garçon.

Il jette un coup d'œil à son téléphone et répond, saluant Becca d'un signe de tête en s'éloignant.

J'entends un tap, tap, tap sur le sol du terrain et me tourne pour voir Becca frapper le plancher du pied, les bras croisés.

— Quoi ? je demande en haussant les sourcils.

Elle plisse légèrement les yeux.

— Je ne sais pas encore.

— Tu ne sais pas encore ? Qu'est-ce que tu ne sais pas ?

— Je viens de te le dire, je ne suis pas sûre.

Je sens l'agacement monter en moi. Seigneur, elle est pénible.

— Eh bien quand tu sauras, n'oublie pas de me le faire savoir.

— Qu'est-ce qu'on fait ?

Mon estomac se noue.

— Comment ça ?

Elle soupire en tirant sur une boucle.

— Est-ce qu'on... tu sais... tu n'arrêtes pas de me poser des questions, puis tu me prends sauvagement et je ne comprends pas ce que ça signifie.

Je croise les bras.

— Eh bien, Rebecca, je suis presque sûr que ça signifie que j'ai envie de te prendre et que je veux de fichues réponses. Je pense que c'est le moins que tu puisses faire.

Ses yeux s'embrasent et une étincelle s'allume au plus profond de moi.

Elle ricane.

— Ce n'est pas comme si tu m'avais laissé une chance de parler, vu la façon dont tu me sautes dessus après chaque question.

Je fais un pas en avant. Sa fichue bouche fait bouillir mon sang et je sens mon sexe se durcir.

— Si je me fie au sperme sur tes cuisses et à l'odeur de ton intimité sur mes doigts, je dirais que la façon dont je t'ai « sauté dessus » était à ton goût.

— Je n'ai jamais dit le contraire, réplique-t-elle en souriant narquoisement.

— Alors quel est le problème ?

Elle hausse les épaules.

— Tu as dit que j'étais à toi. Que je t'appartenais.

Mon rythme cardiaque s'accélère. Elle est à moi, oui, mais je ne devrais pas le vouloir.

— Je dis beaucoup de choses dans le feu de l'action.

Ses yeux s'assombrissent et son corps vacille légèrement, comme si mes mots lui avaient porté un réel coup physique. Je réprime une grimace. La colère afflue dans mes veines à l'idée qu'elle me fasse me sentir coupable.

— Non, tu n'as pas le droit de faire ça.

— Faire quoi ?

— Agir comme si je te faisais du mal. Ce n'est pas comme ça que ça marche.

Ses épaules se raidissent, sa mâchoire se crispe.

L'anticipation me serre la poitrine. Je m'attends à voir ce que j'ai toujours vu : ce mur de défense qu'elle érige devant elle, un barbelé après l'autre, jusqu'à ce que personne ne puisse plus percevoir la vérité.

Mais rien ne vient.

Au lieu de ça, elle hoche la tête en se mordant la lèvre.

— D'accord. Je comprends.

— Vraiment ?

Ma surprise est palpable.

— Oui. Mais j'ai aussi le droit d'avoir des sentiments, Grosse Tête.

Elle pose la main sur son cœur.

— Je t'ai dit que je t'aimais et à chaque fois qu'on parle tu essayes de me sauter… Et maintenant, tu fais comme si ce n'était pas grand-chose. C'est déroutant. Tu es une énorme contradiction ambulante.

— Écoute, dis-je en baissant la tête. Il est clair que je ne peux pas me contrôler quand je suis avec toi. Je pense que ça se voit depuis un moment. Mais il faut que ça cesse. Je ne dois pas… je ne dois pas faire ça avec toi, d'accord ? J'aimerais pouvoir. Putain, j'aimerais plus que tout avoir la possibilité de t'aimer à nouveau, mais ce n'est pas le cas.

Je me frappe la poitrine avant d'ajouter :

— Tu l'as brisé, et depuis, il ne sert plus à rien.

Elle tressaille et mon cœur bondit dans ma gorge, essayant de me faire taire.

Mais je ne laisserai pas mon cœur contrôler ma tête.

Pas une nouvelle fois.

Elle expire bruyamment, la lèvre inférieure tremblante, et ferme les yeux.

— Je ne te demande rien.

Ses mots me heurtent de plein fouet, et je serre les poings pour m'empêcher de la prendre dans mes bras et de lui dire que je ne pensais pas mes paroles. Que les morceaux carbonisés de mon cœur battent toujours pour elle. Qu'on peut essayer de faire en sorte que ça marche. Que j'essayerai de pardonner et d'oublier.

Mais je sais déjà ce qui se passera si je fais cela. Je m'allongerai dans ses vagues qui se brisent sur le rivage et je me noierai dans son ressac.

— Je comprends que je t'ai fait du mal et j'en suis vraiment, vraiment désolée, poursuit-elle. Mais on va bientôt travailler au même endroit. Et maintenant que je sais ce qui se passe avec ton père, il n'est pas question que je laisse Lee se débrouiller seule avec toi, et avec lui.

Mon cœur se serre à l'évocation de mon père.

— On va se croiser tout le temps, Eli. C'est inévitable. Alors je veux juste que tu saches que je vais essayer.

— Essayer quoi ?

— D'être la femme que tu mérites.

Elle sourit, tourne les talons et s'éloigne sans un mot.

Mon cœur tente de sortir de ma poitrine pour la suivre.

— Qu'est-ce que tu veux dire par « tu restes là-bas » ?

Allongé sur mon lit, je lève les yeux au plafond devant l'incrédulité de Connor avant de boire une gorgée d'eau.

— Écoute, mec. Mon père est dans un sale état. Je dois rester ici pour m'assurer que ma famille ne manque de rien.

Connor ricane.

— Tu n'en avais rien à foutre jusque-là.

L'irritation monte en moi. Certainement parce que c'est la vérité et qu'il a raison, mais peut-être aussi parce que ce n'est pas à lui de dire cela, même si c'est le cas.

— Ouais eh bien maintenant, je ne m'en fous plus.

— C'est pour ça que tu as rompu avec Sarah ? À cause de ta famille ?

Je soupire en me pinçant l'arête du nez.

— Non, mec. J'ai rompu avec Sarah parce qu'on n'était pas faits l'un pour l'autre. On se tirait vers le bas, et je ne veux plus de ça.

— Mmm. Je ne peux pas dire que je sois surpris.

— Vraiment ?

Je laisse ma main retomber sur le côté.

— Oui. J'aurais aimé que tu m'en parles. À propos de Sarah, je veux dire. Je suis là pour toi, tu sais ?

La culpabilité me serre le ventre et monte dans ma poitrine. J'ai été un ami minable. Depuis mon retour à Sugarlake, je n'ai même pas pensé à Connor, encore moins à l'appeler.

— Ça craint que tu ne sois plus là, dit-il. Qu'est-ce que je vais faire sans mon acolyte ?

Je souris.

— Tu peux peut-être t'occuper d'Annie.

Il rit.

— Ah, mince. Tu étais nul ces dernières années, de toute façon. Tu n'aurais pas dû me laisser épouser ma meuf du lundi.

Je glousse.

— Tu sais très bien qu'Annie te tenait par les couilles avant même que j'arrive.

— Ouais.

Le silence s'installe pendant quelques instants avant qu'il ajoute :

— Tu vas me manquer, mec. Ce ne sera plus pareil ici sans toi.

Ma gorge se serre et je me redresse pour attraper ma bouteille d'eau afin de faire passer le nœud. Il va me manquer aussi. Il était comme un frère pour moi, et je crains que la distance ne vienne affaiblir notre lien.

On discute encore quelques minutes pour rattraper le temps perdu, jusqu'à ce qu'Annie l'appelle pour le dîner.

Je vais me chercher un plat à emporter et je décide de me coucher tôt, quand l'envie de rendre visite à ma mère me prend soudainement. D'habitude, l'idée d'aller sur sa tombe me donne des vertiges, mais après avoir parlé avec Connor, je me sens anxieux et, pour une raison que j'ignore, j'ai besoin de me confier à ma mère pour me calmer.

Pourtant, lorsque j'arrive au cimetière, mes jambes sont lourdes comme du plomb. La nausée me prend à la gorge et une douleur me transperce la poitrine à l'idée d'être près du cadavre en décomposition qui était autrefois ma mère.

Je force mes membres lourds à avancer, un pas après l'autre en les comptant à mesure que j'approche de sa tombe.

Un.

Deux.

Trois.

Quatre.

J'en suis à cinquante-sept quand je lève enfin les yeux. Une auréole de cheveux couleur miel, si semblables aux miens, est inclinée devant la dalle de marbre de ma mère. Mon cœur bat si fort dans ma poitrine qu'il me fait mal.

Lee.

Chapitre 52

ELI

L'herbe craque sous mes pieds alors que je marche vers Lee, la gorge serrée par toutes les choses que j'ai envie de dire. Et toutes celles que je ne veux pas prononcer.

Le courant qui parcourt mes nerfs est si palpable que je suis surpris qu'elle ne le sente pas. Il explose de mon corps comme un feu d'artifice, jaillissant du bout de mes doigts et ricochant sur le sol.

Je me racle la gorge en m'asseyant à côté d'elle, ignorant les remous dans mon estomac provoqués par ma présence devant la dépouille de ma mère.

Lee se raidit, mais elle garde le regard rivé droit devant elle.

Sur le plan esthétique, le cimetière est plutôt agréable. Mais le chagrin flotte dans l'air. Il est épais et vous colle à la peau, au point de vous faire ressentir le poids d'une centaine d'âmes brisées, débordant de chagrin.

Des tulipes roses bordent la dalle en marbre de notre mère. C'étaient ses préférées. Je regrette de ne pas en avoir cueilli quelques-unes en chemin, comme je l'ai fait la dernière fois.

Idiot.

Même quand elle était en vie, je passais toujours à côté des choses qui la faisaient sourire.

Être ici me fait réfléchir au passé, et c'est peut-être en partie pour ça que j'ai tant de mal à venir. Parce qu'une fois que je suis là, les souvenirs refont surface.

— Quand j'avais environ dix ans…, je commence.

Lee sursaute, me prêtant enfin attention.

— Maman m'a emmené au terrain de basket qui se trouve à côté de l'église… juste là.

Je me retourne et montre du doigt l'endroit où l'on distingue vaguement du béton délavé et un vieux filet déchiré.

— Je ne comprenais pas pourquoi elle m'avait emmené ici alors qu'on avait un panier en parfait état à la maison, j'ajoute en secouant la tête et en riant doucement. Même à l'époque, ce cimetière me faisait flipper.

— Vraiment ? demande Lee d'une voix rauque.

— Oui, et c'est encore le cas aujourd'hui. Ce n'est que juste avant d'arriver à la voiture que maman m'a révélé la véritable raison de notre venue. On était passés rendre visite à papy et mamie.

Nos grands-parents sont décédés quand on était petits, et Lee ne se souvient pas d'eux. Moi, à peine. Je garde juste en mémoire des sourires flous et des histoires racontées par maman. Elle se rendait sur leur tombe chaque semaine, mais on l'accompagnait rarement.

— Je me rappelle avoir regardé chaque pierre tombale en passant, en serrant mon ballon très fort, tout en imaginant qui était chaque personne. La vie qu'ils avaient menée… S'ils avaient eu la chance de devenir ce que les gens attendaient d'eux ou s'ils étaient morts en laissant de la déception dans leur sillage.

— Mince, Eli. C'est déprimant.

Je hausse les épaules.

— Ça ne veut pas dire que ce n'est pas vrai. Ça a toujours été ma plus grande peur, tu sais ?

Lee me fait face maintenant, la tête penchée.

— Quoi donc ? De mourir en laissant de la déception ?

— Juste être une source de déception de manière générale, je suppose. Tu as eu une enfance différence, Lee. Papa était différent avec toi.

Elle ricane.

— Ne me fais pas ce coup, Eli. J'ai eu la même enfance que toi. On a grandi dans la même maison.

L'irritation ravive de vieilles blessures. Lee ne voit jamais les choses de mon point de vue. Elle ne veut jamais le faire.

— Je ne suis pas surpris que tu penses ça.

— Ton histoire morbide avait-elle un but ?

Je me mets sur la défensive et mon corps se raidit parce qu'elle me repousse au lieu de me demander pourquoi je pense que c'était différent. Encore une fois. Comme elle l'a toujours fait. Mais je refoule ce sentiment car ce n'est pas important et, même si elle ne se rend pas compte du mal qu'elle m'a fait au fil des ans, moi je me rends compte du mal que je lui ai fait. Et j'aimerais essayer de rectifier cela.

— Bref, on arrive sur la tombe de papy et, au bout de quelques minutes, je demande à maman comment il est mort. Je savais que mamie avait eu un cancer, mais je n'arrivais pas à me rappeler comment papy il était mort.

— Hum, murmure Lee. Je ne m'en souviens pas non plus.

Je jette un coup d'œil aux pierres tombales de l'autre côté de l'allée, où reposent mes deux grands-parents, et le souvenir défile comme un film tandis que les mots sortent de ma bouche.

« Maman, comment est mort papy ? »

Ma mère lisse mes cheveux pour les écarter de mon front. Son contact m'enveloppe d'une douceur réconfortante et je la regarde en souriant.

« Il est mort le cœur brisé, mon bébé. »

Je grimace.

« Le cœur brisé ? Je ne savais pas qu'on pouvait mourir de ça. »

« Maintenant tu le sais. » Elle m'adresse un clin d'œil avant de perdre son sourire. « Parfois, quand tu perds l'autre moitié de ton âme, tu perds l'envie de vivre en même temps. »

Je fronce les sourcils, essayant de donner un sens à ses paroles. Je ne savais pas qu'on pouvait perdre son âme. Je me demande ce que ça fait.

« C'est triste. »

La main qui est posée sur ma tête descend le long de mon bras et serre mes doigts.

« Non, mon bébé. Ce n'est pas triste. Ton papy faisait partie des chanceux. Au lieu de le laisser vivre avec la moitié de son cœur, le Seigneur a eu pitié de son âme et lui a permis de monter au paradis. »

« Avec mamie. »

Elle sourit.

« C'est ça, mon chéri. Avec mamie. »

J'y réfléchis un instant, confus.

« Mais si elle n'était pas terminée ? »

Elle penche la tête et plisse les yeux face au soleil.

« Comment ça, mon bébé ? »

« Sa vie. »

Maman s'accroupit à côté de moi et ses mains encadrent mon visage.

« Écoute-moi bien. Ce n'est pas parce qu'il est mort qu'il est parti. »

« Alors pourquoi on ne peut pas le voir ? »

« Parce que c'est un ange, maintenant, mon chéri. Et mamie aussi. Ils brillent trop fort pour que nos yeux puissent les voir. »

« Oh. »

« Mais tu peux les sentir. »

« Tu peux, toi ? »

Maman hoche la tête et appuie la main sur sa poitrine.

« Ils sont juste là. Toujours. »

« Comment tu le sais ? » je murmure.

« Parce que c'est là qu'on garde tous ceux qu'on aime. » Elle me tapote la poitrine. « Dans nos cœurs, pour qu'on puisse les sentir à chaque battement. »

Elle se relève et essuie une larme qui coule sur sa joue.

Ma poitrine se serre. Je n'aime pas quand maman pleure. Ça me donne envie de faire quelque chose pour effacer sa tristesse, mais je ne sais pas quoi.

« Hé, maman. Je vais gagner le match vendredi. Rien que pour toi. »

Je souris de toutes mes dents, m'attendant à voir son froncement de sourcils disparaître comme chez papa, à voir ses yeux briller d'espoir et la distraire de ses larmes.

Mais elle se contente de sourire simplement, et entrelace nos doigts tandis qu'on retourne à la voiture.

« Je n'en doute pas, mon chéri. Mais je suis fière de toi quoi qu'il arrive. »

— Papy est mort d'un cœur brisé ? demande Lee.

J'acquiesce, le cœur si serré que j'ai du mal à parler.

— C'est ce qu'on dit.

Elle baisse les yeux et joue avec les brins d'herbe.

— Tu crois que c'est pour ça que papa est comme ça ? Parce qu'il vit avec la moitié de son cœur et que Dieu n'a pas eu pitié de lui ?

Je pose les coudes sur mes genoux, l'émotion me serre la gorge et me brûle le nez.

— Je ne prétends pas connaître Dieu, frangine. Mais oui. Je pense que, quand maman s'est retrouvée ici, dans cette tombe, papa est resté avec elle.

Je m'interromps et la regarde avant d'ajouter :

— Je suis désolé de ne jamais t'avoir écoutée.

Elle prend une brusque inspiration mais je poursuis :

— Je ne sais pas si ça aurait changé quelque chose si je l'avais fait, mais...

— Tu te souviens de Lily ? demande-t-elle soudainement.

Je fronce les sourcils, déstabilisé par ce brusque changement de conversation.

— Bien sûr que je m'en souviens. C'est la sœur de Chase, ton autre meilleure amie.

— Oui, celle dont tu n'es pas tombé amoureux derrière mon dos, réplique-t-elle en souriant.

— Lee, je...

— C'est bon, Eli, dit-elle en agitant la main. Mon problème, c'est que Becca m'a menti, pas que vous soyez ensemble. Je veux dire... Je trouve que tu es un vrai connard d'avoir fait ça à Sarah, mais ça, c'est entre toi, elle et le Tout-Puissant.

— Mais je ne suis pas...

— Lily a fait une overdose, tu le savais ?

Les mots s'éteignent dans ma bouche, car effectivement, je l'ignorais. C'est juste un autre rappel de tout ce que j'ai manqué pendant que j'essayais désespérément de rester loin de ma sœur.

— Non, je murmure.

Lee hoche la tête.

— Hé oui. Elle était perdue depuis longtemps... probablement plus longtemps qu'on le pensait. Et quand quelqu'un s'en est rendu compte, il était trop tard.

Elle secoue la tête.

— Mais moi, je savais, Eli. Je savais et je...

Elle ferme les paupières pour se donner du courage avant de reprendre :

— Je n'ai rien dit. Je n'ai pas essayé de l'aider quand il y avait encore quelque chose de tangible à quoi s'accrocher. Et je ne peux m'empêcher de penser que j'ai fait la même erreur avec papa.

Un sanglot lui échappe et elle plaque ses deux mains sur sa bouche, les genoux repliés contre elle, se balançant d'avant en arrière.

Je suis figé. Je n'ai absolument aucune idée de comment l'aider, et, tout comme lorsque j'avais dix ans et que je regardais maman pleurer, je ne sais pas comment soulager la tristesse de Lee. Je sais seulement que je le voudrais.

Je la serre dans mes bras et la berce tandis qu'elle pleure contre ma poitrine, ses larmes imprégnant ma chemise.

Je reste ainsi pendant un temps indéfini, à absorber sa douleur accumulée pendant toutes ces années où j'étais absent, cherchant désespérément les mots justes. Mais je n'en trouve aucun.

Alors au lieu de combler le vide avec des paroles creuses, je continue de bercer ma sœur en deuil, au pied de la tombe de notre mère, en regrettant de ne pas pouvoir ramener moi-même Lily et guérir mon père, juste pour soulager sa souffrance.

Chapitre 53

BECCA

Une semaine s'est écoulée depuis qu'Eli m'a sautée dans le gymnase, puis qu'il m'a retourné la tête en me disant que ça ne pourrait pas aller plus loin.

Je ne sais pas pourquoi je suis surprise.

En ce moment, je suis chez Chase, en bordure de la ville, en train de préparer le dîner avec Lee et lui. Elle ne m'en veut plus, elle a toujours été trop indulgente pour son propre bien, mais cette fois, son pardon est assorti de conditions ; la première étant que je dois accepter la présence de Chase dans sa vie. Il s'avère qu'en réalité, il ne l'a jamais vraiment trompée. Pas physiquement, en tout cas, mais c'est une conversation pour un autre jour.

J'ai du mal à faire confiance à Chase, surtout après avoir été celle qui a réconforté Lee pendant qu'il détruisait tout ce qui comptait pour elle. Mais je ne peux pas nier que ça fait longtemps que je n'ai pas vu mon amie aussi heureuse.

Il y a quelque chose de magique à les observer ensemble, comme un magnétisme entre eux ; où elle va, il la suit. Ce n'est pas visible, mais cette attraction vibre si fort dans l'air qu'il est impossible de ne pas la sentir. Elle a toujours été là, même quand ils étaient petits, mais quelque chose a changé. Ce magnétisme a mûri, au point que c'en est impressionnant.

Ils ne font pas étalage de leur amour. Ils ne jouent pas une comédie.

Ils sont simplement eux-mêmes.

Il y a une telle beauté dans leur façon de se soutenir mutuellement, qu'il m'est impossible de ne pas m'adoucir envers Chase.

— Alors, je dis en faisant claquer mes lèvres. Quand vas-tu abandonner ton petit studio pour emménager dans cet endroit de rêve ?

Je pivote, tournant le dos à l'îlot de la cuisine pour englober le spacieux salon d'un geste de la main.

Lee écarquille les yeux et interrompt le mouvement qu'elle est en train de faire avec son couteau. Chase glousse, passe les bras autour de sa taille et l'embrasse dans le cou.

— Dès que je l'aurai convaincue.

Elle me jette un regard noir et je ris.

— Désolée, Lee. Ce n'était rien qu'une question honnête.

Elle sourit en plissant les yeux.

— Puisqu'on parle d'honnêteté, parlons de toi, d'Eli et de la Floride, hein ?

Je m'étouffe avec mon vin et le liquide prend la mauvaise route, me brûlant l'œsophage. Je porte la main à ma poitrine, les yeux larmoyants.

— On en a déjà discuté.

— Eh bien, nous, nous avons déjà parlé de mon emménagement, dit-elle en agitant son couteau entre Chase et elle.

Je lève les mains en l'air.

— Message reçu.

Elle hoche la tête et se concentre à nouveau sur sa salade. Je regarde le couteau trancher les tomates et le jus éclabousser la planche à découper. Chase sort de la viande du réfrigérateur et disparaît dans le jardin pour la faire griller.

— Il y a quelque chose qu'on voulait te dire, reprend Lee sans relever les yeux.

— « On » ?

Je hausse un sourcil en jetant un coup d'œil vers la porte de derrière.

— D'accord, moi… mais Chase sait que je compte t'en parler.

— Quoi donc ?

Elle me regarde tout en continuant sa découpe.

— Chase a engagé quelqu'un pour rechercher Lily.

Mon cœur s'emballe et mon estomac se noue.

Lily.

Je n'ai pas pensé à elle depuis longtemps. Je me l'étais interdit.

Elle a occupé une grande place dans mon adolescence, et même si elle était plus proche de Lee que de moi, j'ai tout de même ressenti son absence lorsqu'elle a disparu et dû faire face aux conséquences de ses choix, qui ont affecté tous ceux qu'elle avait décidé de quitter.

Putain, Lily.

Elle ne nous aimait pas assez pour rester, alors pourquoi diable devrais-je me soucier d'elle ?

La colère bouillonne en moi à l'évocation de son nom.

Je me sens blessée. Le genre de blessure qui vous ronge jusqu'à l'os et vous transperce les poumons.

Alors que ces sentiments jaillissent et reviennent en force, me frappent en plein cœur, je réalise que tout ce que je ressens, toute la colère que j'éprouve contre elle, qui est partie sans un mot... C'est exactement ce qu'Eli doit éprouver à mon égard.

Oh mon Dieu.

Pas étonnant qu'il ne veuille pas nous accorder une autre chance. Je suis d'ailleurs surprise qu'il puisse encore me regarder en face.

« Peut-être que, s'il n'a pas l'air heureux, c'est parce que tu es dans les parages. » Les paroles de Jeremy me reviennent à l'esprit et me donnent envie de vomir.

— Hé, ça va ?

La voix de Lee me tire de ma stupeur.

Je bois une autre gorgée de vin pour essayer d'engourdir la douleur dans ma poitrine, que je viens de déchirer avec mon hypocrisie.

— Oui, ça va. Engagé quelqu'un ? En quoi ça consiste, exactement ?

Elle hausse les épaules.

— C'est un détective privé. Un grand type. Plein de tatouages. Je ne l'ai vu qu'une seconde, mais bon sang, Becca, il était plutôt flippant.

— Il était canon ?

Elle jette un coup d'œil en direction de Chase avant de me regarder en rougissant.

— Il n'était pas « pas canon ».

— C'est une double négation, dis-je en la pointant du doigt, les yeux plissés.

— Ce n'est pas la vraie question. Et s'il la retrouve ?

— Je pense...

Qu'est-ce que j'en pense ?

— Je pense que, si elle voulait revenir ici, elle l'aurait déjà fait.

— Oui. Je m'inquiète juste de ce qu'il va trouver, dit-elle en se mordant la lèvre. Je ne veux pas que Chase soit déçu.

Je grimace au souvenir de ce dernier dans sa version plus jeune, qui était du genre gros dur avec une âme fragile. Il a trompé beaucoup de gens, mais j'ai toujours vu la vérité. Il est facile de repérer chez quelqu'un d'autre ce qu'on essaye de cacher soi-même.

Je tends le bras par-dessus le comptoir pour poser la main sur celle de mon amie.

— Écoute, Lee. Je n'ai jamais été la plus grande fan de Chase, tu le sais bien.

Elle ricane.

— C'est un euphémisme.

Je souris.

— Mais même moi, je vois qu'il a changé. Il a mûri. Il est... il est plus fort. Je ne pense pas que tu aies à t'inquiéter de la façon dont il gérera Lily et ce détective.

Un sillon se forme entre ses sourcils.

— Ouais. Il est fort. Mais je ne veux pas qu'il souffre davantage, tu comprends ? Je veux que ça lui apporte la paix.

— Et toi ?

— Quoi, moi ?

— Eh bien... est-ce que retrouver Lily t'apportera la paix ?

Elle hausse les épaules.

— Je ne sais pas. J'ai l'impression de l'avoir laissée tomber en ne révélant pas les doutes que j'avais.

Mon estomac se noue.

— Je n'ai rien dit non plus. On a tous commis des erreurs. Mais Lily est responsable de ses actes. L'envie de se sauver soi-même doit venir des personnes concernées.

Elle renifle.

— On croirait entendre Chase.

Je grimace.

— Beurk. Non merci.

Elle pointe le couteau vers moi.

— Ne sois pas méchante.

— Je plaisante, je dis en riant.

Chase revient quelques minutes plus tard avec les steaks et nous nous asseyons tous pour manger. J'aurais parié un million de dollars que Chase ne savait pas recevoir des invités, surtout ceux qui l'ont détesté presque toute notre enfance, mais il joue son rôle avec élégance et je suis impressionnée par sa transformation.

Qui est cet homme ?

Le téléphone de Lee sonne et, lorsqu'elle annonce que c'est Eli et s'éloigne, la nausée que j'avais refoulée remonte à la surface. Je bois de petites gorgées d'eau pour ne pas vomir mon dîner.

Chase est silencieux, penché en arrière sur sa chaise, les mains croisées sur son ventre.

Je plisse les yeux par-dessus le rebord de mon verre.

— Je crois que je t'envie.

Il hausse ses sourcils sombres.

— Je pense que personne ne m'a jamais dit ça.

— Oui, bon, ne prends pas la grosse tête. Je dis ça comme ça. Tu étais bousillé, avant.

Son sourire creuse ses fossettes.

— On est tous un peu bousillés, Becca.

— Oui, mais tu es tellement différent, maintenant.

Je baisse les yeux. La faiblesse qui coule dans mes veines me pousse à maintenir mon masque. À me moquer de lui plutôt que de lui montrer la vérité. Mais s'il a réussi à surmonter tous ses problèmes et à devenir un homme meilleur, peut-être détient-il la clé qui m'aidera à surmonter les miens.

— Comment tu as fait ?

Il pince les lèvres.

— C'est vague, comme question. Tu peux préciser ?

J'entremêle mes boucles entre mes doigts et les pointes de mes cheveux collent à mes paumes moites.

— C'est juste... Il y a certaines choses que je dois... - certains problèmes que j'aimerais régler. Pour m'empêcher d'être aussi...

— Bousillée ? suggère-t-il.

J'acquiesce en soufflant bruyamment.

— Oui.

Il se mord les lèvres et sa chaise grince quand il se balance en arrière. Je me tortille sur mon siège, mal à l'aise, tandis que les secondes s'égrènent sans qu'il dise un mot. Il se contente de me fixer, me laissant mijoter dans ma vulnérabilité.

Finalement, il fait claquer sa langue, remet sa chaise en place et pose ses avant-bras sur la table.

— Je connais quelqu'un qui peut t'aider.

Chapitre 54

BECCA

— Je veux être avec lui, Becca. Seulement… Il ne me comprend pas. Il ne comprend pas ce que c'est d'être à ma place.

— Reste simplement avec lui, Jer.

Je cale le téléphone contre mon épaule pour sortir le pop-corn du micro-ondes.

Jeremy est la seule personne de l'époque de mes études avec qui je parle encore, mais nos conversations deviennent rares. Au fil des ans, la vie nous a entraînés sur des chemins différents : le sien vers ses rêves, le mien vers le tourbillon de tout ce que je m'étais juré de ne jamais devenir. Peut-être que Sabrina – quelqu'un à qui je ne parle plus – avait raison après tout, et que les pensées créent la réalité.

Quoi qu'il en soit, je serais dévastée de perdre les petits moments que j'arrive à saisir, alors, même s'ils ne sont pas fréquents, je ne rate jamais nos appels.

— Je ne peux pas rester simplement avec lui. J'ai travaillé dur pour en arriver là. Je ne peux pas prendre ce risque. J'aimerais juste qu'il comprenne que ce n'est pas que je n'ai pas de sentiments pour lui, c'est juste comme ça.

— Hmm.

Je fourre quelques grains de pop-corn dans ma bouche et les mâche lentement tout en réfléchissant à ma réponse.

Des années plus tard, Jer n'a toujours pas fait son *coming out*. Je ne peux pas lui en vouloir, surtout maintenant qu'il est affiché sur tous les panneaux publicitaires et que les entreprises se battent pour avoir son image sur leurs produits. Les gens peuvent prétendre que le monde a évolué, mais en y regardant de plus près, tout le monde continue de cacher la vérité dans l'ombre et de mettre ses mensonges en lumière.

C'est drôle comme, où qu'on aille, dans les grandes villes comme dans les petites, les gens sont fondamentalement les mêmes.

Et les gens ne veulent pas que leurs célèbres athlètes aiment d'autres hommes. Ça ne correspond pas au moule.

— Je vais te dire ce que tu m'as dit une fois, Jer, et je veux que tu m'écoutes attentivement. Tu es prêt ?

— Vas-y, poupée.

— Si tu ne peux pas aimer cet homme de tout ton cœur, tu dois le laisser partir.

— Ouais.

— Ne sois pas sa maladie, Jer.

Il émet un bruit guttural.

— Merde, c'est une bonne réplique. J'ai dit ça ?

— Tu sais bien que oui, je réponds en riant. Et tu avais raison. Aimer quelqu'un pleinement ne signifie pas que tu n'as pas peur. Ça veut simplement dire que tu le fais malgré tout, malgré la peur, parce qu'il mérite tout ton amour.

J'avale ma salive, laissant tomber le pop-corn beurré de mes mains, ayant soudain perdu l'appétit.

— Alors si tu ne peux pas lui donner tout ton être, aime-le suffisamment pour le laisser partir, afin qu'il puisse trouver quelqu'un qui le fera.

C'est étrange d'échanger ma place avec Jeremy. D'être celle qui donne les conseils plutôt que celle qui en a besoin. Je suppose que le reflet permet de voir ses erreurs sous un autre angle.

Et c'est peut-être ce qui différencie le succès de l'échec : reconnaître ses erreurs et en tirer les leçons, ou choisir de s'enfoncer dans les décombres de sa propre destruction.

— Oui, tu as sûrement raison, marmonne-t-il en poussant un profond soupir au bout du fil. Merde, je ne veux plus parler de moi. C'est déprimant. Dis-moi plutôt pourquoi je me préparais à ton arrivée, mais que tes petites fesses sont toujours introuvables en Californie ?

Je soupire.

— Fuir ne résoudra pas mes problèmes, Jer.

Il glousse.

— Tu l'admets enfin.

— Honnêtement, je suis surprise que ce ne soit pas toi qui l'aies dit.

— Becca, j'ai appris il y a longtemps que te dire quelque chose, et que tu l'entendes vraiment, sont deux concepts totalement différents. Si tu veux fuir tes problèmes, je ne peux rien dire pour t'en empêcher. Je n'ai jamais pu… En plus, j'étais peut-être prêt à être un peu égoïste cette fois-ci, à vouloir t'avoir auprès de moi.

Ma poitrine se serre quand je pense au temps qui s'est écoulé depuis qu'on ne s'est pas vus.

— Je viendrai quand même te rendre visite un de ces jours. Quand j'aurai arrêté d'essayer de tourner la page.

J'hésite avant de parler de ce dont j'ai envie de me libérer depuis un moment.

— Le mec de Lee m'a donné le numéro d'un type… un thérapeute. Apparemment, c'est le meilleur.

— Un psychologue ? Bon sang, Becca. Je n'aurais pas cru que ce jour arriverait.

Je grimace et j'avale un autre pop-corn.

— Oh, bon… Je me suis dit que, s'il avait réussi à aider Chase, il pourrait peut-être faire quelque chose pour moi. Mais il est à Nashville, donc je ne sais pas si ça va marcher.

— Tu ne le détestes plus ?

— Qui ça, Chase ?

Je m'arrête de mâcher, réfléchissant à ce que je ressens réellement envers lui ces derniers temps.

— Détester, c'est un mot fort. Je ne lui fais pas totalement confiance. Mais c'est probablement plus à cause de moi que de lui.

J'ai toujours pensé que, si on en laissait le temps à un homme, il finit toujours par nous décevoir. Observer le comportement de Chase avec Lee au fil des ans n'a fait que renforcer ma conviction qu'il était exactement comme mon père. Mais je ne crois plus que ce soit la vérité. Je crois que Chase a une bonne âme, mais qu'il ne sait tout simplement pas comment le montrer.

Concernant mon père, je ne suis pas sûre qu'il en ait une, ou bien peut-être qu'il l'a vendue il y a longtemps pour racheter ses péchés.

— Tu vas prendre rendez-vous ? demande Jeremy.

Honnêtement, je n'en ai pas envie. J'ai peur que, si je commence à fouiller dans mes problèmes, que je les décortique, il ne reste plus rien de moi.

Qui suis-je si je ne suis pas ceux qui m'ont élevée ?

Pourtant, je sais que je ne peux pas continuer à vivre ainsi. Pas si je veux être en bonne santé. Heureuse. Libérée de ces démons qui me retiennent enchaînée à mes parents et me condamnent à vivre dans un purgatoire, à rejeter la responsabilité de mes décisions sur les autres sans savoir comment m'en sortir.

Alors oui, je vais prendre rendez-vous.

Mais ce n'est que le lendemain matin que je trouve le courage de le faire. C'est libérateur de ne pas être à l'église le dimanche, même si je suis rattrapée par une certaine angoisse me donnant l'impression que Dieu va me punir pour avoir manqué autant de services religieux.

Je ne suis pas retournée à l'église depuis la confession de ma mère, et aucun de mes parents n'a pris la peine de m'appeler depuis. Je m'attends à ce qu'ils le fassent bientôt. Les gens des petites villes adorent parler, et mon absence ne passera pas inaperçue très longtemps.

Mais j'ai du mal à m'en soucier.

Une tasse de café est en train de refroidir devant moi sur la table. J'ai le téléphone dans la main, le pouce au-dessus du bouton vert, et les yeux rivés sur la chouette hideuse que Lee m'a offerte pour me faire rire. Je l'avais placée sur l'étagère du haut du placard de ma cuisine, jurant de la chérir pour toujours. Mais maintenant, je sens ses yeux globuleux me fixer, me juger pour mon incapacité à passer un simple coup de fil.

Je prends une profonde inspiration et j'appuie sur « Appeler ». Deux sonneries retentissent avant qu'une voix réponde.

— Dr Abernathy à l'appareil.

— Bonjour. Est-ce que... est-ce que vous êtes « le Doc » ? Un ami m'a donné votre numéro et j'aimerais prendre rendez-vous, je crois...

Je ferme les yeux. *Idiote.*

— Je pense être le Doc que vous cherchez. Puis-je savoir à qui je m'adresse ?

— Oui, bien sûr... je suis désolée, je m'appelle Becca Sanger. C'est Chase Adams qui m'a donné votre numéro, il m'a dit que vous l'aviez beaucoup aidé et que je devrais vous appeler si j'avais besoin de parler à quelqu'un.

Il rit.

— Je me doutais qu'il s'agissait de Chase. Je serais ravi de parler avec vous, Becca. Laissez-moi juste vérifier mes disponibilités.

Je ne suis pas sûre à cent pour cent d'aller jusqu'au bout. C'est embarrassant d'admettre que j'ai laissé certaines choses influencer mes décisions. Que je me suis laissé piéger par les mensonges de ma famille et que je leur ai permis de me mener par le bout du nez. C'est honteux d'avouer à voix haute que j'ai vingt-six ans et que je n'ai jamais vécu un seul jour de ma vie de manière indépendante.

— Je suis disponible mardi à quatorze heures. Ça vous convient ?

La panique me prend à la gorge à l'idée de devoir lui parler en face-à-face.

— Vous savez, je... je ne sais pas exactement quand je serai libre pour aller jusqu'à Nashville. Je devrais peut-être d'abord vérifier ça et vous rappeler.

— Oh ? Est-ce qu'une séance par téléphone vous conviendrait mieux ?

— Une quoi ?

Je fronce le nez.

— Une séance par téléphone. Je vous appellerai à l'heure prévue et on pourra discuter, comme maintenant.

— Oh, vous pouvez faire ça ?

— Je peux. Il n'y a aucune pression, Becca. Je suis là pour vous, pas l'inverse.

Il ne peut pas me voir, mais j'acquiesce quand même.

J'aime qu'il ne puisse pas me voir. C'est le fait de savoir que je n'aurai pas à le regarder dans les yeux pendant que je lui dévoile tous mes secrets qui me fait accepter un rendez-vous mardi.

Je raccroche et je pousse un soupir de soulagement.

Puis je me remets à fixer cette horrible chouette. Cette fois, son regard ne me dérange plus autant.

— Alors, tu l'as appelé ? me demande Lee, assise en face de moi sur le canapé, la main posée sur le genou de Chase.

Je hoche la tête en buvant une gorgée d'eau.

— Oui.

Chase se redresse.

— Bien. Le Doc est absolument génial.

— S'il peut t'aider à résoudre tes problèmes, il devrait pouvoir facilement s'occuper de la fille d'un pasteur torturée, dis-je avec un sourire.

— Oui, en parlant de ton père, intervient Lee, je l'ai vu avec ta mère à l'épicerie l'autre jour, et ils m'ont arrêtée pour prendre de tes nouvelles. Je ne savais pas que vous ne vous parliez plus.

Je soupire, révoltée par l'audace de mes parents de poser des questions sur moi alors qu'ils ne prennent même pas la peine de décrocher leur téléphone. Ce n'est pas comme si Sugarlake était une grande ville. S'ils voulaient me trouver, ils savent où j'habite.

La sonnette retentit, interrompant notre conversation et Chase disparaît dans le hall.

— Tu attends quelqu'un ? je demande à Lee.

Elle grimace.

— Oui, je ne savais pas comment te dire qu'il venait.

Mon cœur fait un bond.

— Qui ça ?

— Eli.

Le sang afflue dans mes veines, me monte aux joues, et je laisse échapper un souffle. Je suis surprise qu'elle nous ait invités tous les deux à dîner et le suis encore plus qu'elle l'ait invité tout court. La dernière fois que je l'ai vue, ils n'étaient pas en bons termes et ça me rend triste de réaliser qu'elle ne se sentait pas à l'aise à l'idée de m'annoncer la venue d'Eli. Ou peut-être qu'elle ne voulait tout simplement pas le faire. Je me demande quand on retrouvera notre relation d'avant, lorsque je n'avais pas brisé sa confiance.

Elle dit que tout va bien, mais je sais que pardonner ne signifie pas oublier. Même les membres amputés continuent de souffrir.

Je n'ai pas revu Eli depuis qu'il m'a sautée contre les gradins et cela fait presque deux semaines, alors quand son rire flotte dans la pièce, je sens une vague de chaleur monter en moi.

Chase franchit le seuil en premier, mais mes yeux se posent directement sur l'homme qui arrive derrière lui.

Le regard d'Eli croise le mien, et j'ai l'impression qu'il s'enroule autour de moi et me tire du canapé sans que je contrôle quoi que ce soit.

Lee dit quelque chose, mais sa voix me semble étouffée. Je suis entièrement concentrée sur Eli et la façon dont il capte mon attention par sa seule existence.

Je m'arrête juste devant lui, assez près pour le toucher, son énergie me brûlant la peau.

— Salut.

— Rebecca.

Sa voix est grave, rauque, et le son de mon prénom sur ses lèvres fait vibrer tout mon corps, me donnant envie de l'entendre à nouveau.

— Je ne savais pas que tu serais là, ajoute-t-il.

— Moi non plus. J'espère que ça ne te dérange pas.

— Pas du tout.

— Tant mieux.

Un large sourire éclaire mon visage, et mon regard reste fixé sur lui tandis que ses lèvres s'étirent légèrement et qu'une lueur vive anime ses yeux.

— Tant mieux.

Des papillons prennent leur envol dans mon ventre, et je me sens étourdie à l'idée de passer la soirée avec lui car cela représente pour nous une chance d'être tout simplement ensemble, sans l'angoisse de notre passé.

Alors, quand Lee passe son bras autour de mes épaules et me fait signe qu'il est temps de s'asseoir pour manger, je les suis dans la salle à manger, les yeux rivés sur le dos d'Eli, me laissant envahir par un sentiment d'espoir concernant l'avenir.

Et j'aime vraiment cette sensation.

Chapitre 55

ELI

Il y a eu un moment, devant la tombe de ma mère, où le monde s'est tu. Il n'y avait plus que les larmes de Lee qui trempaient ma chemise et les miennes qui tombaient silencieusement sur ses cheveux, l'atmosphère étant chargée de toutes les fois où nous ne nous étions jamais permis d'être là, simplement, comme nous aurions dû le faire depuis toujours.

Nous étions tous les deux trop prisonniers de notre fierté, attendant de l'autre qu'il donne au lieu de prendre, sans réaliser que la vie est un exercice d'équilibre.

Assis devant la pierre tombale de notre mère, avec pour seule compagnie le murmure du vent et nos aveux tardifs, Lee m'a parlé de Lily et de sa peur de décevoir papa. Je lui ai raconté comment j'avais utilisé Sarah pour atténuer la douleur causée par le départ de Becca et pour apaiser la mémoire de notre mère, afin de faire cesser les cauchemars.

C'est difficile d'être vulnérable, de révéler ses secrets les plus profonds et de les exposer au jugement des autres, mais c'est aussi purifiant de ne plus les porter seul. Et peut-être que, si j'avais soutenu Lee quand elle en avait besoin, elle se serait davantage investie pour m'aider. Peut-être que je n'aurais pas ressenti le besoin de tout enfouir, de cacher le poids de mes erreurs là où personne ne pouvait les voir.

On ne peut pas s'épanouir dans le noir. On se flétrit et on s'affaiblit jusqu'à ce qu'il ne reste que des résidus desséchés éparpillés au sol. Le fait que Lee m'ait invité à dîner n'est qu'une étape supplémentaire vers notre guérison. Cela dit, je ne m'attendais pas à voir Becca ici, avec sa beauté et ses regards qui me rappellent ce que nous étions l'un pour l'autre.

Ce que nous pourrions être à nouveau si seulement je lui laissais une place dans ma vie.

Je réalise qu'il n'est pas juste de dire une chose et d'en penser une autre. Et j'aimerais tellement pouvoir plonger dans son esprit et comprendre toutes les raisons qui l'ont poussée à partir. Comment elle a pu me dire qu'elle m'aimait et me briser aussi facilement. Peut-être qu'alors, je pourrais réconcilier la Becca de mon passé avec la femme qu'elle est aujourd'hui et que nous pourrions trouver un moyen d'avancer.

— Bon, je commence en posant ma serviette avant de regarder Lee. La semaine prochaine, c'est la première journée famille à Stepping Stones.

Lee interrompt son repas et laisse sa fourchette en suspens.

— Mmm. Mark m'en a parlé au téléphone.

J'acquiesce en m'adossant.

— Tu veux qu'on y aille ensemble ?

Elle soupire et pose sa fourchette dans son assiette.

— Je ne sais pas, Eli. Je n'y ai pas vraiment réfléchi. Je veux dire, est-ce que papa veut vraiment que je vienne ?

— Excusez-moi, c'est quoi, exactement, une journée famille ? demande Becca.

Je la regarde, surpris qu'elle ne soit pas déjà au courant. Je pensais que Lee lui en aurait parlé.

— C'est une journée de visite au centre de réadaptation. Il y a une séance de groupe pour les membres de la famille, puis on a des entretiens individuels avec notre père.

Je suis nerveux à l'idée de ce que je vais trouver là-bas. Je redoute que mon père soit encore plus en colère contre le monde maintenant qu'il n'a plus d'alcool pour engourdir sa peine. Je ne sais pas vraiment à quoi m'attendre, malgré ce que Mark nous a dit. Je ne suis pas sûr que mon père veuille nous voir.

Chase hoche la tête.

— C'est super. Tu vas y aller ? demande-t-il à Lee.

— J'allais t'en parler. Je n'en ai pas encore eu l'occasion. Je l'ai appris aujourd'hui.

Il sourit, se penche vers elle et l'embrasse sur les lèvres. Je ressens un pincement au cœur en les voyant s'aimer si profondément. Si ouvertement. Je suis envieux car je sais que Lee a réussi à laisser son amour prendre le dessus sur sa douleur pour permettre à Chase de revenir dans sa vie.

Je me demande comment elle a fait.

— Ce n'est pas grave, bébé, murmure Chase. Ça ressemble aux réunions, tu vois ?

— Quelles réunions ? demande Becca, me volant ma question.

Chase s'éclaircit la gorge.

— Les réunions Nar-Anon. Une aide pour les proches de personnes souffrant d'addiction, dit-il en me regardant. En fait, j'avais prévu de t'y inviter également, Eli... si tu veux y aller.

Mon estomac se noue. Un groupe de soutien ? Je n'ai vécu la dépendance de mon père que pendant un mois. Je n'ai pas encore eu le temps d'en ressentir les effets. Je me sens bien.

Je secoue la tête.

— C'est sympa, mec, mais je ne pense pas en avoir vraiment besoin.

Il hoche la tête et son sourire creuse ses fossettes.

— En tout cas, l'offre tiendra toujours. On en reparlera peut-être après la « journée famille ».

— Ton groupe, c'est comme une thérapie ou quelque chose dans le même genre ? demande Becca.

Chase hausse les épaules.

— Un peu, j'imagine. Ce n'est pas aussi dramatique que ça en a l'air.

Je me tortille sur ma chaise, soudain mal à l'aise avec la tournure que prend la conversation. Becca remarque mon mouvement et tourne la tête vers moi pour me fixer de son regard vert jusqu'à ce que je ne puisse plus respirer.

— Je ne sais pas, dit-elle lentement en haussant les épaules sans me quitter des yeux. Ça n'a pas l'air si mal. Non pas que j'aie de l'expérience en matière de thérapie. Pas encore, en tout cas.

Je hausse les sourcils.

— Pas encore ?

— C'est ça. J'ai mon premier rendez-vous mardi.

Elle prend une bouchée de son repas et sourit.

— Tu consultes un psy ?

Cette idée me fait un drôle d'effet.

— Oui, pourquoi ? demande-t-elle en haussant les épaules. Tout le monde aurait bien besoin d'une thérapie.

— Surtout toi, murmure Chase.

Elle tourne brusquement la tête vers lui.

— Fais gaffe à ce que tu dis, Ducon. Ne me fais pas regretter toutes les gentillesses que j'ai dites à ton sujet.

Chase glousse et l'impertinence de Becca me réchauffe le cœur.

Cette fichue bouche.

C'est agréable. Je pourrais presque me convaincre que c'est un dîner familial normal, que nous ne sommes pas en froid sur tous les plans importants. Je peux presque faire comme si la présence de Becca ne me faisait pas l'effet d'être un fil électrique sur le point de s'enflammer, oscillant entre toutes les raisons pour lesquelles je la désire, et toutes celles pour lesquelles je ne devrais pas.

Mais plus que tout, ce dîner me redonne espoir. Et c'est quelque chose que je n'ai pas ressenti depuis longtemps.

Stepping Stones est situé dans un cadre magnifique. Niché dans les Smokies, cet endroit ressemble davantage à un lieu de retraite qu'à un centre de réadaptation. Son cadre paisible, entouré de fleurs et d'érables en fleurs, cache les luttes qui prennent place entre ses murs.

Cela fait un mois que j'ai déposé mon père ici. Je ne l'ai pas revu et je ne lui ai pas parlé depuis, tout comme Lee. Nous devons nous contenter des informations générales, qui restent vagues, fournies par Mark.

— Bon sang, cet endroit est magnifique, s'exclame Lee tandis qu'on se dirige vers l'entrée principale.

Je marmonne mon accord. J'aimerais parler, mais l'angoisse me noue la gorge et me retourne l'estomac. Mon esprit tourne à mille à l'heure, se demandant où cette visite va nous mener. Si mon père fournit des efforts nécessaires pour guérir. S'il m'en veut de l'avoir amené ici. Si Lee est prête à affronter ce qui nous attend à l'intérieur.

Mark nous accueille à la réception et nous conduit à son bureau.

Lee se mord la lèvre dès qu'on s'assoit tandis que Mark s'installe de l'autre côté de son bureau avant de se pencher en arrière sur sa chaise et de sourire à ma sœur.

— Vous devez être Alina. Votre père m'a beaucoup parlé de vous.

Elle retient son souffle.

— Vraiment ?

Mark sourit et acquiesce.

— Vraiment, répète-t-il avant de se tourner vers moi. Eli, je suis content de vous revoir. Vous êtes prêts ?

— Oui.

Mes mollets me brûlent à force de faire rebondir mes jambes.

— À quoi devons-nous nous attendre exactement ?

— Je ne vais pas vous mentir, ce ne sera pas facile. La thérapie familiale est un travail de longue haleine, mais c'est bien que vous soyez là. Il est important que vous montriez à votre père que vous êtes prêts à fournir des efforts.

— Et lui ? l'interrompt Lee. Est-ce qu'il fournit des efforts pour aller mieux ?

— Oui, répond Mark en souriant. Mais tout n'est pas noir ou blanc, Alina. La guérison se fait jour après jour. Parfois, c'est facile, et d'autres fois, on se retrouve brisé et meurtri. L'importance, c'est qu'il se réveille, qu'il enfile son armure et qu'il se batte comme un lion. Il choisit d'être la meilleure version de lui-même, et chaque seconde qu'il y consacre est une victoire. Il aura besoin de votre soutien, c'est pourquoi votre guérison est tout aussi cruciale pour son succès que la sienne.

Un petit rire m'échappe, même si rien de ce qu'il dit n'est drôle.

— Comment ça, notre guérison ?

— C'est exactement ce que j'ai dit. La dépendance est une maladie familiale, Eli. Elle vous touche tous.

Pourquoi tout le monde ne cesse-t-il de répéter ça ?

Lee renifle et je la vois hocher la tête du coin de l'œil. Son émotion et son acquiescement me serrent le cœur.

— Alors, comment ça va se passer ? demande ma sœur en se tordant les mains.

— Eh bien, ce matin, nous avons une activité de groupe pour tous les membres de la famille. Puis, cet après-midi, vous serez avec votre père pendant sa séance.

— Juste pendant sa séance ?

Je pensais qu'on allait passer la journée avec lui. Apprendre que ce ne sera pas le cas transforme mon anxiété en une irritation lancinante qui me picote la peau.

Mark pince les lèvres.

— C'est lui qui a demandé à ne vous voir tous les deux que dans le cadre de cet arrangement particulier.

Mon estomac se noue et se tord, et l'inquiétude envahit toutes mes cellules à l'idée de la réaction de Lee en apprenant que papa ne veut pas de nous ici. Je suis habitué à ces déceptions, mais je ne sais pas trop quelle est leur dynamique, à Lee et lui, ces derniers temps.

— Il ne veut pas nous voir ? demande lentement ma sœur, la voix brisée.

Mark se penche en avant sur sa chaise et pose ses coudes sur son bureau.

— Ça n'a rien à voir avec vous. C'est très courant chez les personnes qui traversent la phase de rétablissement où se trouve votre père. Cela peut être… bouleversant d'affronter les personnes qu'on aime.

Il marque une pause, observant attentivement le visage de Lee.

— Je sais que c'est difficile, croyez-moi, je le sais. Mais c'est un sacré truc, ce que vous faites, venir comme ça pour lui. Ce dont il a besoin de votre part en ce moment, c'est que vous le laissiez fixer ses propres limites et que vous les respectiez.

Elle acquiesce, essuyant ses joues baignées de larmes du dos de la main.

— D'accord.

— Parfait, s'exclame Mark en frappant le bureau de la jointure de ses doigts. L'activité commence dans une demi-heure. Je vous accompagne à la salle de réunion, vous pourrez vous servir à boire en attendant. Vous êtes prêts ?

Je souffle bruyamment, le poids de ses mots pesant lourdement sur mes épaules.

Je pensais que le fait que mon père entre en cure de désintoxication le guérirait. Qu'il travaillerait sur ses problèmes et rentrerait à la maison, où on pourrait s'assurer qu'il reste dans le droit chemin.

Je ne m'étais pas rendu compte que ce serait comme ça.

Mais, même si je ne le comprends pas, je vais tout faire pour apprendre afin d'être là pour Lee et mon père, à chaque étape.

Chapitre 56

ELI

Les deux dernières heures m'ont ouvert les yeux, et je ne savais même pas qu'ils étaient fermés. L'activité de groupe était différente de tout ce que j'ai connu auparavant et de ce à quoi je m'attendais – c'était tellement… fort.

Je ne vais pas mentir et dire que je peux m'identifier aux autres participants. Mais je vois la même ombre nerveuse assombrir leurs yeux, les mêmes mouvements anxieux que j'observe chez Lee. Je sens le désespoir suinter de tous leurs pores, leur envie de faire quelque chose, n'importe quoi, pour aider leur proche, mais sans savoir par où commencer. Au moins, c'est quelque chose que je peux comprendre. Je n'ai aucune idée de la façon dont il faudra gérer ce qui va arriver. Je ne sais pas quoi faire quand mon père rentrera à la maison. Et peut-être que je n'ai pas été là pour assister à sa descente aux enfers, que je n'ai pas ressenti cette douleur atroce de voir quelqu'un que j'aime succomber à ses faiblesses, mais je ressens la culpabilité qui accompagne le fait de ne pas avoir été présent.

Je ressens le poids de la responsabilité d'être ici, maintenant, et de ne pas avoir de boussole pour me guider dans ce voyage.

Aujourd'hui, j'ai appris que l'alcoolisme est une maladie familiale. Il nous affecte tous de manières différentes.

La codépendance est l'un des symptômes les plus courants. Le déni en est un autre. C'est un coup de massue pour mon psychisme, parce que, putain, ça fait des années que je nie l'addiction de mon père. Et je sais très bien que Lee est codépendante, qu'elle a adapté sa vie à son alcoolisme, qu'elle s'inquiète obsessionnellement de ce qui va lui arriver au détriment de son propre bien-être.

Je ne sais pas trop comment accepter le fait que la dépendance de mon père m'ait affecté plus que je ne le pensais au départ. L'invitation de Chase résonne dans mon esprit, mais je la mets de côté pour y revenir plus tard, une fois que j'aurai digéré le reste de mes émotions de la journée.

Ils ont dit beaucoup de choses pendant la séance. Un déluge d'informations, accompagné de brochures et de dossiers, nous montrant toutes les façons de soutenir et toutes les façons de ne pas le faire. C'est un miracle que j'en aie retenu quoi que ce soit. Mais des phrases me sont restées, et maintenant, alors que Lee et moi sommes assis dehors à une table ronde en attendant mon père et Mark, je me surprends à les répéter encore et encore dans ma tête.

« Tu ne peux pas le guérir. Tu n'en es pas responsable. Tu ne peux pas le contrôler. »

Je me demande si Lee pense la même chose. Mon regard se pose sur elle et je cherche les mots justes. Elle est à côté de moi, mais elle me semble si loin, et à cet instant, je souhaite plus que tout pouvoir franchir le gouffre qui nous sépare et m'accrocher à elle, combler d'une manière ou d'une autre le fossé afin qu'on puisse véritablement se soutenir dans ces moments difficiles.

— C'était intense, dis-je.

Lee lève les yeux de l'une des brochures qui ont été distribuées.

— Oui, soupire-t-elle. Mais c'est tout à fait logique. J'ai laissé papa faire pendant des années.

— Sans t'occuper de toi ?

Je tourne mes mots sous forme de question, ne voulant pas attiser ses émotions déjà à fleur de peau, mais à voir ses yeux se plisser, je pense avoir touché un point sensible.

— Comment tu peux savoir ça, Eli ? Tu n'étais même pas là pour voir si je prenais soin de moi ou pas. Tu étais trop occupé à vivre la grande vie avec tes amis riches et leurs rêves de grandeur pour t'en soucier.

Ses accusations transpercent ma peau comme des lames et me consument de l'intérieur.

— C'est ce que tu penses ? Vraiment ? Que je menais la grande vie ?

Elle hausse les épaules et croise les bras sur sa poitrine.

Ma retenue s'effrite et mes émotions refoulées jaillissent hors de moi, me laissant un goût amer dans la bouche.

— Écoute-moi bien, Lee. Ma mère est morte et j'ai perdu le seul membre de ma famille qui se souciait de moi au-delà du basket. Et puis... j'ai perdu le basket aussi.

Je respire profondément par le nez pour retenir mes larmes et ignorer mon accent qui transparaît à la fin de mes mots.

— Et je sais que j'aurais dû être plus présent. J'aurais dû faire plus d'efforts. Mais tu n'as jamais pris une seule seconde pour demander de mes nouvelles. Tu es restée là à te morfondre dans ton malheur, sans te soucier de moi. Tu as fait des suppositions sur ma vie sans prendre le temps de voir par toi-même.

— Je...

— Eh bien, devine quoi. Tu ne sais pas. Tu n'as aucune idée de ce que j'ai vécu.

— Tu ne m'as jamais rien dit, siffle-t-elle.

— Tu ne m'as jamais rien demandé !

Je lève les bras, paumes tournées vers le plafond. Ce n'est pas ici que je voulais avoir cette conversation.

Nous sommes là pour notre père, et c'est déjà une journée éprouvante. Mais parfois, on ne contrôle pas le cours des choses et le fait de m'exprimer me soulage. Je me sens plus léger.

La rancœur s'accroche en nous. Il peut être douloureux de la déloger, mais au moins, cela permet de nettoyer les résidus.

Je pianote sur la table.

— Je n'étais pas là pour toi. Je ne t'ai pas écoutée quand tu avais besoin de moi, et j'en suis désolé. Je suis désolé pour le rôle que j'ai joué dans toutes les façons dont on s'est abandonnés l'un l'autre. Mais pour une fois dans ta vie, tu veux bien te regarder dans le miroir et accepter une partie de la responsabilité ? Bon sang.

Je souffle en tirant sur mes cheveux.

Lee me fixe, la bouche ouverte comme un poisson.

— Eli, je...

— Tu veux savoir à quoi ressemblait ma vie de rêve, Alina ? je l'interromps à nouveau. Elle était solitaire. Remplie d'une culpabilité qui me rongeait de l'intérieur parce que je ne prenais pas le temps de rentrer à la maison, de tenir ma mère dans mes bras tant que j'en avais encore la possibilité.

Ma voix se brise et je passe la main sur ma bouche en regardant les yeux de Lee se voiler.

— Ma vie « de luxe » était remplie de gens qui adoraient être sous les projecteurs qui me suivaient et fuir mon côté sombre. Ma « grande vie » était torturée par le cauchemar de vivre mon rêve, puis de le voir s'envoler devant des millions de personnes.

Je me frappe la poitrine du poing avant de poursuivre :

— J'ai passé des milliers d'heures à fixer mon téléphone de luxe qui ne sonnait jamais, alors que les deux seules personnes qui auraient dû se soucier de moi étaient les seules à ne pas m'appeler.

Lee porte une main à sa bouche.

— Eli, je n'ai pas...

— Non, dis-je sèchement. Tu n'as pas.

Je prends une profonde inspiration pour essayer de retrouver mon calme avant d'enchaîner :

— Tu sais ce que ça fait de perdre sa raison d'être, Lee ?

— Non, murmure-t-elle en secouant la tête.

Je me mords les lèvres, choisissant mes mots avec soin.

— C'est comme... comme si tu étais coincé au milieu d'un lac, loin de la rive. Tu peux voir ton objectif, mais tu ne peux pas l'atteindre.

Je détourne les yeux pour fixer la table, me rappelant à quel point je me sentais perdu avant d'aller en Floride et d'entraîner tous ces jeunes. Avant de trouver Becca.

— Au bout d'un moment, tes membres sont tellement fatigués que tu finis par céder à la gravité. Tu laisses l'eau remplir tes poumons et tu acceptes ta nouvelle réalité. Mourir lentement, seul au milieu du lac... tout ça parce que tu es incapable de faire la seule chose qu'on attendait de toi. Tu es incapable de nager, putain.

Ma voix se brise sur ces derniers mots.

— Je ne pensais pas..., commence Lee avant de s'interrompre.

— Quand j'ai perdu la balle, j'ai perdu la raison. J'ai passé toute ma vie à m'efforcer d'atteindre la grandeur, et finalement, rien de tout cela n'avait d'importance. Tout ça était vain.

Lee détourne le regard, une larme coule sur son visage et tombe sur son menton. Son chagrin me fait mal au cœur.

— Je ne te dis pas ça pour te rendre triste. Ni pour te faire culpabiliser. J'ai juste besoin que tu comprennes. Je suis resté loin de vous parce que je ne pouvais pas rentrer à la maison. Je ne pouvais pas affronter la déception de la ville. Mais tout ça n'a plus d'importance maintenant. On ne peut pas revenir en arrière et changer le passé.

— Mais tu peux commencer là où tu es et changer la fin, termine Lee en souriant à travers ses larmes. C'est ma citation préférée.

Mon cœur se réchauffe.

— La mienne aussi.

Je tends la main pour attraper ses doigts par-dessus la table.

— Je te pardonne. E toi, tu me pardonnes ?

Elle regarde nos mains en reniflant. Finalement, elle hoche la tête et une fissure se referme dans mon cœur.

— Bien, parce qu'on doit former une équipe pour soutenir papa. Et pour se soutenir mutuellement. Tu es prête ? je demande en poussant un soupir.

— Non, réplique-t-elle en riant. Mais je suis aussi prête que je peux l'être. Au fait, ton accent est sympa. Il faut croire que je n'avais qu'à t'énerver pour que tu redeviennes toi-même, hein.

Je regarde derrière elle et j'aperçois mon père en train de suivre Mark, les épaules affaissées, la tête basse. Même de loin, je peux voir qu'il a pris du poids. Ça lui va bien. Et quand il lève les yeux, pour la première fois depuis mon retour à la maison, une partie de ma foi perdue depuis longtemps me revient.

Son regard est clair et alerte. Et même s'il ne sourit pas, l'aura qui l'entoure n'est plus aussi austère. C'est comme si le chagrin qui le recouvrait comme une cape avait été retiré de ses épaules.

Mon père et Mark s'assoient sur les deux chaises en face de nous. La table est ronde, mais mon père semble être le plus éloigné, comme si l'érosion de nos relations au fil des ans se manifestait dans l'espace qui nous sépare.

— Rebonjour à vous deux, dit Mark.

J'essaye de sourire, mais c'est tout ce que je parviens à faire. Le poids de la journée commence à peser sur mes épaules et je sens une douleur lancinante dans le bas de ma colonne vertébrale.

— Aujourd'hui, ce ne sera pas une « séance » à proprement parler, poursuit Mark. Mais une simple visite pour que tout le monde se retrouve. Je suis seulement là pour modérer la discussion au cas où Craig se sentirait mal à l'aise avec certains sujets.

— Alors, papa..., je commence. Comment ça va ? Tu as l'air en forme.

Mon père hoche la tête et pose ses coudes sur la table.

— Ça va. Mais je ne vais pas vous mentir, j'avais très envie de partir d'ici et d'aller boire un verre aujourd'hui, en sachant que j'allais vous voir.

Lee ricane.

— C'est vraiment nous que tu tiens pour responsables ?

Mark se penche en avant pour intervenir.

— Lee, Craig exprime simplement ce qu'il ressent aujourd'hui, et nous devons respecter cela. Ce n'est pas facile d'affronter les personnes qu'on a blessées à cause de sa dépendance.

Mon estomac se noue. Je ne comprends pas grand-chose à ce que vit mon père et à ce que ce processus implique, mais ce sentiment d'affronter des personnes qu'on a déçues... Ça, je le comprends très bien.

— Je ne... Je ne te tiens pas pour responsable, Alina. Je suis juste honnête. C'est difficile pour moi d'être face à toi. C'était difficile quand j'avais bu deux bouteilles de whisky, et c'est toujours aussi difficile maintenant que la honte refait surface. Quand je te regarde, je vois ta mère. Ça me fait mal.

Il pose la main sur son cœur et son regard alterne entre Lee et moi.

— Je vous regarde tous les deux et je vois toutes les façons dont je vous ai déçus.

Mon cœur s'emballe mais j'attends qu'il s'explique, j'ai besoin qu'il s'explique.

Mais il ne le fait pas.

Lee inspire bruyamment entre ses dents.

— D'accord, je suis désolée, papa. C'est bien que tu sois là. Je suis contente de te voir.

Les lèvres de mon père se soulèvent légèrement.

Mark s'éclaircit la voix.

— Craig, pourquoi ne leur parlez-vous pas de ce qui s'est passé il y a deux jours ?

À ces mots, mon père sourit, fouille dans sa poche et en sort une pièce de monnaie qu'il pose sur la table. Je me penche pour voir de quoi il s'agit.

— Qu'est-ce que c'est ? demande Lee.

— C'est mon jeton de sobriété. Trente jours.

La poitrine de mon père se gonfle, et la mienne aussi en voyant un peu de l'homme qui m'a élevé transparaître à travers les fissures.

— C'est incroyable, papa. Félicitations.

— Oui, papa, trente jours, c'est génial.

Les yeux de Lee brillent de larmes contenues, et elle cligne des paupières pour les faire disparaître.

— Je suis tellement fière de toi, murmure-t-elle en tripotant la pile de brochures posée sur la table. Maman serait fière aussi.

Ses mots explosent dans ma poitrine et mon cœur se serre de douleur à l'évocation de maman.

Le visage de papa se crispe, la tristesse se peint sur ses traits et le chagrin tourbillonne dans ses iris. Il tend la main et ramasse la pièce, puis il frotte une des faces avec son pouce.

— Tu en reçois une tous les mois ?

Je change de sujet pour quelque chose de plus léger, jetant un coup d'œil à Mark qui hoche la tête en signe d'encouragement.

Le reste de la séance se déroule tranquillement. Rien de bien profond. Mais c'est une visite agréable, qui apaise quelque peu l'inquiétude qui me rongeait – ne pas savoir si papa prenait tout cela au sérieux.

Nous aurons le temps d'approfondir les autres sujets plus tard, de décider de la suite une fois qu'il sera rentré à la maison et qu'il devra faire face à sa convalescence et à sa punition. Après tout, il doit encore comparaître devant le tribunal pour l'accident.

Mais pour l'instant, voir que mon père se remet et fait des efforts… c'est suffisant.

Chapitre 57

BECCA

Je crois que je vais continuer avec le Doc. Virtuellement, bien sûr. Je ne suis pas prête à le rencontrer en personne. Je ne sais pas si je le serai un jour, mais au téléphone, c'est plus facile que je ne le pensais. C'est agréable de pouvoir exprimer mes peurs et mes frustrations, de tout vomir sans crainte de représailles. Sans crainte d'être jugée.

Le Doc m'a vraiment écoutée. Il m'a dit que mes émotions étaient légitimes. Puis il m'a donné des devoirs.

Écrire trois qualités que j'aimerais avoir, puis les répéter jusqu'à ce que j'y croie.

Me voilà donc un mercredi après-midi sur le parking de l'église, en train de répéter mes nouvelles affirmations.

Je veux attraper mes parents avant le service du mercredi soir et c'est ma meilleure chance de les coincer dans un endroit où je sais qu'ils ne peuvent pas partir. J'ai des choses à dire, et il est grand temps qu'ils m'écoutent.

Je suis forte. Je suis audacieuse. Je suis maîtresse de mon pouvoir.

Après avoir pris une profonde inspiration, je sors de ma voiture et je claque la portière derrière moi, en espérant que le léger tremblement de mes mains ne se répercute pas dans mon corps au moment où je pénètre dans l'église.

La porte du bureau de mon père est entrouverte, alors je la pousse pour l'ouvrir complètement et j'entre. Mon cœur bat si fort que je le sens cogner contre ma cage thoracique. Maman est penchée sur le bureau, papa à côté d'elle, tous deux concentrés sur les papiers éparpillés sur la surface.

— Coucou.

Mon père relève brusquement la tête et me regarde en plissant les yeux.

— Rebecca, où étais-tu, jeune fille ?

Mon ventre se comprime. *Comment ose-t-il faire comme s'il s'en souciait ?*

— Ce n'est pas comme si je me cachais, papa. Je n'étais simplement pas ici, à l'église.

Il croise les bras et me transperce de ses yeux verts.

— Et pourquoi donc ?

Mon regard se pose sur ma mère. Elle m'observe depuis sa place, toujours penchée au-dessus du bureau.

— Maman ne t'a pas dit ?

Il la regarde et se raidit.

— Me dire quoi ?

À ces mots, ma mère se redresse et ses perles rebondissant légèrement autour de son cou, accentuant à la perfection l'image qu'elle projette au monde. Je me demande : si je les arrache, est-ce que toute sa laideur sera révélée ?

Elle se racle la gorge.

— Nous avons eu une discussion à cœur ouvert l'autre soir, et elle n'a pas très bien pris ce que j'avais à lui dire. Ça ne t'intéresserait pas, mon chéri. Ce sont des histoires de femmes.

Une lueur brille dans ses yeux lorsqu'elle me regarde. Je ne sais pas si c'est une menace ou un avertissement, mais je m'en fiche. J'en ai assez de me soumettre à ses désirs au détriment de mes propres besoins.

Le Doc dit que les gens ne vous donneront pas le pouvoir. C'est à vous de le prendre.

— Non, papa. Ce ne sont pas des histoires de femmes. Elle m'a raconté comment vous avez tous les deux menti pendant des années.

Mon père fronce les sourcils.

— Elle m'a raconté qu'elle t'aimait mais que toi, tu ne l'as jamais aimée. Que tu l'as mise enceinte et que tu t'es marié à la va-vite, puis que tu as déménagé ici pour pouvoir prétendre être quelqu'un que tu n'étais pas.

— Rebecca Jean, ça suffit, siffle ma mère.

Mais je l'ignore. Ma colère est un tsunami qui grossit pour tout emporter sur son passage, noyer les mensonges sous la vérité.

— Tu crois, maman ?

Je penche la tête en fixant mon père et continue :

— Elle m'a dit que tu avais menti à tout le monde en ville pendant des années et que tu m'avais menti, à moi, toute ma vie.

Les yeux de mon père s'agrandissent tandis qu'il s'assoit sur sa chaise, la bouche entrouverte, le regard fuyant qui se pose partout sauf sur moi.

Ma mère reste impassible, et son dos se raidit un peu plus à chaque seconde de silence supplémentaire.

— Bon, je reprends enfin. Vous n'avez rien à dire pour votre défense ? Aucun de vous deux ?

Mon père lance un regard noir à ma mère.

— Eh bien Rebecca, je ne sais pas par où commencer.

— Choisis, je rétorque.

— D'accord, dit-il en hochant la tête. C'est vrai que ta mère et moi avons déménagé ici après notre mariage... quand on t'attendait.

Je ricane.

— Et vous n'avez pas pensé devoir être honnêtes à ce sujet ? je m'exclame en levant les bras. Pourquoi ? Vous aviez tellement honte de moi avant même que je sois née que vous avez dû le cacher ?

Une douleur me transperce la poitrine, étouffant le dernier mot.

— Nous n'avions pas honte de toi, ma fille. Nous essayions de tracer notre propre route. Nous avions prévu de nous marier et de nous installer ici bien avant d'apprendre ton existence. Ton arrivée n'a fait qu'accélérer le processus.

— Pardon ?

Je secoue la tête. Ses mots brouillent l'image claire que je m'étais faite des événements.

— Mais maman a dit...

— Je ne sais pas ce que tu crois avoir entendu, Rebecca Jean, intervient ma mère. Mais si tu penses que ce n'est pas ce que je t'ai dit, tu te trompes.

Je reste bouche bée, prise de nausées, alors que j'assimile ce qu'elle vient de dire.

— Bon sang, tu as toujours été aussi manipulatrice ?

— Surveille ton langage, jeune fille, lâche mon père.

Je me retourne vers lui.

— Tu es en train de me dire que ce n'est pas vrai ?

Il se penche en arrière sur sa chaise et redresse sa cravate.

— Ça dépend à quelle partie tu fais référence.

La frustration me déchire la poitrine et je serre les dents si fort que ma mâchoire me fait mal.

— Arrête de parler par énigmes ! Pour une fois, dis-moi la vérité. Traite-moi comme ton égale. J'ai le droit de savoir.

Les larmes coulent sur mon visage, leur goût salé persistant sur mes lèvres sèches tandis que j'attends une réponse que je ne suis même pas sûre d'obtenir.

— Nous avons déménagé ici, oui, déclare mon père en posant ses coudes sur le bureau. Nous t'attendions, oui. Nous n'avons dit la vérité à personne, c'est vrai. Mais j'aimais...

Sa voix se brise et il jette un coup d'œil à ma mère. Elle serre la mâchoire, les doigts agrippés à son collier de perles comme s'il s'agissait de la seule chose qui la maintenait dans la réalité.

— J'aimais ta mère. C'est elle qui ne m'aimait pas.

— Pardon ? je hoquette. Qu'est-ce que tu racontes ? Maman ?

Je me tourne vers elle, et la vois se redresser avant de passer sa main sur l'avant de son chemisier en soie.

— Franchement, toute cette conversation est épuisante. Nous avons une assemblée à préparer. Don, fais cesser ces absurdités, d'accord ?

Elle fait mine de nous contourner pour sortir, mais je m'interpose devant la porte avant qu'elle ne puisse l'atteindre.

— Non, maman. Tu m'as menti ?

— Tu es tellement naïve, siffle-t-elle. Bien sûr que je n'étais pas amoureuse de lui. Mon père m'a forcée à l'épouser. J'ai commis une erreur stupide et j'en subis les conséquences encore aujourd'hui.

Mon cœur bat à tout rompre dans ma poitrine ; la blessure causée par le fait qu'elle me traite d'erreur est aussi douloureuse que si elle avait elle-même transpercé ma chair.

— Tu crois que c'est ce que je voulais faire de ma vie ? continue-t-elle en agitant les bras autour d'elle. Être coincée dans cette petite ville, être la femme d'un pasteur et la mère d'une fille dont tout le monde parle ?

J'ai toujours su que ma mère était malheureuse, mais j'ai bêtement supposé que c'était à cause des actions de mon père. Je n'ai jamais pensé une seule fois que c'était parce qu'elle ne voulait pas être ici.

— Pendant des années, tu m'as fait croire que c'était papa qui t'avait brisé le cœur. Tu m'as fait avoir pitié de toi. Pourquoi tu m'as menti comme ça ?

Je suis envahie par le dégoût en repensant à tout le temps que j'ai perdu à pleurer pour elle alors qu'elle ne méritait pas une seule larme.

Ses lèvres se retroussent.

— Pour être sûre que tu partes. Je sais que ce garçon est de retour. Et je savais que tu reviendrais vers lui. Je savais que tu ferais encore une fois parler toute la ville, et je n'aurais pas supporté d'être le sujet des ragots, surtout quand il s'agit de toi. Tu sais pour quel genre de mère ça me fait passer ? Comme si je n'étais même pas capable de contrôler ma propre fille, crache-t-elle en me dévisageant de la tête aux pieds. Elliot

Carson ne fera que te briser le cœur, te mettre enceinte, et te piéger pour toujours.

Je secoue la tête, essayant de comprendre.

— Non, mais... en Floride... Tu m'as fait croire que papa t'avait brisé le cœur. Qu'il ne t'aimait pas.

Ma mère hausse une épaule en me toisant.

— J'ai vu comment vous vous regardiez, en Floride, je savais que votre relation allait devenir un scandale en puissance. J'ai été honnête avec toi ce soir-là. Tu te serais retrouvée coincée. Tout comme moi.

Je recule d'un pas, incrédule devant les moyens auxquels ma mère a recouru pour devenir le cerveau dirigeant toute ma vie. Tout ce temps, j'ai cru que c'était mon père qui tirait les ficelles, mais c'était elle depuis le début.

Une mèche de cheveux s'échappe de son chignon et tombe sur son front. Elle marque une pause pour la remettre aussitôt en place. Évidemment. Elle ne peut pas laisser une imperfection ternir son image.

— La luxure est l'un des sept péchés capitaux, et ce n'est pas pour rien. J'ai fait ce que je devais faire. D'ailleurs, tu as toujours été très influençable, Rebecca Jean. C'est l'un de tes plus grands défauts.

Une brûlure se propage dans ma poitrine, me transperce les entrailles, enflamme mes veines et fait gonfler ma gorge. Je respire profondément pour contrôler la douleur.

Je suis forte. Je suis audacieuse. Je suis maîtresse de mon pouvoir.

Je regarde mon père pour voir sa réaction, mais il reste immobile sur sa chaise, passant et repassant sa main sur sa tête comme si rien de ce qui se passait devant lui ne l'intéressait. Comme s'il s'en fichait. Comme s'il avait juste un gros mal de crâne qu'il essayait de faire disparaître.

J'ai toujours considéré mon père comme un homme fort, mais maintenant, je ne vois plus que sa faiblesse. Je ne sais pas pourquoi je continue à me laisser surprendre quand ils me déçoivent.

Je me tourne à nouveau vers ma mère.

— Est-ce que tu as déjà dit une seule chose vraie dans ta vie, maman ?

— Tu devrais me remercier. J'ai essayé de te sauver. Je fais ce qui est nécessaire pour protéger ma famille.

Je ris nerveusement, car elle continue d'essayer de me manipuler.

— Peu importe qui tu blesses.

Elle ricane.

— Je t'en prie. Tu ne sais pas ce que c'est de souffrir, Rebecca. Grandis un peu.

Une partie de moi a envie de se recroqueviller. De se laisser aller à mon désespoir et permettre aux mots de m'affecter comme ils l'ont toujours fait. C'est confortable de s'en tenir à ce que l'on connaît, même si ce n'est pas sain.

Mais une autre partie de moi veut défendre mes émotions, car... comment ose-t-elle dire que je ne sais pas ce que c'est que de souffrir, alors que c'est papa et elle qui m'ont le plus blessée ?

Quoi que je fasse, elle gagne. Alors à la place, je prends une profonde inspiration et je répète mentalement mes affirmations.

Je suis forte. Je suis courageuse. Je suis maîtresse de mon pouvoir.

Je ne lui accorde aucune réaction et concentre mon attention sur mon père.

— Et Sally, alors ? Tu as choisi de faire des promesses à maman, et tu les romps comme si elles ne signifiaient rien.

— Qu'est-ce que tu racontes maintenant, Rebecca ? Comment sais-tu quoi que ce soit sur Sally et moi ?

Sa voix est calme et haletante, comme après une longue journée.

— Je vous ai vus.

— Tu as été négligent, Don, dit ma mère. Comment voudrais-tu qu'elle soit au courant, sinon ?

Sa voix me glace le sang. Elle lui parle comme si c'était quelque chose de normal, comme s'ils en avaient discuté mille fois. Et je réalise à cet instant que papa n'a peut-être pas couché avec Sally dans le dos de ma mère.

Peut-être qu'il l'a fait avec sa bénédiction.

Je n'en suis pas sûre, et je ne veux pas le savoir. Ça ne m'apportera aucune paix. Ça ne m'aidera pas à recoller les morceaux de notre relation. Je ne pense pas qu'il y ait quoi que ce soit à réparer, de toute façon.

Un poids s'abat sur ma poitrine et se propage dans tout mon corps quand je réalise que, pour briser réellement mes chaînes, je dois couper les ponts avec eux.

— Rebecca, Sally et moi...

Je lève la main.

— Je ne veux pas savoir, papa. Vraiment, rien de ce que tu diras ne changera quoi que ce soit.

Je ferme les yeux, essayant de trouver un point d'ancrage au milieu de cette tornade. Quand je les rouvre, maman est revenue derrière le bureau, la main posée sur l'épaule de mon père.

Une image parfaite, même derrière des portes closes. *Ils se méritent l'un l'autre.*

— Je déteste être porteuse de mauvaises nouvelles, maman, mais je reste.

Mon père acquiesce.

— C'est le bon choix.

Je secoue la tête.

— Non, tu m'as mal comprise. Je reste à Sugarlake, mais pas dans cette église. Je ne resterai pas dans cette famille.

Maman soupire.

— Ne sois pas ridicule, Rebecca Jean. Si tu veux rester, alors reste, mais ne fais pas semblant de ne plus faire partie de cette famille. Toute la ville en parlera.

Je hausse les épaules.

— Qu'ils parlent.

— C'est absurde, insiste mon père. Tu surmonteras le problème que te posent les choix que ta mère et moi avons faits, et tu feras ton devoir envers cette famille.

Son poing s'abat sur le bureau, attirant mon regard vers ce chêne qui, pendant des années, m'a tant troublé. Aujourd'hui, pourtant, il ne m'évoque plus rien.

Ce n'est plus mon problème. Ça ne l'a jamais vraiment été.

— Mon devoir ? je réplique en ricanant. Le seul devoir que j'ai, c'est envers moi-même. J'ai déjà donné plus qu'il n'en fallait à cette famille d'imposteurs. Je fais le choix de m'en aller. Vous avez de la chance que je ne fasse pas plus.

— Un mot de ma part et tu perdras ton précieux emploi, siffle mon père. Ainsi que cet appartement que tu aimes tant. Envolés, ajoute-t-il en claquant des doigts. Tu crois que ma parole n'a pas de poids dans cette ville ? Si je dis que j'ai besoin de toi ici, ils m'écouteront.

— Peut-être. Mais je détesterais voir ce qui se passerait si je racontais la vérité à tout le monde.

— Quelle vérité ? demande mon père en haussant les sourcils.

— La façon dont tu prônes la pureté tout en souillant ton âme avec des péchés.

Maman serre plus fort l'épaule de mon père.

— Personne ne te croira.

— Tu veux vraiment tester cette théorie ?

Papa serre la mâchoire, le regard dur. Ma mère rit.

— Donc tu vas simplement nous ignorer alors que nous vivons ensemble dans cette ville ? Tu vas simplement nous rayer de ta vie ? Il va bien falloir que nous disions quelque chose aux gens.

— Ce n'est pas mon problème, maman.

Je souris doucement, même si mon cœur se tord dans ma poitrine, avant d'ajouter :

— J'aimerais vous avoir tous les deux dans ma vie. Vous êtes ma famille et, même si je ne devrais pas... je vous aime. Je ne sais pas comment faire autrement. Je voudrais juste que vous m'aimiez en retour. Je ne suis pas rancunière. J'ai accepté notre situation et j'apprendrai à m'en accommoder. Mais je ne vous laisserai plus me manipuler.

Mon père détourne le regard, et ma mère me fixe longuement avant d'acquiescer finalement d'un signe de tête sec. Elle me congédie.

Je pars de mon plein gré, soulagée par cette conclusion qui balaye toutes mes questions.

Mais avec la clarté vient le chagrin.

Je ne sais pas vraiment à quoi je m'attendais, mais même après tout ce temps, j'aurais aimé qu'ils présentent leurs excuses. Qu'ils cherchent à se racheter et que je puisse leur pardonner. Je suppose que ma mère a raison sur un point au moins.

Les contes de fées n'existent pas.

Parfois, les méchants continuent leur vie, prospères dans leurs châteaux. Et peut-être que le bonheur éternel consiste à trouver la paix malgré tout ça.

Je suis forte. Je suis courageuse. Je suis maîtresse de mon pouvoir.

Chapitre 58

ELI

Au cours du mois dernier, j'ai réaménagé la maison de papa. Je voulais lui offrir un nouvel endroit où il se sentirait bien, loin de ses souvenirs douloureux. Je lui en ai parlé lors d'une de nos séances familiales hebdomadaires, et il a semblé d'accord. Lee et moi nous y sommes donc attelés. Tout est presque terminé, il ne reste plus que sa chambre, à laquelle nous nous attaquons aujourd'hui.

Il lui reste un mois à passer à Stepping Stones, et sans l'approche de son procès, je pense que nous serions tous un peu plus enthousiastes à l'idée de son retour à la maison. Son avocat pense qu'il pourra éviter la prison. Les personnes qu'il a percutées ne portent pas plainte, et le fait qu'il ait déjà pris des mesures pour se désintoxiquer jouera en sa faveur, mais en définitive, il a tout de même conduit en état d'ivresse et percuté une famille. Il sera probablement condamné à une assignation à résidence et à une longue période de probation. Normalement, il devrait suivre des cours sur l'alcoolisme, mais son avocat pense que les quatre-vingt-dix jours de cure de désintoxication suffiront au juge, à condition qu'il continue d'assister aux réunions.

En attendant, je suis là à essayer de mettre en place cette nouvelle phase de ma vie, tout en me sentant responsable de celle de mon père. Je ne sais pas si je dois rester dans la maison et veiller sur lui, ou si je dois trouver mon propre logement. J'hésite sans cesse, et me sens oppressé chaque fois que je crains de faire le mauvais choix. Toutefois, j'ai appelé un agent immobilier pour commencer à chercher dans le quartier, au cas où.

C'est sympa de passer du temps avec Lee. Je ne savais pas qu'elle était aussi marrante. Ça me rend heureux de découvrir qui elle est vraiment, un aspect de sa personnalité que je n'ai jamais connu, même quand on était petits. Je suis reconnaissant de construire le genre de relation que j'ai toujours envié dans les autres familles. Une relation où l'on apprend à s'apprécier pour ce qu'on est, et non pour ce que l'on voudrait que l'autre soit.

Elle m'a posé des questions sur ma vie loin de la maison, sur la façon dont j'avais vécu ma blessure et sur ma relation avec Becca depuis mon retour.

J'ai croisé cette dernière plusieurs fois, mais même si tout mon être me pousse à rester à ses côtés juste pour être en sa présence, je me suis retenu de m'approcher d'elle.

J'ai entendu les ragots qui circulent en ville, cependant. Impossible d'échapper au scandale de la fille ingrate du pasteur Sanger qui a rompu avec l'Église, abandonnant Dieu et ceux qui l'ont élevée.

J'ai été tentée de demander à Lee si elle avait plus d'informations, mais ça me semble mal d'apprendre cela de la bouche de quelqu'un d'autre que Becca.

Je ne sais pas comment l'aborder. Je ne sais pas comment combler le fossé qui nous sépare de la relation que je voudrais que nous ayons. Mais je suis tellement fier d'elle, – elle a enfin pris son indépendance et défendu ses convictions.

Elle n'a pas fui.

J'y réfléchis justement pendant que Lee et moi avalons le repas de fast-food qu'elle a acheté en chemin. Mon téléphone vibre sur la table de la cuisine, je jette un coup d'œil pour voir qui c'est, puis je tends la main pour mettre le mode silencieux.

— Tu évites quelqu'un ? me demande-t-elle en mordant dans son hamburger.

— Voudrais-tu te mêler de tes affaires ? je lui réponds avec un sourire narquois.

Elle sourit à son tour.

— C'est mon devoir de sœur d'être curieuse. J'ai des années à rattraper. La casse-pieds qui sommeille en moi ne demande qu'à sortir.

— Ça, je veux bien le croire, dis-je en froissant l'emballage avant de le jeter à la poubelle. C'était Kim Bakerson.

Elle fronce le nez.

— L'agent immobilier ?

— La seule et l'unique.

— Vous sortez ensemble ou tu cherches un appartement ?

Je ris dans ma barbe.

— Je ne sors absolument pas avec Kim. Je lui ai demandé de chercher quelque chose qui pourrait m'intéresser. Mais...

Je marque une pause et soupire en me penchant en arrière.

— Je ne sais pas... Tu penses que je devrais rester ici ? Pour m'assurer que papa a quelqu'un qui veille sur lui ?

— Non, je ne pense pas. Je sais ce que c'est de passer chaque instant à s'inquiéter pour son père. Ça te vide complètement. Ne tombe pas dans la codépendance que j'ai appris à surmonter, Eli. C'est un cercle vicieux.

Je grimace en récupérant une serviette sur la table.

— Tu ne penses pas que je lui dois bien ça ?

Elle secoue la tête.

— Tu es là. Tu fais tout ce que tu peux. Mais tu mérites d'avoir une vie qui te plaît. Vivre pour les autres n'est pas une solution. Quel est ton coin de paradis ? me demande-t-elle avant de mettre une frite dans sa bouche.

— Mon coin de paradis ?

— Oui... tu sais... ce n'est pas forcément un endroit réel, Juste quelque chose qui te fait te sentir bien.

Je bois une gorgée de Coca en réfléchissant à sa question. *Mon coin de paradis.* Je n'ai jamais connu de moment de joie pure et absolue, même quand j'ai été pris pour la première fois dans la sélection. Tout a toujours été gâché par la pression de la réussite ou la douleur de la solitude. La seule fois où je me suis senti heureux d'exister, c'était en Floride.

Avec Becca.

C'est peut-être pour ça que son départ m'a fait si mal. Que j'ai gardé autant de colère en moi. Ce n'était pas parce que je la détestais, c'était parce que personne d'autre ne pouvait lui arriver à la cheville. Personne d'autre ne m'avait fait vibrer autant qu'elle.

— Becca, je murmure en reposant mon Coca.

Lee se penche vers moi, les sourcils froncés.

— Tu viens de dire « Becca » ?

Je hoche la tête une fois, la mâchoire crispée.

Un sourire entendu se dessine sur son visage et ses yeux bleus pétillent.

— Vous deux, vous êtes vraiment incroyables.

— Qu'est-ce que ça veut dire ?

— Vous vous promenez dans la même ville en essayant désespérément d'être heureux seuls, alors que vous pourriez simplement passer à autre chose et être heureux ensemble.

Je plisse les yeux.

— Passer à autre chose ? Comme ça ? je demande en claquant des doigts.

Elle hausse les épaules.

— À peu près.

— Lee, elle est partie. Sans un mot.

Ma poitrine se serre sous l'effet d'une douleur soudaine.

— Elle m'a fait l'aimer et puis elle m'a quitté.

Lee croise les bras.

— Et ?

J'écarquille les yeux.

— Et quoi ?

— On fait tous des erreurs, Eli. Parfois, elles sont désastreuses, elles changent le cours d'une vie.

Elle se penche vers moi et me prend la main avant de déclarer :

— Mais au bout du compte, on doit laisser derrière nous les rancunes qui nous empêchent d'avancer et nous rendent amers.

— Facile à dire pour toi, je marmonne d'un ton moqueur.

— Tu te trompes. Je sais ce que c'est d'aimer quelqu'un à ce point et de le détester ensuite parce qu'il t'a fait du mal. Mais le problème, Eli, c'est qu'il est plus facile d'être en colère que de pardonner, parce que la colère est rassurante. Il n'y a pas de risque. On se sent peut-être mal, mais au moins, on sait à quoi s'attendre.

— Et le pardon ?

— Le pardon, c'est… Le pardon, c'est difficile. Laisser quelqu'un revenir dans sa vie, c'est encore plus difficile. C'est un acte de foi quand on n'a plus confiance.

Ma gorge se serre et la cicatrice qui formait un rempart autour de mon cœur se déchire.

— Tu l'aimes encore ? demande-t-elle en penchant la tête.

J'acquiesce, le cœur serré.

— Je pense que je l'aimerai toujours.

— Eh bien, fais ce que tu veux. Je ne te pousserai pas.

Son regard bleu vif s'assombrit.

— J'espère juste que tu ne vas pas regarder en arrière, dans cinq ans, et regretter de ne pas avoir sauté le pas. Surtout si elle est ton coin de paradis.

Elle change de sujet, mais ses mots s'insinuent entre les fissures de mon cœur et le font battre à un rythme différent.

Normalement, Lee aurait dû être avec moi sur la tombe de ma mère. J'ai commencé à lui rendre visite tous les dimanches, mais aujourd'hui ma sœur est à Nashville avec Chase alors je suis seul.

Mon esprit tourbillonne sans répit depuis ma conversation avec Lee au sujet de ce qui me rend heureux.

Après le départ de Becca, j'ai passé beaucoup de temps à lui reprocher le vide qui m'habitait. Mais elle n'est pas responsable de mon désespoir, tout comme elle ne l'est pas de mon bonheur. Il est injuste de faire peser son bien-être sur les épaules de quelqu'un d'autre, et c'est précisément ce que j'ai passé la majeure partie de ma vie à faire.

Becca ne m'a pas guéri quand elle est entrée dans ma vie. Elle était le pansement sur ma solitude, et une fois qu'elle est partie, il s'est arraché et j'ai saigné à nouveau, mais cette fois-ci, c'était pire parce que je savais ce que c'était que de l'aimer et de la perdre. J'ai donc tout canalisé dans ma douleur au lieu de travailler à guérir les blessures qui existaient avant elle.

Et puis j'ai utilisé Sarah, espérant que le fait d'apaiser ma mère en me mariant après sa mort comblerait un vide en moi ; ferait disparaître ce sentiment tordu d'obligation pour toutes les fois où je n'avais pas été là quand elle était encore en vie, sans tenir compte du fait que, tout ce qu'elle voulait, c'était mon bonheur.

Il n'y a aucun moyen de la faire revenir d'entre les morts, ni de rattraper les choses que j'aurais aimé faire différemment. Mais Lee a raison : on peut rester bloqué et vivre avec ses erreurs, ou alors sauter le pas et espérer de toutes ses forces que tout ira bien.

J'entends un bruit derrière moi, comme du papier qu'on froisse, et je me retourne. Comme si elle s'était matérialisée à partir de mes pensées, Becca se tient là, un bouquet de fleurs serré entre les doigts.

Mon estomac se noue, comme toujours quand elle est près de moi.

— Salut, souffle-t-elle.

— Salut. Qu'est-ce que tu fais là ?

Elle soulève le bouquet et indique la tombe d'un signe de tête.

— Lee m'a demandé de passer déposer ça car elle ne pouvait pas venir. Je suis surprise de te voir ici. Elle m'a donné l'impression que personne d'autre ne pouvait le faire.

Je glousse. *Bien sûr.*

— Elle savait que je serais là. Je viens avec elle tous les dimanches depuis quelques semaines.

— Oh. C'est bien. Elle m'a dit que vous vous entendiez mieux.

— Oui.

Elle hoche la tête et balaye le cimetière des yeux. J'ai tellement de choses à lui dire, mais pour une raison que j'ignore, les mots refusent toujours de venir. Alors je garde le silence, figé sur place, à la fixer comme un idiot, pendant que l'énergie qui crépite entre nous raréfie l'air qui nous entoure.

Elle sourit doucement et passe devant moi. Son parfum sucré flotte dans la brise et fait frémir mes narines.

Elle s'accroupit, déballe le bouquet et ajoute les fleurs à celles que j'ai déjà apportées. Puis elle tend la main et la pose sur le nom de ma mère gravé dans la pierre.

Je recule et la regarde, l'émotion me serrant la gorge à la vue de ce moment qu'elle partage avec ma mère. Parfois, on oublie à quel point elles étaient proches. Qu'elle aussi a été affectée par sa disparition.

Ce n'est que lorsqu'elle se redresse, quelques minutes plus tard, que je remarque les larmes sur ses joues. Mon cœur s'emballe et je serre les poings pour m'empêcher de tendre la main vers elle afin de la réconforter.

— Alors, commence-t-elle en écartant une mèche de son front. Comment ça va ?

— Bien. Très bien.

Elle hoche la tête et se balance d'un pied sur l'autre, les mains dans les poches de son pantalon.

— Tant mieux, murmure-t-elle. C'est gênant, hein ?

Un rire m'échappe.

— Putain... oui. Je suis content que tu l'aies dit.

Elle rit à son tour.

— Tu es impatient de commencer ton nouveau boulot ? C'est bientôt, maintenant.

Mes muscles se crispent.

— Oui. J'ai hâte.

Elle m'observe et son regard s'adoucit au fur et à mesure.

— Tu es nerveux ?

— Oui.

Elle s'approche et je sens la chaleur de son corps m'envelopper, compensant la légère fraîcheur de la brise du soir.

— Ils vont t'adorer. Tu es fait pour enseigner, Eli. Ne l'oublie pas.

Elle sait exactement ce que j'ai besoin d'entendre.

— Oui, j'espère, dis-je en passant la main dans mes cheveux. Et toi ? J'ai appris pour tes parents.

— Ouais.

Elle déglutit péniblement en baissant les yeux.

— Je les ai laissés me manipuler pendant longtemps. Maintenant, je m'en suis libérée, donc ça va aller. Mais je suis un peu triste.

Je hoche la tête en grattant ma barbe naissante.

— Il faut beaucoup de courage pour faire ce que tu as fait. Tu devrais être fière de toi.

— Dommage que ça m'ait pris autant de temps, hein ?

Elle sourit. Je hausse les épaules.

— Mieux vaut tard que jamais.

— C'est vrai. Écoute, tu...

Elle passe les doigts dans ses cheveux avant de poursuivre :

— Tu m'as demandé pourquoi j'étais partie... et je ne t'ai jamais vraiment donné la réponse que tu méritais. Si tu veux toujours savoir, je pense qu'il est grand temps que je te raconte tout.

La conclusion que j'attendais depuis si longtemps est enfin à portée de main, et mon estomac se noue.

— Tu sais que je veux comprendre, dis-je d'une voix rauque.

— J'ai passé toute mon enfance à admirer deux hommes. Mon père et le grand bonhomme dans le ciel, dit-elle en pointant le doigt au-dessus de sa tête. Et puis j'ai connu mon premier chagrin quand j'ai surpris mon père avec Sally Sanderson alors qu'il aurait dû être à la maison avec ma mère.

Je suis écœuré à l'idée qu'elle les ait trouvés dans cette situation. À toutes les répercussions que cela peut avoir sur n'importe qui, sans parler d'un enfant.

Je devrais peut-être être choqué, mais je ne peux pas dire que je sois vraiment surpris. Le pasteur Sanger fait bonne figure, mais si on y regarde de plus près, il est facile de voir derrière le masque.

— Et à partir de ce moment-là, quand je regardais ma mère, poursuit-elle, je voyais une femme brisée, trompée par un homme qui lui avait fait miroiter une vie merveilleuse et l'avait piégée dans sa toile.

Ma poitrine se serre.

— Donc, tu veux dire...

— Je veux dire que j'avais peur de ce que ça signifiait de m'autoriser à t'aimer. De me laisser être aimée.

Elle déglutit et observe sol avant de croiser mon regard.

— As-tu déjà permis à quelqu'un de pénétrer ton univers, au point que ses paroles deviennent ta référence absolue ?

Mon cœur s'arrête. Des images de toutes les fois où les paroles de mon père ont gouverné mes actes, même après mon départ, des années plus tard, défilent devant mes yeux.

Je hoche la tête, les dents serrées.

— Mon père est peut-être le prédicateur, mais c'est ma mère qui a rédigé les Écritures. Et ensemble, ils... Ensemble, ils m'ont tellement manipulée que je ne voyais plus la forêt derrière les arbres. Mes parents m'ont trompée toute ma vie. Surtout ma mère. Depuis que je suis petite, elle m'a mis dans la tête des images de ce que serait ma vie si je laissais quelqu'un entrer... si je laissais quelqu'un m'aimer. Bon sang, elle m'a fait croire pendant très longtemps que ça n'existait pas, quelqu'un qui puisse rester à mes côtés simplement parce qu'il tient à moi. Ce n'est pas une excuse, j'en ai conscience. Mais c'est comme ça. Je t'aimais tellement.

Ses yeux se mettent à briller, et elle passe sa langue sur sa lèvre inférieure avant d'ajouter :

— Et ça me terrifiait. Pour être honnête, ça me terrifie encore.

Mon cœur bondit dans ma poitrine à l'idée qu'elle m'aimait - à l'idée qu'elle n'ait jamais cessé de m'aimer.

— Mais j'y travaille. Je travaille sur moi-même. J'apprends à faire la part des choses entre ce qu'on m'a toujours dit d'être et la personne que je suis vraiment. J'apprends à ne pas laisser ma peur de l'avenir prendre le dessus sur mon bonheur présent. C'est tout ce qu'il y a à faire, non ? Essayer.

J'avale ma salive, la bouche sèche, tandis que les pièces manquantes du puzzle commencent à s'assembler. Ça ne fait pas disparaître le passé, mais ça m'apporte une certaine paix. Un vide qui a été comblé par un sentiment de compréhension.

— Bref. J'ai été contente de te voir. Je vais te laisser passer du temps avec ta maman.

Mon cœur vacille lorsqu'elle commence à partir. Il y a ce sentiment qui s'épanouit dans mon cœur depuis des jours. Une énergie anxieuse qui éclate alors qu'elle s'éloigne sur le chemin qui mène au parking.

— Hé ! je crie.

Elle se retourne, un sourcil levé.

— Tu as faim ?

Un sourire illumine son visage, soulignant la teinte rosée qui poudre ses joues. Elle hoche la tête.

Mon cœur bondit.

Je l'imite.

Épilogue

BECCA

J'ai une douleur dans le dos, mais je ne saurais pas dire d'où elle vient. Probablement un des objets qui traînent sur mon bureau, sur lequel je suis allongée pendant qu'Eli me fait des choses délicieuses entre les cuisses.

— Bon sang, Eli, arrête de m'allumer. Tu me rends folle.

— Tout vient à point à qui sait attendre, chérie.

Il me sourit d'un air narquois et je hausse un sourcil.

— C'est ce que tu dis à tes adversaires après avoir perdu un match ?

Il rit et parcourt mon corps de ses mains tandis qu'il se redresse pour m'embrasser.

— Cette putain de bouche...

Je souris contre ses lèvres et me penche pour les mordiller. Il m'embrasse avant que je puisse m'écarter, et sa langue s'emmêle avec la mienne. Je ferme les yeux pour savourer le goût de notre baiser et un gémissement m'échappe lorsque je sens son sexe se presser contre mon entrejambe, puis glisser en moi jusqu'à ce que nos hanches soient collées l'une contre l'autre. Il se retire et recommence, et je sens que je me contracte autour de lui, sa langue ayant fait le plus gros du travail pour me mettre dans cet état. Une vague de chaleur se propage depuis le creux de mes reins avant de balayer mon corps tout entier, et mes muscles se crispent d'anticipation.

— Ça va être rapide. On est attendus.

Il empoigne mes fesses pour me donner la bonne inclinaison et pouvoir me pénétrer plus profondément.

— Si tu arrêtais de parler et que tu me baisais, on y serait plus vite.

Il sourit, se retire et saisit son sexe, puis se caresse, et j'observe les muscles bandés de son avant-bras.

— Dis-moi « s'il te plaît ».

Je secoue la tête en me mordant les lèvres pour cacher mon sourire.

Il se penche vers moi, étalant son liquide préséminal le long de mon intimité tout en frottant le bout de son sexe entre mes lèvres.

— Dommage. Que va penser ma sœur quand on sera en retard pour le dîner ?

— Je lui dirai simplement que tu n'as pas su satisfaire mes besoins assez rapidement.

Sa main remonte pour enserrer ma gorge et ses doigts exercent une pression suffisante pour me couper le souffle, sans toutefois m'étrangler. Ma peau crépite d'excitation et mon intimité se contracte, voulant désespérément être comblée.

— Continue comme ça, Rebecca, et je vais jouir sur ta jolie chatte au lieu de jouir en toi.

Il accompagne ses mots de frictions contre mon clitoris, et le plaisir que je ressens fait trembler mes jambes.

— Dis-le-moi, murmure-t-il d'une voix rauque en relâchant son étreinte autour de mon cou.

— S'il te plaît.

— C'est bien.

Il me pénètre violemment et me baise rapidement, ses mouvements faisant trembler les stylos posés sur le coin de mon bureau. J'enroule les jambes autour de lui pour l'inciter à s'enfoncer en moi encore plus profondément.

Il dépose des baisers le long de ma mâchoire jusqu'à presser sa tête au creux de mon cou. Son souffle sur ma peau provoque des picotements le long de ma colonne vertébrale et me donne la chair de poule sur tout le corps.

— J'aime être en toi.

— Moi c'est toi que j'aime, je murmure en retour.

Il me pénètre si profondément que cela me fait basculer. Je m'agrippe à ses épaules pour l'attirer contre moi, espérant modeler son corps au mien jusqu'à ne plus pouvoir distinguer l'un de l'autre.

Son gémissement vibre contre ma peau alors qu'il explose en moi.

— Bon sang, halète-t-il en s'effondrant sur mon corps.

Je devrais m'inquiéter à l'idée qu'on ait pu nous entendre, mais la journée est déjà terminée et mon bureau se trouve tout au fond du couloir. J'essaye de rester professionnelle au travail, mais Eli aime me coincer dans des endroits que je lui interdis et m'aguicher jusqu'à la soumission.

J'ai toujours aimé quand il essaye de me dominer.

Six mois se sont écoulés depuis qu'on s'est croisés au cimetière. *Merci, Lee.*

C'était difficile au début. Il y avait beaucoup de souffrance entre nous. Mais le Doc dit que les meilleures relations commencent par l'amitié et que, si les fondations sont solides, même la plus forte des tempêtes ne peut les ébranler.

On a donc pris notre temps. On est devenus amis. On a établi une relation de confiance mutuelle. On a appris à communiquer de manière saine et à ne pas céder aux voix qui nous murmurent que nous ne méritons pas le bonheur.

Et je n'ai jamais été aussi heureuse.

Eli se relève et remonte son pantalon, puis se penche pour ramasser ma culotte par terre. Il me fait un clin d'œil en la glissant dans sa poche et je hausse les sourcils.

— Tu veux que j'aille chez ta sœur sans culotte ?

— On dirait bien, réplique-t-il avec un sourire.

— OK, pas de problème.

Je me lève et rajuste ma jupe, cherchant un mouchoir pour me nettoyer.

— Mais ne viens pas pleurer quand tu seras jaloux en croyant que Jax pourrait accidentellement apercevoir quelque chose qu'il ne devrait pas voir.

Jax est revenu en ville il y a quelques semaines, mais il refuse de parler de la raison de son retour. Il a juste dit qu'il en avait terminé avec la Californie et tout ce qui allait avec. Je ne suis pas du genre à insister, mais il ne se rend pas compte qu'on a tous remarqué le changement. Son regard est sombre, ce n'était pas le cas avant.

La seule personne à qui il parle, c'est Chase, ce qui est ironique quand on sait qu'il n'a pas pu le supporter pendant des années.

Les hommes.

Le sourire d'Eli s'envole.

— J'avais oublié qu'il était revenu.

Je hausse les épaules.

— C'est ton choix, Grosse Tête.

Il se frotte la mâchoire, s'approche de moi et me saisit le poignet avant que je puisse passer le mouchoir entre mes cuisses.

— Laisse ça. Je veux continuer d'imprégner ta peau quand tu seras assise à table.

Je lève les yeux au plafond, faisant mine d'être agacée, mais ses mots font naître une vague d'excitation en moi. Je lui saisis les hanches puis je plonge les doigts dans sa poche.

— Alors rends-moi ma culotte.

Je récupère le sous-vêtement, et je pousse Eli pour pouvoir l'enfiler avant d'attraper mon sac.

Quand on arrive au niveau de l'entrée principale du lycée, quelques jeunes sont regroupés près des portes, penchés sur leurs téléphones, en train de glousser.

— Qu'est-ce qu'il y a de drôle ? je demande.

Ils se redressent.

— Oh, bonjour, mademoiselle Sanger. Vous ne devinerez jamais qui on vient de voir ! dit Becky, l'une de nos élèves de seconde, d'une voix aiguë et forte.

— Qui ça ?

— Blakely Donahue ! s'écrie-t-elle.

J'écarquille les yeux et hoche la tête.

— Ah, je vois. C'est qui ?

Sammi, une autre étudiante de seconde, pouffe.

— Vous ne savez pas qui est Blakely Donahue ? C'est la meilleure. Mon influenceuse préférée.

— Oui, pas vrai ? approuve Becky. Elle est tellement belle. J'ai entendu dire qu'elle sortait avec un des employés de son père. Un type de vingt-huit ans.

— Elle a dit que ce n'était pas vrai, Becky, la réprimande Sammi. Tu imagines ? Elle a dix-neuf ans ! C'est dégueu, putain.

Je pose les mains sur mes hanches.

— Hé, surveillez votre langage, mesdemoiselles. Où avez-vous vu cette Blakely Donahue ?

— Elle était juste là ! s'exclame Becky.

Leur enthousiasme me fait sourire. Je ne passe pas mon temps sur les réseaux sociaux, donc je ne sais pas du tout qui est cette fille, mais je suis surprise qu'on puisse trouver une célébrité à Sugarlake par hasard.

— Ici, à Sugarlake ? demande Eli.

— Oui, ici *ici*.

Becky désigne du doigt une Maserati bleu roi, garée de travers le long du trottoir devant l'école. Une fille aux longues jambes et aux talons plus hauts que les miens se tient à côté, le téléphone à l'oreille.

Je fronce les sourcils en jetant un coup d'œil aux élèves.

— Bon, les filles, ne restez pas ici toute la journée.

— Au revoir, mademoiselle Sanger !

Eli me serre par la taille.

— Je vais chercher la voiture. D'accord ?

— Oui, je vais juste lui demander si elle a besoin d'aide, dis-je en faisant un signe de tête en direction de la fille dans la rue.

Je suis Eli dehors juste au moment où la jeune femme se retourne vers moi, ses cheveux bruns et brillants virevoltant derrière elle. Elle ne me dit rien, mais Becky et Sammi avaient raison. Elle est jolie. Magnifique, même. Si je ne connaissais pas tous les visages de ce lycée, je l'aurais prise pour une élève.

— Salut. Je peux t'aider ? je lui demande en protégeant mes yeux du soleil couchant.

Elle pose son regard ambré sur moi tout en glissant son téléphone dans sa poche arrière.

— Oh, salut, dit-elle en se mordant la lèvre. Je ne sais pas trop.

— Tu es nouvelle ici ?

Elle rit.

— On peut dire ça. Je cherche quelqu'un, mais maintenant que je suis là, je ne sais pas vraiment par où commencer. Je me suis arrêtée au premier endroit que j'ai vu.

Elle désigne l'école derrière nous avant d'ajouter :

— Il ne sait pas que je suis là.

— Une visite surprise ? je demande avec un sourire.

— En quelque sorte, répond-elle avec une grimace.

— Alors, qui cherches-tu ? Je peux peut-être t'aider. C'est une petite ville, ici, et...

— Jackson Rhoades.

Profil des personnages

Becca

Nom : Rebecca Jean Sanger.
Âge : 21 (au début de l'histoire), 26 (à la fin).
Lieu de naissance : Sugarlake, Tennessee.
Lieu de résidence actuel : Floride, puis Sugarlake
Formation : Licence en éducation.
Profession : Étudiante, puis assistante sociale au lycée de Sugarlake.
Revenus : Modestes.
Couleur des yeux : Vert émeraude.
Coiffure : Cheveux roux, bouclés, longs et indisciplinés.
Silhouette : Grande, mince.
Signes distinctifs : Longues jambes, cheveux roux.
Soin apporté à son apparence : Méticuleux.
Tic : Joue avec ses cheveux, surtout quand elle est nerveuse.
Santé : En bonne santé.
Écriture : Pleine de boucles, avec des cœurs sur les *i*.
Démarche : Un pas nonchalant, comme si elle était la personne la plus importante des lieux.
Secrets inavouables : Oui.
Si elle pouvait changer une chose, ce serait quoi ? Avoir surpris son père en train de tromper sa mère.

Moments clés de sa vie : Tomber amoureuse de Dieu avant de perdre sa foi en lui ; voir son père tromper sa mère ; réaliser que ses parents lui ont menti ; reconnaître qu'elle mérite finalement de connaître l'amour.

Trois adjectifs pour la décrire : Têtue, drôle, grossière.

Comment les inconnus la perçoivent : Drôle, belle, intimidante.

Rôle dans une dynamique de groupe : Meneuse.

Famille

Père : Don Sanger.

Âge : 45 (au début de l'histoire), 50 (à la fin).

Profession : Pasteur.

Relation : Il était le héros de son enfance, jusqu'à ce qu'elle le surprenne en train de tromper sa mère. Elle a alors perdu toute confiance en lui et en tout ce en quoi elle croyait ou ce qu'on lui avait enseigné. Il s'accroche fermement à l'image qu'il pense qu'elle devrait renvoyer à la ville et est constamment déçu qu'elle ne soit pas à la hauteur de ses attentes. C'est pour cette raison qu'elle se rebelle contre lui, mais aussi parce qu'elle lui en veut. Leur relation est très tendue.

Mère : Maria Sanger.

Age : 42 (au début de l'histoire), 47 (à la fin).

Profession : Mère au foyer.

Relation : Tendue. Elles n'ont jamais été très proches, même si Becca a toujours eu un faible pour sa mère et souhaite son bonheur. Elle se reconnaît beaucoup en elle. Sa mère est prisonnière de sa vie et Becca le sait. Elle projette sur elle ses propres sentiments d'enfermement dans une vie qu'elle ne souhaite pas. Becca se sent la responsabilité de la « sauver » sans réaliser que sa mère fait partie du problème.

Frères et sœurs : Aucun.

Meilleurs amis : Alina, Jax, Sabrina, Jeremy.

Sur qui compte-t-elle ? Elle-même. Elle ne fait confiance à personne d'autre pour éviter les déceptions.

Auprès de qui trouve-t-elle un soutien moral ? Alina et Jeremy.

Le noyau

Plutôt débrouillarde ou studieuse ? Débrouillarde.

Vision de la vie : Réaliste.

Introvertie ou extravertie ? Extravertie.

Son style préféré : Un homme qui se soumet.

Ce qu'elle désire le plus : Être aimée pour qui elle est, sans attente ni jugement.

Son plus gros défaut : La peur de s'engager et le sentiment de ne pas être assez bien.

Sa plus grande force : Sa loyauté.

Son idée du bonheur parfait : Elle ne croit pas vraiment que le bonheur parfait existe.

Sa citation préférée : « Si tu ne peux pas y échapper, autant y plonger. »

Comment veut-elle qu'on se souvienne d'elle : Comme d'une bonne amie.

Sa façon d'aborder...

Le pouvoir : Elle se rebelle contre.

L'ambition : Elle en a.

L'amour : Elle le fuit.

Le changement : Elle s'y adapte facilement.

L'objet qu'elle sauverait d'un immeuble en feu : Le collier qu'Eli lui a offert.

Ce qui la met en colère : Les hommes qui la traitent comme si elle était stupide, et tous ceux qui essayent de la contrôler.

Sa morale : Flexible.

Ce qu'on pourrait lire sur sa pierre tombale : « Ici repose Becca. Même après sa mort, elle vous dira ce qu'elle pense. »

Son objectif narratif : Surmonter sa peur de l'engagement et retrouver sa foi ; pardonner à ses parents, même si cela ne signifie pas qu'elle doit les laisser entrer dans sa vie, et accepter qu'elle mérite d'aimer et d'être aimée, malgré ses défauts ; reconnaître que l'amour est la seule chose qui compte vraiment dans la vie et qu'elle n'a ni à le fuir, ni à le craindre.

Eli

Nom : Elliot Carson.

Âge : 24 ans (au début de l'histoire), 29 ans (à la fin).

Lieu de naissance : Sugarlake, Tennessee.

Lieu de résidence actuel : Floride.

Formation : Licence en économie.

Profession : Entraîneur adjoint de basket-ball.

Revenus : À six chiffres, bien qu'il soit multimillionnaire grâce à son contrat avec la NBA.

Couleur des yeux : Bleus.

Coiffure : Blond miel, cheveux courts et ébouriffés sur le dessus.

Silhouette : Grand, mince, musclé.

Signe distinctif : Son sourire.

Soin apporté à son apparence : Grand.

Tic : Il passe constamment la main dans ses cheveux.

Santé : En bonne santé.

Écriture : Brouillonne.

Démarche : Contrôlée, comme s'il avait tout le temps du monde.

Secrets inavouables : Oui.

S'il pouvait changer une chose, ce serait quoi ? Ne pas avoir été là pour sa famille après la mort de sa mère.

Moments clés de sa vie : La mort de sa mère ; sa sélection en NBA ; la blessure qui a mis fin à sa carrière.
Trois éléments pour le décrire : Le besoin de contrôle, la responsabilité, la concentration.
Comment les inconnus le perçoivent : Beau, facile à vivre, leader naturel.

Famille

Père : Craig Carson.
Âge : 43 (au début de l'histoire), 48 (à la fin).
Profession : Sans emploi.
Relation : Tendue du côté d'Eli. Eli a subi toute sa vie une forte pression pour être à la hauteur des attentes de son père et ne pas le décevoir. Craig considère Eli comme la chance qu'il n'a jamais eue. Eli a pris ses distances parce qu'il ne veut pas voir la déception sur le visage de son père s'il échoue au basket-ball et a besoin de cette séparation pour essayer de se trouver et d'être heureux sans cela, car il n'a jamais rien connu d'autre.

Mère : Gail Elizabeth Carson.
Âge : Décédée.
Relation : Elle s'accrochait beaucoup à lui quand il était plus jeune, ce qui l'a poussé à prendre ses distances en grandissant. Elle s'inquiétait toujours pour son cœur solitaire et essayait constamment de lui faire comprendre qu'il méritait d'être aimé et de trouver le bonheur en dehors du basket.

Frères et sœurs : Alina May Carson.

Meilleur ami : Connor.

Sur qui compte-t-il ? Personne d'autre que lui-même.
Auprès de qui trouve-t-il un soutien moral ? Connor.

Le noyau

Plutôt débrouillard ou studieux ? Débrouillard.
Vision de la vie : Optimiste.
Introverti ou extraverti ? Extraverti.
Ce qu'il souhaite le plus : Tenir la promesse faite à sa mère et fonder une famille.
Son plus gros défaut : Incapacité à assumer ses erreurs, tendance à fuir, à minimiser ses problèmes et ignorer leur existence.
Sa plus grande force : Il aime profondément.
Sa conception du bonheur parfait : Avoir une famille.
Sa citation préférée : « Une fois que l'on sait ce qu'est l'échec, la détermination mène au succès. »
Veut-il qu'on se souvienne de lui ? Oui.
Sa façon d'aborder...
Le pouvoir : Il le convoite.
L'ambition : Il en a à revendre.
L'amour : Il y est ouvert.
Le changement : Il ne l'aime pas.
L'objet qu'il sauverait d'un immeuble en feu : Une photo de sa mère.
Ce qui le met en colère : L'échec.
Sa morale : Solide.
Ce qu'on pourrait lire sur sa tombe : « Ici repose Eli. Il a fini par refaire surface et maintenant, il y reste. »
Son objectif narratif : Surmonter son besoin d'être parfait et le meilleur. Il commencera l'histoire en évitant tout ce qui compte vraiment, en le mettant sous clé dans une boîte, puis au fil de l'intrigue, il mûrira et apprendra à affronter ses démons et à réaliser que tout n'est pas toujours ce qu'il semble être. Il n'a pas besoin d'impressionner qui que ce soit ni de vivre pour quelqu'un d'autre que lui-même. Tant qu'il est aimé et heureux, c'est tout ce qui compte. Il se rendra compte que tout le monde commet des erreurs et que même les personnes

imparfaites méritent d'aimer et d'être aimées. Il a évité sa famille pendant si longtemps que celle-ci finira par devenir ce qu'il y a de plus important à ses yeux, davantage même que le basket et sa carrière.

Remerciements

À ma meilleure amie, Sav. Tu es sans aucun doute ma sœur de cœur. Je suis tellement reconnaissante de t'avoir trouvée. Je ne sais pas si j'aurais pu y arriver sans toi, ma plus grande fan, qui m'a toujours soutenue et m'a aidée à sortir de toutes les spirales dans lesquelles je me suis retrouvée. Je t'aime ! À la santé des Smokies !

À vous, mes lecteurs : c'est vous qui avez rendu tout cela possible. Je ne suis pas sûre de pouvoir un jour exprimer suffisamment ma gratitude pour le fait que vous lisiez mes histoires et que vous souhaitiez passer du temps dans les mondes que je crée. Merci.

À mon éditrice, Christa, et au reste de l'équipe Bloom : merci de croire en moi et de m'aider à explorer l'amour sous toutes ses facettes. Je ne sais pas combien de façons je peux trouver pour vous remercier à la fin de mes livres, mais je vais continuer d'essayer.

À mon agent, Kimberly : je te le dis à chaque fois. Je ne sais vraiment pas ce que je ferais sans toi.

À mon agent publicitaire, Jessica : merci d'être la meilleure équipe de promotion qui soit et de veiller à ce que ma carrière soit la meilleure possible !

À mon mari, Mike : merci d'être mon âme sœur. D'être mon roc. Merci de rapporter des fleurs et des cartes cadeaux Sephora à la maison sans raison particulière. Et merci de rapporter du champagne pour trinquer à chaque succès, petit ou grand.

Il n'y a personne d'autre avec qui je préférerais partager ma vie. Je vous aime plus que tout, Melody et toi.

À ma fille, Melody. Tu es la raison de tout.